BROEDERTWIST

Van Jonathan Kellerman zijn verschenen:

Doodgezwegen*
Domein van de beul*
Het scherp van de snede*
Tijdbom*
Oog in oog*
Duivelsdans*
Gesmoord*
Noodgreep*
Breekpunt*
Het web*
De kliniek*
Bloedband*
Handicap*
Billy Straight*
Boze tongen*
Engel des doods*
Vlees en bloed*
Moordboek*
Doorbraak*
Lege plek*
Dubbele doodslag (*met Faye Kellerman*)
Therapie*
De juni moorden*
Razernij*
Ontknoping
Misdadigers (*met Faye Kellerman*)
Stoornis
Beklemming
Skelet

*In POEMA POCKET verschenen

Jonathan Kellerman

Broedertwist

SIJTHOFF

© 2009 by Jonathan Kellerman
This translation published by arrangement with Ballantine Books,
an imprint of Random House Publishing Group, a division of
Random House, Inc.
All Rights Reserved
© 2010 Nederlandse vertaling
Uitgeverij Luitingh ~ Sijthoff B.V., Amsterdam
Alle rechten voorbehouden
Oorspronkelijke titel: *True Detectives*
Vertaling: Jan Pott
Omslagontwerp: Pete Teboskins/Twizter.nl
Omslagfotografie: Arcangel/Image Store

ISBN 978 90 218 0377 7
NUR 332

www.boekenwereld.com
www.uitgeverijsijthoff.nl
www.watleesjij.nu

I

9 augustus 1979

'*Zogenaamde* airconditioning,' zei Darius Fox. 'Wat vind jij,
John Jasper? Hebben die idioten van de garage ons ingesteld
op bakken of braden?'
Jack Reed lachte en veegde met zijn vlezige arm vol sproeten
het zweet van zijn gezicht. Hij zoog aan zijn Parliament en
blies de rook uit het raam van de patrouillewagen, liet zijn
ogen in het duister van de nacht door de steeg gaan, over de
vuilcontainers en blinde gevels van bedrijfjes in goedkope
huurpandjes, terwijl Darius de auto stapvoets liet voortrollen.
Tien jaar geleden, op de dag af, was Sharon Tate samen met
nog een heel stel anderen afgeslacht door de Manson Family. Als Fox of Reed zich al bewust waren van dat feit, vonden ze het kennelijk zo onbelangrijk dat geen van beiden erover begon.
De psychopaat Manson had zijn moorden net zo goed op
een andere planeet kunnen plegen. Dure gewelddadigheid in
dure villa's. De patrouilles van Fox en Reed in Southwest Division waren een aaneenschakeling van kruimeldiefstallen en
burenruzies die soms uitgroeiden tot gewelddadigheid waarvan je over je nek ging. Een werkelijkheid die nooit in de
krant kwam, omdat in de ogen van Fox en Reed, in kranten
alleen maar fantasieverhalen stonden.
Fox zei: 'Man, het is gewoon een stoombad.'
Reed zei: 'Zogenaamd, net zoiets als dit vehikel waarin we
zitten een motorvoertuig noemen. Meer een winkelwagentje
met een kers erbovenop.'
Fox had zich op het rijden voorbereid zoals hij dat altijd
deed. Hij had zijn deel van de voorbank gestofzuigd en het
stuurwiel afgenomen met wetties uit zijn privévoorraad. Nu
was het plastic glad van zijn eigen zweet. 'Geef eens een tissue, J.J.'
Reed gaf hem een tissue en Fox poetste het stuurwiel tot het
plastic begon te piepen.

Beide mannen lieten hun ogen door de steeg dwalen terwijl de patrouillewagen voortkroop. Niets. Goed. De helft van hun dienst zat erop.

Jack Reed zei: 'Zogenaamd, zoals in: Jimmy Carter is de opperbevelhebber van de strijdkrachten.'

'Nou wordt het onplezierig, politiek.'

'Probleem?'

'In zo'n nacht als deze wel.'

'De waarheid onder ogen zien, Darius. Dankzij de pindaboer is die halvegare tulband weer aan de macht in Iran, en moet je zien wat voor puinhoop dat oplevert.'

'De konijnenkop is zonder meer een idioot, John Jasper. Ik vind het alleen maar niks om onze kostbare tijd samen te verknoeien met onbeduidende zaken als internationale aangelegenheden.'

Reed dacht daarover na. 'Dat is redelijk.'

'Ik sta bekend om mijn redelijkheid.'

De tijd kroop voorbij. De gebruikelijke dronkenlappen en ongeregeldheden bij de Mexicaanse danszalen aan Vermont, een paar keer vals alarm voor inbraken en een reeks schoften die ze een waarschuwing gaven en weer lieten lopen, omdat ze stuk voor stuk te onbelangrijk waren om ook maar papier aan vuil te maken.

De laatste oproep van de centrale waaraan ze gehoor hadden gegeven, voordat ze op patrouille de stegen in gingen, had te maken met de zoveelste klacht over lawaai bij een studentenhuis van USC, waar de bewakingsdienst van de campus zelf al mee had afgerekend tegen de tijd dat Fox en Reed er aankwamen. Rijke, verwende studentjes die ja-meneer en nee-meneer zeiden, bierflesjes opraapten van het gazon en naar binnen glipten om daar hun feestje verder te vieren. Knipoog, knipoog, knipoog.

Reed rookte de Parliament op tot een minuscuul peukje, kneep hem uit tussen zijn vingers en schoot hem het raam uit. Hij was een blozende, blonde kerel, één meter vijfenzeventig, negentig kilo spieren, dertig maar ogenschijnlijk ouder, door de zon gelooide huid en een neus die plat gebeukt was tijdens highschoolfootball. Een strokleurige crewcut bedekte zijn kogelronde schedel. Zijn van nature al gruizige stem klonk nog korreliger dankzij twee pakjes sigaretten per dag.

Drie jaar geleden was hij afgezwaaid nadat hij zijn hele diensttijd verantwoordelijk was geweest voor een wapenopslag in Duitsland.

Hij zei: 'Weet je wat *zogenaamd* is, Darius? Dat het afkoelt 's nachts in L.A. Zo'n nacht als vannacht had ik net zo goed in Bull Shoals kunnen blijven.'

'Dan had je nu niet hier met mij in een auto gezeten.'

Reed grinnikte. 'Vergeet het maar.'

'Kuthitte,' zei Fox terwijl hij het zweet van zijn in een rechte streep geschoren snorretje depte. Fox was een lange, slanke zwarte man, éénendertig jaar oud, in het verleden monteur bij de luchtmacht, die van veel mensen te horen gekregen had dat hij knap genoeg was voor de filmindustrie.

Jack Reed, plattelandsjongen uit Arkansas, was gewend met zwarten om te gaan op een manier die voor noordelingen onbegrijpelijk was. Hij vond L.A. eng. Iedereen deed net of iedereen van iedereen hield, maar in de straten gonsde het van woede.

Samenwerken met een zwarte man – naast elkaar zitten, eten, praten, je leven aan hem toevertrouwen – was een heel andere manier van omgaan voor een uit het zuiden getransplanteerde plattelandsjongen, en het had hem verrast hoe snel hij eraan gewend was geraakt om met Darius in een patrouillewagen te zitten.

Om te weten wat Darius dacht zonder dat die het onder woorden hoefde te brengen.

Hij kon zich alleen maar proberen in te denken hoe zijn neven en nichten zouden reageren als hij het hun zou vertellen, waar hij overigens geen enkele behoefte meer toe voelde. Al die onnozelheid en stompzinnigheid was verleden tijd.

Hij overwoog nog een sigaret op te steken, terwijl Darius de steeg uitreed, een blok verder reed en een volgende steeg insloeg. Nog meer afval en harmonicagaragedeuren.

Meer van hetzelfde. Beide agenten verveelden zich en hadden het bloedheet.

Darius veegde met zijn onderarm het zweet van zijn kin. Zijn glanzende nagels flitsten in het licht. Jack vocht tegen de neiging zijn partner te plagen met diens wekelijkse manicure. Op een nacht als vannacht was het niet leuk om pesterig te doen.

Jack was wezen barbecueën bij Darius thuis, de kleine bungalow in Crenshaw, had gespeeld met Darius' zoontje, had over koetjes en kalfjes gekletst met de vrouw waar Darius mee verondersteld werd samen te wonen tot de dood ons, enzovoort.

Madeleine Fox was een jonge blanke vrouw met smalle heupen, de juiste rondingen en krachtige gelaatstrekken die zelf vond dat ze kunstenares was, maar wier talent verder nog door niemand was waargenomen. Schitterend gebit, prachtig haar en een nog mooier figuur. Die grote, zachte... Jack stelde zich voor hoe Darius dichter bij haar kwam, op het bed naar het voeteneinde schoof en zijn gemanicuurde handen op... Jacks eigen gezicht en eigen handen vonden een plaats in het beeld.

Hij kwam tot zichzelf, voelde zich een klootzak en brak de film af, stak een nieuwe Parliament op.

'Alles goed?' zei Darius.

'Ja...'

'Je begon ineens te friemelen. Met je knieën te wippen, weet je wel.'

'Niets aan de hand.'

'Oké.'

'Oké, hoezo?'

'Jij friemelt als iets je dwarszit.'

'Er zit me niets dwars.'

'Oké.'

'Al die intuïtie, solliciteer maar bij de recherche.'

'Lol,' zei Darius. 'De hele dag op mijn kont zitten rapporten typen, geen stimulerende gesprekken meer met jou? Nog los van de beroepsbonus.'

Jack was nu dertien maanden de partner van Darius en wist precies over welke extraatjes het ging.

Gratis maaltijden, 'donaties in natura' van dankbare burgers.

Nog maar een week geleden hadden Darius en hij spiksplinternieuwe zakrekenmachines gekregen van een Arabier met een winkel in Hoover nadat ze twee jochies hadden opgepakt die probeerden cassettebandjes te jatten.

Het favoriete extraatje van Darius had niets te maken met materieel gewin.

Politiegroupies. De juiste bar op het juiste moment en ze komen op je af als vliegen op stroop.

Zielige meisjes, voor het merendeel, niets voor Jack. Maar hij sprak geen oordeel uit.

Maar soms verbaasde hij zich er wel eens over. Darius was getrouwd met Maddy, een aantrekkelijke, ronduit sexy vrouw, huisje, boompje, beestje, aardig zoontje Aaron.

Jack wist zeker dat hij, als hij ooit nog zou trouwen, niet naast de pot zou piesen.

Soms moest hij aan Maddy denken, aan die tanden. De rest van het pakket. Soms bezorgde hem dat koppijn en langdurige jeukerige gedachten. Dat was meestal als het heel erg stil werd in zijn eenpersoons appartementje in Inglewood en hij het met *Penthouse* niet meer af kon.

Darius zei: 'De wind blaast de hitte de stad in, de hitte zakt omlaag en blijft hangen tot er een andere wind komt die de hitte weer de stad uit blaast.'

Jack zei: 'Het weerbericht werd u vanavond voorgelezen door Cal Worthington Dodge. En nu het laatste nieuws over die bikkels van de Dodgers.'

Darius lachte. 'Met zo'n shitnacht als vannacht, nog eens bijna volle maan boven op al die hitte, zou je verwachten dat er toch wel wat meer te beleven viel.'

'Mensen die elkaar in repen snijden,' zei Jack.

'Mensen die elkaar links en rechts lek schieten,' zei Darius.

'Mensen die elkaar op de kop hengsten tot hun hersens uit de scheuren in hun schedel druipen.'

'Mensen die elkaar wurgen tot hun tong eruit hangt als een slappe... salami.'

'Ik dacht even dat je iets anders zou zeggen – hé, kijk eens naar dat slagschip.'

Hij wees de steeg in naar een grote witte auto met stationair draaiende motor, een meter of tien verderop, links langs de kant, lichten uit. Een beveiligingslamp op de gevel van een gebouw wierp een schuine strook oranje licht over de kofferbak van de auto.

Darius zei: 'Cadillac, ziet er vrij nieuw uit. Waarom rookt hij erger dan jij?'

Hij reed dichterbij en beiden stelden vast welk model het was: een grote witte Fleetwood, met een bijpassend vinyldak en valse spaakwielen. Getinte ramen, potdicht.

Dat was in ieder geval *geen* zogenaamde airconditioning.

Darius reed er zo dicht naartoe dat ze de nummerplaat konden lezen. Jack gaf het nummer door.

Caddy van een jaar oud, geregistreerd op naam van Arpad Avakian, een adres in Edgemont Street, geen uitstaande boetes, niet gezocht.

Darius zei: 'Armeniër uit East-Hollywood. Nogal een eindje rijden naar Southwest.'

Jack zei: 'Misschien wel iets de moeite waard om voor te rijden.'

'*Echt* de moeite waard om voor te rijden.'

Ze dachten allebei hetzelfde zonder dat ze het hoefden te zeggen: Arpad Armeniër of wie er dan ook in zijn auto zat, moest wel een verdomd goede reden hebben om zich met zo'n luxe nieuwe bak in zo'n strontbuurt te vertonen.

Dope of seks.

Of beide.

Een vent met een Caddy oppakken was misschien wel leuk, weer eens wat anders dan al die hersenloze *locals* waar ze normaal mee te maken hadden.

Als Arpad zich een beetje gedroeg, lieten ze hem misschien wel lopen met een waarschuwing. Sommige van die Armeniërs uit Hollywood hadden winkels voor audioapparatuur en zo. Helemaal niets mis met een dankbare burger erbij op het lijstje.

Darius reed nog dichterbij en zette de patrouillewagen in zijn vrij. Hij stapte uit de auto nog voordat Jack zijn hand op de deurkruk kon leggen.

Jack keek toe hoe zijn partner zijn broek ophees en naar de

Caddy liep met die waggelende gang die zo kenmerkend is voor politieagenten met een zware uitrusting aan hun riem. Net zoiets als zeebenen. Op den duur kreeg je er plezier in om zo te lopen.

Darius stapte naar het portier aan de kant van de bestuurder en scheen met zijn zaklantaarn naar binnen. Hij hield zijn zaklantaarn hoog, zoals hem was geleerd, om te voorkomen dat iemand hem uit zijn handen zou graaien. Zijn vrije hand zweefde boven de holster met de .38 en Jack voelde hoe zijn eigen hand zich om zijn wapen vleide. Tegenwoordig moest je overal melding van maken, dus probeerde hij aan de centrale door te geven dat ze waren gestopt. Moest het als gevolg van een slechte verbinding nog twee keer proberen voordat hij contact kreeg.

Ondertussen klopte Darius op het raam.

Bijna zwart getint glas. Het raam bleef dicht.

'Politie, openmaken.'

De Caddy stond onverstoorbaar te roken in het donker.

Misschien zelfmoord? Of een ongeluk met koolmonoxide? Normaal gesproken kon je jezelf alleen van kant maken met je uitlaatgassen als je auto ergens onderdak stond, maar Jack had wel eens een verhaal gehoord over ventilatie die naar de kloten was.

'Nu openmaken.' Darius legde die dreigende klank in zijn stem. Je zou niet zeggen dat die vent elke week in een schoonheidssalon zijn nagels liet doen.

Het raam van de Caddy bleef dicht.

Terwijl Darius het bevel herhaalde, maakte hij aanstalten de gesp van zijn holster los te maken. Jack pakte zelf zijn wapen steviger vast en opende het portier van de patrouillewagen.

Net toen hij naast de auto stond, gleed het raam geluidloos omlaag.

Wat het dan ook was wat Darius te zien kreeg, hij ontspande zich. Hij liet zijn hand met het wapen zakken. Glimlachte.

Jack ontspande zich ook.

'Rijbewijs en ken...'

De nacht kraakte.

Drie schoten snel achter elkaar, stuk voor stuk in Darius' borst. Bij elk schot schokte zijn lichaam.

Hij viel niet achterover zoals dat in de film gaat. Hij zakte in elkaar tot hij op straat zat, zijn handen plat op het asfalt, terwijl de automaat van de Caddy met een schok in drive werd gezet en de wagen vooruit schoot.

Op het eerste gezicht gewoon iemand die even uitrust.

Belachelijk genoeg dacht Jack: hem mankeert niets.

Toen tolde Darius om zijn as, half en half naar Jack. Er lekte iets door zijn strak gesneden marineblauwe overhemd dat wel motorolie leek. Hij had het gezicht van een vreemde.

Jack krijste en vuurde op de wegsprintende wagen. Hij schoot zijn revolver leeg terwijl hij naar Darius rende.

'O man, o Jezus, o man, o Jezus...'

Achteraf had hij begrepen dat één van zijn kogels door het achterraam van de Caddy was gevlogen, maar het had geen enkel merkbaar gevolg gehad voor de zware bak.

Darius bleef daar maar zitten. Drie vochtige gaten in zijn borst.

Jack sloeg zijn armen om hem heen en wiegde hem en probeerde druk uit te oefenen op de wonden. 'Volhouden Dar, alles komt goed. Hou vol hou vol hou vol.'

Darius staarde omhoog met doffe, niets ziende ogen.

Zijn mond stond wagenwijd open.

Jack zocht naar een polsslag. Kom op, toe dan, verdomme, alsjeblieft...

Darius werd ijskoud.

Jack begon met reanimatie. Zette zijn lippen op de koude lippen van Darius.

Alsof hij in een lege grot ademde.

Darius lag daar maar.

Even stil als de hitte die vanuit de woestijn de stad in was gewaaid en had besloten om te blijven.

2

Zo langzamerhand begreep Aaron Fox de heer Dmitri. Als hij eenmaal een bepaalde mate van vertrouwen had opgebouwd, had je niets meer van hem te duchten. Aarons favoriete type cliënt. En dat hij zonder moeite diep in de buidel tastte, maakte van hem een *perfecte* cliënt.

Voorafgaand aan hun eerste ontmoeting had Aaron zijn gebruikelijke onderzoek gedaan. Hij had Leonid Davidovitch Dmitri opgezocht met Google en was op een stuk of twintig vindplaatsen gestuit, waarvan het van-krantenjongen-tot-miljonair-verhaal in een zakenglossy voor hem het meest informatief was geweest: hij was geboren in Moskou, opgeleid als elektrotechnisch ingenieur en had vijftien jaar zijn tijd verdaan in een communistische baan met het opmeten van geluidsniveaus in restaurants en het schrijven van rapporten die niemand ooit las. Toen hij zevenendertig was, was hij geëmigreerd naar Israël, daarna naar de vs. Hij had op de avondschool wiskunde en natuurkunde gegeven aan andere Russen, geknutseld in zijn keukentje en de ene na de andere uitvinding gedaan waarvan het nut twijfelachtig was.

Tien jaar geleden had hij octrooi aangevraagd voor een kleine, flinterdunne stereoluidspreker die een muur van geluid produceerde en uiterst geschikt was voor auto's – vooral dure sportmodellen met weinig ruimte binnenin.

Aaron had Dmitri's speeltjes ook in zijn Porsche laten inbouwen toen hij die aan zijn smaak had aangepast, en het geluid was fantastisch.

In het tijdschriftartikel werd het vermogen van de heer Dmitri geschat op een paar honderd miljoen, dus Aaron had verwacht bij die eerste ontmoeting een zwaargewicht van een zakenman tegen te zullen komen, die achter een bureau als een voetbalveld zat in een belachelijk overdreven ingericht heilige der heiligen, volgepropt met namaak-Fabergé en Joost mag het weten wat voor troep nog meer.

Wat hij aantrof was een klein, kaal mannetje met worstjes

als ledematen en een stierennek, achter in de vijftig, met een platgeslagen gezicht waarover een blauwgrijs waas lag van baardgroei. Hij zat achter een bureau van multiplex in een hol zonder ramen in een fabriek op een industrieterrein in Sylmar.

Dmitri was hooguit één meter vijfenzestig en van de minstens 90 kilo die hij woog, zaten er heel wat in spieren, al had hij ook wel wat vet. Donkerbruine ogen, scherp als laserstralen, die nooit stilstonden.

Tweehonderd keer zes nullen, maar de man gaf er geen cent teveel van uit aan zijn kleren. Bleekblauw overhemd met korte mouwen, flodderige bandplooibroek, grijze sportschoenen van New Balance. Na verloop van tijd kwam Aaron erachter dat het zo ongeveer Dmitri's uniform was.

Goedkoop digitaal horloge.

Op alle vier de wanden van het kantoor was plaatmateriaal met een namaak veer-en-groef getimmerd. Zelfs op de deur, wat het geheel nogal claustrofobisch maakte.

Bij die eerste ontmoeting had hij het voorzichtig gespeeld, wat garderobe betreft, omdat hij nog niet precies wist wat voor soort verstandhouding zich zou ontwikkelen tussen hem en zijn cliënt.

Die persoonlijke aandacht was één van de vele sleutels tot Aarons succes.

Door al die afwisseling vond hij zijn werk zo mooi. De ene dag had je een afspraak bij Koi met een meelijwekkende platenproducer die zijn uiterste best deed om jong te lijken en nog steeds dacht dat hij iets kon met hiphop. Zat je met je stokjes in miso gemarineerde kabeljauw weg te werken terwijl de cliënt zijn uiterste best deed om nonchalant te doen, terwijl hij vanbinnen werd opgevreten door onzekerheid, en niet wist hoe hij uit moest leggen waarom hij een privédetective wilde inhuren.

En dan eindelijk het opbiechten: hij moest weten of zijn zevenentwintigjarige, vierde vrouw nu met die knappe kerel waarmee iemand haar had gezien bij Fred Segal, in de koffer dook, of was die Darett echt de homofiele *hairdresser* met wie ze samen ging shoppen?

In zo'n geval trek je niet direct het kloffie aan dat je cliënt draagt, maar ook geen pak. Aaron had voor de ontmoeting met die loser indigo jeans van Diesel aan, een leikleurig retro T-shirt van Egyptisch katoen van VagueLine, een niet-gemodelleerd linnen jasje en geperforeerde zwarte rijschoentjes van Santoni.

Een dag later bevond hij zich in een advocatenkantoor hartje stad waar een zakelijke klant een loopjongen van zeshonderd dollar per uur met hem liet smoezen omdat hij iemand nodig had die in de gaten moest houden wat er allemaal gebeurde in een bouwput in Temple Street waar gereedschap en bouwmateriaal in een angstwekkend tempo verdwenen. Voor die gelegenheid had Aaron een marineblauw, op maat gesneden Paul Smith met een flinterdun streepje gedragen, een parelgrijs shirt van Ferré, een kastanjebruine stropdas van Sego, een blauwe pochet en bruine Magliloafers van fijn geitenleer. En hij had genoten van de fijne stoffen op zijn huid, want de dag erna zou hij als een gore, dakloze zwerver met een psychisch probleem en een winkelwagentje rondhangen bij die bouwput.

Voor zijn eerste afspraak met de heer Dmitri had hij een olijfkleurig Zegna Soft uitgekozen dat hij had ontdekt in de outlet in Cabazon, een maiskleurig shirt met een bruine, linnen stropdas van Barneys en *wingtips* van Allen Edmonds in de kleur van pure chocolade.

Wat de heer Dmitri betreft had Aaron net zo goed een dansje kunnen maken in een balletpakje en een drollenvanger. De man had besloten hem de opdracht te geven, wist wat Aaron rekende, inclusief de extravagante onkostenvergoeding, en had een cheque voor een vet voorschot duidelijk leesbaar op zijn bureau klaargelegd.

Een heel vet voorschot.

'Mag ik vragen wie u heeft verwezen, meneer?'

Dmitri pakte iets van zijn bureau dat leek op een kubus van Rubik, maar dan met een stuk of twintig zijden en vierkantjes met Griekse letters. Zonder naar de cijfers te kijken, draaide hij er in een razend tempo aan, bekeek hij het resultaat, en zette hij het ding weer neer.

'Zeker, dat mag je vragen.' Stem als een misthoorn. Zijn accent maakte er *Zekhur, dadmaaguh juh vraaghun* van. Glimlachend.

'Wie heeft u verwezen, meneer?'

Dmitri zei: 'Serinus Canaria.'

Nog een buitenlander? Er ging geen belletje rinkelen. 'Het spijt me, meneer, maar dat klinkt niet...'

Dmitri zei: 'De gewone kanarie.'

Aaron staarde hem aan.

'Klein vogeltje,' zei Dmitri. Glimlach verdwenen. 'Wil je de klus of niet?'

Aaron wierp een blik door het kantoor. Was er iets te zien wat een speciale interesse in ornithologie verraadde? Hij zag niets op die afgrijselijke panelen behalve omkrullende posters van de heer Dmitri's gepatenteerde SoundMyte-luidsprekers in 'new-age designkleuren'.

Aaron zei: 'Vertel eens over de klus.'

'Juiste antwoord, meneer Fox.'

Zijn eerste opdracht was onthutsend eenvoudig geweest. Er werd gejat bij Dmitri's laadplatforms. De boef moest een van de zes werknemers zijn, en binnen zesendertig uur had Aaron de idioot op een verborgen camera staan terwijl hij luidsprekers in vier rugzakken stopte, die stuk voor stuk in de kofferbak van zijn Camry verdwenen.

Bingo, drieduizend dollar in het laatje. Aaron vroeg zich af waarom een man met de technische knowhow van iemand als de heer Dmitri de moeite had genomen iemand in te huren.

Om Aaron te testen?

Zo ja, dan was hij geslaagd, want de tweede klus kwam twee maanden later en die was verre van eenvoudig.

Eén van de secretaresses van Dmitri maakte zich zorgen over haar zeventien jaar oude dochter die tegelijkertijd fantastische cijfers haalde op school en 'rondklooide' met een gangbanger, genaamd Hector George Morales.

'Uitzoeken, meneer Fox. En dan zien we weer verder.'

'Aardig van u, dat u dat voor een werknemer doet.'

'Hier is de cheque.'

Morales bleek een eersteklas klootzak, derde generatie Mexicaanse maffia, met een strafblad bij de jeugdrechter van vijf pagina's, dat Aaron lospeuterde van iemand bij het archief van de LAPD met behulp van een briefje van honderd dollar. Er waren nog eens tien pagina's misdrijven als volwassene. Morales werd verdacht van een aantal moorden, maar was slechts één keer veroordeeld voor een gewapende overval, waarvoor hij de helft van een celstraf van tien jaar had uitgezeten in Chino. De idioot was drieëndertig jaar oud en was voortdurend op stap met uiterst gevaarlijke lui, een duidelijke schending van de voorwaarden voor zijn voorwaardelijke invrijheidstelling.

Aaron legde hem en Valerie Santenegro, die dan wel de beste van de klas was, maar eigenlijk niet zo heel slim, vast op video, terwijl ze een motel in East-L.A., in de buurt van de districtslijkschouwer, verlieten, rapporteerde dat bij de heer Dmitri, en bood aan om gebruik te maken van kennissen bij de LAPD om Hector te laten oppakken.

'Goed plan, meneer Fox.'

Ze stuurden Hector voor nog eens tien jaar achter de tralies en brachten Valerie onder in Dallas bij haar getrouwde zuster.

De heer Dmitri zei: 'Goed,' en pelde een stapel bankbiljetten van een pak. Tien stuks van honderd extra.

'Waarom dat, meneer?'

'Waardering, meneer Fox. Koop nog maar een paar mooie hemden.'

In de afgelopen zes maanden had Aaron nog twee klussen gedaan voor de Rus: een geval van bedrijfsspionage dat hem naar Eugene, Oregon had gevoerd voor drie weken gecompliceerde hightech observatie, en nog eens een geval van interne diefstal in de fabriek in Sylmar, waar dit keer vrachtwagenchauffeurs bij betrokken waren.

Alle verdachten bleken schuldig, wat niet verbazingwekkend was. Een man als Dmitri huurde geen detective in als hij niet al een aardig idee had wat er gaande was. Het werk dat Aaron deed, had over het algemeen maar weinig te ma-

ken met whodunit, en veel meer met zoeken naar bewijzen.
De vijfde klus was anders.

Dmitri speelde met zijn mega-Rubik. 'Alles goed, meneer Fox?'

'Fantastisch.'

'Ik zit te denken, misschien moet ik je maar Aaron noemen.'

'Dat is prima, meneer.'

'Noem mij maar meneer Dmitri.'

Aaron lachte.

'Ja, dat was een grap.' Iets in de stem van de Rus zei, waag het niet te familiair te worden.

'Aaron,' zei Dmitri, alsof hij de klank wilde proeven. 'Uit de bijbel. Waren je ouders gelovig?'

'Niet echt, meneer.'

'De broer van Mozes.'

'Ja meneer.' *U moest eens weten.*

'Deze nieuwe klus,' zei Dmitri. 'Misschien komen we wel niet achter de waarheid. Een van mijn boekhouders is Maitland Frostig. Masters in wiskunde, maar hij geeft de voorkeur aan optellen en aftrekken. Meneer Frostig kijkt altijd bedroefd. De afgelopen tijd oogt hij nog bedroefder. Ik zeg "oogt", want ik bemoei me niet met emoties. Afgelopen keer bij de kerstborrel zei mijn vrouw: "Die man is zwaar depressief. Net als wij in Moskou." Ik keek naar Maitland Frostig met, zeg maar, andere ogen en ik was het met haar eens. Maar toen ben ik het vergeten.'

Dmitri liet een hand over zijn glanzende schedel glijden. 'Mijn vrouw vergat het niet. Zij is psychiater. In de Sovjet-Unie hebben ze geprobeerd haar te dwingen dissidenten drugs in te spuiten. Ze weigerde en werd naar een goelag gestuurd. We hebben nooit kinderen gekregen.'

'Dat spijt me, meneer.'

'Regina praat, ik luister. Ik riep Maitland Frostig bij me voor een gesprek. Hij zegt dat alles oké is. Ik zeg: "nee, dat is het niet."' Klein glimlachje. 'Ik zeg dat met zelfvertrouwen, want mijn vrouw heeft altijd gelijk.'

'In het algemeen, meneer, is dat een gezonde filosofie.'

'Jij bent niet getrouwd.' Een constatering van een feit, geen vraag. Aaron wist zeker dat Dmitri iemand had ingehuurd om hem na te trekken voordat hij die eerste cheque schreef. Misschien kwam hij er ooit achter wie dat was geweest.

'Heb de juiste vrouw nog niet gevonden.'

'Misschien,' zei Dmitri. 'Hoe dan ook, ik zeg tegen Maitland Frostig dat er iets niet in orde is en hij vertelt het verhaal. Hij woont alleen, weduwnaar sinds zijn dochter vier is. Nu is de dochter twintig en verdwenen. Caitlin Frostig. Al vijftien maanden, politie doet niets.'

'Iemand van die leeftijd,' zei Aaron. 'Geen spoor van een misdrijf, dat noteren ze als vermist en dan leggen ze het dossier weg.'

'Ik heb hier en daar gebeld, heb het dossier naar rechercheurs Moordzaken laten sturen. Niets.'

'Welke afdeling?'

'Weet ik niet.'

'Waar is ze het laatst gezien?'

'Thuis bij Maitland in Venice.'

'Twintig en dan nog thuis wonen.'

'Ja.'

'Venice is de afdeling Pacific.'

Dmitri haalde zijn schouders op. *Val me niet lastig met details.* 'Politie doet niets. Heb ze gebeld voordat ik jou kende. Nu ken ik jou.'

3

Vergeet gisteren. Wat heb je vandaag voor me gedaan?

Moe Reed, knalrood hoofd, hijgend, biceps tot de volle achtenveertig centimeter opgezwollen, legde de *curl*-halter neer en probeerde op adem te komen. De spieren in zijn armen klopten. *Al* zijn spieren klopten. Zestig kilo aan de stang, vier setjes van vijftien keer.

Het een of andere stuk tuig, ergens op de binnenplaats van een bajes, overtrof hem ongetwijfeld op dit moment, maar

Moe hoorde bij de helden en als held deed hij het lang niet slecht, vond hij.

Qua baan was het weer een heel ander verhaal.

Hij liep de logeerkamer, die hij had ingericht als fitnessruimte, uit naar de badkamer, druipend van het zweet, boende het zweet van zijn lichaam met een handdoek, kleedde zich uit en stapte onder een koude douche.

Nadat hij zo lang hij het maar kon volhouden onder die koude douche had gestaan, draaide hij de heetwaterkraan open en zeepte hij zijn strokleurige crewcut in met shampoo. Zeepte de rest van zijn zware, spijkerharde lijf in en droogde zich af.

Dat inzepen duurde vroeger langer. Hij raakte door zijn eigen handen niet langer opgewonden. Niet sinds hij Liz kende.

Hij overwoog haar op te bellen, alleen maar om haar stem te horen, maar hij herinnerde zich dat ze net terug was van die bottenconferentie in Brussel en wel op de gebruikelijke manier zou worstelen met een jetlag, en dus beter even met rust gelaten kon worden.

Tegen zeven uur was hij gekleed in zijn gangbare blauwe jasje, kaki broek, witte overhemd, gestreepte das en zwarte Oxford-schoenen. Zijn ontbijt bestond uit hete thee, drie bakken Special-K, magere melk en een stuk kipfilet. Tegen zevenen klom hij in zijn nieuwste roestbak, een Dodge. De rit van North-Hollywood naar West-L.A. was soms een ramp en hij wilde vroeg aan zijn bureau zitten, ook al vonden de rechercheurs hem een uitslover die zich zo nodig moest bewijzen. *Vergeet gisteren. Wat heb je vandaag...*

Hij had deel uitgemaakt van het team dat de moerasmoorden had opgelost; veel aandacht van de media, goede pr voor de afdeling. Het succes had hem een hoofdknik opgeleverd van adjunct-hoofdcommissaris Weinberg en een snelle overplaatsing van Pacific naar West-L.A.

Het enige wat hij van downtown had gemerkt sinds hij aan zijn nieuwe bureau was gaan zitten, waren memo's over de zaak die hij had gehoopt daar achter te laten.

Betreffende: Caitlin Frostig.

Aardige vrouw, die Caitlin. Afgaande op wat hij had gehoord.

De afgelopen acht maanden was ze hem een doorn in het oog geweest.

Hij was een jaar geleden doorgedrongen tot Pacific Moordzaken, helemaal niet gek voor iemand van achtentwintig, en was op een doodsimpele schietpartij tussen een paar gangs gezet die hij in tweeënzeventig uur had opgelost.

Zijn tweede zaak was Caitlin Frostig, die al een halfjaar werd vermist tegen de tijd dat haar dossier aan hem werd overgedragen uit de map Onopgelost van een oude rechercheur die dood op straat was gevallen na een hartaanval.

Het was geen moordzaak, in de strikte zin van het woord. Maar iemand met kruiwagens wilde dat de zaak voorrang kreeg – Moe had nooit ontdekt wie dat was geweest.

Hij was eraan begonnen zoals ze dat van je verwachten: met de naaste verwanten. In het geval van Caitlin betekende dat een mompelende zonderling van een vader die haar in zijn eentje had opgevoed vanaf dat ze klein was, maar die niet meer van haar leek te weten dan het meest voor de hand liggende. De tweede man in haar leven was een vriendje dat Rory Stoltz heette en op Moe zo'n frisgewassen indruk maakte dat zijn nekharen recht overeind gingen staan.

Bovendien is het negen van de tien keer Romeo die Julia heeft vermoord.

Deze Romeo bleek een alibi te hebben voor de avond dat Caitlin de Riptide uitliep. Moe dook niettemin in Stoltz' achtergrond, maar stuitte op niets anders dan het beeld van de All-American Kid, min of meer de tegenhanger van Caitlin. Woonde nog steeds thuis, was in de bediening in dezelfde zaak als Caitlin en studeerde braaf. Allebei studenten aan Pepperdine University in Malibu, van het type dat nooit een onvoldoende scoort.

Rory's ogen waren vochtig geworden toen hij had verteld hoe hij Caitlin had ontmoet bij een college filosofie.

Moe had hem tot in de zoveelste graad verhoord, maar er was niets uit gekomen.

Caitlins vader gaf Moe toestemming haar kamer te doorzoeken. Geen enkel spoor van een misdrijf. Wat dat betreft, geen enkel spoor van een misdrijf in het *hele*, kleine houten huis aan Rialto, aan de zuidkant van Venice. Een hippe wereld rukte in de buurt aan alle kanten rondom op, maar Maitland Frostig had nog geen vaatdoekje anders neergelegd sinds de dood van zijn vrouw zestien jaar geleden. Een vreselijk rustige, vreselijk gedeprimeerde man.

Moe kreeg toestemming Caitlins creditcard na te trekken. Geen recente activiteit.

Geen enkele database in Californië had een Jane Doe die op Caitlin leek, en voor zover Moe kon achterhalen, had ze een uitzonderlijk saai leven geleid: braaf studeren, 's avonds een baantje, geen andere sociale contacten naast Rory Stoltz. Moe nam Stoltz opnieuw onder handen, weer zonder resultaat. Hij dook in de databases met vermiste personen, steeds verder naar het oosten tot hij uiteindelijk het hele land had gehad. Hij zocht zelfs contact met politiebureaus in Mexico, voor wat dat waard was.

Zijn laatste stap was zoeken in Canada. Wat niet eenvoudig was, want Canada was groot en de politie stelde zich terughoudend op. Toch lukt het hem ook de Grote Noorderbuur van zijn lijst te strepen.

Zilch, zoals Milo Sturgis placht te zeggen.

Hij praatte met Sturgis over Caitlin, omdat de inspecteur zijn goeroe was geweest bij de moerasmoorden.

Wees eerlijk, Moses, Sturgis heeft die moerasmoorden opgelost *en jij mocht achter hem aan lopen.*

Over levenslang leren gesproken, samenwerken met iemand met zoveel ervaring was even waardevol als een heel semester op de faculteit Moordzaken van Harvard. Dat hij meer wilde opsteken van de inspecteur was de reden geweest om overplaatsing aan te vragen naar West-L.A.

Als het ertoe leidde dat hij verlost werd van Caitlin Frostig omdat er op haar dossier een nummer van Pacific stond, werd overplaatsing alleen nog maar aantrekkelijker.

Toen de afdeling er eenmaal lucht van had gekregen, hadden alle grappige opmerkingen hem een punthoofd bezorgd.

Een nieuwe seksuele voorkeur, rechercheur Reed?

*Is dat oogschaduw? Of een beetje te veel xtc in die dansclub
voor jongens, hoe heet hij ook alweer, o ja, De Wandelstok.
Niks zeggen! Hou je mond! Maar blijf vooral van mijn kont!*
Moe negeerde hen. Toen hij was gaan samenwerken met
Sturgis had hij zich inderdaad wat ongemakkelijk gevoeld,
dat moest hij toegeven.

Moeilijk te geloven dat zo'n zware, norse man... Maar wat
kon het hem schelen wat iemand in zijn vrije tijd deed, het
ging om het werk, en daar was Sturgis *goed* in.

In sommige jaren – eigenlijk best wel vaak – haalde de inspecteur het hoogste aantal gesloten dossiers van de hele afdeling.

Moe liet de grappen aan zich voorbijgaan. Als de overplaatsing niet door was gegaan, was het een bezoeking geworden om nog langer in Pacific te werken.

Maar de overplaatsing ging door.

Het Frostig-dossier reisde met hem mee.

Op de tweede dag aan zijn nieuwe bureau was hij de grote recherchezaal uit gelopen en had hij aangeklopt op de
deurpost van het kleine kantoortje, ver weg achter in een
gang.

Daar had Sturgis gezeten, een onaangestoken sigaar in zijn
mond, zijn grote voeten op het bureau, een stapel dossiers
voor zich, zo te zien cold cases.

'Wat is er?'

Moe vertelde het hem.

Sturgis zei: 'Klinkt alsof je alles hebt gedaan.'

'Dat dacht ik ook, maar misschien heb je nog een idee, Loo?'

'Niet na wat je mij heb verteld.'

'Oké, bedankt.'

'Je zou kunnen gaan praten met doktor Delaware.'

'Zie jij psychische kantjes?' vroeg Moe. 'Je gaat ervan uit dat
ze dood is?'

Sturgis rekte zich uit en speelde met zijn sigaar. 'Hé kid, alles is psychologisch, maar dat wil nog niet zeggen dat we
overal zielenknijpers voor nodig hebben. Meestal gaat het er
gewoon om de lijntjes tussen de puntjes te trekken. Maar bij
zoiets als dit... Misschien komt hij met een onverwacht idee

uit de lucht vallen. Heb jij toevallig nog iets opgevangen over de toestand van de koffie op Times Square?'

'Nog steeds heet,' zei Moe. 'Ik zal een kop voor je halen.'

'Melk en twee klontjes.'

Delaware was zonder meer vriendelijk, maar had niets te melden, en Moe kreeg het idee dat dit zo'n zaak was die je pas kon afsluiten als er ergens een zak botten opdook.

Als ze tenminste dood was. Met zo'n saai leven als dat van haar was er misschien wel iets gaan kriebelen, een verlangen naar meer.

Een week geleden had hij voor de tweede keer de doolhof doorgespit van de federale archieven. Voor zover viel na te gaan had niemand het sofi-nummer van Caitlin gekaapt, of op een andere manier haar identiteit ingepikt.

De niet-gebruikte creditcard zette hem aan het denken. Als de vrouw nog leefde, hoe kwam ze dan aan geld?

Misschien had ze een baantje ergens in een gat waar de locals niet zo nieuwsgierig waren. Of misschien had ze zich aangesloten bij een sekte. Op reis met het circus.

Had ze een rijke kerel ontmoet en was haar hoofd op hol geslagen.

Als het één van die dingen was, zou ze niet eens gevonden *willen* worden.

Hij dacht aan dat knappe gezichtje, het slanke figuur, die wolk van blond haar. Onder de groene zoden met de tenen omhoog of bruut en wreed ergens achtergelaten in een eenzame greppel.

Of met een paar blokken beton in het water, de psychopaat die haar nastaart terwijl ze in de diepte verdwijnt...

Tijd en bacteriën doen de rest.

De dood tegen Moses, één-nul.

4

Aaron zocht Maitland Frostig op in zijn armoedige kleine huisje. Hij had zich al aan Frostig voorgesteld op de fabriek, toen hij Frostigs kantoortje was binnengelopen bij Boekhouding en hem had verteld dat hij de zaak van Caitlins vermissing op zich nam.

Hij had de een of andere dankbare reactie verwacht, maar Frostig had alleen maar geknikt en was naar zijn computerscherm blijven staren.

Aaron had een blik op het scherm geworpen: rijen met cijfers. Frostigs vingers hadden op het toetsenbord gelegen, klaar om door te gaan met typen. Magere man, wit haar, slobberend vel, de handen vol levervlekken. Zag er een stuk ouder uit dan de zevenenveertig jaar waarmee hij in het personeelsbestand stond.

Na verloop van tijd had hij gezegd: 'Dank u, meneer Fox.'

Aaron had de volgende avond voorgesteld, om acht uur, bij Frostig thuis.

Frostig had gezegd: 'Goed.' Zijn vingers waren in beweging gekomen. Cijfers waren verschoven.

Frostig had een onberispelijke staat van dienst. Tien jaar bij Lockheed, acht bij Amgen en daarna bij SoundMyte Inc.

Een masters in wiskunde en al geregistreerd accountant voordat hij bij de luchtvaartgigant was begonnen, en dat betekende dat hij een aantal zware tests had overleefd. En toch was hij maar gewoon boekhouder, met het bijbehorende onbeduidende salaris.

Iemand die niet van uitdagingen hield? Of had het verlies van zijn vrouw hem alle ambitie doen verliezen? Misschien was het verdriet dat Frostig zo oud maakte. En nu werd zijn enige kind vermist. Arme kerel.

Maar toch, je kon op allerlei manieren proberen jezelf overeind te houden. Aaron wist dat hij, als hij zich in die situatie zou bevinden, met beide benen op de grond zou staan, wakker en woedend en klaar om de strijd aan te binden met de Kwade Goden. Gerechtvaardigde woede transformeren in constructieve energie.

Dat was geen theorie; hij was al eens het een en ander kwijtgeraakt.

De bel gaat op een vroege zomerochtend. Mam sloft naar de
voordeur om open te doen, nog in pyjama, met die prachtige slaperige blauwe ochtendogen van haar.
Aaron drentelt achter haar aan, zoals hij altijd doet, waaraan hij zijn bijnaam te danken heeft. Mijn Kleine Puppy. Met
zijn Batmanpyjama aan, de smaak van Froot Loops nog rond
en zoet in zijn mond, tekenfilms op tv, een ochtend als alle
andere.
Maar mooi niet.
Mam doet de deur open.
Grote, verdrietige mannen op de stoep, ze staan daar maar,
nerveus, en beginnen te praten.
Mam verliest haar evenwicht, valt op de stoep.
Aaron schiet naar voren, maar de grote mannen nemen alles al voor hun rekening. Eén van hen kijkt hem even aan en
zijn lippen beginnen te trillen en hij ziet eruit als een man uit
één stuk, zo'n man die kleine kindertjes niet eens ziet staan,
en dat is het moment dat Aaron ineens beseft dat er iets ver-
schrikkelijks is gebeurd.
We dragen allemaal ons eigen kruis.

Toch kon Aaron het gevoel van minachtig niet onderdruk-
ken dat hem bekroop toen hij tegenover Frostig in zijn onbenullige woonkamertje zat, de man in elkaar gedoken, het
leed van de wereld op zijn schouders, afwezig, alleen maar
uitstralend dat het Leven hem met regelmatige tussenpozen
een flinke klap uitdeelde.
Hij had net zo goed een bordje met GRATIS SLAAN om zijn
nek kunnen hangen.
Je kon je het beste wreken door het er flink van te nemen.
De Kwade Goden *kaltstellen* en doorgaan met je leven.
Hij zei: 'Ik weet dat dit zwaar is, meneer.'
'Ja.'
Het was benauwd in de kamer, donker, hij was volgepropt
met goedkoop meubilair, alles wat niet perzikkleurig of groen

was, had een valse lichtbruine kleur. Er was nog geen bijzet-tafeltje vernieuwd sinds de jaren tachtig en de tv was zo'n oud joekel met een opbollend grijs scherm. Geen kabelontvanger of satellietontvanger.

Was Frostig zo iemand wiens mondhoeken al omlaag krul-den bij de gedachte aan entertainment?

Op een voor het overige leeg koffietafeltje stond een eenza-me foto van Caitlin, gemaakt tijdens *high school graduation*, met een onvermijdelijke glimlach die uitdrukte: *mag-die-grijns-eindelijk-van-mijn-postzegel?*

Knap meisje, bruin, een paar sproeten net zichtbaar. Een he-leboel mooi, zwaar en sluik blond haar, intelligente bruine ogen onder zorgvuldig gebeeldhouwde wenkbrauwen.

Geen moeder in haar leven, maar zonder moeite een heel vrouwelijke uitstraling.

Absoluut aantrekkelijk genoeg om in het oog te springen bij de jongens; misschien was ze wel door de verkeerde jongen opgemerkt.

Maitland Frostig verroerde zich niet, alsof hij met angst en beven zat te wachten op een prostaatonderzoek. Aaron zei: 'Fijn dat u mij wilde zien, meneer.'

Ook al zou het precies andersom moeten zijn.

'Wat wilt u van mij horen, meneer Fox?'

'Alles, meneer.'

'Alles,' zei Frostig, alsof het een woord in een vreemde taal was. 'Dat is nogal veel.'

'U kent haar beter dan wie ook,' zei Aaron.

'Ze is een goed meisje. Ik zal u haar kamer laten zien.'

Ze liepen langs de keuken die niet gebruikt leek te worden naar een kamertje van drie bij drieënhalve meter. Roze wan-den, één enkel hoog raam, beige gordijnen die vloekten met de wanden.

Beige sprei op een tweepersoons bed.

Een goedkoop bureau nam de helft in van één van de wan-den. De ladekast aan de andere kant van de kamer leek er-op als twee druppels water: vierkant, stijlloos, vijf laden. Het enige decoratieve accent waren drie ingelijste prints van bloemen, die eruitzagen alsof ze uit een of ander oud boek waren gescheurd.

Geen posters, geen grappige meisjesachtige frutseltjes, niets dat deed vermoeden dat dit de kamer was van een meisje of een jonge vrouw.

'Hebt u iets veranderd?'

Frostig leek zich beledigd te voelen, alleen al door het idee. 'Natuurlijk niet.'

'Caitlin is een serieus meisje.'

'Hoe bedoelt u?'

'Dit lijkt meer de kamer van een serieuze volwassene.' *Het lijkt meer een gevangeniscel.*

Frostig zei: 'Caitlin is heel erg serieus.' Hij stapte achteruit een hoek in toen Aaron de ladekast inspecteerde, in de laden graaide.

Wit katoenen ondergoed en bh's, Levi's, twee zwarte broeken, een assortiment topjes, MADE IN CHINA. Overheersende indruk: prijsbewuste aankopen, nogal traditioneel.

Pepperdine was een christelijke universiteit. Baptisten.

'Is Caitlin gelovig?'

'We gaan niet naar de kerk.'

Aaron ging nog een keer door de ladekast. Caitlin leek geen enkele interesse in de wereld om haar heen te hebben. 'Ontbreekt er ook iets, meneer?'

'Hier komt niemand. Ik stofzuig alleen het vloerkleed, verder niets.'

'Het lijkt alsof er maar heel weinig persoonlijke dingen zijn, meneer Frostig.'

'Caitlin bewaart haar make-upspullen in de badkamer. Het bovenste plankje van het medicijnkastje is van haar.'

Is die kerel wel lekker? 'Ik bedoel jaarboeken, dagboeken, dat soort dingen.'

'Als u ze niet ziet, dan zijn ze er niet,' zei Frostig.

'Caitlin is niet sentimenteel.'

'Hoofdvak filosofie,' zei Aaron. Hij zei het tussen neus en lippen door op een toon die er soms toe leidde dat mensen er impulsief op reageerden.

'Ja,' zei Frostig.

Maffe vader.

Aaron had de zaak op zich genomen in de veronderstelling dat het onwaarschijnlijk was dat Caitlin er vrijwillig als een haas vandoor was gegaan. Maar hij begon te twijfelen. Hoe lang kon een normaal mens het hier uithouden?

'Oké,' zei hij. 'Laten we maar weer gaan zitten, dan kunt u me vertellen over de laatste keer dat u uw dochter hebt gezien.'

'De laatste keer was die ochtend,' zei Frostig. 'Twintig voor acht. Ik ga om kwart voor acht de deur uit, zodat ik om negen uur op mijn werk ben. Soms ben ik er al vroeger. Caitlin wordt om zeven uur wakker en ontbijt terwijl ik koffie drink. Ze vertrekt naar Pepperdine op verschillende tijden, het hangt er maar van af wanneer haar eerste college begint. Meestal zien we elkaar 's avonds, behalve wanneer Caitlin laat werkt, dan slaap ik al als ze thuiskomt. Ik hoor haar wel thuiskomen. Dit is geen villa.'

'De laatste keer dat ze is gezien, was toen ze vertrok uit de Riptide, iets voor twee uur. Vertelt u me eens iets meer over haar werk daar.'

'Riptide,' zei Frostig. 'Geen *de*. Ze denken zeker dat dat modern is.' Zijn mondhoeken zakten omlaag. 'Ze heeft er vier maanden gewerkt, voordat ze verdween.'

'Dat klinkt alsof u het er niet zo mee eens was.'

'Het is een bar. Misschien noemen ze het wel anders, maar het is een bar en dat betekent mensen die te veel drinken.'

'U vraagt zich af of dat iets te maken heeft met haar verdwijning.'

'Ik had het idee dat Caitlin wel beter werk zou kunnen krijgen dan in een bar. Caitlin vond de locatie, halverwege naar huis van Pepperdine, erg handig. Ik denk dat dat wel klopt, in strikte zin, maar dan waren er nog wel andere restaurants.'

'Waarom heeft ze Riptide uitgekozen?'

'Haar vriend werkte daar.'

'Rory Stoltz.'

Een hoofdknik.

'Vertel eens wat meer over hem,' zei Aaron.

'Aardige jongen. Van wat ik van hem gezien heb. De politie heeft met hem gepraat. Hij weet niets te melden.'

'U verdenkt hem niet.'

'Waarom zou ik?'

'Mensen worden vaak... onheus bejegend door bekenden.' Frostig knipperde met zijn ogen. 'Iedereen vindt hem een aardige jongen. Caitlin vindt hem ook een aardige jongen.'

'Ze heeft u over hem verteld.'

Frostig krabde aan zijn kin. 'Caitlin is niet zo'n prater. Ze zei dat ze met hem uitging. Ze heeft mij niet om toestemming gevraagd. Heeft u kinderen, meneer Fox?'

'Nee, meneer.'

'Als het nog eens zover komt, zult u zien dat een hogere opleiding ook een soort... zelfvertrouwen met zich meebrengt.'

'Denken dat ze volwassen is, maar misschien is het wel niet echt zo,' zei Aaron.

Frostig trok zijn wenkbrauwen op. 'Ze *is* volwassen. Is ze altijd al geweest. Door het college denkt ze dat dat genoeg is.'

'Genoeg voor...'

'Genoeg om belangrijke besluiten te nemen.'

'Zoals...?'

'Werken in Riptide. Ik ben er geweest, meneer Fox. Dat was het eerste waar ik heen ging, toen Caitlin niet thuiskwam. Daarna ben ik naar Pepperdine gegaan, dat was zinloos omdat Caitlin niet op de campus woonde en niemand zich buiten de colleges om met haar bezighield.'

'Wat bent u te weten gekomen in Riptide?'

'Wat je te weten komt als je daar je tijd verknoeit. Ze keken me aan alsof ik lastig was.'

'Ze waren niet behulpzaam.'

'Volstrekt niet.' Frostigs stem verkilde. Zijn ogen waren met een scalpel gesneden spleetjes. 'Caitlin had haar gewone uren gedraaid, er was niets bijzonders gebeurd. Ik ben er op internet achter gekomen dat er een heel gemengd publiek komt: locals die willen drinken en zogenaamde *beroemdheden*.'

'Zoals?'

'Mensen waar ik nooit van heb gehoord. De eigenaar van de kroeg beweert dat niemand onenigheid had gehad met Caitlin, dat niemand haar naar buiten is gevolgd. De politie beweert dat ze dat hebben nagetrokken. *Die* durfde zelfs te suggereren dat ze misschien wel weggelopen is, en dat is baarlijke nonsens. Ze heeft haar creditcard niet één keer gebruikt en haar auto is niet teruggevonden. Dit is Californië. Waar kun je hier in vredesnaam heen zonder auto?'

De man was niet van plan zich voor te stellen dat zijn dochter het misschien wel had gewaagd de grens van de Golden State over te trekken, op zoek naar haar eigen waarheid in de Grote, Boze Buitenwereld.

Aaron zei: 'Zo is het.'

'Ik ben blij dat u er zo over denkt, meneer Fox, want de politie was het absoluut niet met me eens.'

'Vijftien maanden, en dan vinden ze het nog steeds geen verdachte verdwijning?'

'Hij niet,' zei Frostig. 'Eén rechercheur, duidelijk met weinig ervaring. Ik heb de laatste tijd niet meer met hem gepraat, want wat heeft dat nou voor zin?'

'Wanneer hebt u voor het laatst met hem gepraat?'

'Acht maanden geleden. Het was duidelijk dat het mij niet zou helpen om nog contact met hem te onderhouden. Ik heb geprobeerd zijn superieur te bellen, maar ze hebben me nooit teruggebeld.'

'Frustrerend.'

Frostig had een gelaten blik in de ogen.

'Wat hebt u zelf gedaan om Caitlin te zoeken?'

'Ik heb andere privédetectives ingehuurd, als u dat bedoelt.'

'Ik bedoel alles.'

'Internet,' zei Frostig. 'Ik zit de hele tijd op internet. Zoeken op Caitlins naam, surfen naar sites met vermiste personen. Ik heb ingelogd op chatrooms waar ze het over filosofie hebben, want Caitlin was geïnteresseerd in filosofie.'

'Mensen die het over de zin van het leven hebben?'

'Mensen hebben het overal over, meneer Fox. De computer verleent welwillend toestemming.'

'Om...?'

'Om te communiceren.'

'Was Caitlin een cyberspacejunkie?'

'Ze had geen eigen computer,' zei Frostig. 'We delen er een.'
Over weinig privacy gesproken. Het vrijwillige hazenpad begon steeds aannemelijker te lijken.
Aaron zei: 'Hoe ging dat? Jullie beidjes maakten afspraken wie wanneer mocht?'
'Wij beidjes,' herhaalde Frostig fronsend. 'Caitlin gebruikte de computer voor haar studie.'
'Huiswerk.'
'Werkstukken. Kijk het maar na op de computer. Ik gaf alleen maar een voorbeeld van wat ik allemaal doe om Caitlin te vinden.'
'Wat kunt u me nog meer over Caitlin vertellen, meneer?'
'Over Caitlin,' zei Frostig, alsof hij de vraag voor het eerst hoorde.
Wat een mafkees. Hij zat hier nog geen halfuur, maar Aaron kon zijn bloed wel drinken. Haas steeg met stip op de waarschijnlijkheidsladder.
Maitland Frostig zei: 'Het is een prima meid met een goed stel hersens. Ze is netjes, ijverig en betrouwbaar.'
Klonk meer als een padvindster dan een dochter.
'Ik wil er niet eens aan denken,' zei Frostig.
'Waaraan?'
'Waar ze na al deze tijd kan zijn.'
'Hoe heette die rechercheur waar u mee hebt gesproken?'
'Politie,' zei Frostig. 'Volstrekt waardeloos.'
'Maar toch, meneer.'
'Je verknoeit alleen maar tijd als je alles nog een keer opnieuw doet. Op kosten van meneer Dmitri.'
Aaron dwong zichzelf te glimlachen. 'Vrijgevig man, die baas van u.'
Frostig draaide zich om en liep naar de woonkamer, liep de kamer door en posteerde zich bij de voordeur.
Aaron zei: 'Is er iets waarom u niet blij bent dat ik met de zaak van uw dochter aan het werk ga?'
'Omdat u zwart bent? Absoluut niet.'
Ras was niet bij Aaron opgekomen. Frostig had niets anders gezien dan de kleur van Aarons huid.
'Het gaat niet om u, meneer Fox. Ik heb geen hoop meer,

32

dat is alles. Vijftien maanden en niemand heeft zich er ook maar vijf minuten druk om gemaakt.

'Maar dat is nu veranderd, meneer Frostig.'

'Blijkbaar.' Frostigs glimlach was angstaanjagend. 'Het spijt mij als ik me niet heb gedragen. Het was in ieder geval niet mijn bedoeling u te kwetsen.'

'Geen probleem.'

'Wel, dat is heel aardig van u, meneer Fox. Ik ben ervan overtuigd dat u uw best zult doen.'

Aaron opende de deur en liet een flinter van de nacht binnen. Hij zei: 'De naam van die rechercheur?'

'Reed,' zei Frostig. 'Moses Reed. U verknoeit uw tijd.'

Aaron liep naar zijn auto, een chaos aan gedachten in zijn hoofd.

5

De grote recherchezaal klonk hol.

Niemand behalve Moe Reed aan zijn bureau, en rechercheur derdeklas Delano Hardy, die ver weg in een hoek met iemand zat te bellen over een dagvaarding.

Hardy zat al net zo lang bij het korps als Sturgis. Had zelfs nog samen met Sturgis patrouilles gelopen in de tijd dat Sturgis dat nog deed. Moe, die nog steeds het gevoel had dat hij in opleiding was, had er een gewoonte van gemaakt te luisteren naar de gesprekken van oudere rechercheurs.

De zaak van Delano was kennelijk een schietpartij tussen bendes, de schurk snel gepakt, snelle bekentenis. Routine, kon je niets van leren. Moe stond op het punt zich maar weer te concentreren op zijn eigen werk, toen er spanning doorklonk in de stem van Hardy en hij harder begon te praten. Bleek dat de schurk een meisje van vijftien was en dat haar advocaten het gooiden op kindermishandeling en verminderde toerekeningsvatbaarheid. Bovendien was ze hispanic terwijl Hardy zwart was, dus zou hem wel weer worden verweten dat het een vuile aanklacht was, met discriminatie.

Hardy kreunde, nam een slok koffie en kreunde opnieuw.

Sturgis produceerde hetzelfde soort geluiden als hij de pest in had. Als je tientallen jaren dat werk deed, ging dat misschien wel vanzelf. Of als je oud werd. Moe vroeg zich af of er ooit een dag zou komen dat hijzelf zou klinken als een gewonde stier.

Hij proefde van zijn eigen koffie, die al een hele tijd koud was. Hij dronk uit zo'n beker met bolle lichaamsrondingen uit de giftshop van de lijkschouwer. Cadeautje van Liz. Grappig, maar de abominabele smaak van de recherchekoffie werd er niet anders van.

Hij bladerde door het dossier van Frostig en vond het mobiele nummer van Rory Stoltz, belde en kreeg de voicemail. Rory klonk opgewekt en vol zelfvertrouwen. Hoe groot zijn verdriet ook was geweest, het was van lang geleden.

Via de vaste lijn kreeg hij Rory's moeder te pakken en terwijl Moe vertelde wie hij was, zocht hij in het dossier op hoe ze heette. Martha. Nummer van haar werk, het Peninsula in Beverly Hills waar ze coördinator roomservice was.

'Hebt u Caitlin gevonden?' vroeg ze.

'Helaas niet, mevrouw. Ik ben op zoek naar Rory.'

'Waarom?'

'Vervolgonderzoek.'

'Rory is druk op school.'

'Enig idee wanneer hij vrij is?'

'Hij is volwassen,' zei Martha Stoltz. 'Ik hou hem niet in de gaten.'

'Hij woont nog steeds thuis?'

Stilte. Dit is geen strikvraag.

'Mevrouw...'

'Ik begrijp niet waarom u mij belt, rechercheur Reed. U hebt al drie keer, vier keer met Rory gepraat. En steeds maar weer dezelfde vragen. Het maakt hem van streek. Hij heeft het gevoel dat u hem erin wilt laten lopen.'

'Dat is niet het geval, mevrouw,' loog Moe. 'Soms moet dat omdat we grondig moeten zijn.'

'Hij heeft er echt last van, dat u hem verdenkt. Rory was zo gek op Caitlin. Niemand was meer van slag dan hij toen ze was verdwenen.'

'Ik begrijp het mevrouw, maar soms moeten we toch nog weer opnieuw een aantal vragen stellen.'

'Wel, Rory verstopt zich niet, u doet uw best maar.'

Voordat Moe kon reageren, had ze de verbinding verbroken. Waarom al die woede? Misschien had ze een slechte dag achter de rug. Of misschien had ze er inderdaad wel genoeg van dat haar enige kind betrokken was bij een moordonderzoek. Hij belde de administratie van Pepperdine en probeerde het collegerooster van Rory los te peuteren bij een opgewekte secretaresse, en vervolgens bij haar baas. Dikke pech. Misschien dat het iemand met meer ervaring was gelukt, misschien ook wel niet.

Om tien uur ging hij een blokje om, zoals hij het Sturgis had zien doen, een wandeling van een kilometer door de arbeidersbuurt die om het politiebureau lag.

Geen spontane nieuwe inzichten. Hij belde Liz. Ze nam op, klonk een beetje slaperig, maar toen ze zei: 'Jij bent het,' werd haar toon lichter en ze voegde er 'schatje' aan toe.

'Heb ik je wakker gemaakt?'

'Nee. Ik lig hier alleen maar met barstende hoofdpijn na te denken over alles wat zich heeft opgestapeld toen ik weg was.'

'Arm kind.'

'Wat mij dwarszit, Moses, is dat ik weet hoe dat fysiek werkt met een jetlag. Ik heb alles gedaan om te voorkomen dat ik zou uitdrogen. Maar het maakt niet uit hoeveel water ik naar binnen pomp, het is alsof ik zand in mijn ogen heb, en mijn huid voelt aan als crêpepapier.'

Moe probeerde het zich voor te stellen. Chocoladebruin crêpepapier dat zacht werd onder zijn streling.

'Je bent binnen de kortste keren weer jezelf. Hoe was je vlucht?'

'De gebruikelijke vertragingen. En ze hadden niets meer te drinken behalve sterke drank, over dehydratie gesproken.' Ze lachte. 'De man die naast me zat, woog vijfhonderd kilo. Hij slikte twee slaappillen en lag de hele vlucht te snurken als een os. Probeer maar eens over zo'n vleesberg te klauteren als je naar de plee moet.'

Moe lachte met haar mee. 'Nu ben je in ieder geval terug, zodat ik weer voor je kan zorgen.'

'Goed, want ik kan wel een beetje zorg gebruiken, Moses. Wanneer wou je sociaal doen?'

'Tenzij er iets losbarst ben ik vrij om een uur of vier, vijf.'

'Caitlin?'

'Jep.'

'Je laat je overplaatsen en ze sturen dat gewoon achter je aan?' zei ze. 'Compleet onrechtvaardig.'

'Dat komt wel goed. Blijf jij je de hele dag verstoppen?'

'Ik was van plan naar het lab te gaan om mijn bureau op te ruimen. Maar ik voel me zo klote dat ik denk ik maar pas. Dus zeg het maar. Moet ik iets laten brengen?'

'Wat je maar wilt. Tot vijf uur, met toeters en bellen.'

'Toeters en bellen, hè? Wou je samen muziek maken?'

'O man,' zei hij. 'Zo vroeg op de dag en dan al zoveel symboliek.'

Liz barstte in lachen uit. 'Dat maak jij in me los, Moses. Daarom hebben wij wat met elkaar.'

Hij voelde zich een stuk beter toen hij terugkeerde, langs een omweg via een koffietent op Santa Monica waar hij een *maple bear claw* kocht, die hij onderweg opat, waarna hij het dossier-Frostig met een weer op peil gebrachte bloedsuikerspiegel te lijf ging.

Hij concentreerde zich op de verklaringen van Rory Stoltz en probeerde er iets uit te wringen wat hij eerder niet had gezien.

Aan de andere kant van de zaal zei Hardy: 'Kijk nou eens wie er naar binnen waait.'

Gegnuif en kletsende high-fives deden Moe opkijken.

Del stond te grinniken.

Naar Aaron.

Aaron deed net of hij Moe niet zag en bleef maar kletsen met de oudere rechercheur. Niet respectvol naar Hardy toe, maar ontspannen, als op voet van gelijkwaardigheid.

Moe deed op zijn beurt net of hij Aaron niet zag. Aaron zei

iets tegen Hardy op zachte toon en Hardy lachte opnieuw.

Had het iets maken met de zaak van Del? Was Aaron ingehuurd door de advocaten van de vijftienjarige helleveeg om rotzooi te trappen?

Maar als Del Aaron als de vijand beschouwde, was dat niet aan hem af te zien. Integendeel, het waren gewoon twee kerels die stonden te kletsen.

Twee zwarten. Het hadden een verfrommelde vader en zijn coole zoon kunnen zijn.

Moe de onzichtbare man. Hij begroef zijn gezicht in het dossier.

'Moses!'

Aaron stond grinnikend voor hem. Alsof hij Moe niet net voor schut had gezet. Kleren interesseerden Moe niet, hij vond dat de jasjes en de broeken die hij droeg prima pasten bij zijn werk. Maar soms, als hij zag hoe Aaron zichzelf uitdoste, had hij wel eens het gevoel dat hij te eenvoudig gekleed ging.

De haute-wat-dan-ook van vandaag was een strak afkledend zwart kostuum, wit overhemd, oranje stropdas, zo fel als de pylonen van een wegenbouwer, met zo'n oversized knoop die een heleboel ruimte voor zich opeiste en die ook zonder label onmiddellijk herkenbaar was als *GQ*.

Moe's knopen zakten altijd uit. Hij voelde nu al weer losjes aan, maar hij hield zich in en rukte er niet aan.

Nu stond Del Hardy naar *hem* te staren, verbijsterd omdat Moe zo koeltjes reageerde.

'Hé,' zei Moe.

'Morgen *bro*, druk?'

'Jep.'

'Druk met Caitlin Frostig?'

Moe's borstkas kromp samen. 'Hoezo?'

'Ze is nu van mij,' zei Aaron. 'Behalve dat ze van jou is.'

Moe sloeg het dossier dicht. 'Waar heb je het over?'

'Ik heb het over vrij ondernemerschap, Moses.'

'Wie heeft je ingehuurd?'

'De baas van meneer Frostig.'

'Waarom Frostig zelf niet?'

'Een boekhouder die zich mij kan veroorloven? Dacht het niet. Wij moeten eens met elkaar praten, bro.'
'Er is niks om over te praten.'
Aaron legde een hand op Moe's schouder. Moe haalde hem weg.
'Gaan we *die* kant op, Moses?'
'Er is niks om over te praten. Die zaak is morsdood.'
'Misschien kan ik hem uit de doden doen herrijzen.'
'Wonderdokter.'
Aaron grinnikte. 'Daar zijn voorbeelden van.'
Moe keek een andere kant op.
'Moses, bij die moerasmoorden. Zonder te overdrijven mag ik best zeggen dat ik daar een rol in heb gespeeld.'
'Dit is iets anders.'
'Wat dacht je van een keertje bladeren door dat dossier?'
'Niets bijzonders te zien.'
'Kom op, Moe.'
'Ik pieker er niet over.'
Aaron zei: 'Als ik Frostig moet geloven, zou ik me daar niet over moeten verbazen.'
'Waarover?'
'Hij denkt dat jij Caitlin nooit belangrijk genoeg hebt gevonden om tijd aan haar te spenderen.'
Moe voelde zijn gezicht gloeien. Hij wist dat hij een knalrode kop kreeg. Iets wat Aaron altijd wist te vermijden.
'Hij mag zeggen wat hij wil. Dat doet niets af aan de feiten.'
'Klopt,' zei Aaron.
'Wat?'
'Dat het onbelangrijk is wat Frostig vindt. Hij is een mafkees. Affectieve stoornis, zo noemen gogen dat als iemand emotioneel niet spoort. Wie weet, misschien is hij wel zo'n Aspergerklant, dat is een vorm van autisme...'
'Ik weet wat dat is.'
'Heb je psychologie zitten lezen?'
In feite klopte dat. Moe had een stapel boeken doorgewerkt die dr. Delaware hem had aangeraden. Boeiend spul, maar niets ervan was van toepassing op Caitlin Frostig.
Moe glimlachte. Zijn gezicht gloeide nog steeds.

Aaron zei: 'Maitland is voor jou geen probleem?'

'Of ik hem als verdachte zie? Er is niets wat daarop wijst.'

'Geen verdachte, Moe. Een factor, een factor die bijdraagt tot. Zoals bijvoorbeeld dat Caitlin maar één ouder heeft. Ongelukkig genoeg is die ouder een mafkees en ze heeft eindelijk genoeg van de situatie en koopt een enkele reis.'

'Het hazenpad,' zei Moe. 'Heb je daar bewijs voor?'

'Ik heb helemaal niks behalve een vet niet-terugvorderbaar voorschot dat ik graag wil verdienen. Daarom ben ik hier in plaats van dat ik met mijn C4S leuke dingen doe op het circuit van Laguna Seca. Wat ik van plan was te gaan doen op het moment dat meneer Dmitri, de baas van Frostig, me belde.'

'Vakantietijd.'

'Maar verdiend, Moses, verdiend.'

'Niemand heeft je gedwongen de zaak aan te nemen.'

'Meneer Dmitri is een belangrijke cliënt. Als hij roept, kom ik.'

'Klinkt alsof je zijn hondje bent.'

Aaron lachte. 'We zijn allemaal hondjes, bro. De vraag waar het om draait, is: eten we kwaliteitsvoer of wroeten we in afvalbakken? Kom op, laat mij even in dat dossier kijken. Dan gaan we lunchen, kunnen we brainstormen – ik betaal.'

'Dmitri betaalt.'

'Hoe dan ook, jij in ieder geval niet. Wat dacht je van het Peninsula?'

Waar Martha Stoltz werkte.

Moe vroeg: 'Waarom daar?'

'Prima kaart.'

'En dat is de enige reden?'

Aaron lachte. 'Wat voor andere reden zou ik kunnen hebben? Kom op, doen.'

Over de zwarte zijde van Aarons schouders zag Moe de ogen van Hardy.

Kijken, alles in zich opnemen.

Moe dacht aan de joviale manier waarop Hardy en Aaron met elkaar waren omgegaan.

Aaron zei: 'Wees een beetje flexibel, bro.'

Moe stond op, legde het dossier in een la en sloot die af.

'Oké, dat is duidelijk, bro,' zei Aaron.

'Wat is duidelijk?'

'Jij bent de baas, ik ben ingehuurd.'

'Peninsula dan maar,' besliste Moe.

'*Fantastische* kaart,' vond Aaron. 'Ze zeggen dat de roomservice er ook heel goed is.'

6

11 november 1980

Maddy keek naar de slapende baby.

De stoel naast de wieg had ze gevonden in de uitdragerij van de stichting City of Hope: een kuipstoeltje van zalmkleurige zijde met een groezelig Sloan-label aan de onderkant en maar een paar vlekken.

Maddy had er dertig dollar voor betaald en had het beschouwd als de vondst van de eeuw. Ze had het in de woonkamer gezet, had het zelf uit het busje gesleept. Nu stond het naast de haard met een grappig klein tafeltje waarop een vaas met zijdebloemen stond. Net als in *Eigen Huis & Interieur*. De dag dat ze dat had geïnstalleerd, had ze zich een glas ongefilterd appelsap ingeschonken om te wachten tot Darius thuiskwam.

Hij was twee uur later dan anders, stonk naar bier en andere vrouwen, staarde met open mond naar wat Maddy had gedaan, barstte in lachen uit en verklaarde dat hij de nieuwe aanwinst '*beaucoup* nichterig' vond. Hij tilde de stoel met één hand op en droeg hem naar de garage.

Later, toen Darius lag te slapen, ging Maddy naar de garage, drapeerde een schoon wit laken over de zijde en ging zitten. Haar neus vulde zich met garagestof, de geur van motorolie, oud karton en het metaalachtige parfum van Darius' half gerestaureerde Harley.

Soms ging ze daar nog steeds naartoe om die geuren op te snuiven. Er was weinig veranderd, maar het kuipstoeltje was in ere hersteld.

Er was niemand om zich te beklagen toen ze het in de babykamer had gezet. Zo nu en dan klonk Darius' stem in haar hoofd. *Roze voor een jongen? Jezus, je maakt er een eersteklas mietje van en als je denkt dat dat inhoudt dat hij zal opgroeien als een beleefd, creatief kind, dan heb je het mis. Ik heb gezien wat die jongens elkaar aandoen als ze van woede door het lint gaan en scheel kijken van jaloezie...*

Maddy's ogen bolden op.

De baby bewoog.

Ze duwde zich omhoog, liep op haar tenen naar de wieg en staarde omlaag naar het roze, gladde gezichtje, zo rond als een schoteltje. Klein engeltje met blauwe ogen, zo weggelopen van zo'n schilderij uit de renaissance.

Engelachtige houding, ook. Alsof hij nu al genoeg wist om haar dromen niet in duigen te laten vallen.

Vijf maanden oud en nu al sproeten. Ze zou hem uit de zon moeten houden. En Joost mocht weten wat nog meer allemaal...

Ze raakte zijn zachte, kleine buikje aan en voelde de ronde bolling van genoeg te eten dwars door de badstof heen.

Blauw pyjamaatje. Darius zou het er mee eens zijn geweest.

De baby glimlachte in zijn slaap.

Maddy zei: 'Engeltje. Je hebt geen idee.'

Een dichtknallende deur wekte haar uit haar dromen en ze haastte zich de babykamer uit, sloot de deur zacht achter zich en liep naar de keuken, helemaal klaar om de boosdoener de les te lezen. Hoe vaak had ze het hem nu al niet *gezegd*? Aaron was een slimme jongen, misschien deed hij het wel met opzet.

Eén ding was zeker, hij wist precies wat er ging komen, want hij schreeuwde 'Mama!' alsof ze elkaar maanden niet hadden gezien en trok een glimlach van duizend watt op zijn gezicht.

Die glimlach. Ze kon het niet helpen en spreidde haar armen toen hij op haar af rende. Aarons kleine hoofd knalde tegen haar buik. Hij vlijde zich tegen haar aan. Ze liet zich op een knie zakken en hield hem stevig vast. Snoof die kleine-jongensgeur op.

Schoolkleren onder het stof en toch slaagde hij erin er beter uit te zien dan enig ander kind van vier jaar op de hele planeet.

'Ik ben zo blij dat ik je zie, mama. Hoe was jouw dag?'

'O, jij kleine charmeur.'

Maddy knuffelde hem nog harder. Aaron wurmde zich los.

'Ik moet *Froot* Loops hebben! *Alstublieft!*'

'Kindje, het is te…'

'*Alstubliiiiieft*. Het is *belangrijk*! O, mijn buik *heeft* Froot Loops *nodig*, zo *verschrikkelijk* nodig!'

Hij danste door de keuken en deed niet zijn best om zichzelf serieus te nemen. Soms had ze het idee dat hij veertig was, in plaats van vier.

Hij zwaaide heen en weer, met ogen zo groot als schoteltjes.

'Ik heb zo'n *honger*, mama!'

Kleine afperser; Maddy moest haar best doen om niet te lachen.

De juf van groep één was diplomatieker geweest.

'Aaron is een lieve jongen, maar soms leunt hij een beetje te veel op zijn sociale vaardigheden.'

De appel valt niet ver…

'Froot Loops! Ik val om van vermoeidheid, mama, plat op mijn gezicht, zonder *Froot* Loops!'

'Ssst. Moe slaapt.'

'Moe de baby,' zei Aaron met een peinzende blik. 'Hij is mijn broer en ik houd van hem,' fluisterde hij terzijde. 'Hij wil dat ik Froot Loops krijg, zonder Froot Loops wordt iedereen verdrietig en dan gaat baby Moe huilen…'

'Ssst, Aaron. Alsjeblieft.'

Aaron bleef onmiddellijk stilstaan. Ging in de houding staan. Salueerde.

Maddy zei: 'Was je handen, jongeman, en ga dan aan tafel zitten als een welopgevoed kind, dan krijg je iets lekkers van mij.'

'Froot Loops is iets lekkers,' bedelde Aaron. 'Met chocolademelk. Heel donker.'

'Daar zit veel te veel suiker in, schat.'

'Een *klein beetje* donker.'

'Zelfs een klein beetje is te veel suiker...'

'Alstubliiiiieft?'

'Ssst.'

'Mama, ik kan alleen maar stil zijn als mijn hoofd gelukkig is. Wat me vandaag gelukkig maakt, is...'

'Froot Loops,' zei Maddy. 'Met gewone melk.'

'Een *klein beetje* chocola?'

'Goed.'

'Een *klein beetje* meer dan een *klein beetje*?'

'Ga niet te ver, mooie jongen.'

Aaron grinnikte. 'Of anders Smirnoff.'

Maddy verstijfde. 'Wat weet jij van Smirnoff?'

'Jack vindt het lekker. Er staat een fles in jouw kamer.'

Maddy pakte hem met beide handen bij zijn schouders. De jongen knipperde niet eens met zijn ogen. 'Aaron Fox, heb jij zitten rommelen in de spullen van iemand anders?'

'Ik zag het toen ik je kamer inkwam om je een kus te geven, mama. Je was er niet. Je was met de wasmachine bezig, maar ik heb die fles gezien.'

'Waar stond die fles?'

Aaron gaf geen antwoord.

'Je moet het me vertellen, schat.'

'Is Jack stout geweest?'

Maddy zuchtte. 'Nee, Jack is niet stout geweest. Vertel me maar...'

'Op het nachtkastje. Aan de kant van Jack.'

Ze zei: 'Schat, Smirnoff is voor volwassenen.'

Aarons grijns werd breder. Hij wist dat hij haar in een hoek had gedrongen, de kleine duivel.

'Precies, mama, en chocolademelk is voor kinderen. Een *klein beetje* donkerder? Alstublieft?'

'Twee theelepels Nestlé, meer niet.'

'Drie.'

'Twee. En nu wordt er niet meer over gepraat.'

En toen drong het tot haar door: Aaron was alleen binnengekomen.

Haar hart bonsde. 'Waar *is* Jack?'
'Die zit in de auto,' zei Aaron.
'Waarom?'
Hij haalde zijn schouders op.
'Is er iets aan de hand?'
Hij haalde opnieuw zijn schouders op.
'Hij heeft je opgehaald van school?'
'Uh-huh. Mag ik nu mijn Froot...'
Ze haastte zich door het kleine huis en trok de voordeur open.
Het busje stond op de oprit geparkeerd. Jack zat aan het stuur.
Staarde in het niets.
Ze liep naar hem toe en hij toverde zijn scheve grijns op zijn gezicht.
Dat was haar leven. Staren naar het grijnzende gebit van mannen.
'Wat ben je aan het doen, Jack?'
Zijn haar begon grijs te worden, was verwaaid in de wind.
Zijn oogleden waren zwaar.
'Hoi, stuk.'
Stonk naar drank.
'Heb je *gedronken* voordat je hem hebt opgehaald?'
'Uren geleden, liefje...'
'Ik ruik het, hou op met dat "liefje"!'
Jack zei niets.
'Ben jij helemaal *gek* geworden?'
'Maddy,' zei Jack. 'Je overdrijft.'
'Ik heb het over mijn kind...'
'Ik houd van hem alsof...'
'Ik hoor het je zeggen...'
'Ik houd *hartstikke* veel van hem, Maddy.' De tranen stonden in Jacks ogen. 'Hou misschien wel niet zo van hem als jij, maar hij is... Ik hou van hem, liefje, het is een fantastisch joch; ik zou hem nooit iets laten overkomen, liefje, dat weet je toch, dat weet je toch? Het enige wat ik wil is voor mijn gezinnetje zorgen...'
'Hoe kun je dan in vredesnaam...'

'Het was uren geleden,' hield Jack vol.

'In de Drop Inn.'

'Een paar biertjes met een kopstoot, meer niet.' Jack reikte naar haar om haar arm aan te raken. Ze ontweek hem. 'Ah, kom op, lief. Als ik wodka had gedronken, had je het nooit gemerkt.'

Maddy draaide zich om om weg te lopen. Jack klom uit het busje en haastte zich naast haar. Hij leek nog zonder hulp te kunnen lopen.

'Ik zal het bureau bellen en vragen of ze een blaastest willen afnemen, oké?'

Maddy zei: 'Het is niet grappig.'

'Ik probeer niet grappig te zijn,' loog Jack.

Slechte leugenaars zijn de ergste. Bij een doortrapte leugenaar kun je jezelf tenminste nog voor de gek houden en denken dat het waar is. Jacks onvermogen om te doen alsof, had haar respect voor hem in de eerste paar weken van hun huwelijk doen verdampen als sneeuw voor de zon.

Ze zei: 'Doe dat niet weer. Ik wil niet dat Aaron dat bij jou ruikt.'

'Het spijt me. liefje.'

'Laat maar.'

'Ik houd van je, liefje.'

Maddy zei niets.

'Hoe dan ook,' zei Jack.

Tegen de tijd dat ze de keuken inkwamen, zat Aaron te schrokken uit een gigantische kom Froot Loops. Met de hand die hij nog vrij had, bewaakte hij een glas melk dat zo verzadigd was met cacao dat niet-opgeloste klonten als waterlelies op het oppervlak dreven.

Her en der op de vloer lagen Froot Loops. Maar de ravage viel eigenlijk nog wel mee. Aan de coördinatie van de jongen mankeerde niets. Hij was naar het kastje met ontbijtspullen geklommen, had de tijd genomen om het kastdeurtje weer dicht te doen en de stoel terug op zijn plaats te zetten. Toen hij haar zag, opende hij een mondvol brei in technicolor en zei: 'Yum.'

Jack knipoogde. 'Hé, dat ziet er goed uit.'
Uit de hal klonken de eerste geluiden die aankondigden dat
Moe bezig was wakker te worden.
Tijd voor zijn *lekkers*.
Maddy liep de keuken uit terwijl ze haar linkerborst bevrijdde.

7

Moe zette koers richting Santa Monica Boulevard in plaats
van naar het parkeerterrein.
Aaron zei: 'Gaan we lopen naar het Peninsula?'
'Vergeet het Peninsula maar.'
'Te poenerig voor jouw soort?'
Moe begon sneller te lopen.
'Oké, mij best. Waar gaan we heen?'
'Suzy Q's.'
'Die tent?'
'Te veel politie voor jouw soort?'
'Worst met bacon en vet op een bedje reuzel met een toefje
cholesterol? Ga je gang, bro.'
Een blos kroop omhoog van Moe's borst tot in zijn gezicht.
Zijn vader – de man wiens naam Aaron nooit had aangenomen – was op zijn negenendertigste door een hartaanval
dood neergevallen. Vorig jaar had Moe eindelijk het rapport
uit de archieven gevist.
De overledene was van een barkruk gevallen, waarschijnlijk
de pijp uit voordat hij op de grond lag.
Moe at veel kipfilet zonder vel.
'Is Suzy te veel van het goede voor jou? Dan doen we Indisch.'
Aaron zei: 'Die tent waar ze Sturgis verafgoden?'
'Is dat een probleem?'
'Het leven is fantastisch. Ik heb geen problemen.' Vier stappen verder: 'Vind je het prettig om met Sturgis te werken?'

'Waarom niet?'

'Nergens om. Vertel maar eens wat je allemaal aan Frostig hebt gedaan.'

Moe ging nog sneller lopen, bijna in een sukkeldraf.

Aaron zei: 'Aerobics en chutney in de vroege ochtend. Ik sta altijd open voor iets nieuws.'

De bebrilde vrouw die Café Moghul uitbaatte, herkende Aaron op het moment dat hij de deur openduwde. Ze toverde een neonglimlach op haar gezicht die feller schitterde dan haar zeeblauwe sari.

Moe dacht: een heel andere begroeting dan de eerste keer. Toen Aaron er binnen was gelopen tijdens een pauze in het onderzoek naar de moerasmoorden, had de vrouw instinctief angstig op hem gereageerd. Ondanks het maatkostuum, de gemoedelijke grijns en de bewust niet-dreigende houding.

Al die strategieën die zijn broer eropna hield om mensen op hun gemak te stellen. Moe had zo zijn ideeën over Aaron en dat maakte het lastig om hem aardig te vinden. Maar zo nu en dan liet hij zichzelf indenken hoe het moest zijn om zo te *zijn* als Aaron en altijd maar die drang te voelen jezelf te presenteren...

'Meneer.' De vrouw maakte een kleine buiging en een zwierig gebaar. 'Waar u maar wilt.'

Destijds had Aaron niets gegeten en niet meer dan een half glas kruidnagelthee gedronken. Maar het feit dat hij de rekening had betaald voor iedereen en er een grote fooi naast had gelegd, had hem enige sociale status verschaft.

Terwijl ze aan een tafel in een hoek gingen zitten, zei de vrouw: 'Komt de inspecteur ook?'

'Nee, mevrouw,' zei Moe.

Ze leek hem nu pas te zien, keerde zich weer naar Aaron en zei: 'Alles goed met hem?'

'Ik heb hem al een paar dagen niet gesproken.'

Het eettentje was het tweede kantoor van Sturgis. De vrouw beschouwde hem als een menselijke waakhond, een rol die ze hem had toegedicht toen hij er een keer een paar dakloze onverlaten uit had gegooid, en omdat hij er gewoon groot en gemeen uitzag.

Moe zei: 'Ik zal hem de groeten doen.'

'We hebben vers lamsvlees in een heel fijne curry.'

Aarons hand gleed omlaag naar zijn vlakke buik en Moe verwachtte dat hij het een of andere excuus zou ophoesten en thee zou bestellen.

Aaron zei: 'Prima. En dan graag gezonde groenten voor rechercheur Reed.'

Terwijl ze wachtten op het eten, controleerde Aaron zijn BlackBerry.

Moe zei: 'Mensen doen, dingen ontmoeten.'

Aaron klikte het ding uit. 'Het Peninsula, daar werkt de mama van Rory Stoltz. Je hebt je bedacht omdat je het me niet gemakkelijk wilt maken.'

'Wat je ook wilt doen aan Caitlin, ik kan je toch niet tegenhouden, tenzij je over de schreef gaat. En als het gaat om wat ik je kan vertellen, zei ik al, helemaal niets. En Martha Stoltz is verspilde tijd. Ik heb vanmorgen met haar gepraat. Ze had niets te vertellen.'

'Dus je bent daadwerkelijk met de zaak bezig.'

'Dat zeggen ze.'

Hun eten werd geserveerd. Stapels gestoofd lamsvlees voor allebei, kommen met elke soort groente die ze maar hadden kunnen vinden in de keuken.

De bebrilde vrouw zei: 'Vertel de inspecteur hoe lekker het allemaal is.'

Toen ze vertrokken was, bekeek Aaron de feestdis en schudde zijn hoofd.

'Kun je het niet aan?' zei Moe.

'Beetje vroeg in de ochtend?'

Moe begon gewild geestdriftig te eten. In zijn maag zat nog een onverteerd ontbijt, maar hij mocht doodvallen als hij een krimp zou geven. Misschien was lam beter dan rund, qua cholesterol. Een uurtje extra hardlopen en aan de gewichten rukken deed wonderen. Vanavond, nadat hij bij Liz was geweest. *Als* hij dan naar huis ging.

Aaron zei: 'Vertel me eens wat je weet over Rory Stoltz.'

'Ik heb hem vier keer verhoord. Hij heeft een alibi voor minstens één uur nadat Caitlin de Riptide heeft verlaten. Bleef langer om schoon te maken. Daarna ging hij naar huis en mammie beweert dat hij daar is gebleven.'

'Beweert?'

'Ze is zijn moeder.'

'Iets niet in de haak met haar, Moses?'

'Heb je niet gehoord wat ik zei? Je hebt niets aan haar.'

Aarons gladde kaakspier rimpelde. Hij haalde adem. 'Moe...'

'Misschien heb ik het ergens verkloot, maar als dat zo is, Sturgis denkt van niet. Ik heb het hele boek met moordscenario's met hem doorgenomen en hij zei dat er niets ontbrak. Delaware net zo.'

'Je bent met Delaware gaan praten omdat je dacht...'

'Sturgis raadde het aan.'

'Sturgis denkt dat Caitlin een psychologisch geval is?'

'Sturgis weet niet wat hij moet vinden. Niemand weet wat hij ervan moet vinden. *Inclusief* Delaware. Maar een jonge vrouw die 's nachts in haar eentje rondrijdt? Alles is mogelijk.'

'Een viezerik met snode plannen,' zei Aaron. 'Alleen is haar auto nooit gevonden.'

'De psychopaat verzamelt dus auto's. Of hij heeft hem ergens gedumpt.'

'Psychopatengarage,' zei Aaron. 'Let op: rijen met auto's van slachtoffers en in al die auto's een skelet achter het stuur.'

'Je komt te vaak in Hollywood.'

'Broertje, daar heb je gelijk in. Maar misschien werkt dat wel in mijn voordeel.'

'Hoezo?'

'Maitland Frostig zei dat er beroemdheden komen in Riptide.'

'Ik ben er geweest,' zei Moe. 'Het enige wat ik er heb gezien, waren zuiplappen en bejaarde surfers.'

'Misschien was dat een slappe avond. Werkt Stoltz er nog steeds?'

'Weet ik niet.'

'Ik zal het vragen als ik hem spreek. Tenzij dat een probleem is.'

'Praat maar met hem, net zo veel als je maar wilt. Daar zul je niet wijzer van worden, want als hij al iets te vertellen heeft, heeft hij daar al vijftien maanden mee leren leven en kent hij zijn verhaal uit zijn hoofd.'

'Niks met hem aan de hand, maar toch vraag je je af.'

Moe keek hem woest aan. 'Wat?'

'Je klinkt als een psychiater. Je herhaalt alles wat ik zeg.'

'Bro...'

'Ik heb niets tegen Stoltz, behalve dat hij haar vriend was.'

'Was,' zei Aaron. 'Dus je denkt echt dat ze dood is.'

'Hé,' zei Moe. 'Misschien viert ze een feestje in Dubai of zo.'

'Blanke slavernij,' grinnikte Aaron. 'Altijd al een prachtige uitdrukking. De tegenhanger van normale slavernij.'

De hint in de richting van rassenproblematiek verbaasde Moe. 'Jij denkt *niet* dat ze dood is?'

'Jaah, waarschijnlijk wel. Los van wat ik eerder heb gezegd, dat ze misschien wel verlost wilde zijn van haar papa. Ze had zelfs niet eens een eigen computer, ze deelden er een. Welke student heeft geen eigen laptop? Dus misschien is Maitland wel zo'n controlfreak. En jonge dames zijn op zoek naar plezier.'

'Ze was maagd,' zei Moe. 'Blijkbaar.'

Aarons wenkbrauwen schoten omhoog. 'Heeft papa je dat verteld?'

'Martha Stoltz.'

'Hoe kwam dat zo ter sprake?'

'Ze was aan het vertellen wat voor perfect paartje Caitlin en Rory samen waren. Schoolvoorbeeld van All-American. Allebei maagd.'

'Waarom vertelde ze je dat?'

Moe haalde zijn schouders op. 'Ik herhaal alleen maar wat ze zei.'

'Is dat niet vreemd?' zei Aaron. 'Midden in een verhoor en zij begint uit zichzelf over hun seksleven?'

'Ontbrekende seksleven. Ik dacht dat ze me wilde doen geloven dat Rory een koorknaap was.'

'Omdat hij dat niet is?'

'Als hij er een geheim leven op na houdt, is dat voor mij een geheim gebleven,' zei Moe. 'Wat was je van plan, hightech afluisterapparatuur in zijn slaapkamer plaatsen?'

Aaron duwde zijn stropdas recht, trok de knoop nog iets strakker. 'Allebei nog maagd... en mammie zit samen met ze op de achterbank in de auto?'

'Hé,' zei Moe. 'Ik sta overal voor open. Als jij erachter komt dat Rory voorzitter is van de plaatselijke Ted Bundy Fanclub, dan ben ik geïnteresseerd. Maar ik heb vier keer met hem gepraat en hij komt precies zo over als hij beweert te zijn.'

'En dat is?'

'Keurige student aan Pepperdine.'

'Dat is een universiteit van de baptisten. Hebben we het over een jezusfreak?'

'Doorsnee gladgeschoren jongen,' zei Moe. 'Leek er echt kapot van toen met Caitlin. Maar niet overdreven emotioneel, alsof hij iets moest bewijzen.'

'Maagden,' zei Aaron. 'Ik vraag me af of hij dat vijftien maanden later nog steeds is. Heb je nog een vijfde gesprek op stapel staan?'

'De zaak is nog niet gesloten.'

Aaron dronk water.

Moe zei: 'Ik wil niet dat je me voor de voeten loopt.'

'Dat is wel het laatste wat ik van plan was, bro.'

'Maar als ik zeg dat je je er niet mee moet bemoeien, luister je niet.' Er kwam gas of maagzuur omhoog in zijn slokdarm. Zijn riem sneed in zijn middel als floss in tandvlees. En waarvan, drie brokjes lamsvlees en een beetje aubergine? Wat stopten ze er allemaal in eigenlijk?

'Moses, kunnen we er gewoon een punt achter zetten?'

'Waarachter?'

'KZ. Kutzooi.' Aaron lachte. 'Weet je nog toen ik tegen die stompzinnige decaan zei dat hij alleen maar bezig was in dezelfde oude KZ te roeren en dat hij bijna van zijn psychologentroon viel?'

Moe zei niets.

'Herinner je je dat niet meer, bro?'

'Dr. Gibson,' zei Moe, alsof zijn Franse woordjes werden overhoord.

'*Mr.* Gibson,' zei Aaron. 'Hij had zijn masters.' Hij schudde zijn hoofd. 'Een baan bij het schoolbestuur, papier opbergen, en 's avonds bijklussen en net doen of hij psycho-analist is.'

'Maar ondanks dat mocht ma hem.'

'Ma,' zei Aaron. 'Ma mocht die massagetherapeute ook, met haar slechte adem en die moedervlek op haar kin, en die Pool, N.D. – wij maar denken dat het M.D. was – Kussorsky, met een masters natuurgeneeskunde. En die kerel maar flesjes water uitdelen met onzichtbare ingrediënten, en ma maar zeggen dat we dat moeten slikken tegen onze allergieën. En ondertussen neemt zij twee katten in huis.' Hij lachte opnieuw. 'KZ.'

Moe dacht terug aan de neppsycholoog Gibson en kon er niet vrolijk van worden. Hij was veertien geweest en Aaron achttien. De twee zaten elkaar voortdurend in de haren, soms letterlijk. Ma had geen idee.

Mijn vader was een held.

En de mijne ook. Wat? Wou je beweren van niet? Zeg je dat?

Ik zeg alleen maar, broertje...

Fuck you.

Fuck you.

Een knokpartij, malende vuisten. Ma die naar binnen kwam stormen en probeerde er een einde aan te maken.

De volgende dag kondigde ze aan dat iedereen in 'gezinstherapie' zou gaan.

Ze had Quentin Gibson, M.A., voor het eerst ontmoet bij de yogacursus. De man kwam op huisbezoek, bleek, mager, een staartje, volstrekt waardeloos. *Laten-we-allemaal-vertellen-hoe-we-ons-voelen.* Even bruikbaar als een papieren condoom.

Moe voelde dat hij moest glimlachen. Klemde zijn kaken op elkaar.

Aaron leunde voorover. 'Ik beloof je dat ik je niet voor de voeten zal lopen.'

'Dat veronderstelt dat we bij elkaar in de buurt blijven.'

'Dus ik kan je op geen enkele manier vermurwen.'

'Er valt niets te vermurwen. Je moet doen wat je niet laten kunt.'

'Zelfs als dat wel mijn stijl was, zou ik het nog niet zo aan-
pakken, bro.'
'Hou op.'
'Hou op, waarmee?'
'Met dat *bro*.'
Aarons karamelkleurige ogen werden groter. 'Dat doe ik
mijn hele leven al.'
'Precies.'
Aaron trok een spoor langs zijn haarlijn met een lange, sier-
lijke vinger. 'Oké, rechercheur Reed.'
Moe's darmen kronkelden. Hij vocht tegen een opkomende
boer.
Aaron liet langzaam zijn adem ontsnappen. 'Ik ga het vol-
gende doen.' Hij verviel in dat schoolmeestertoontje waar
Moe zo verschrikkelijk de pest aan had. 'Ik zal contact met
jou opnemen voordat ik met Stoltz, zijn mammie of wie dan
ook ga praten. Zodra ik ook maar iets te weten kom wat de
moeite waard is, krijg jij het als eerste te horen.'
Moe prikte wat in het eten op zijn bord.
'Rechercheur broer Reed, is er *wellicht* nog iemand anders
die jij belangrijk acht?'
'Alleen Caitlin,' zei Moe. 'Als je haar tegenkomt, vraag dan
maar of ze me even wil bellen.'
De bebrilde vrouw kwam op hen af en keek naar Aarons on-
aangeroerde bord met eten. Zonder dat er ook maar een
spoortje van irritatie in haar stem te bespeuren viel, zei ze:
'Zal ik dat voor u inpakken om mee te nemen, meneer?'

8

Aaron bekeek het kleine, roze huisje.
Het was net tien uur geweest. Drie uur lang had hij niets anders gedaan dan kijken.
Een aangename nacht in de Valley, meer dan maar een paar
sterren die door een steenkolenzwarte nacht prikten, een

straat met aan weerszijden keurige behuizingen, rustig en vredig.

Hij zat onderuitgezakt in de Opel, dronk groene thee, at de tweede helft op van een pastramisandwich en luisterde naar Anita Baker op zijn iPod.

Moe was het restaurant uitgelopen zonder ook maar een enkele toezegging te doen. Aaron had de Indische vrouw een genereuze fooi gegeven, was naar de garage van Heinz de Monteur gereden, waar hij zijn C4s had achtergelaten en de Opel had genomen.

Misleidend klein geval, met zijn gedeukte carrosserie en doffe bruine lak. De motor was een gereviseerde BMW 325i, opgevoerd door Heinz. De beste van een reeks leenauto's die de Duitser op zijn terrein had staan terwijl hij aan Carrera's en Ferrari's en zo prutste. Getinte ramen waren perfect voor deze klus. Voor vijftig dollar mocht Aaron hem vierentwintig uur hebben. Hij noteerde de kostenpost in zijn Black-Berry.

Terwijl hij naar huis reed, belde hij mobiel met een kennis bij de belasting en kwam hij erachter dat Rory Stoltz geen onroerend goed bezat, maar dat Martha Stoltz belasting betaalde over een eengezinswoning aan Emelita Street in North-Hollywood.

'Bedankt, Henry. Ik sta bij je in het krijt.'

Gelach. 'Zeg dat wel.'

'De cheque komt met de post.'

'Vast wel.'

Het telefoontje was een luxe-uitgave. Bezit van onroerend goed was openbaar, maar tijdwinst was, op termijn, belangrijk voor meneer Dmitri.

Hij registreerde de vijftig voor Henry.

Aaron had daar misschien wel meer mee kunnen doen, maar je moest altijd oppassen met mensen met zulke diepe zakken als meneer Dmitri, dat je niet inhalig werd.

Met het adres in de hand, voerde hij de precieze gps-locatie in terwijl hij naar zijn huis reed aan San Vincente, een zijstraat van Wilshire. Hij werkte met zijn BlackBerry als hij voor rood licht stond te wachten.

Het gebouw waarin hij woonde, telde twee verdiepingen en was gebouwd in de jaren twintig, één van de laatste overblijfselen van wat eens een woonwijk was geweest. Aarons buren waren lage kantoorgebouwen. Wolkenkrabbers aan Wilshire wierpen lange schaduwen over zijn dak.

Hij had de woning bij een faillissementsveiling in handen weten te krijgen voor een belachelijke prijs, was vijf jaar bezig geweest met renovatie, waarbij hij het meeste werk zelf had gedaan. Het afgelopen jaar had hij voor tweehonderdvijfennegentigduizend dollar aan facturen geschreven en had bijna alles binnengekregen, en dit jaar zag er al minstens even goed uit. Toch zou hij zonder die mazzelaankoop nog steeds in een huurflat hebben gezeten.

Hij maakte het slot op het hek om de kleine voortuin open, schakelde het veiligheidsslot uit, schoof beide grendels in de deur opzij en haalde zijn post uit de brievenbus. De begane grond was de Werkvloer, overal waar geen berbertapijt lag, een zwarte houten vloer, grijze suède wanden, meubels van chroom en leer en glas. Platen lexaanglas waren aan de binnenkant van de indrukwekkende ramen op de kozijnen geschroefd, vrijwel onzichtbaar, tenzij je wist waar je moest kijken.

Al met al precies een decor met een hightech uitstraling zoals cliënten het graag zagen.

Het was rustig op de Werkvloer, aangezien hij al zijn e-mail en sms had afgewerkt terwijl hij naar huis reed. Hij vond het prachtig alles zelf te doen.

Op één van de drie faxen vond hij een nieuwe, heldere kopie van het rijbewijs van Rory Stoltz, het resultaat van een illegale zoekopdracht in de archieven van de dienst voor wegverkeer, uitgevoerd door een kennis ter plekke.

Honderd dollar. *Kassa.*

Hij vouwde het vel papier zorgvuldig dubbel om te voorkomen dat vouwen de foto onbruikbaar zouden maken terwijl hij de trap op liep naar de Speeltuin. Hij werkte zich in het zweet in zijn fitnessruimte, douchte, nam een bad in zijn whirlpool en schoor zich.

Losjes en vol zelfvertrouwen slenterde hij poedelnaakt, terwijl hij een sleutelring om zijn vinger liet draaien, door de subtiel verlichte, met pruimkleurige vloerbedekking gestoffeerde gang naar wat eens een logeerkamer was geweest.

De kamer was afgesloten met een deur van vlammend teak met veiligheidsscharnieren. Midden op de deur prijkte een ebbenhouten silhouet van een flanerende heer met een hoge hoed. Aaron deed de deur van het slot en stapte naar binnen.

De wanden waren bekleed met hetzelfde teak, evenals het cassetteplafond. Biljartgroene vloerbedekking gloeide op onder indirecte verlichting. De ruimte van zes bij vijf meter werd in tweeën gedeeld door een professioneel dubbel hoog, roestvrijstalen kledingrek dat hij voor een spotprijsje op de kop had getikt van Carlyle en Tout toen de herenmodezaak van Brentwood over de kop ging.

Links was gereserveerd voor kostuums, sportieve colberts gecombineerd met bijpassende pantalons en overjassen die hij bijna nooit droeg. Alhoewel zijn lievelingsjas, een bruinkoolkleurige Arnold Brant van kasjmir en nerts door Colombo, soms mee naar het werk mocht als hij de kap van de Porsche open had op winderige winteravonden.

Rechts hingen shirts en jasjes gerangschikt op kleur, tweeënveertig pantalons met een nadruk op Zegna, twaalf fluwelen joggingpakken van Fila – nee, dertien.

De achterwand was in zijn geheel gereserveerd voor formele overhemden. Veel Borelli, maar ook een paar Brioni, Ricci, Charvet, Turnbull, Armani Black Label. Aan haken hingen riemen en stropdassen, bij elke stropdas en elk sjaaltje een bijpassend pochet. Het hele vertrek rond waren boven de rekken planken van teakhout aan de wanden bevestigd met dozen van transparant plastic met truien en schoenen. De schoenen waren nauwkeurig voorzien van labels. *Olijfkleurige Magli-wingtips van suède. Zwarte loafers met siergesp van Paciotti. Geitenleren Edmonds.*

Aan ongeveer de helft van alle kleren hingen nog labeltjes. Aaron liep rond langs zijn schatten, liet zijn vingertoppen langs zijde gaan, Sea Island katoen, merinowol, kasjmir, alpaca. Hij bleef staan bij de Colombo, kasjmier en nerts, met niets te vergelijken. Hij hield van die jas.

Tien minuten later had hij zijn keuze voor die avond bepaald.

De goed geklede man blijkt, wanneer hij gedurende langere perioden op zijn luie kont moet zitten niets doen, een los bruin linnen jasje met vier opgenaaide zakken te dragen, zo gesneden dat het zijn 9 mm verbergt, boven een beige cargobroek, gefabriceerd van dezelfde zorgvuldig gekreukelde stof en ook weer uitgerust met een viertal grote zakken, crèmekleurige zijden sokken, boterzachte varkensleren rijschoenen van Santoni.

Tegen vier uur 's middags was hij terug in West-L.A., en zat hij in de zoetige als meisjeskamer ingerichte woonkamer van Liana Parlats zoetige, voor meisjes ingerichte flatje dicht bij Overland. Liana, vriendelijk als altijd, leek bijzonder blij hem te zien en hij vroeg zich af of misschien een aantal van haar schnabbels was afgeblazen vanwege de schrijversstaking.

Ze schonk hem koffie in en serveerde zelfgebakken koekjes met flintertjes witte chocolade en bood hem een deel aan van de Lean Cuisine-lasagne die ze op het punt stond aan te vallen. Aaron sloeg het eten af, maar genoot van drie koppen van de heerlijke Keniaanse koffie die Liana zette. Ze zette de lasagne op een laag pitje en ging tegenover hem zitten in de bevallige houding van het lingeriemodel dat ze ooit was geweest, op het puntje van een Louis XIV-fauteuiltje met een bekleding van paarsbruin brokaat.

Ze zag er nog steeds fantastisch uit op haar eenenveertigste, met haar glanzende zwarte haardos zorgvuldig in laagjes gevleid, en de smetteloze ivoren huid die haar tien jaar jonger deed lijken dan ze was. Liana had het charisma en het talent van een filmster. Na vijftien jaar van mislukkingen had ze zich neergelegd bij een leven in de anonimiteit en verdiende ze een respectabel inkomen met het doen van voice-overs voor reclames. Het freelance werk voor Aaron was haar pensioenvoorziening.

Ze waren begonnen als elkaars minnaar, waren elkaars vrienden geworden en deden zo nu en dan samen zaken. Bij tijd en wijle een keer samen tussen de lakens kon geen kwaad;

Aaron was trots op zijn talent gecompliceerde relaties in stand te houden.

Al was Moe dan de uitzondering...

Liana zei: 'Voor deze gelegenheid, dacht ik, parmantig, een beetje nasaal, gezond.'

'Doen.'

Hij gaf haar het geheime nummer dat hij had bemachtigd via een kennis bij het telefoonbedrijf en leunde achterover terwijl zij de cijfers intoetste. Altijd bereid zich volledig in te leven in haar rol hield ze haar hoofd scheef, veranderde ze van houding en keek ze wat dommig voor zich uit, *werd* ze in feite zo'n typisch meisje uit de Valley.

'Hi, mag ik Rory?' Nog ietsje meer verkoudheid in de stem.

'O... oké, ik ben een studiegenote van hem en ik vroeg me af... Nee, het is niet zo belangrijk, ik probeer het nog wel weer een keer. *Heel* erg bedankt.'

Klik. 'Mammie verwacht dat hij om halfzeven thuis is.'

'Bedankt, baby. En nu het leuke deel.'

Hij gaf haar het adres van Riptide aan Ocean Avenue, twee straten zuidelijk van Colorado Avenue. De buurt was ietwat chiquer geworden dankzij het gigantische Loews-hotel dat respectabel volk aantrok. Maar er waren nog steeds smoezelige motels en goedkope appartementen, en goedkope kroegen, en vorig jaar was er nog gedoe geweest met een gijzeling waarbij een kapitein uit West Valley die Decker heette en die Aaron vaag kende, zich als een held had ontpopt.

Aaron zei: 'Caitlins vader zei dat ze het een handige plek vond omdat ze college liep op Pepperdine.'

'Het is meer dan dertig kilometer van Pepperdine,' zei Liana.

'Maar het ligt wel op de weg naar huis in Venice.'

'Aha... je rijdt alvast het grootste deel naar huis zodat je niet zo ver meer hoeft als je moe bent. Dat lijkt me nog niet zo'n gek idee.'

'Ik ben er vannacht om halftwee langsgereden, zo ongeveer het moment waarop Caitlin voor het laatst is gezien. Enge plek, Lee. Parkeer maar zo dichtbij als mogelijk is, om mijn part bij het hotel, betaald.'

Liana glimlachte. 'Maar wel het bonnetje inleveren.'

'Dat zou aardig zijn.'

'Meneer de zakenman.'

'Hé, kom op, je weet wel dat dat niet zo is, schatje. De boodschap is wel duidelijk, toch? Jouw veiligheid gaat voor alles.'

'We hebben het niet echt over een achterbuurt, lieverd. Waar is Ivy at the Shore? Drie straten verderop?'

'Eén straat kan een wereld van verschil uitmaken. Vannacht liepen er zwervers winkelwagentjes te duwen en allerlei tuig van de richel hing een beetje rond bij een paar motels. Ga alsjeblieft niet dapper doen als er iets ook maar een beetje fout aanvoelt.'

'Prima,' zei ze. 'Maar ik ben op feestjes van de Film geweest in Loews.'

'Fantastisch. Wees lief voor de parkeerwacht, dan mag je misschien gratis parkeren.'

Liana lachte en knabbelde een fractie van een koekje af. 'Dat meisje, Caitlin, hoe lang heeft ze daar gewerkt?'

'Vier maanden.'

'Je vraagt je af of ze de een of andere psychopaat tegen het lijf is gelopen, daar, of ergens in de buurt.'

'Ik weet te weinig om me iets af te vragen, Lee. Ga maar naar binnen, bestel iets te drinken, een sapje als je bang bent dat je last krijgt van alcohol. Je hoeft niet thuis te komen met iets bijzonders. Ga gewoon eens kijken, de sfeer opsnuiven.'

'En waarom ga ik dat doen, mr. DeMille?'

'Tweehonderd voor de eerste vier uur, en veertig voor elk volgend uur.'

'O...' zei ze. 'Gulle klant, hè?' Retorisch, want ze wist wel beter dan aan te dringen op details. 'Valt er ook iets te eten in die jeneverkit?'

'Garnituurtje op zijn minst, denk ik.'

'Dan houd ik het maar bij mijn eigen dieet, denk ik. Sfeertje proeven, hè?'

'Als er toevallig iets over C komt bovendrijven is dat mooi meegenomen. Maar ik verwacht het niet. Na vijftien maanden is er voor niemand een reden om over haar te praten.'

'Maar als dat wel zou gebeuren, zou het veelzeggend zijn.'
'Als jij maar niet over haar begint.'
Liana's waterblauwe ogen fonkelden. 'Je beledigt me.'
'Sorry,' zei Aaron. 'Het gaat me om jouw veiligheid. Rustig peddelen en opletten voor haaien.'
'Ik wist niet dat jij kon surfen.'
Dat had hij jaren geleden gedaan, tot op het wilde water van County Line Beach.
Hij zei: 'Kan ik ook niet, maar ik hou van beeldspraak.'
Hij gaf haar de foto van Rory's rijbewijs en een kopie van de snapshot met Caitlin die hij van Maitland Frostig had gekregen.
'Aardig stel.'
'Maagd,' zei Aaron. 'Volgens Rory's mammie.'
Liana sloeg het ene slanke been over het andere. 'En jij gelooft dat niet.'
'Jij wel?'
'Nou ja,' zei ze. 'Ik ben ook ooit maagd geweest.' Knipperde met haar ogen. 'Totdat ik het niet meer was.'

Om vijf over tien werd het donker achter de ramen in de voorgevel van het kleine roze huisje.
Vroeg naar bed voor onze All-American Kid? Aaron had er geen moeite mee om deze eerste avond bot te vangen. Nog een uurtje.
Negen minuten later zwaaide de voordeur open en stapte Rory Stoltz, een donker shirt los over zijn spijkerbroek, zijn haar zorgvuldig in de war gebracht, in zijn Hyundai en reed hij achteruit van de oprit. Hij vergat zijn licht aan te doen tot hij halverwege de straat was.
Aaron wachtte tot Rory bij het kruispunt was, deed het licht van zijn eigen auto niet aan en volgde Rory op een afstand. Toen Stoltz in zuidelijke richting Lankershim op draaide, deed Aaron zijn lichten aan en zocht hij een plekje in de verkeersstroom. Hij hield de Hyundai scherp in de gaten, drie auto's voor zich en in een andere rijbaan.
Rory Stoltz sloeg rechts af, Ventura in, en daarna links af Laurel Canyon in. Hij bleef naar het zuiden rijden, naar de

stad. Aaron liet zich inhalen door een Mercedes en een Range Rover en sloot toen aan bij het konvooi.

Stoltz reed langzaam en voorzichtig, remde te vroeg bij bochten en hield het verkeer achter hem op totdat de Mercedes er genoeg van kreeg en op zijn achterbumper kroop.

De Hyundai schoof aan de kant en liet de Mercedes en de Range Rover voorbij. Aaron passeerde hem ook, in de hoop dat Rory niet ondertussen zou afslaan.

Rory reed Laurel Canyon helemaal uit tot aan Sunset Boulevard. Gaf ruim voor het kruispunt al te kennen dat hij links af zou slaan.

Beide wagens reden naar het zuiden over de boulevard. Drie straten verder minderde Rory vaart, net voor het zwarte pleisterwerk en de rode lavasteen van ColdSnake. De gebruikelijke idioten stonden in de rij achter een zwartfluwelen sierkoord. Een portier van Samoa in een witte leren overal, met een te kleine bolhoed op zijn hoofd, keek dreigend, gewoon om in vorm te blijven. Met zijn machtige lijf blokkeerde hij de ingang.

Stoltz was zo brutaal om zijn kleine Hyundai achter een robijnrode Hummer en een mintgroene Lamborghini Gallardo te parkeren. Het kleine autootje oogde als een wrat op de kont van de Hummer. Aaron zat te wachten tot de bolhoed Rory zou wegwuiven.

Het tegendeel gebeurde, de Hyundai mocht blijven staan. Een paar seconden later werd Rory binnengelaten, terwijl de idioten achter het sierkoord hun nek rekten om te zien wie er zo bevoorrecht was.

Onze All-American Kid had een vip-status in een van de chiqueste clubs van de stad.

Een maagd. Jawel.

9

Moe Reed reed naar het Peninsula Hotel. Het liep tegen het middaguur en hij ging ervan uit dat hij een goede kans maakte Martha Stoltz tijdens haar lunchpauze te pakken te krijgen.

De parkeerwacht van het hotel keek naar zijn onooglijke auto alsof die aan een ongeneeslijke ziekte leed.

Moe gaf hem de sleutels. 'Goed oppassen. Het is de bedoeling dat hij start op poleposition in Daytona.'

De parkeerwacht deed alsof hij doof was.

In de lobby wemelde het van het duurdere soort toeristen en lui van de Film. Het kostte Moe twintig minuten om zich een weg omhoog te praten door de personeelsstructuur en Martha Stoltz te vinden die in een lege zaal in overleg was met een zestal obers van roomservice. Ze kreeg Moe in de gaten en ze zoog haar lippen over haar tanden, alsof ze zojuist in één keer een martini uit een goedkope soap achterover had geslagen.

Martha Stoltz was een taaie, leerachtige vrouw met een praktisch koperkleurig kapsel, een krachtige kin en iets schuinstaande ogen. Ze begon weer te praten. Een paar obers bekeken Moe.

Zijn telefoon begon te trillen in zijn zak. Liz die even contact zocht. Hij sms'te terug *bz 1 uur ok x*. Terwijl hij het scherm van het toestel uitklikte, maakt Martha Stoltz een einde aan het overleg en verdwenen de obers alle kanten op.

'Middag, mevrouw Stoltz.'

'Is er iets nieuws gebeurd sinds we met elkaar gepraat hebben vanochtend?'

'Was het maar zo,' zei Moe.

Spanning rond de schuinstaande ogen trok ze recht. Diepgroene ogen met barnsteenkleurige vlekken. 'Dan begrijp ik het niet.'

'Zoals ik al zei, mevrouw. Vervolgonderzoek. Hoe is het met Rory, wat doet hij, waar kan ik hem vinden?'

'Daar hebben we het al over gehad.'

'Niet echt, mevrouw. U hebt me alleen verteld dat ik hem met rust moest laten.'

'Dat klinkt alsof u vindt dat hij... dat ik u tegenwerk. Zo is het niet, rechercheur. Ik wil alleen maar niet nog meer stress voor Rory.'

'Leverden die verhoren hem zoveel stress op?'

'Eerlijke mensen zijn niet gewend om met politie om te gaan, rechercheur. Steeds maar weer dezelfde vragen, de hele tijd door? Zou u daar geen moeite mee hebben? En nu verschijnt u op het toneel, onaangekondigd, midden op de dag, op mijn werk, alleen maar omdat ik zijn moeder ben? Daar raak *ik* gestrest van.'

'Het spijt me echt, mevrouw. Ik had gehoopt u tijdens uw lunchpauze te treffen.'

Martha Stoltz' lachje was een beetje dun. 'Pauze? Wat is dat?'

'Drukke dag, hè?'

'Druk leven, meneer Reed. Dit hotel is meer een kleine stad, ik kan me geen afleiding veroorloven. U moet dit niet verkeerd opvatten, maar ik vind het erg storend als mijn zoon wordt lastiggevallen.'

'Ik ben me er niet van bewust dat ik hem lastigval, mevrouw.'

Ze nam het klembord van de ene hand over in de andere. 'Ik heb genoeg politieseries gezien om te weten dat de aandacht van de politie altijd uitgaat naar iemand die het slachtoffer heeft gekend. Maar u hebt met Rory alles al overhoop gehaald.'

Moe wiebelde op zijn hakken. 'Als het mijn zoon was, zou ik er net zo over denken, mevrouw. Helaas wordt de zaak opnieuw geopend, op aanzienlijke schaal.' Hij wachtte op een reactie.

Die niet kwam.

'Als Rory niet met mij wil praten, dan is dat zijn goed recht.'

'Maar dat zou hem in uw ogen meer verdacht maken,' zei ze. 'Van de regen in de drup.'

'Zit hij nog steeds op Pepperdine?'

'Junior... O, nee, waag het niet hem voor schut te zetten door hem op de campus op te zoeken.'

'Voor schut zetten?'

'De politie die voor jou komt waar iedereen bij is? Wat zou u daar zelf van vinden?'

Moe vond dat ze overdreven reageerde en, *Jezus*, dan ging je je toch ook zo het een en ander afvragen.

'Oké,' zei hij. 'Waar kan ik hem nog meer vinden?'

'Hij woont nog steeds thuis, maar ik kan u niet precies vertellen wanneer hij waar is. Hij is volwassen, hij komt en gaat wanneer hij dat zelf wil.'

Moe vroeg: 'Werkt hij nog steeds in de Riptide?'

'Riptide,' zei Martha Stoltz. 'Zonder *de*.' Uit haar insidersblik maakte hij op dat hij zojuist was gezakt voor een belangrijk examen. 'Maar nee, hij werkt daar niet meer. Kort nadat Caitlin werd vermist moest hij daar weg.'

'Moest?'

'Alles wat Rory deed denken aan Caitlin was moeilijk voor hem. Hij was verdrietig, rechercheur.'

'Waar werkt hij nu?'

Ze drukte het klembord tegen haar borst. 'Hij heeft zich aangemeld bij een uitzendbureau. Hij wilde zich concentreren op zijn studie en niet vastzitten aan een strak werkschema.'

'Werkt hij op het moment ook nog voor iemand?'

Aarzeling.

'Mevrouw Stoltz?'

'Ik wil niet dat zijn werk op de tocht komt te staan.'

'Door mij te vertellen voor wie hij werkt?'

'Als u hem zou opzoeken terwijl hij aan het werk is, kan hij het wel schudden. Hij vindt zijn werk leuk, rechercheur. Hij wordt goed betaald en we moeten nog twee jaar collegegeld ophoesten. Daarna nog een studie rechten, als hij die kant op wil.'

'Mevrouw, ik kan alle uitzendbureaus in de stad opbellen tot ik weet wat ik weten wil. Waarom houden we het niet eenvoudig en...'

'Mason Book, goed? Hij werkt voor Mason Book als *persoonlijk assistent*.' Het kwam eruit met de nodige verontwaardiging, maar ook met iets van verholen trots.

'De acteur,' zei Moe, zich er onmiddellijk van bewust hoe stom dat klonk. *Nee, de chiropodist.*

Martha Stoltz zei: 'Nu begrijpt u waarom discretie zo belangrijk is. Een deel van Rory's werk is Mason afschermen van ongewenste publiciteit.'

Ze noemde de man bij zijn voornaam. Dat betekende waarschijnlijk dat Rory dat ook deed. Het fantastische informele L.A. Of misschien had Martha Stoltz te veel boulevardbladen gelezen en had ze het idee dat alle beroemdheden haar maatjes waren.

Ze zijn net als wij.

Nee, dat zijn ze niet.

Hij vroeg: 'Gaat het goed met Mason?'

'Hoezo?'

'Ik heb begrepen dat hij persoonlijke problemen had.' Dat zou je een understatement kunnen noemen, gezien de drugsproblemen en de zelfmoordpoging een jaar geleden, waar de pers uitvoerig aandacht aan had besteed.

'Ze hebben allemaal hun problemen.' Martha's ogen dwaalden door de zaal. 'Van de A tot en met de Z, de hele lijst... Ik heb hier vijftien jaar gewerkt. Ik zou u verhalen kunnen vertellen.' Ze verstrakte. 'Maar dat doe ik niet. En Rory ook niet.'

'Mevrouw,' zei Moe. 'Het interesseert me helemaal niets, ook al krijgt Mason Book er een hoofd bij en wordt hij paars als hij drinkt. En dat geldt voor iedereen die op een lijst van A tot en met Z staat. Ik ben hier om uit te zoeken wat er is gebeurd met een aardige jonge vrouw met de naam Caitlin Frostig.'

De klank van de stoere bikkel in zijn stem. Hé, wie is er nu de acteur, hè?

'Ik weet dat die man eronder lijdt, Caitlins vader. Ik heb hem een keer opgebeld kort nadat Caitlin was verdwenen. Om steun te bieden, van de ene ouder voor de ander. Hij bedankte me en verbrak de verbinding en toen besefte ik dat ik stom aan het doen was. Alsof ik hem iets te bieden had. Medelijden is gewoon slappe thee, rechercheur.'

Ze liet haar oogleden zakken. 'Ik heb zelf een kind verloren. Zeventien maanden voordat Rory geboren werd. Ze heette Sarah. Ze had de mooiste bruine ogen die ik ooit had gezien en ze was drie maanden oud toen ik haar in de wieg vond en ze niet meer ademde.'

'Het spijt...'

'Toen Rory negen was, overleed zijn vader. Dus ik dacht dat ik Frostig wat begrip kon tonen. Maar niemand weet precies hoe je je voelt, dat is tijdschriftenpsychologie. We staan gewoon een paar jaar met onze voeten op deze planeet, samen met onze schaduw, rechercheur. Misschien is daarboven wel iemand die aan de touwtjes trekt. Geen idee. Iedereen die zegt dat hij het wel weet, is uit op je geld, of wil ergens voor gekozen worden.'

'Mevrouw...'

'Rory is een aardige jongen, breng zijn baan niet in gevaar. Het is een perfecte baan voor hem, een opstapje naar de Film.'

'Rory wil bij de Film?'

'Rory wil jurist worden in De Industrie, misschien agent. Het is een en al netwerken, hij had mazzel dat hij meteen contact kreeg met de top. Mason mag dan zo zijn problemen hebben gehad, hij behandelt Rory goed en Rory werkt met plezier voor hem.' Haar stem kreeg een zachtere klank. 'Het is echt een aardige jongeman – Mason, bedoel ik. Rory heeft hem een keertje meegenomen hiernaartoe om te ontbijten en toen heb ik zelf aan zijn tafel bediend. Hij was allervriendelijkst.'

'Fantastisch,' zei Moe.

'Wat?'

'Dat hij niet verwaand is geworden door zijn succes.'

'Ja,' zei ze. 'Dat is *echt* aardig, toch?'

10

In Riptide hing een zware lucht van tequila, aftershave en een beetje ranzige olijfolie.

Liana Parlat nam een kruk aan het uiteinde van de met glanzende bootlak afgewerkte bar achter in de ruimte, zich bewust van mannenogen die haar volgden op weg daarnaartoe.

Een lange, donkere ruimte, tunnelachtig. Aan de ene kant was een stel dubbele deuren naar een klein restaurantgedeelte. Voor zover ze kon zien was daar niemand. Het gebeurde allemaal bij Cocktail Central. Een paar stelletjes, dertigers, de rest mannen, in hun eentje. Muziek van de Beach Boys. *Don't Worry Baby.* Eén van haar lievelingsnummers. Dat maakte het gemakkelijk om te glimlachen.

De glimlach trok de aandacht van de barman met zijn paardenstaartje en ze bestelde een Grey Goose Greyhound, met ijs, gedraaid. 'Roze grapefruitsap, als je dat hebt.'

De paardenstaart grinnikte. 'Het spijt me, alleen gewoon.'

'Dat is goed.'

'Ik zou er een tikje cranberry door kunnen doen, als je dat wilt. Gewoon voor de kleur.'

'Weet je,' zei Liana. 'Doe me toch maar een Seabreeze.'

'Prima keuze.' De man ging aan het werk en even later stond de extra grote cocktail voor haar. Schijfje sinaasappel, dat vond ze lekker. Een kers, helemaal fout.

'Hmm...' zei ze.

'Geniet er maar van.'

Terwijl ze kleine slokjes nam, zoog ze de sfeer van de ruimte in zich op. *Good Vibrations* werd gedraaid. Aardig, maar het vroegere werk, de surfsongs, zouden beter bij het decor passen.

Ze schatte in dat het meeste origineel was: ruwe planken van naaldbomenhout, gelakte trossen henneptouw, scheepslampen, glazen bollen en een paar boeien. Ze zag in ieder geval twee stuurwielen en ze durfde er iets onder te verwedden dat er in het restaurant nog meer zouden hangen. Allemaal waarschijnlijk nostalgie uit een eerder leven van de bar als arbeiderskroeg.

Voordat ze van huis vertrok, had ze de oude Mac aangeslingerd en alles gelezen wat ze over de tent kon vinden, bijvoorbeeld een dweperig drie jaar oud reisverslag uit de *Times* over de 'feestelijke Jimmy Buffet-sfeer' en het zo nu en dan 'spontane' bezoek van beroemdheden.

Britney, Paris, Brangelina, Mel, Mason en zelfs de Governator. Kennelijk hadden ze allemaal een voorkeur voor de Meyer Rum Tsunami. Alsof dat soort mensen ook maar iets spontaan deed. Leeg, maar wat kon je anders verwachten van een krant waarin de helft van alle 'artikelen' over De Industrie bestond uit persberichten die de wereld in werden gestuurd door de pr-jongens van de studio's?

Achterhaald, bovendien, want Liana kwam geen enkele recentelijk achteloos gedropte naam tegen, dus wat de kroeg ook aan aantrekkelijks had gehad voor de sterren, het was verleden tijd. Beroemdheden moesten in beweging blijven om genoeg lucht te krijgen om te overleven, net als haaien. Niet dat ze internet nodig had om dat te achterhalen. Toen ze van Loews naar Riptide was gelopen, had ze geen enkele limousine en nergens paparazzi gezien.

Wel een paar daklozen, daar had Aaron gelijk in gehad. Eén bezorgde haar kippenvel toen hij haar twintig meter lang met zijn waterige ogen volgde, een martelgang. Ze stelde zich voor hoe hij Caitlin had gegrepen en haar een steegje in had gesleurd. In plaats van hem te negeren was ze blijven staan en had ze hem aangestaard. Riskante manoeuvre, maar ze kon alleen maar op haar intuïtie afgaan. De zwerver kromp in elkaar en begon weer tegen zijn winkelwagentje te duwen langs Ocean, ratelende en bonkende geluiden over een trottoir dat al heel lang onderhoud nodig had.

Jammer dat dat soort gasten geen kenteken aan het karretje hoefde te hangen. IK BEN GESTOORD.

Ze nam kleine slokjes en wierp discrete blikken om zich heen. Iemand aan het andere uiteinde van de bar lachte. Er werd een nummer van Jan and Dean gedraaid. 'Dead Man's Curve', dat op een griezelige manier een aankondiging was geweest van het auto-ongeluk waarbij Jan zwaar gewond was geraakt.

Een vrolijk nummer over een tragisch ongeval... De vloer was in ieder geval van kaal eikenhout, geen clichématig zaagsel.

Liana wist alles over clichés. Ze produceerde ze beroepsmatig bij wagonladingen vol door haar stem te gebruiken voor het aanprijzen van producten voor vrouwelijke hygiëne, speciale aanbiedingen in de supermarkt, en wat dan ook.

Terwijl ze haar hersens en haar charme gebruikte om klusjes op te knappen voor Aaron.

Nou niet bepaald waarvan ze had gedroomd destijds in South Dakota, maar op haar leeftijd pakte je elke rol die je kon krijgen.

Vanavond had ze zich op een bescheiden manier sensueel uitgedost: een zwart truitje met een v-hals en een driehoek van witte camouflagestof die weliswaar een deel, maar niet alles van haar decolleté verborg, en een nauwsluitende grijze stretchwollen broek die om haar lichaam paste als een tweede huid.

Er tekenden zich geen lijnen van een slip onder af en dat deed vermoeden dat ze die niet droeg, maar in feite was de onderste helft van haar lichaam geheel gehuld in steunend ondergoed.

Iedereen zei altijd dat ze er jonger uitzag dan ze was, maar Liana was trots op haar vermogen tot zelfkritiek, en zag geen enkele reden om te doen alsof haar buik en billen dezelfde vorm hadden als toen ze auditie had gedaan voor *Playboy*. Twintig jaar geleden.

Het hele leven van een sterretje; soms leek het allemaal net gisteren.

Ze had de *Playboy*-sessie verlaten met rode koontjes vanwege de complimentjes die de fotoredacteur haar had gemaakt. Twee dagen later belde hij haar om haar voorzichtig af te wijzen. Nog weer een dag later had hij haar gebeld om haar mee uit te nemen.

De perfecte reactie was in haar opgekomen: *Het spijt me, maar ik ga alleen om met mannen met een normale penis.*

Ze had gezegd: 'Sorry, Luigi, maar ik heb een vriend.'

Twintig, *eenentwintig* jaar geleden.

Jezus!

'Kom je hier vaak?' zei een bariton, net hard genoeg om verstaanbaar te zijn boven de muziek uit.

Liana wierp een blik naar rechts. Het nerveus glimlachende gezicht dat ze te zien kreeg, hoorde bij een iets te zware, maar aardig uitziende, man van ongeveer haar eigen leeftijd met een pul bier in zijn hand. Rossig haar, een grijze waas op zijn kin, aardige mannelijke trekken. Tien jaar geleden was hij waarschijnlijk een stuk geweest.

Donker pak, lichtblauw overhemd, open bij de kraag, verstandige schoenen.

'Wat doet een aardige vrouw zoals jij in zo'n tent als dit?' zei hij. 'Ik ben blij dat ik vanmorgen mijn oefeningen heb gedaan, want je kunt zo zien dat jij geen katje bent om zonder handschoenen aan te pakken. Je moeder was vast beeldhouwer, want qua vorm mankeert er niets aan. Ik dacht dat perfectie een ideaal was, tot ik jou zag.'

Liana staarde voor zich uit.

Hij haalde zijn schouders op, glimlachte.

Ondanks zichzelf krulde Liana nabootsend haar lippen.

De man zuchtte. 'Nu ik al het goede materiaal heb gebruikt, zal het wel tijd worden voor de clichés.'

'Schrijf jij voor Leno?'

'Als dat zo was, zou hij Letterman niet de oren wassen.' Hij stak zijn hand uit. 'Steve Rau.'

In plaats van zijn hand te schudden, maakt Liana een klein saluerend gebaar, waarna ze weer voor zich uit keek. Haar truitje was iets omhooggeschoven zodat er een paar centimeter blote rug zichtbaar werden. Ze trok het weer omlaag, terwijl ze met haar hoofd knikte op de maat van de muziek. 'Au,' zei Rau. Maar goedgemutst. Vanuit haar ooghoeken zag Liana iets bewegen. Hij wapperde met zijn hand naar de barman om opnieuw bier te bestellen.

Toen dat werd gebracht, lukte het Liana een tweede van haar beroemde zijdelingse blikken in de strijd te werpen om zich een oordeel te kunnen vellen over zijn pak. Keurig, maar zeker geen maatwerk of iets bijzonders. Overhemd van Oxford katoen, tachtig piek, zo ongeveer. De schoenen waren onduidelijke zwarte loafers, misschien kalfsleer. Kortom, alles bij elkaar opgeteld: solide, geen rotzooi, geen haute couture. Misschien Nordstrom.

Met al haar werk voor Aaron had ze wel wat bijgeleerd.

Steve Rau zei: 'Ik zou met plezier nog zo een voor je bestellen, maar je bent nog niet zo ver met de eerste en misschien ga je dan wel weer soldaatje spelen.' En deed haar saluut na. Liana giechelde.

De barman zei: 'Nootjes of chips, Steve?'

'Nee, dank je, Gus.'

Dus jij komt hier vaak?

Aaron wilde dat ze alleen even de sfeer proefde, maar dit was een kans. Ze oefende een openingszin, verwierp hem en probeerde een ander te bedenken. Rau hielp haar uit de brand door te zeggen: 'Dit is mijn tweede biertje, en mijn laatste. Voor het dossier.'

Liana draaide zich gracieus om op haar kruk, gaf meer van haar gezicht en lichaam bloot. Een warme, eerlijke glimlach.

'Je bent aan de matige kant.'

'Matig, verstandig, betrouwbaar. Gus kan ervoor instaan.'

'En wordt Gus daar vaak voor van stal gehaald?'

Rau raakte van de wijs. Lachte. 'Pas de laatste drie maanden.'

Hij liet haar zijn linkerhand zien. Een bleke strook rond de ringvinger. 'In goede harmonie uit elkaar gegaan, zoals ze dat noemen.'

Liana zei: 'Ik wist niet dat dat kon.'

'Kan ook niet.'

'Sorry.'

'Geeft niet,' zei Rau. 'Ik was niet van plan te gaan jammeren en mekkeren.'

'Dubbele garantie, hè?'

De muziek keerde terug naar de Beach Boys. *Little Deuce Coupe.* Ze dronken zwijgend. Liana nam er de tijd voor, want dat was haar stijl van opereren, zelfs in haar vrije tijd. Je moest een man steeds een tikje uit balans houden.

Ze zei: 'Aangezien jij hier stamgast bent, weet je ook dat ik dat niet ben.'

'Op bezoek in L.A. Ik vraag het maar omdat er soms vrouwen hierheen komen vanuit het hotel.'

'Nee, ik ben allochtoon.' Als je militaire bases in zes andere staten niet meetelde.

'Rara avis,' zei Rau. 'Een witte raaf.'

'Quo Vadis,' zei Liana. 'Non sequitur, ipso facto. En, Steve, wat doe je nog meer behalve Heineken drinken en Latijn brabbelen?'

Rau maakte een gebaar naar de barman. 'Gus, wat doe ik wanneer ik niet smartelijk in elkaar gedoken zwelg in zelfmedelijden?'

Gus zei: 'Je bent een spion.'

'Double-O-nog-iets...?'

Rau zei: 'Gus maakt het een beetje mooier dan het is, ik werk bij RAND, de denktank, we zitten hier in de buurt, aan Main.'

'Je wordt betaald om na te denken.'

'Officieel heet het beveiligingsanalist.'

'Met ramen en deuren en zo?'

'Met idioten met bommen in de hak van hun schoen en debielen met bomgordels en zo.' De zachte bariton had een scherp randje gekregen. 'Maar ik zal je intelligentie niet beledigen door net te doen alsof het een heimelijk contract met defensie is. Ik heb economie gestudeerd. Ik speel met statistische grootheden, ik probeer trends te ontdekken. De afgelopen tijd heb ik me meer met financiële analyse beziggehouden dan met beveiligingsanalyse. Het is ongeveer net zo spannend als kijken naar het groeien van baardstoppels.'

'Maar toch,' zei Liana. 'Je weet in ieder geval dat je iets belangrijks doet. Hoeveel mensen kunnen dat zeggen?'

'Op een zeker principieel niveau denk ik dat dat waar is. Maar de helft van de tijd zit ik formulieren in te vullen voor budgetaanvragen of te vergaderen. Vroeger heb ik iets gedaan wat nog veel bloedstollender was. Raden?'

'Je hebt lesgegeven.'

Rau staarde haar aan. 'Ligt dat er zo dik bovenop?'

'Je hebt een academische titel.'

'Ik zei alleen maar dat ik economie heb gestudeerd.'

'Daar had ik dat uit afgeleid.'

Rau lachte.

Liana zei: 'Stanford?'

'Chicago.'

'Waar heb je lesgegeven?'

'Een *community college*. Alles ging op basis van tijdelijke aanstellingen, dus ben ik naar iets anders gaan kijken. Ik was echt van plan te gaan lesgeven en ik beschouwde RAND als iets tijdelijks. Dat was twaalf jaar geleden, niet gek voor iemand die trends probeert te herkennen.'

Liana glimlachte.

Het bleef even stil voordat Rau vroeg: 'En wat doe jij, naamloze dame?'

'Laura,' zei ze, de alias gebruikend van de fotosessie voor *Playboy* destijds om dat die naam niet zo heel ver van haar eigen naam lag. *Laura Layne.* Soms had ze roze satijnen visitekaartjes in haar tasje. Had ze die vanavond ook bij zich? Eenentwintig jaar geleden.

Rau zei: 'Zelfde vraag, Laura. Wat houdt jou overdag bezig?'

'Op dit moment niets,' antwoordde ze. 'Op mijn cv staat onder andere kleuterjuf, managementassistente, interieurontwerpster, huisbewaarster, en helemaal in het begin – surprise, surprise – serveerster.'

'Ah,' zei Rau. 'En in hoeveel pilots heb je gespeeld?'

'Is dat zo duidelijk?'

'RAND betaalt me niet om de vette koppen over te slaan.'

'Oké,' zei Liana. 'Dan had RAND deze keer geen waar voor zijn geld gekregen. Ik ben geen actrice. Zoals ik al zei, ik ben geboren in Californië. Ik ben niet met de bus uit Iowa gekomen.'

'Sorry,' zei Rau. 'Dat ik dat dacht. Mag ik er een draai aan geven door er een compliment van te maken, zoiets van "ziet eruit als een actrice"?'

Liana keerde haar kruk helemaal naar hem toe en bood hem uitzicht op wat ze te bieden had. 'Dat overkomt me voortdurend en, ja, ik beschouw het als een compliment.'

Rau deed alsof hij met zijn mouw zijn wenkbrauwen afveegde. 'Pff... dus, en ik vraag het heel aarzelend: waarom van alle kroegen...'

'Ik had een etentje met vrienden bij Loews. Dat was vroeg afgelopen. Het zijn allemaal getrouwde mensen met kinderen en ze moesten op tijd weer terug naar hun dagelijkse beslommeringen. Ik was nog niet helemaal toe aan een rustige avond met Kurt Vonnegut.'

'*Slaughterhouse-Five?*'

'*Welcome to the Monkey House.*'

'Nooit gelezen... Ik heb Joseph Heller ooit ontmoet. *Catch* 22?'

'Echt waar?'

'Jep,' zei Rau. 'Ik zat in groep vijf en hij hield een lezing aan de universiteit en mijn vader werkte daar, bij medicijnen, en hij wilde me per se meenemen. Hij wilde dat ik de antioorlogsgeest in me opzoog. Op mijn tiende was ik vrij apolitiek.'

'Maar pa niet.'

'Pa was een man met *krachtige* principes.' Veel nadruk op het woord en heel even trok Rau's gelaat strak.

Kwaadheid maakte een aantrekkelijke mannelijkheid in hem vrij.

Liana zei: 'Dus hij sleepte jou mee.'

'Hij sleepte me mee en na de lezing stond hij erop dat we naar Heller toe gingen, terwijl hij steeds maar weer zei hoe geniaal de man wel niet was, terwijl ik tijdens die hele lezing alleen maar had zitten dagdromen. Hij staat eindeloos die man zijn hand te zwengelen, verplicht mij hem ook stevig de hand de schudden, en begint dan aan een uiteenzetting over de magistrale verdienste van *Catch* 22 als antioorlogsboek. Heller kijkt hem aan en zegt: "Het gaat niet over oorlog, het gaat over bureaucratie."'

'Arme pa.'

'Hij raakte even van slag, maar niet lang. Op weg naar huis legde hij me uit dat schrijvers soms hun eigen motivatie niet begrepen.'

'Motivatie,' zei Liana. 'Medicijnen. Ik zet mijn geld op "psychiater".'

Rau's glimlach was warm en breed. Mooie tanden. 'Je zou RAND eens moeten overwegen.'

'Alsof die mij willen hebben.'

'Je zou versteld staan.'

'Dat zeker.'

Enige hartslagen.

'Dus op het moment doe je niets,' zei Rau. 'Klinkt aantrek-kelijk.'

'Dat is het soms ook.'

Rau krabde aan zijn slaap. 'Laura, ik ben hier niet zo goed in... maar aangezien je al hebt gegeten, lijkt me een voorstel om het gesprek voort te zetten in het restaurant daar, minder geslaagd. En vertrekken uit deze kroeg waarschijnlijk ook.'

'Ik hoorde geen vraag, Steve. Maar, ja, ik denk dat ik nog even blijf.'

Rau trommelde op zijn borst, neeg zijn hoofd. 'Ah... Alle hoop vervlogen dan.'

Liana tikte op zijn mouw. Soepele stof, misschien toch wel wat beter dan ze aanvankelijk had ingeschat. 'Steve, het zou toch niet erg slim van me zijn als ik aan de zwier ging met iemand die ik net voor het eerst had ontmoet.'

'Nee, natuurlijk... maar ga ik te ver als ik om je telefoon-nummer vraag?'

De arme man bloosde.

'Waarom geef je me jouw nummer niet?'

Liana verwachtte een nieuwe uitbarsting van zelfverachting, maar hij leek aangenaam verrast, terwijl hij een versleten por-tefeuille uit zijn zak haalde en er een visitekaartje van RAND uit viste.

Zo op het oog leek het allemaal koosjer. Gemakkelijk ge-noeg om na te trekken.

Ze stopte het kaartje in haar tasje. Dat kon nog wel eens van pas komen.

Steve Rau zei: 'Hoe dan ook... zoals ik al zei, ik ben hier niet zo goed in.'

'Oefenen, oefenen, oefenen,' zei Liana, terwijl ze hem nog een keer op zijn arm klopte. 'Hoe lang bestaat Riptide al?'

Rau ontspande zich bij het nieuwe onderwerp van gesprek. 'Als Riptide? Een jaar of vijf, denk ik. Die naam dateert van toen een paar filmjongens de zaak hebben gekocht. Geen be-roemdheden, een paar producers en zo. Daarvoor was het een buurtkroeg die Smiley's heette, en daarvoor heette het *De* Riptide. Ik weet niet precies hoe oud deze tent is, maar vast al wel een jaar of veertig.'

Hij deed zijn best om dat oud te laten klinken. Liana onderdrukte een schrikreactie.

'Zonder *de*,' zei ze. 'De jongens uit De Industrie vonden dat hipper.'

'Nee, ze wilden voor een dubbeltje op de eerste rang. Een deel van het uithangbord kwam tijdens een storm naar beneden en dat hebben ze toen vervangen door dat martiniglas in neon.'

'Subtiel,' zei Liana.

Rau grinnikte. 'Dit is tragisch, Laura.'

'Wat?'

'Ik kom een zeer intelligente vrouw tegen die eruitziet als een filmster en slim genoeg is om niet impulsief te zijn.'

Liana glimlachte.

'Ik vermoed dat ik me van alles zou gaan afvragen over je gezonde oordeelsvermogen als je wel met me mee zou gaan.'

Hij haalde zijn schouders op. 'Zo ben ik nu eenmaal. Ambivalent en weifelend. Mijn ex zei dat ze er gek van werd. Mijn gebrek aan, citaat, "constructieve roekeloosheid". Waarom het haar elf jaar en een verdeling van roerende goederen heeft gekost om daarachter te komen, kon ze niet uitleggen.' Hij bloosde. 'Sorry, dat was belachelijk onhandig en misplaatst.'

'Hé,' zei Liana, 'jij hebt het allemaal meegemaakt. Drie maanden is nog erg vers.'

In zijn ogen was te lezen dat hij er erg lang over had gedaan om de hoop op te geven.

'Steve, ik stel het op prijs dat jij begrip toont voor enige voorzichtigheid. Als vrouw moet je goed oppassen. Zelfs in een aardige tent als deze.'

Rau zei niets.

'Het is toch een aardige tent?' vroeg ze.

'Nog nooit een knokpartij meegemaakt,' zei Rau. 'En Gus houdt het promillage in de gaten. Ja, aardig. Destijds, toen de beroemdheden hier kwamen, twee, drie jaar geleden, was het wel... een beetje anders.'

'Anders? Hoe?'

'Langdurig oponthoud in de toiletruimten.' Hij tikte tegen

zijn neus. 'Overduidelijk minderjarige meisjes, vervalste ID-kaarten. Mensen die bezig waren met dirty dancing zonder muziek die daartoe aanleiding gaf.'

'Dikke pret.'

'Kots, Laura. Ik ben hier een tijdje niet meer geweest. Het is nu veel rustiger en dat zullen de eigenaren wel in hun portemonnee merken, maar ik mis die tijd niet en ik denk dat dat voor de meeste stamgasten geldt.'

'Beroemdheden,' zei Liana, 'hebben zo hun eigen rechten.'

Rau hapte agressiever in zijn bier, nam twee grote slokken. Er droop wat langs zijn kin en hij poetste het weg met een servetje.

'Hoe komt het dat de egotrippers hier nu niet meer komen, Steve?'

'Ze zijn verder getrokken, Laura. Dat doen ze nu eenmaal, het gaat steeds om het Nieuwste van het Nieuwste.'

'Ah,' zei ze.

Rau dronk zijn pul leeg, keek naar de barman, maar schudde zijn hoofd toen die naar de tap wees.

'Dus twee jaar geleden droogde de beroemdheid op.'

'Twee, drie. Het ironische van het geval is, dat je zou denken dat het destijds met al die bodyguards en chauffeurs en zo, hier hartstikke veilig zou zijn geweest, terwijl er juist toen een paar problemen waren.'

Hij klemde zijn beide handen om de lege bierpul. Brian Wilson bezong de wonderen van zijn kamer.

'Wat voor problemen, Steve?'

'Laat maar,' zei Steve. 'Het laatste wat ik wil is je de stuipen op het lijf jagen. Want ik zou het *echt* leuk vinden als je hier nog eens kwam.'

Haar aanstarend. Zachte bruine ogen.

Liana zei: 'Ik ben al een groot meisje.'

'Maar het is niet belangrijk, allemaal oude koek.'

'Kom op, Steve, ik word niet zo snel bang.'

Rau roffelde met zijn knokkels op zijn voorhoofd. 'Briljant, Rau.'

'Wat is er gebeurd?'

'Ik zeg niet dat het iets te maken had met deze tent. Ik weet wel zeker van niet, want het gebeurde buiten... O, Jezus, ik ben een *waardeloze* single.'

Liana bevochtigde haar lippen met Seabreeze. Ze had hooguit een kwart van haar glas op en voelde zich scherp, alert. Haar hele jachtinstinct was gericht op die man.

Hij vroeg: 'Wil je het echt weten?'

'Ja.'

'Er was een meisje dat hier werkte, in het restaurant, als hostess. Destijds was de kaart uitgebreider. Ze ging naar huis na haar werk en niemand heeft haar ooit weergezien. Maar hier is haar niets overkomen, dat was ongeveer anderhalfjaar geleden of zo... dus ik denk dat er ook nog wel beroemdheden kwamen. Zo herinner ik het me tenminste. Ironisch, zoals ik al zei. En toen gebeurde er kort daarna nog een keer iets. Een paar toeristen, man en vrouw, die een kamer hadden in Loews, kwamen hier iets drinken en waren daarna ook verdwenen. Dat heb ik in het nieuws gehoord. Ze noemden Riptide als laatste plek waar ze waren gezien. Daarna ben ik hier niet meer naartoe gegaan.'

'Ik kan me voorstellen dat je dat eng vond.'

'Niet echt eng... Maria had net onze therapie afgebroken, ik was helemaal in mijn eentje... Sorry. Je komt nu vast nooit meer terug.'

'Steve, ik laat mezelf niet leiden door het ongeluk dat anderen is overkomen.'

'Laura, ik doe *niet anders*, dag in dag uit, dan me *onderdompelen* in het ongeluk van anderen. Vanmiddag was ik nog bezig algoritmes te ontwikkelen voor het voorspellen van de correlatie tussen economische tegenslag en rebellie in Maleisië.'

'En hoe lijkt het in Maleisië?'

'Dat wil je niet weten.' Onverwachts stond hij op.

Hij bleek langer dan ze had gedacht en niet eens zo zwaar. Wel was er een suggestie van een buikje, maar Steve had brede, vierkante schouders en lange benen die er sterk uitzagen. Hij gooide een paar bankbiljetten op de bar en stak zijn hand uit. 'Het was leuk om met je te praten, Laura. Dat meen ik.'

Dit keer schudde Liana hem wel de hand. Een koele, droge, gladde hand.

'Als je om de een of andere reden nog eens terugkomt, hoop ik dat ik er dan ook ben.' Zuchtend drukte hij zijn lippen op haar vingers. Liet haar hand snel los en schudde zijn hoofd en mompelde: 'Sukkel.'
Voordat ze hem gerust kon stellen, was hij vertrokken.
'Arme Steve,' zei iemand verderop aan de bar. 'Die vrouw van hem heeft hem echt gemarteld.'

11

'De helft van het koekje,' zei Liz Wilkinson.
'Pardon?' zei Moe Reed.
'Net als bij een Oreo. We zijn de helft van een koekje, schatje. Of misschien wel zeventig procent, omdat alle vulling *hier* zit.'
Ze tastte onder zijn bil en kneep. Haar gladde bruine lichaam lag ontspannen op de harde spierbundels en bonkige uitsteeksels van zijn bleke, met sproeten bezaaide torso.
Heupen die elkaar raakten. Twee versmolten lichamen. Ze waren gestopt met zoenen.
Hij zei: 'Oreo's waren toch dubbel? Bruin vanbuiten en wit vanbinnen?'
'Ik pas de werkelijkheid aan bij wat ik nodig heb.'
'Creatief.'
'Ik ben blij dat je het met me eens bent.' Ze lachte. Hij hield van dat geluid.
Even later: 'Liz, bij een Oreo is het donkere allemaal knapperig en het witte zacht. Dan is dit toch meer een omgekeerde Oreo?'
Ze werkte zich omhoog en keek hem in zijn ogen. 'Nu ben jij aan het filosoferen.'
Hij rekte zijn nek om haar te kussen. Toen hun lippen zich van elkaar scheidden, drukte hij zijn mond tegen haar lange, slanke nek. Ze liet zich weer op hem zakken.
'Meneer wil alles letterlijk.'

'Ik ben opgeleid om na te denken, ik wil precies zijn.' Hij masseerde haar rug. 'Opgeleid om na te denken. Van nature *adembenemend*.'

Liz glimlachte in zichzelf, voelde bot op bot en verschoof haar buik. Die beweging, een onschuldige poging het zich gemakkelijker te maken, zorgde voor een nieuwe zwelling daar beneden. 'U meent het echt, rechercheur Reed, want het forensische bewijs wordt dunkt me geleverd.'

Ze ging rechtop zitten en liet haar handen over die vlakke buikspieren gaan, wetend hoe menselijke spiermassa eruitziet onder dat dunne vliesje dat de huid is. Ze stelde zich zijn buikholte voor. De man was zo hard als graniet.

Overal.

Ze raakte hem aan, streelde hem. Hij keek naar haar op, zijn ogen wijd open. Ze leidde hem naar binnen en wiegde zacht heen en weer. In het begin voor hem, want mannen gedroegen zich beter als ze bijna bedwelmd waren van verzadiging. Maar al snel paste alles zo precies en bewogen ze zo eensgezind dat Liz haar ogen sloot. Haar hoofd begon te wiegen en strengen van haar lange haar streelden zijn borst. Ze wierp haar haar over haar schouders, maar kreeg niet alles onder controle en hij zei dat hij het fijn vond. Het kietelde zijn tepels en hij draaide zijn hoofd opzij.

'O, man.' Hij legde zijn handen om haar borsten.

'Precies,' zei ze.

Twintig minuten later zaten ze aan de ontbijttafel in haar flat aan Fuller Avenue, een zijstraat van Melrose, en dronken ze Fresca perzik en aten ze sandwiches, gekocht in een delicatessenwinkel. De buurt was zwaar ironisch postmodern hip, maar dat interesseerde Liz allemaal niet. Zo weinig als zij thuis was, had ze even goed in een motelkamer kunnen wonen.

Haar ouders waren bijgesprongen om de aanbetaling te doen, en hadden er nog iets extra's bij gedaan voor meubilair. Ze zou binnenkort toch eens iets mooiers moeten kopen dan het opvouwbare kaarttafeltje waaraan ze zaten te eten, dan de IKEA-kratjes waarin ze haar boeken had gezet, en dan de matrassen zo op de slaapkamervloer.

Ondertussen beviel haar dat eenvoudige leventje heel goed, dank u. Moe interesseerde zich volstrekt niet voor de aankleding van huizen; zijn eigen schuilplaats in de Valley was opgeruimd en schoon, maar afgezien van die fitnessruimte zag hij eruit als een saaie studentenkamer.

Maar wel met veel boeken. Aangename verrassing.

Ze keek naar hem terwijl hij de sandwich verorberde. Kalkoenborst zonder vel, vanwege de cholesteroltoestand. Liz had hetzelfde besteld, al had ze liever rundvlees gehad.

Liefde, had haar moeder altijd gepredikt, was de kunst om compromissen te sluiten.

Als ze eens wist...

Koud een maand gewapend met een doctorstitel in biologische antropologie van Stanford, had Liz' proefschrift over micromodificatie van humiditeit en viscerale musculaire decompositie haar een postdoctorale positie opgeleverd onder Eleanor Hargrove in het met de LAPD verbonden bottenlab. Het jaar daarop kwam geld vrij voor een echte baan bij het lab en Liz had de kans met beide handen gegrepen. Het hield in dat ze lange dagen maakte met haar neus boven gemummificeerde huid en tot achter de komma alle ins en outs van verrotting en ontbinding leerde kennen, de uiteindelijke drab die er overblijft.

Veel reizen naar conferenties, want Eleanor wilde bekendheid voor het lab. Dat had Liz allemaal wel verwacht en ze had er geen moeite mee.

Wat *niet* in de planning had gezeten was een relatie met een vent, laat staan met een vent wiens ervaring met het formele onderwijs was blijven steken bij een bachelor in criminaliteit aan Cal State Northridge.

Liz' ouders waren beide hoogleraar met een aan Yale behaalde titel. Politicologie aan Howard voor Liz' moeder, sociologie aan de George Washington universiteit voor haar vader. Ze had hen nog steeds niets verteld over Moe.

De eerste keer dat ze Moe was tegengekomen, stond ze tot aan haar middel in de blubber van een moeras resten van een menselijk skelet uit de prut omhoog te trekken. Moe was als eerste rechercheur ter plekke geweest en had op de oever met Hargrove staan praten en haar niet eens gezien. Tot het moment dat hij haar zag – en verdomd, hij keek nog een keer.

Bleef een hele tijd kijken.

Hij boeide haar al vanaf het eerste moment. Zo jong en gedreven – dat integere jongensachtige dat je tegenwoordig bijna nergens meer tegenkwam.

Grappig, ook dat.

Op een Keltische manier.

Toen hij haar mee uit vroeg, zei ze zonder aarzelen ja, ook al was Moe helemaal haar type niet.

Lichtjaren verwijderd van haar type. Haar opvoeding in het selecte wereldje van zwarte academici had haar uitgaansleven geruisloos beperkt tot welbespraakte mannen met academische titels en bijzondere verrichtingen op hun naam.

Mannen met dezelfde tint huid als zij.

De helft van een koekje...

Moe raakte met een teder gebaar waar zij erg van hield haar hand aan. De sportieve inspanningen van het afgelopen uur hadden hier en daar roze plekken op zijn huid getoverd die nog niet waren weggezakt.

Een tere huid die nooit bruin werd. Dat ze ooit nog eens aardbeienyoghurt aantrekkelijk zou vinden, was wel het laatste wat Liz zich had kunnen indenken.

Ga maar. Ze kuste zijn knokkels.

Hij zei: 'Je bent onge*loof*lijk.'

'Houd dat goed in de gaten, Moses.'

'Dat doe ik,' verzekerde hij haar. Als een jochie van zes dat belooft dat hij braaf zal zijn. Geen spoor van postmoderne ironie. Dat was nieuw geweest.

Ze had haar kleine toespraakje al honderden keren geoefend. *Hij is heel intelligent, moeder. Intuïtief. Allesbehalve eenvoudig.*

Allemaal waar, maar het klonk hol. Veel te onderdanig.

Ze was negenentwintig en Moe ook, net. Ze betaalden allebei hun eigen rekeningen en hoefden aan niemand verantwoording af te leggen.

Juist.

Hij slikte de laatste hap van zijn sandwich door. Ze duwde de helft van de hare naar hem. 'Ik zit vol. Eet jij hem maar verder op.'

'Bedankt.' Vijf happen. Hongerige jongen. Soms kon Liz het niet helpen dat ze over hem dacht alsof hij een jochie was wanneer ze samen waren.

Ze bewonderde hem om de naïviteit die hij bleef uitstralen, ondanks zijn werk. Vroeg zich af hoe die baan het zou doen in de *salons* in Georgetown die haar moeder *frequenteerde*. Nee, dat vroeg ze zich helemaal niet af. Ze wist precies hoe erop zou worden gereageerd.

Hij stond op en ruimde de tafel af. Rolde met zijn hoofd om zijn nekspieren los te maken.

Liz zei: 'Een stijve nek?'

'Niet echt.'

Ze ging achter hem staan en masseerde die onvoorstelbare massa spieren in zijn nek.

'Ah, dat is fantastisch.'

'Is er een reden voor al die knopen, rechercheur Reed?'

'Niet echt.' En twee tellen later: 'Ik ben weer voor honderd procent met Caitlin bezig. Druk vanboven af.'

'Daar wordt de trapezium niet beter van, wel?'

'Hé,' zei hij, 'geen probleem, komt wel goed.'

'Dat weet ik wel. Sorry voor het gezeur, schatje.'

'Gebeurt er nog iets boeiends in het lab?'

'Geen nieuwe zaken,' zei ze. 'Proberen bij te blijven met aanvragen voor budgetten.'

Hij keerde zich om, schoof zijn armen om haar middel. 'Jij ook nog een kleine massage?'

'Nee, dank u, u hebt me al aardig los gekregen, meneer.'

Hij glimlachte. Even viel er iets van spanning af te lezen op zijn gezicht. Een storm van een fractie van een seconde, toen was het weer voorbij.

'Wat is er?' vroeg ze.

'Het is een verloren zaak, Liz.'

'Harde bewijzen komen niet uit de lucht vallen, schatje.'

'Ik weet het... Ik houd er een belabberd oplossingspercentage aan over, meteen in het begin.'

'Je hebt de moerasmoorden opgelost, Moses.'

'Dat was eigenlijk het werk van Sturgis.'

'Dat wil ik niet horen, Moses. Jij en Sturgis. Hij heeft jou niet voor niets lof toegezwaaid.'

'Hij is een heer.'

'Misschien wel,' zei Liz, 'maar hij deed alleen maar wat hij moest doen.'

'Ja... Aaron is ook met Caitlin bezig.'

Dat kwam onverwacht. 'Hoe kan dat zo?'

'De baas van Caitlins vader betaalt. Aaron denkt dat hij alleen maar genoeg uren op de rekening hoeft te zetten om de zaak af te ronden.'

'Vast wel.'

'Misschien heeft hij wel gelijk, Liz.'

'Hoe zou hij in dit stadium nu moeten weten of hij de zaak wel of niet kan oplossen?' zei ze.

Moe gaf geen antwoord.

Ze masseerde zijn nek nog wat meer. 'Kom op, verstand op nul en tv kijken.'

'Goed,' zei Moe. Maar er was iets veranderd.

Gedurende de maanden dat Liz nu met Moe optrok, had ze Aaron welgeteld één keer ontmoet.

Zo'n zes, zeven weken geleden, toen ze over het met bladeren bestrooide pad naar het huis van Moe's moeder liep om Maddy voor het eerst te ontmoeten, een belevenis op zich.

Halverwege kwam er een zwarte man om de bocht.

Moe verstrakte en heel even vroeg Liz zich af of die man misschien een of andere bedreiging vormde.

Kort handen schudden en een introductie door Moe maakt een eind aan die gedachte, maar Moe ontspande zich geen moment.

Aaron daarentegen was een en al honing. Zo iemand die je het gevoel geeft dat je al jaren bevriend bent.

Liz was opgegroeid in Washington D.C. en had dat merk charisma zoveel meegemaakt dat ze er een instinctief wantrouwen tegen had ontwikkeld.

Terwijl Moe en Aaron wat kletsten op het pad, probeerde Liz te bedenken waarvan Moe hem zou kennen.

Ook politie misschien? Maar wat had hij dan te zoeken bij Moe's moeder?

Ze vermoedde dat er een heel verhaal achter stak en wachtte tot zich een goede gelegenheid zou voordoen.

Een privétrainer?

Nee, het moest iets belangrijkers zijn, de man had Moe's gespannenheid op zijn geweten.

Misschien mama's jonge zwarte *vriend*?

Zich ervan bewust dat ze mensen veel te snel in hokjes stopte, kon ze zichzelf toch niet tegenhouden.

Ziet er goed uit, maar staat veel te lang voor de spiegel.

Prachtige kleren, maar hetzelfde probleem.

Hij was een en al beleefdheid geweest, beschaafd articulerend en intelligente ogen, maar veel te glad. Wat Liz een Speler Uit De Eredivisie noemde.

Verschilde niet zo heel veel van die mannen waar ze vóór Moe mee was omgegaan, maar dan zonder het gepolijste laagje van de Ivy League.

Waar verdiende hij de kost mee?

Een advocaat die net met de cliënt had overlegd? Mogelijk.

Of iets in De Industrie, een agent? Moe had haar verteld dat Maddy ooit ambities had gehad in de richting van het toneel en het witte doek, maar nooit erg ver was gekomen.

Of een *coach*. Glamour genoeg en die kleren en die blitse kleine Porsche langs de stoeprand verraadden dat het hem voor de wind ging. Of deden het voorkomen alsof, dit was per slot van rekening L.A.

Misschien dat hij daarom wel overkwam als Uw beste Vriend – hij ging ervan uit dat men hem zou herkennen.

Liz kon zich niet herinneren dat ze hem ooit ergens had gezien. Tegen de tijd dat hij was doorgelopen, had ze een volledig dossier over hem samengesteld. Moe keek de wegsnellende Porsche na, met gefronste wenkbrauwen die uitdrukking gaven aan zijn afkeuring.

Opzichtig consumeren was niets voor Moe. Ook iets wat hij en Liz gemeen hadden.

Elizabeth Mae, jij moet echt meer doen met al dat moois dat je van God gekregen hebt.

De Porsche was al een hele tijd uit het zicht verdwenen, maar Moe staarde nog steeds door de straat.

Liz pakte hem bij de boomstam die zijn arm moest voorstellen. 'Kom op, ik wil kennismaken met de vrouw die jou aan de wereld heeft geschonken.'

Ze liepen verder.

Liz kon zich niet inhouden. 'Werkt Aaron voor je moeder?'

'Hij is mijn broer.'

'Je bedoelt dat jullie goed met elkaar overweg kunnen?'

'Ik bedoel dat hij mijn bloedverwant is.'

'Nee schatje, serieus.'

'Ik wou dat ik een grapje maakte.'

In de weken daarna peuterde Liz de details los van de opvoeding van beide broers.

Beide vaders waren bij de politie geweest, beide waren overleden.

Misschien was *dat* wel het probleem: de ene vader die de plaats innam van de ander, al die spanning van samengestelde gezinnen. Als dat zo was, dan had mama het leven van haar zoons nog ingewikkelder gemaakt.

Madeleine Fox Reed Guistone Entley ('Maar over Entley praten we niet, schat') was kennelijk verslaafd aan het huwelijk. Ze had vijftien jaar daarvoor haar derde echtgenoot begraven. Stan Guistone was een rijke orthodontist, bovendien een visionair zakenman, die genoeg had geïnvesteerd in onroerend goed om zijn weduwe een aangename leefstijl te bieden. Twee jaar na zijn dood had ze het nog een keer geprobeerd, maar was na een paar maanden al weer gescheiden van de 'luie rotzak Entley'.

Op de kaptafel in haar slaapkamer stonden ingelijste foto's van mannetje één en mannetje twee en mannetje drie, een feit dat Liz had geregistreerd toen ze bij die eerste zondagse visite een bezoek had gebracht aan Maddy's privébadkamer, omdat Moe de andere bezet hield.

Twee politieagenten in uniform en een gedrongen man met

borstelige wenkbrauwen en wit haar die een pak droeg met brede revers.

Aaron was een kloon van zijn vader.

Moe was zwaarder en forser dan zijn vader, en zijn fijne symmetrische trekken had hij van zijn moeder. Maar hij had wel dezelfde tint... misschien iets rond de ogen. De oren, ook.

Agent Darius Fox, RIP.

Agent John Jasper Reed, RIP.

Dr. Stanley Edgar Guistone, D.D.S., M.P.H., M.B.A., idem.

De vrouw tikte zwaar aan bij de sterftecijfers. Drie echtgenoten, twee kinderen. Als ze ook nog een kind had gehad van Dr. G, had het arme scharminkel er waarschijnlijk uitgezien als een gedeprimeerde wasbeer.

De nieuwsgierigheid naar Moe's achtergrond werd erdoor aangewakkerd, maar ze besloot het kalm aan te doen. Aan dat soort dingen trekken werkte niet bij de meeste mannen en ze was ervan overtuigd dat het niet zou werken bij Moe. De tijd die ze voor elkaar overhielden naast haar reizen en zijn werk zonder kantoortijden als rechercheur Moordzaken, moesten ze verstandig gebruiken. Het was niet zinnig om goede tijden te belasten met het emotionele ijs dat het noemen van Aarons naam zou doen ontstaan.

Maar toch intrigeerde haar die vijandigheid tussen broers. Ze had zelf twee broers en mocht hen allebei erg graag. Sean en Jay hadden wel zo hun onenigheid gehad, maar tegenwoordig konden ze het uitstekend met elkaar vinden. Ze golfden zelfs samen.

Moses en Aaron daarentegen... Wie niet verder keek dan zijn neus lang was, zou misschien denken dat het iets met ras te maken had, want kortzichtige mensen zoeken altijd naar de meest voor de hand liggende oplossing voor gecompliceerde problemen.

De Dwaling van het Kleine Vrouwtje noemde ze dat, naar aanleiding van een zaak tijdens haar assistentschap. Men had het rottende lijk van een vrouwtje van één meter vijftien gevonden in een appartement in Menlo Park, te ver heen om op een normale manier de doodsoorzaak vast te stellen. Na de lijkschouwing had dr. Lieber, de patholoog-anatoom, iedereen gevraagd een gok te doen. Degenen die dapper genoeg waren om hun nek uit te steken, hielden het op spondylo-epifysaire dwerggroei en de gezondheidsproblemen die daarmee samenhangen.

In werkelijkheid had de vrouw drie pakjes per dag gerookt en was ze overleden aan keelkanker.

Liz had genoeg tijd samen met Moe doorgebracht om te weten dat hij een van die zeldzame Amerikanen was die rasblind zijn. En nu begreep ze misschien wel hoe dat kwam.

Hoe Maddy ook tegenover de levensverwachting van mannen had gestaan, ze moest altijd al een onafhankelijke geest zijn geweest om een zwarte man te trouwen toen dat nog absoluut niet normaal was.

En daarna een blanke man uit het diepe zuiden...

Misschien was Moe door het samen opgroeien met Aaron wel zo afgestompt dat hij een hekel aan Aaron kon hebben zonder dat het R-woord eraan te pas kwam.

Maar toch ook weer niet zo afgestompt dat hij met Liz kon praten over waarom hij zo'n hekel had aan zijn broer.

Het wemelde van de spoken daar in het huis van Maddy in de heuvels, maar voor zover Liz kon nagaan had de vrouw daar geen last van.

In tegenstelling tot haar jongste zoon.

Op een dag zou Liz het allemaal uitzoeken.

12

Twintig minuten nadat Aaron aan de overkant een plek had gevonden vanwaar hij ColdSnake in de gaten kon houden, was Rory nog steeds binnen.

Er was niet veel beweging in de rij bij de ingang, al waren er toch nog steeds wanhopigen die zich vastklampten aan valse hoop achter het zwarte koord. De in het wit verpakte aap met de bolhoed deed zijn uiterste best om net te doen of ze niet bestonden.

Nergens paparazzi te zien, maar dat verklaarde niet waarom Stoltz zomaar zijn Hyundai voor de deur mocht parkeren en naar binnen mocht wandelen langs de uitsmijter.

De jongen had duidelijk een afspraak met iemand daarbinnen, maar een *Hyundai*?

Aaron keek op zijn mobiel of er nog berichten waren binnengekomen. Een paar met rommel en eentje van Liana: *Veilg ths bel mrgn.*

Onrust voor de club. Rory Stoltz kwam naar buiten. Helemaal alleen.

Terwijl hij zijn ogen op de Hyundai hield, reed Aaron weg van de stoeprand.

Stoltz reed naar het oosten naar Highland Avenue, daarna naar het zuiden naar Santa Monica Boulevard, en vervolgens weer naar het oosten.

Een grote lus die geen zin leek te hebben... tenzij hij op de versiertoer was in het hart van de hoerenbuurt voor homo's. Misschien had dit iets te maken met een verborgen kant van zijn leven. Maar waarom dan eerst een halfuur doorbrengen in zo'n superheterotent als ColdSnake?

Aaron volgde Stoltz op zijn gemoedelijke weg langs lusteloze jonge mannen en hij's of zij's in diverse stadia van camouflage. Stoltz minderde niet één keer snelheid om de aangeboden koopwaar beter te bekijken, maar reed in één keer door naar La Cienega, waar hij linksaf sloeg naar het noorden om weer op Sunset terecht te komen. De Hyundai reed door tot de laatste straat voor ColdSnake en sloeg daar links af.

Eén grote nutteloze lus zonder betekenis.

Dit keer reed Stoltz voorbij aan de toestand bij de ingang en parkeerde hij bijna bij het steegje dat achter de club langs liep. Hij knipte zijn lichten uit, maar liet de motor lopen.

Het jochie speelt een of ander *spelletje.*

Het meest voor de hand liggende was dope: zijn oorspronkelijke bezoek aan ColdSnake was bedoeld geweest om in contact te komen met klanten, bestellingen op te nemen. Maar het probleem was dat het joch alleen maar een rondje had gereden, nergens was gestopt om iets op te pikken.

Dan had hij misschien het spul wel al de hele tijd in de auto gehad en had Stoltz een verhaal opgehangen dat hij er speciaal voor op pad moest om het superspul op te halen. Wat dan *natuurlijk* wel iets duurder was...

Was de All-American Kid zo'n gehaaide zakenman?

Hoe de details er ook uit mochten zien, hij was in ieder geval niet wat hij leek.

Moe had de plank volledig misgeslagen door het joch zo snel van zijn lijstje te schrappen.

Aaron reed twee straten voorbij de Hyundai en keerde terug met zijn eigen lichten uit. Hij parkeerde de Opel op een aardig plekje drie huizen verder naar het noorden en wachtte tot Stoltz uit zijn auto zou komen.

Het joch bleef gewoon zitten waar hij zat.

Vijf minuten, toen tien, vijftien.

Bij zeventien kwamen er twee figuren uit de steeg op de Hyundai af. Twee mannen, lang van stuk. Blanke mannen, zo te zien aan het steile silhouet van hun door de weinige wind die er stond, in de war gebrachte haardos, en aan hun manier van lopen.

Toen ze dichterbij kwamen, zag Aaron dat de een broodmager was en de ander gezet. De Dikke scheen de Dunne te ondersteunen. Halverwege de Hyundai stond hij stil om om zich heen te kijken.

Op zoek naar politie? Kwamen Stoltz' klanten naar hem toe? Makkelijker om hem te smeren als de zaak gecompliceerd werd.

Een maagd. Jawel.

Aaron liet zijn ogen heen en weer springen van de beide mannen naar de Hyundai en weer terug. Met nog drie meter te gaan, verslapte de Dunne en moest de Dikke iets door de knieën om zijn maatje overeind te houden.

Lijkt erop dat er in ieder geval één is die geen spul meer nodig heeft...

Toen ze nog dichterbij kwamen, gingen de koplampen van de Hyundai aan en flitste het grootlicht twee keer. Het signaal voor *Kom maar halen, zielenpoten.*

De Dikke tilde de Dunne min of meer naar de Hyundai, hield

hem met één hand bij zijn arm terwijl hij met de andere hand de portierkruk zocht.

Het duurde even voordat hij het lange lijf van de Dunne achter in de auto had.

Hand op zijn hoofd en duwen, man. Zo doen wij dat.

Deden wij dat...

Toen de Dikke eenmaal de Dunne in de auto had, richtte hij zich op terwijl hij in gesprek leek met Stoltz. Daarna stapte hij zelf voorin naast Stoltz en trok het portier dicht.

Ter plekke consumeren?

Nee, Stoltz reed weg.

Dit keer reed de Hyundai met een flinke vaart naar het noorden, Hollywood in, en sloeg af, Selma op.

Nog zo'n tippelzone voor homo's. Het had misschien *toch* wel iets met seks te maken. Rory met twee kerels die nog de schijn ophielden dat ze hetero waren?

De mogelijkheden tuimelden over elkaar in Aarons gedachten toen Stoltz, net als eerder, mannen die op de hoek van de straat stonden te lummelen, voorbijreed naar Laurel Canyon, bij de eerste de beste zijstraat rechts afsloeg, een smalle kronkelende weg in.

Toen hij met de Opel de zijstraat inreed, deed Aaron zijn lichten uit. In de hoop dat hij geen toevallige patrouille van Bureau Hollywood zou tegenkomen die happig was op een lekkere verkeersboete.

De weg werd steil en de Hyundai zette zijn vier cilinders echt aan het werk in de klim, glipte om bochten, sloeg regelmatig een hoek om, weer andere duistere weggetjes in met aan weerszijden donkere huizen tegen de hellingen. Geen straatlantaarns. Aaron zag al voor zich hoe hij frontaal tegen iemand aan zou knallen die nietsvermoedend in zijn mobiele telefoon babbelend omlaag kwam lopen.

Rory Stoltz wist precies waar hij naartoe moest en reed zo hard als maar mogelijk was over de smalle, zwarte stroken asfalt. Hij sloeg abrupt af bij iets wat aanvankelijk een oprit leek, maar een laantje bleek met de naam Swallowsong Lane.

Een geel waarschuwingsbord met DOODLOPENDE WEG.

Aaron parkeerde vlak bij de ingang van Swallowsong Lane, zette de motor af, sprong snel uit de auto en ging te voet verder.

De weg werd nog steiler. Het had zin om iets aan je conditie te doen.

Grote huizen hier, veel begroeiing, hoge heggen, sportwagens onder dekkleden. De zoete geur van nachtbloeiende jasmijn in gevecht met flarden nevel die omhoogstegen vanuit Hollywood.

Aaron bereikte de top van de heuvel net op tijd om te zien hoe de Hyundai een elektrisch bediend hek passeerde.

IJzeren hekken aan stenen kolommen, een hele hoop barokke krullen, medaillons, en wat dan ook. Aaron gluurde erdoorheen en zag een bochtige oprijlaan die, geflankeerd door Italiaanse cipressen, uit het zicht verdween.

Het huisnummer op de linkerkolom. *1001*. Hij schreef het nummer op, keerde terug naar de Opel en ging aan het stuur zitten.

Zat twee uur nietsdoen uit tot hij besloot dat de All-American Kid zich wel niet meer zou laten zien.

Geen dope-deal? Een feestje dan?

Hij reed terug naar huis, deed het licht aan op de Werkvloer, zocht het adres op in zijn reverse telefoonboek en vond een telefoonnummer.

Morgenvroeg zou hij assistent-manager Techniek Henry Q. Stokes op het belastingkantoor bellen.

Toen herinnerde hij zich dat Henry soms werk mee naar huis nam. Zou het zo iemand zijn die vroeg onder de wol kroop? Zo ja, dan had hij pech gehad. Hij belde Henry's appartement in West Covina.

De telefoon ging zeven keer over voordat Henry's stem te beluisteren viel aan de andere kant van de lijn, vermoeid en geïrriteerd.

'Met mij.'

'Gloeiende...'

'Dit wordt meer dan één Ulysses,' zei Aaron. 'Twee keer Benjamin, dus hou op met zeuren.'

'Hoe laat is het – shit, twintig over twee, man. Bovendien heb je een droom over Paris Hilton *en* haar moeder verstoord.'
'Swallowsong Lane één dubbel nul één, Hollywood Hills.' Henry ademde hees.
Aaron zei: 'Heb je dat?'
'Moet dat nu?'
'Denk je dat dat kan voor twee keer dr. Franklin?'
'Morgenvroeg kun je in de auto stappen om het zelf op te zoeken...'
'Kan altijd en toch bel ik jou, Henry. Veeleisende omstandigheden.'
'Klinkt meer als een veeleisende onkostenrekening.'
'Aan u is het niet om vragen te stellen, mr. Stokes.' Aaron herhaalde het adres.
Henry zei: 'Twee keer twintig voor dat – neem je dit op?'
'Waarom zou ik, Henry?'
'Omdat privédetectives dat doen. Op mijn werk is het geen probleem. Daar gebruik ik een lijn die iedereen kan gebruiken. Deze verrekte lijn is mijn privélijn thuis.'
'Ik neem niets op.'
'Die kerel met die contacten bij de Maffia, die zei waarschijnlijk hetzelfde.'
'Maffiagelul,' zei Aaron. 'Mario Fortuno, stelt niets voor, doet net alsof, Henry. Is bovendien woonachtig in de federale penitentiaire...'
'Precies,' zei Stokes. 'Omdat hij opnam.'
'Ik neem geen vrienden op, Henry. En dan nog, waar maak je je druk om. Je zoekt iets op in een openbaar archief voor een klein beetje geld. Vrij ondernemerschap.'
'O, wat ben ik gerustgesteld.'
'Waarom zou ik *mezelf* willen opnemen?' vroeg Aaron. Geen antwoord.
'Henry, is er tussen ons ooit iets anders geweest dan een oprechte zakelijke relatie?'
'Ja, ja... en daarom is bellen om twee uur 's nachts nu niet bepaald erg vriendelijk. Ik sliep, man. Die droom...'
'Tweehonderd is de moeite van het wakker worden waard, vriend.'

'Tweehonderd en nog eens vijftig voor dromendiefstal.'
'Geen schijn van kans.'
'Je had erbij moeten zijn, man,' zei Stokes. 'Als jij denkt dat Paris hot is, dan zou je haar eens...'
'Goed,' zei Aaron. 'Twee keer Ben en één generaal Grant.'
Stokes zuchtte. 'Dat moment krijg ik nooit weer terug. Wacht even.'
Anderhalve minuut later was hij weer aan de lijn, zijn stem helderder nu. 'Het is een koopje, knul. En ik wil hier op geen enkele manier bij betrokken zijn. Interesseert me niet hoeveel dooie presidenten je voor het feestje uitnodigt.'
'Van wie is het huis?' zei Aaron.
'Weet je dat niet?'
'Als ik dat wist, waarom zou ik *jou* dan bellen?'
'Checken,' zei Henry.
'Ik kan iets wat ik niet weet niet checken, Hank. En zoals je me altijd graag helpt herinneren, ik kan altijd nog zelf naar dat schimmelende archief van jou rijden en zelf uitzoeken...'
'Niet helemaal,' zei Henry. 'Dit keer levert hiernaartoe rijden en met je vingers in de dossiers grabbelen je niet meer op dan dat de eigendomsakte op naam staat van een holding die Malibu Sunset Trust heet. En meer kom *jij* niet te weten.'
'Maar jij daarentegen weet dat...'
'Aaron, je moet me echt beloven dat dit niet op de een of andere manier openbaar wordt. En dat je het *niet* opneemt.'
'Dat beloof ik,' zei Aaron.
'Dat meen ik, knul.'
'Ik *beloof* het.'
Henry zei: 'Het belastingspoor leidt van deze Malibu Sunset-club via Vision Associates, Inc. in Beverly Hills naar Newport Management Trust, en dan compleet de staat uit. Seven Stars Management, Las Vegas.'
'Standaard papieren spoor,' zei Aaron. 'En nu een naam.'
Henry ademde zwaar.
'Vegas,' zei Aaron. 'Bang voor de Maffia? Niets aan de hand, dat is allemaal bedrijfsleven nu. Mensen met stretch pantalons en bermudashorts in de rij voor het buffet.'

Henry zwichtte: 'Lem Dement.'

Aaron onderdrukte zijn eigen verbazing. Zijn hersens kwamen op gang en gedachten tuimelden over elkaar.

Henry zei: 'Nu ga ik weer slapen. Misschien als ik echt braaf ben, dat dan Paris en Kathy weer terugkomen. Hé, misschien dat die zuster, hoe heet ze ook al weer, dan ook wel met haar kleine...'

Aaron verbrak de verbinding en schakelde de door spraak gestuurde recorder uit.

Internet was bij tijd en wijle Aarons beste vriend, maar met iemand als Lem Dement kon een computer door overkill volstrekt waardeloos worden.

Eén enkele tik op de Entertoets leverde pagina na pagina blogblubber op.

Hij begon bij Wikipedia en verbreedde van daaruit zijn onderzoek.

Lemuel Houston Dement was vierenvijftig jaar geleden geboren in Flint, Michigan, en opgevoed door een vakbondsleider in de auto-industrie en een secretaresse bij Ford Motor, beiden bewonderaars van Trotsky. Houston en Althea Dement verachtten het kapitalisme heel in het algemeen, walgden van hun eigen werk in het bijzonder, en voedden hun enige kind op in een borderline-paranoïde wereldbeeld.

De jonge Lem deed zijn opvoeding, waarin hij voortdurend te horen kreeg dat de school de zoveelste bourgeois valkuil was, eer aan door zich stelselmatig te misdragen en slechte cijfers te halen die niets zeiden over zijn intelligentie. Een maand nadat hij van school was gekomen, stond hij asbouten te klinken aan een lopende band bij Ford. Na tien maanden begon het bordje *Uitgang* in zijn hoofd te knipperen en liet hij zich inschrijven bij het community college. Dankzij acceptabele cijfers kon hij overstappen naar Wayne State, waar hij drie jaar lang sociologie studeerde, en vervolgens naar de University of Michigan in Ann Arbor waar hij zich naar binnen praatte in de filmacademie. Vanaf het begin hield hij zich daar bezig met vrouwen jagen, wiet roken en lsd slikken. Hij verwaarloosde zijn studie en haalde amper voldoendes.

Dements handicap, een trage stofwisseling waardoor hij zonder er moeite voor te doen, kilo's aankwam, en een gezicht kreeg als een gekookte aardappel, werd gecompenseerd door een zurig, maar op een rare manier aantrekkelijk, charisma dat hem redelijk succesvol maakte in de omgang met vrouwen, een talent voor dialoog en spitsvondigheden, en vooral door een aangeboren handigheid in het liegen met de camera. Toen hij, bijna dertig en bijna blut, bij de juiste vrouwen in bed belandde, keerden zijn kansen en kreeg hij de regie over opnamesessies voor industriële veiligheid.

Overdag schoot hij close-ups van monsterachtige machinerie waar tussendoor beelden van verminkte ledematen uit archieven werden gemonteerd. 's Avonds hield hij zich bezig met zijn kunst: pseudodocumentaires waarin vrienden en buren een hoofdrol speelden bij het belichten van de boosaardigheid van Het Bedrijfsleven.

Jaren later beschreef Dement die tijd in een interview in de *New York Times* als volgt: 'Ik ben nooit ook maar een seconde in therapie geweest, maar ik wist wel waarom ik het deed. Mijn ouders vonden dat ik als slippendrager voor de fascisten rotzooi produceerde en daar wilde ik boete voor doen. Toen kwamen ze om bij een brand en daar ben ik een tijdlang kapot van geweest. Maar uiteindelijk heeft hun dood mij mijn vrijheid opgeleverd.'

Tweeëntwintig maanden nadat hij erachter was gekomen dat de erfenis van zijn ouders vooral uit schulden bestond, schreef, regisseerde, filmde en presenteerde Dement een docudrama over vervuiling in Lake Erie op het filmfestival van Ann Arbor. Misschien kwam het door het opzettelijk gebruik van korrelige zwart-witfilm, misschien was hij zijn tijd ver vooruit, maar niemand raakte erg opgewonden over *Brown Water*.

Daarna kwam de onthulling van een vermeend complot waarbij GM, de rooms-katholieke kerk en de zionistische beweging in de Verenigde Staten betrokken waren.

De helft van Dements ploeg nam naar aanleiding daarvan ontslag.

Er volgden magere jaren waarin Dement, die ondertussen tegen de veertig liep, een voormalige danseres trouwde en opgescheept raakte met een sleep kinderen. Hij verdiende de kost als vrachtwagenchauffeur en gipsplatenmonteur. Toen dook er een populistische kandidaat op voor een zetel in het Huis van Afgevaardigden in Michigan, afkomstig uit Flint, Eddie Fixland genaamd, die iemand nodig had om campagnefilmpjes te schieten voor een habbekrats. Dement kreeg de klus omdat hij het voor niets deed, Fixland veroverde zijn zetel in het Huis, en hoewel na twee jaar waarin het ene schandaal op het andere volgde, een herverkiezing uitgesloten was, trokken de filmpjes van zijn campagne, waarin de klassenstrijd hoogtij vierde met lang uitgesponnen beelden van roestende lopende banden in uitstervende spooksteden en hologige versleten arbeiders in caravanparken, ieders aandacht.

Dement werd dé man bij wie je moest zijn als je harde *cinéma politique* nodig had. Hij begon te verdienen, verhuisde naar een groot huis in Birmingham, herschreef zijn Lake Erie-film en schoot de beelden opnieuw met een groter budget: full colour en zwaar van de insinuaties en overdrijving die hij had geperfectioneerd in zijn werk voor Fixland.

Brown Water, versie twee, werd genomineerd voor een Oscar en won er een. Lem hield een kort, vervelend toespraakje, verhuisde naar L.A., onderhandelde, handelde aanbiedingen af. Gebruikte geld van anderen om een onthulling te filmen van praktijken in spoedpoli, aangedikt met klodders bloed, geïnspireerd door zijn jeugdwerk over de veiligheid in fabrieken.

Red Rooms werd genomineerd voor een Oscar en had die misschien ook wel gewonnen als er niet een hartverscheurend portret was verschenen van een dichter, een negenjarig blind wonderkind, vlak voor het sluiten van de inzendingstermijn.

Toen hij de uitslag hoorde, schijnt Dement heen en weer schuivend op zijn stoel in het Kodak Theatre te hebben gemompeld: 'Hoe kun je godverdomme nu winnen van een incarnatie van Helen Keller met glazen ogen?'

Later ontkende hij dat te hebben gezegd.

De twee jaar daarna keerde het tij opnieuw toen hij probeerde serieuze film te maken. Een verhaal vol shakespeareaanse lust leverde meer rechtszaken wegens plagiaat op dan winst. Een historische actiefilm over de Burgeroorlog waarin beide partijen werden neergezet als slaven drijvende egocentrische barbaren, belandde regelrecht in de videotheek, evenals een 'postmoderne interpretatie' van *Othello* waarbij de tragedie werd neergezet als een metafoor voor de impasse in het Palestijns-Israëlische conflict, met een schurk die Iago Bernstein heette.

Lem Dements naam klonk niet langer in de *buzzosphere* en foto's van het verschijnen van de honderdvijftig kilo zware artiest op De Juiste Feestjes in zijn op maat gemaakte smoking waar hij bijna uit barstte en met zijn idiote slappe vissershoedje, slappe rand en versierd met kunstaas, op zijn massieve, grijze kop, verdwenen uit de boulevardbladen.

Dement ging 'in retraite om zichzelf terug te vinden'. Hij kwam daar drie jaar later weer uit tevoorschijn met een vier uur durend onvoorstelbaar gewelddadig spektakel over de vroegste dagen van het christendom, opgenomen tijdens een tweeëndertig maanden durend verblijf in Turkije.

Tegen de achtergrond van de gevoelens van de maker verwachtte iedereen dat *Van Saulus tot Paulus: het moment* een veroordeling zou zijn van georganiseerde religie. Wat hun werd voorgehouden bleek echter een lofzang op de meest griezelige aspecten van fundamentalistische dogmatiek waarin de deugd van gedwongen bekering luid werd bejubeld en waarin Arabieren, Foeniciërs, Mesopotamiërs en Joden zonder uitzondering werden neergezet als heidenen met haakneuzen.

In een paginagrote advertentie in *Variety* kondigde Lem Dement aan: 'Ik ben in de meest ware zin van het woord wedergeboren. Mijn kunst en mijn hart zijn helemaal de sacramenten van waarheid, puurheid en verlossing toegewijd.'

Het establishment in Hollywood en de grote pers veroor-

deelden de film al snel als racistische agitprop, en burger-
rechtengroepen van moslims en joden protesteerden er beur-
telings tegen, met als gevolg dat de film zijn première be-
leefde in afgehuurde arthouses en kerkgebouwen. De
mond-tot-mondreclame groeide aan. Theaterketens kochten
de film. Binnen drie maanden had *Van Saulus tot Paulus*
vierhonderd miljoen dollar opgebracht. De opbrengst uit het
buitenland voegde daar nog eens honderdvijftig miljoen aan
toe.

Lem Dement kondigde aan zich 'terug te trekken in een leven van bezinning' en verhuisde naar een 'enige hectaren
groot landgoed' in Malibu. Dezelfde plek waar Rory Stoltz
op de universiteit zat om zijn ambities voor De Industrie bij
te slijpen.

Waar Caitlin Frostig haar uitmuntende cijfers had gehaald.
Aaron duwde zich achteruit, bij het scherm weg. IJsbeerde
door zijn kantoor.

Malibu was meer een concept dan een plaats, en strekte zich
bijna vijftig kilometer lang uit langs de kust. Maar de band
Pepperdine–Caitlin–Rory viel niet te negeren.

Aaron overwoog Henry nog eens wakker te maken om hem
te laten uitzoeken of dat stukje grond van Lem Dement ook
toevallig in de buurt van de uitgestrekte campus was. Maar
hij besloot om het niet te doen. Als Henry erin was geslaagd
de draad van zijn droom weer op te pakken, zou hij door
bruut verstoren van diens fantasieën te veel goodwill ver-
spelen.

Bovendien, in de vroege stadia van een onderzoek moest je
oppassen voor een tunnelvisie.

Caitlin zit op de universiteit in 90265, Rory idem.

Rory heeft de afstandsbediening voor het hek van een huis
in Hollywood Hills dat van Dement is, wiens belangrijkste
pleisterplaats 90265 is.

Hij richtte zijn aandacht weer op het huis aan Swallowsong.
De kronkelende oprijlaan suggereerde een behoorlijk stuk
grond. Duur onroerend goed. Misschien woonde één van die
slikkers of spuiters er wel, die Rory had vervoerd.

In een Hyundai?

Dat kon niet anders dan camouflage zijn. Net zo goed als bij die club weggaan langs de achterdeur. Dat was beroemdhedengedrag.

Was één van die twee een vip, of allebei? Dat paste dan wel weer bij Rory die over een loper ColdSnake binnenging.

Aaron keerde terug naar het toetsenbord, koppelde *Rory Stoltz* aan *Lem Dement* in Google.

Bedoelde u Roy Stoltz?

Nee, bemoeizuchtige cyberaap, en ook niet *lam en dement*.

Hij zat lange tijd stil en voelde hoe hij in lethargie verviel.

Tien over drie 's nachts. Waar hij *zin* in had, was zijn tanden in de zaak zetten, zijn prooi heen en weer slingeren en verscheuren alsof hij een dolle hond was totdat de feiten er bloederig bij zouden liggen.

Wat hij *deed*, was naar boven sjokken naar de Speeltuin, zich uitkleden, zijn kleren netjes opvouwen over de dressboy van teak en koper, naakt tussen de lakens van Frette schuiven.

In de verwachting dat het gezicht van Caitlin in zijn dromen zou opduiken. Hij hoopte het.

Destijds, toen hij nog bij het korps zat, was hij een vurig aanhanger geweest van de klassieke slogan van Moordzaken: *Wij spreken voor de doden.*

En soms spreken de doden tot ons.

13

Moe stond om acht uur 's ochtends bij zijn bureau en dacht aan de connectie tussen Rory Stoltz en Mason Book.

Er lagen twee berichten van Aaron naast zijn computer. Ze verfrommelend en gemakkelijke tweepunters scorend in een prullenmand niet al te ver weg, zocht hij met Google naar de acteur.

Bijna vier miljoen hits. Halverwege de tweede pagina stonden verslagen van zijn zelfmoordpoging vroeg in de ochtend met gesnij in de polsen.

Ambulancepersoneel reageert op een 112 vanuit het huis in Hollywood Hills van harteklop...

Weinig feiten, maar geen gebrek aan sensatie: anonieme bronnen beweerden dat Mason Book verslaafd was aan zo ongeveer elke drug die de mensheid kende. De vip-opname in Cedars-Sinai, in alle stilte, had een vermogen gekost met vijf nullen voor een verblijf van één week...

Moe vond een paar korrelige, donkere infraroodopnamen van iemand die naar een zwarte suv werd geleid bij een dienstingang van een ziekenhuis; het had Mason Book kunnen zijn. In een ander door Google gevonden artikel werd een niet met name genoemde woordvoerder van Book geciteerd die verzocht 'Masons privacy te respecteren in deze moeilijke tijden. Mason moet al zijn aandacht richten op herstel. Hij bedankt iedereen hartelijk voor alle steun.'

Moe stond op het punt zich af te melden toen hem de datum opviel waarop Book zich in zijn polsen had gesneden.

Hij drukte het artikel af, liep de zaal uit, een hoek om en haastte zich naar de vertrouwde, blanco deur en klopte aan.

'Ja?'

'Ik ben het, Loo, Moe.'

'Hij is open.'

Het kamertje was zo klein dat bij het openen van de deur het geweldige postuur van Sturgis onmiddellijk close-up in beeld verscheen. Alsof je werd aangevallen door een stier, en na al deze maanden bracht het Moe nog steeds iedere keer een beetje van zijn stuk.

De inspecteur had zijn massa in een stoel op wieltjes geperst en zijn lange benen op zijn wankele bureau geslingerd. Naast een koud computerscherm lagen cold cases op een stapel. Sturgis' zware kaken maalden.

'Heb je even, Loo?'

Sturgis haalde de sigaar uit zijn mond en rolde hem langs zijn vingers, als een variétéartiest die een truc oefent. Hij wees naar een stoel in de hoek.

Moe vond zichzelf niet claustrofobisch, maar hij hield er niet van om te worden ingesloten. Hij bleef in de deuropening staan en vertelde Sturgis dat Rory Stoltz voor Mason Book werkte, dat Riptide in het verleden als stamkroeg van Hollywood had gefungeerd, en bewaarde het lekkerste voor het laatst, dat Book precies één week nadat Caitlin was verdwenen, had geprobeerd zijn polsen door te snijden.

Sturgis zei: 'Je vraagt je af of hij haar iets heeft gedaan en zich daar schuldig over begon te voelen?'

'Ik weet dat het misschien vergezocht is, Loo, maar het is op dit moment het enige houvast dat ik heb.'

'Wroeging als motief veronderstelt dat Book een geweten heeft. Heeft hij dat?'

'Geen idee.'

Sturgis begon te lachen, zijn vaag bedreigende, onderkoelde gniffel. 'Hij is een *acteur*, Moses. Een acteur en een junkie, dat is misschien wel dubbelop. Maar goed, zoek het maar uit, waarom niet. Heb je nog nieuwe zaken?'

'Neu,' zei Reed.

'Ik ook niet. Gebeurt verdomd weinig.'

Even dacht Moe dat Sturgis zou aanbieden aan de zaak Caitlin te werken. Maar Loo vloekte alleen en wreef over zijn gezicht. 'Als de burgers wisten wat goed voor ze was, zouden ze onmiddellijk beginnen elkaar uit te moorden, zodat wij wat kunnen doen voor het geld dat we krijgen. Onze dienstverlening is ongeveer even waardevol als die van zakkenvullende politici, zonder ook maar iets te willen afdoen aan al het goede werk dat jij verzet voor die arme Caitlin.'

'Dan doe ik dat wel, Loo. Ik ben nog geen zak opgeschoten.'

'Sommige zaken lopen zo.' Sturgis plantte de sigaar weer in zijn mond, pakte een dossier, bladerde het door en schudde zijn hoofd. 'Deze bijvoorbeeld is zo koud dat ik er een verstuikte enkel mee kan behandelen. Sayonara, jongen.'

'Nog één ding,' zei Moe. 'Book is opgenomen geweest in Cedars. Jouw... partner heeft daar de leiding over de spoedopvang, toch?'

Sturgis klapte het dossier dicht. 'Moses, er bestaat zoiets als een medische geheimhoudingsplicht.'

'Ik weet het, meneer. Ik vroeg me alleen af of hij me misschien zou kunnen verwijzen in de richting van... een of andere bron.'

'Ga maar vragen. Richard Silverman, M.D. Hij staat in de telefoongids van Cedars.'

'Dat is voor jou geen probleem?'

'Ik ben zijn moeder niet, Moses. Ik ben zijn...' – ondoorgrondelijke glimlach – 'partner.'

In de korte tijd van Moe's afwezigheid had Aaron een derde keer gebeld. Moe's vuist sloot zich om het briefje met een plotselinge, woedende kracht die hem zelf verbaasde. In plaats van te gaan voor een eenvoudige lay-up, mikte hij op een prullenmand vijf meter verderop in de zaal.

Tok. Driepunter.

Op een perverse manier tevreden met zichzelf zocht hij het nummer op van Dr. Richard Silverman en belde hij hem op. Silverman klonk gehaast, gekweld misschien zelfs wel, en Moe noemde Sturgis voordat hij zijn eigen naam noemde.

'Wat kan ik voor u doen, rechercheur?' Een beetje ijzig. Niks geen *O ja, hij heeft uw naam wel eens genoemd.*

Geen enkele reden voor Sturgis om zijn naam te noemen.

Hij vroeg of de arts hem kon verwijzen naar iemand met informatie over Books opname.

Silverman zei: 'Ik neem aan dat je onze officiële woordvoerders niet bedoelt?'

'Dat klopt, dokter.'

'Book was geen patiënt van mij, maar los daarvan kan ik nog steeds niet met je praten. Al zou ik dat zelfs niet doen als het wel mocht. Los van juridische kwesties zijn er ook nog algemene, ethische principes.'

'Dat begrijp ik, dokter, maar...'

'Je hoopte dat ik vanwege Milo mijn norm wat zou versoepelen.'

Moe zei niets.

Silverman zei: 'Ik probeer het je niet moeilijk te maken. Ik doe dat gewoon niet.'

'Ik begrijp het, dokter. Alleen is dit een moordonderzoek, en een taai onderzoek ook.' Hij vatte het verdwijnen van Caitlin samen, zette haar neer als een engel, en stopte er nog wat extra pathos in door haar vader af te schilderen als een wegkwijnende, tragische figuur.

Silverman zei: 'Arme meid.'

'Haar moeder is overleden toen ze nog klein was. Ze was alles wat haar vader nog had.'

'En Mason Book is van belang omdat...'

'In alle eerlijkheid, dokter, misschien heeft hij er niets mee te maken, maar ik moet elk spoor dat zich aandient, volgen. Blijkt dat Caitlins ex-vriendje voor Book werkt, wat op zich nog niet zoveel zegt. Maar vervolgens ontdekte ik dat Books zelfmoordpoging plaatsvond een week nadat Caitlin was verdwenen. Toen vond ik dat ik geen andere keus had dan...'

'Een week?' zei Silverman. 'Ik snap het niet.'

'Het zal wel op niets uitdraaien, dokter, maar veronderstel eens dat het vriendje wel met Book samenspande om iets vreselijks te doen, en Book zich schuldig begon te voelen en zijn polsen doorsneed?'

'Verdenk je het vriendje?'

'Nog niet, meneer.'

'Dan begrijp ik het nog steeds niet.'

'Het spijt me dat ik u heb lastiggevallen, dokter.'

Silverman zei: 'Book is niet door de spoedopvang gegaan, hij is rechtstreeks doorgestuurd naar Spec.Bel. Je zou daar iemand kunnen proberen, maar ik betwijfel of je daar succes zou boeken.'

'Wat is Spec.Bel?'

'Speciaal belangrijk. Opname van vips. Als je een hekel aan het leven hebt, kun je er Milo naar vragen. Ik heb hem daar vorig jaar laten opnemen. Met zijn schotwond.'

'Waarom zou het gevaarlijk zijn om hem ernaar te vragen?' zei Moe.

'Hij houdt niet zo van dat gedoe met het *delen van gevoelens*.'

'Dus u hebt Loo daar als vip...'

'Wat niet wil zeggen dat ik een speciaal lijntje heb naar iemand bij Spec.Bel. Succes verder, rechercheur.'

Niet uitgesproken: *want dat zul je nodig hebben.*

Een uur verder in de uitgebreide speurtocht naar artikelen

over de zelfmoordpoging van Mason Book ging Moe's telefoon.

'Moordzaken, met rechercheur Reed.'

'North Corsair Lane driehonderd, rechercheur Reeds trotse
moeder.'

'Hallo mam.'

'Hoe gaat het, schat?'

'Goed.'

'Zo klinkt het niet, schat.'

'Nee?'

'Je hebt dat bedrukte in je stem, dat afgeknepen strotten-
hoofd. Die aandoening heb je al vanaf je puberteit.'

'Aandoening,' zei Moe.

'Je stem, schat,' zei Maddy, 'biedt een inkijkje in je emotionele toestand.'

'Jeetje, ik leer iedere dag iets nieuws.'

'Ik mis je, Mosie. Wanneer hebben we voor het laatst ge-
bruncht?'

'Hmm,' zei Moe. 'Ik denk dat dat...'

'Ik hoef niet te denken, ik *weet* het. Acht weken geleden,
sinds afgelopen zondag. Jij en die betoverende Elizabeth, jullie *zien* elkaar nog steeds?'

'Ja, mam.'

'Pff,' zei Maddy. 'Geen faux pas. Ze is goed voor jou, Mosie.'

'Te goed voor mij,' gooide Moe er pardoes uit. Zijn gezicht
begon te gloeien.

'Waarom zeg je nu in hemelsnaam zoiets, liefje?'

Moe gaf geen antwoord.

Maddy zei: 'Ik wacht wel tot je klaar bent met blozen. En
dan ga ik je vertellen dat niemand te goed is voor jou, lief
kindje van me.'

'Hoe kom je erbij dat ik bloos?'

'Niet dan?'

Stilte.

'Zeg maar gewoon: "Bedankt voor de emotionele steun,
mam."'

'Bedankt.'

'O, Mosie, ik wou je niet boos maken, ik plaag je alleen maar een beetje. Maar het is wel zo: als jij niet geplaagd wilt worden, dan moet je leren niet zo te reageren, lieverd. Nou, hoe dan ook, het wordt tijd dat ik je weer eens te zien krijg. Acht weken zonder dat ik in de ogen van mijn kleine adonis-jongen kan kijken, is echt veel te lang. Ik ben een storm aan het schilderen en ik smacht naar jouw oordeel.'

'Het is vast fantastisch, mam.'

'Ik weet wel zeker van niet, Mosie.'

'Plotseling lijdt er iemand onder een gebrek aan eigendunk?' vroeg Moe.

Maddy lachte, haar diepe bijna mannelijke uitbarsting van vrolijkheid die zo haaks stond op haar verdere verschijning. Moe had meegemaakt dat mensen er helemaal ontdaan door raakten. Soms raakte *hijzelf* helemaal van zijn stuk als ze in lachen uitbarstte.

'Gebrek aan eigendunk?' zei ze. 'Ik niet, schat. Ik probeer dingen op hun waarde te schatten en ik weet heel goed van mezelf dat ik absoluut geen talent heb. Nul. Een immens gapend gat van geen talent. Verdorie, Mosie, mijn ezel begint te *trillen* als ik eraan kom. Maar dat is de kracht van mijn karakter: het kan me geen lor schelen. Ik schilder omdat ik ervan hou en iedereen die dat afkeurt, mag linea recta naar Pasadena. In die zin staan we lijnrecht tegenover elkaar, Mosie. Je hebt een *geweldig* talent voor wat je doet, maar je bent zo ontevreden met jezelf.'

'Mam, ik ben niet ontevreden...'

'Heb ik het alweer verkeerd,' zei Maddy. 'Geen probleem. Het maken van fouten tast mijn gemoedsrust op geen enkele manier aan, omdat ik me bewust ben van mijn oneindig kleine plekje in de kosmos. En wanneer kom je? Wat dacht je van vanavond? Dan maak ik mijn beroemde linzensoep. Ik heb een hele voorraad pillen tegen winderigheid ingeslagen.'

'Mam!'

Aan de andere kant van de zaal keek rechercheur tweede klas Gil Southfork op, waaruit Moe kon opmaken dat hij harder was gaan praten. Terwijl hij zijn hand om de telefoon kromde, fluisterde hij: 'Ik bel je later, mam.'

'Laat maar,' zei Maddy. 'Kom maar langs. Vanavond.'

'Waarom moet dat per se...'

'Ik heb je gemist, schat. Al acht weken lang.'

'Ik zal kijken hoe het vandaag loopt en...'

'Zes uur. Ik bak die worstjes die je zo lekker vindt, kip-koriander, kalkoen-appel. Je bent om zes uur toch al wel vrij, schat?'

'Daar gaat het om, mam, het is lastig om een bepaalde tijd af te spreken,' zei Moe. 'Ik ben met een zaak bezig en ik kan met geen mo...'

'Breng Elizabeth mee als ze vrij is. Waarom heb je niets met haar afgesproken vanavond? Je hebt een sociaal leven nodig om het evenwicht met je werk in stand te houden.'

'Zij heeft het ook druk, mam.' De halve waarheid, Liz was vanaf acht uur vrij, ze hadden geen afspraken gemaakt voor de avond.

'Jammer, Ik vind het echt een aardige meid,' zei Maddy. 'Zes uur. Tot dan.'

14

Toen Liana zich om tien uur 's ochtends meldde in de Kantoortuin op de Werkvloer, had Aaron haar cheque klaarliggen.

Ze maakte er een show van om de strook papier met een traag gebaar in haar decolleté te schuiven.

'Ik ben jaloers,' zei hij.

Lachend haalde ze de cheque weer tevoorschijn, liet hem met een sierlijk gebaar in haar Kate Spade vallen, gaf zich opnieuw over aan het nemen van kleine slokjes van het kopje espresso dat Aaron had gezet met die grappige koperen, Italiaanse machine in de kitchenette naast zijn kantoor.

'Hm, meneer Fox. U bent een zeldzaam exemplaar.'

Aaron knoeide wat met een schijfje citroen.

'Mooi hemd,' zei Liana. 'Nieuw?'

'Neu.'

'Nooit eerder gezien.'

'Kwam er nog niet van om het een keer aan te trekken.' *Hangt al bijna een jaar tussen de herenmode-artikelen boven.* 'Vertel eens wat je te weten bent gekomen van die RAND-figuur.'

'Maak je geen zorgen, hij bestaat echt, Aaron. Het eerste wat ik gisteravond gedaan heb toen ik thuiskwam, was hem opzoeken op hun website. Daar staat hij, met foto en al. Hij doet precies wat hij zei dat hij deed.'

'Op terroristen jagen.'

'Spelen met cijfers,' zei ze. 'Overheidscontracten.'

Aaron zei: 'Betekent nog steeds niet dat hij niet gestoord kan zijn.'

'Dat is hij niet, doe niet zo paranoïde.'

'Met vreemde mannen praten, Lee,' betuttelde Aaron.

'Ik dacht dat dat de bedoeling was van gisteravond.'

'De bedoeling was om de sfeer op te snuiven, een indruk krijgen van hoe het eraan toegaat daar.'

'Het gaat je niet om het decor, maar om de clientèle. Het is nogal lastig om dat eruit te peuteren zonder met vreemde mannen te praten,' zei Liana.

'En ongetwijfeld oogt dr. Rau niet als een melaatse tulbandkalebas.'

Liana staarde hem aan. 'Dat meen je niet.'

'Ik geef om jou, Lee. Alleen omdat jij een aardige vent ontmoet...'

'Hou op, meneer Fox.' Gracieuze, slanke vingers omklemden het espressokopje. 'Als ik op jou moest vertrouwen voor koesterende zorg had ik geen leven. Aaron?'

Aaron sloeg zich op de borst. 'Ik ben dodelijk getroffen.' Luchtig. In tegenstelling tot Steve de avond ervoor, die zich weliswaar uiterlijk luchtig op de borst had geslagen, maar met een innerlijk serieuze ondertoon.

Liana leunde over de glasplaat die dienst deed als bureaublad. 'Wat *wij* samen hebben, *mon amour*, is een soort aerobics. Gezond, inspannend, intrinsiek bevredigend, en alleszins van voorbijgaande aard.'

'In tegenstelling tot meneer RAND, een man met spirituele

diepgang, die overloopt van empathie en sensitiviteit. Wat jij allemaal te weten bent gekomen in één uurtje smoezen in een kroeg.'

'Dit is belachelijk,' zei ze. 'Jij gaf mij een klus, die heb ik meer dan uitstekend uitgevoerd.'

'Precies, Lee. Jij bent heel waardevol. Ik wil je nog lang in mijn buurt hebben.'

'Ach, in godsnaam, ik maak geen afspraakjes met hem of zo.'

'Maar dat heb je wel overwogen.'

Liana glimlachte. 'Je bent jaloers.'

'Nee, ik ben bezorgd.'

'Bedankt, maar ik kan heel goed op mezelf passen.' Liana zette haar kopje neer. 'Wat heb jij ineens?'

'Ik houd gewoon niet zo van het idee zaken en pleziertjes met elkaar te vermengen.'

Liana's ogen vernauwden zich tot spleetjes. 'Dat zal ik onthouden als ik een volgende keer 's nachts om drie uur word wakker gebeld voor een partijtje seks.'

Ze sprong overeind, wierp haar haar naar achteren en draaide zich op haar hakken om.

'Wacht,' zei Aaron. 'Sorry, ja, ik gedraag me stompzinnig. Je betekent heel veel voor me, als vriend, als freelancer.' Grinnikend. 'Als de stevigste, meest sexy...'

'*Stop.*'

'Oké, oké, ga zitten. Alsjeblieft.'

Liana haalde een paar keer diep adem.

'Alsjeblieft, Lee.'

Ze liep terug naar haar stoel, sloeg haar benen over elkaar, liet het tricotrokje helemaal omhoogkruipen tot een gladde, witte dij zichtbaar werd. Eerste gebod: zorg dat ze lijden.

Aaron zei: 'Ik ben te ver gegaan. Ik kan alleen maar zeggen dat dat komt door deze zaak, die heeft iets waar ik mijn vinger niet op kan leggen... iets donkers, een aura dat eromheen cirkelt. Dat klinkt onecht, ik weet het, en ik kan het ook niet rationeel verklaren, maar er schuilt iets onder de oppervlakte, daar gebeurt iets *krankzinnigs*.'

'Iets paranormaals?'

'Nee, nee, niet van die flauwekul. Meer iets engs, iets smerigs, iets wat verknipt is. Als jij zegt dat er aan meneer RAND niets mankeert, dan accepteer ik dat. Maar vind je het niet gek dat hij zomaar vanuit zichzelf over Caitlin begon?'

'Doctor RAND,' zei Liana. 'Hij heeft een academische titel en hij begon niet zomaar vanuit zichzelf. Er was een context. We hadden het over de tijd dat er beroemdheden in de bar kwamen, hoe ironisch het was dat er iets was gebeurd terwijl het er wemelde van de lijfwachten. En hij noemde Caitlin niet met name, hij zei alleen wat er gebeurd was. En hij vertelde over de Rensselaers, wat een doodlopende straat bleek te zijn. Dus je kunt nu niet bepaald zeggen dat hij helemaal gefixeerd is op Caitlin.'

'De Rensselaers,' zei Aaron. Hij keek naar de afdruk die Liana had gemaakt van de internetpagina. Ze had *echtpaar verdwijnen riptide santa monica* gebruikt als zoekterm, en dat had een artikel opgeleverd uit de plaatselijke krant van Buckeye Bridge, Pennsylvania, de woonplaats van de Rensselaers.

Ivan en Bettina, voormalige uitbaters van een antiekwinkel, waren de stad ontvlucht, achtervolgd door een eersteklas eBay-zwendel met een cheque, hadden hun op kwalijke wijze verworven rijkdom gebruikt voor een vakantie aan de westkust. De FBI was hun spoor gevolgd naar L.A., was het daar kwijtgeraakt en had vervolgens heel gluiperig aangifte gedaan van vermissing op diverse politiebureaus in Zuid-Californië en had radiostations zover gekregen dat ze er aandacht aan besteedden.

Twee dagen na de uitzending had een alerte sheriff in West-Hollywood Ivan en Betty uit Dan Tana zien komen na een gigantisch Italiaans diner. De *Buckeye Bridge Beacon* deed verslag van 'vlekken van tomatensaus op het gloednieuwe witte zijden overhemd van Ivan Rensselaer, gekocht op Rodeo Drive'.

Aaron zei: 'Dus *doctor* Rau wist wel dat ze waren verdwenen, maar niet dat ze weer waren opgedoken.'

'Zoals ik al zei, hij is niet gefixeerd.'

'Wordt betaald om na te denken, hè?'

'Aaron, waarom krijg jij toch zo'n jeuk in je bilspleet van die man?'

'Het feit dat hij meteen over Caitlin begint terwijl hij jou voor het eerst ziet. Dat vind ik ongezond, Lee. Kerel is op stap met de bedoeling een mooie vrouw te versieren. Waarom dan beginnen over een enge moordpartij, en dan vooral een moordpartij op een vrouw? Dat klopt gewoon niet.'

'Dat klopt niet omdat hij geen spelletjes speelt, Aaron.' In tegenstelling tot iemand anders die we kennen. 'Het is een soort nerd, eigenlijk. Zo ziet hij er niet uit – o, wat maakt het ook uit, ik kom hem toch nooit meer tegen. Was ik niet van plan. Zo beter?'

'Als je dat meent... Eén ding wat opvalt, zijn die lijfwachten en die limousines. Dat zou het moeilijker maken voor een viezerik om Caitlin meteen buiten de deur van die kroeg te grazen te nemen... alhoewel ze wegging toen ze klaar was met haar werk, dus misschien zegt dat ook niets. Maar toch, ze hebben haar auto nooit gevonden, dus is het logisch om te denken dat ze ergens naartoe is gereden en daar is gepakt. Dat kan wel overal zijn, van Santa Monica tot Venice.'

'Of nog verder weg,' zei Liana. 'Als ze haar gekidnapt hebben. Ik bedoel, misschien is het dus wel onzin om zo naar Riptide te kijken.'

'Heeft Rau nog beroemdheden bij naam genoemd?'

Liana schudde haar hoofd. 'De enige namen zijn de namen in de *Times*.'

'Er is een naam boven komen drijven die niet op die lijst staat, Lee. Lem Dement.'

'Die klootzak,' siste Liana. 'Het zou aardig zijn als *hij* er iets mee te maken had.'

De felheid waarmee ze dat zei, verraste Aaron. 'Je keurt zijn religieuze opvattingen af?'

'Ik keur zijn persoon af. Omdat ik hem en wat er in zijn hoofd zit een keertje van dichtbij heb meegemaakt.'

'Waar en wanneer?'

'Kort nadat dat bijbelse bloedgespetter van hem in première ging. San Marino, het gigantische huis van iemand in de buurt van Caltech, niet het gebruikelijke volk uit De Industrie, lui van de kerk, zakenlui, bidden voor de toast en kruisbeelden op de tafels. In die tijd kende ik jou nog niet. Liep ik met dienbladen rond voor een cateraar om de kost te verdienen. Het was hoogzomer, het feest vond buiten plaats, iedereen was op de hitte gekleed, behalve mevrouw Dement, Gemma. Ze droeg een zwart truitje met lange mouwen over een japon van Chanel en was veel te zwaar opgemaakt. Wat me opviel was de manier waarop ze keek, iets wat ik direct herkende, want mijn oudere zuster woonde samen met een kerel die haar verrot sloeg. Het duurde jaren voordat die smeerlap zo vriendelijk was om dood te gaan, ik heb Sybil nooit kunnen overhalen om bij hem weg te gaan.'

'Gemma zag eruit als een mishandelde vrouw,' zei Aaron.

'Zag er niet alleen zo uit, Aaron, ze *was* een mishandelde vrouw,' zei Liana. Woede maakte het blauw van haar ogen dieper. 'Leeg, opgejaagd. Als je het ziet, is het meteen duidelijk. Door wat ik heb meegemaakt met Sybil heb ik voelsprieten ontwikkeld. Dus terwijl ik de toast met garnalen aan de man bracht, liep ik stiekem naar hen te kijken. Kostte weinig moeite om erachter te komen: hij kneep haar net iets te hard in haar arm terwijl hij haar meevoerde langs de gasten. Hij behandelde haar als een stuk huisraad, praatte niet één keer met haar. Eén keer, toen hij dacht dat niemand het zag, haalde hij venijnig uit met een vingernagel in haar nek. Dat moet pijn hebben gedaan.'

'Hoe reageerde zij?'

'Niet, daar gaat het om. Verdoofd en volgzaam, een brave kleine robot. Niemand anders leek het door te hebben, omdat iedereen helemaal gefocust was op Dement, al dat geld dat hij bij elkaar harkte, dat vette varken. Met dat stomme hoedje, hij had *vishaken* in zijn hoedje. En een smoking nog wel. Niemand zei iets.'

'Dat geldt voor een paar honderd miljoen,' zei Aaron. 'Waren er nog andere...'

'Wacht, dat is nog niet alles!' Liana priemde een vinger in de lucht. 'Wat later ga ik naar het toilet, het is zo'n villa met een gigantische garderoberuimte waar gasten zich even kunnen poederen, en Gemma is daar met haar truitje uit, maar zodra ze me ziet, schiet ze het weer aan. Maar net niet snel genoeg om alle blauwe plekken te verbergen over haar hele arm. Bont en blauw, Aaron, alsof ze haar arm in een wringer heeft gehad. Ik doe net of ik niet sta te staren, terwijl zij haar best doet om er wat pathetisch bij te staan, aan haar haar prutst, nog meer pancake op haar gezicht smeert. Maar ik kan haar nu van dichtbij zien en het is duidelijk waarom ze die troep erop smeert. Ze heeft ook blauwe plekken in haar nek en op haar schouders. En een niet te ontkennen bult achter haar oor. Dat is een vrouw die regelmatig wordt gebruikt als boksbal.'

Ze balde een vuist. 'Hypocriete klootzak. Laat hem er *alsjeblieft* mee te maken hebben.'

Aaron zei: 'Misschien gaat het die kant op, maar voorlopig heb ik alleen een lijntje via onroerend goed.'

'Naar wie?'

Hij vertelde haar over Rory Stoltz' avontuur in de vroege ochtend op de Strip, het met een hek afgesloten landgoed aan Swallowsong.

Liana zei: 'Een paar beroemdheden naar buiten smokkelen langs de achteruitgang? Geen idee wie het waren?'

'Te donker, te snel, te ver weg,' zei Aaron. 'De één was mager, de ander meer iemand die *football* speelt. Geen van beiden was Dement. Jonger, tengerder.'

'Aaron, Dement slaat zijn vrouw. Wie weet wat hij andere vrouwen allemaal aandoet? Zeg alsjeblieft dat je achter hem aan gaat.'

'Natuurlijk.'

'Hoe oud waren die twee kerels die Stoltz naar huis bracht?'

'Ik weet het niet zeker, Lee. In de twintig, dertig misschien.'

'Dement heeft een hele sleep kinderen, zes of zeven. Hij is ergens in de vijftig, dus hij kan makkelijk kroost in die leeftijd hebben.'

'Junior woont in een huis dat eigendom is van pappie? Misschien, maar dat zegt nog niets over Caitlin. Het spoor dat ik volg is Rory.'

Liana viel stil.

Aaron zei: 'Ik ga ook achter Dement aan, Lee.'

'Ik weet dat ik me emotioneel gedraag. Je kunt je niet voorstellen door welke hel mijn zuster is gegaan. En mijn ouders. En wij allemaal. Wij hechten erg aan elkaar thuis, Gordon heeft ons allemaal pijn gedaan.'

Aaron had haar nog nooit zo meegemaakt. Familiebanden maakten alles altijd gecompliceerd. 'Ik zal als een bloedhond achter Dement aan gaan.'

'Misschien heeft de politie iets. Huiselijk geweld, in de doofpot gestopt.'

Aaron stond op, kwam achter zijn bureau vandaan en begon te ijsberen.

'Wat is er?' vroeg Liana.

'Samenwerken met de politie in dit geval. Dat is ingewikkeld.'

15

Madeleine Fox Reed Guistone was van nature een rustige vrouw.

De wisselende tinten van haar door Toscane geïnspireerde huis op tweeduizend vierkante meter heuvelachtig terrein met een postcode in Beverly Hills deden anders vermoeden. Wat maar weer de ijzeren wet onderschreef dat je als rechercheur niet te veel op je vermoedens moest afgaan: wat je zag was lang niet altijd wat het was.

Terwijl hij met zijn ongemarkeerde auto langs de met jeneverbessen omzoomde laan omhoogreed naar Mams villa, haalde hij in herinnering het mokka-en-zalmkleurige, grijsgroene, koraalrode en oogverblindende okergele vlekkenpatroon op van acht weken geleden. Misschien had hij wel een paar tinten overgeslagen.

Bij het bereiken van de top was hij op het ergste voorbereid. Maar nee, nog steeds de 'roestbruine villa de Borghese', het met pigment verzadigde pleister in zulke dikke lagen aangebracht dat het huis er klonterig uitzag. Expres per ongeluk in het zicht vallende stukken metselwerk completeerden het beeld: volstrekt meelijwekkende wanstaltige *L.A.*-poging een werkelijkheid te pakken te krijgen die om te beginnen nooit had bestaan. De eerste keer dat hij het had gezien, had hij gemompeld: 'Disneyland,' maar tegen mam gezegd dat het schitterend was. Nu, terwijl hij zijn auto naast de Mercedes Cabrio van zijn moeder parkeerde op de ronde parkeerplaats, kwam de vergelijking met het pretpark weer omhoog in zijn herinnering.

En *dat* leidde tot andere herinneringen.

Moe, als kind geplaagd door oorontstekingen en wagen-ziekte, had altijd een hekel gehad aan de lofzang van het cliché waar Anaheim voor stond.

Eén rondje met de Theekopjes en dan had hij wel weer ge-noeg gehad.

Ondertussen springt Aaron in een Matterhorn-bobslee, ver-overt de 'Alpen' keer op keer. Moe en Maddy wachtend tot hij er eindelijk genoeg van heeft. Moe die al naar zijn maag grijpt als hij alleen al *denkt* aan de Matterhorn.

De blik van walging in de ogen van de tien jaar oude Aaron terwijl hij wijst op een druppel spuug op Moe's T-shirt...

Die zijn kantoor de Werkvloer noemt. Sommige mensen wor-den nooit volwassen.

Moe liep langs de Florentijnse fontein, modderig en vol blad als altijd, maar niettemin gemoedelijk pruttelend in de on-dergaande zon. Dat had mam niet geschilderd, misschien uit respect voor de nagedachtenis aan dr. Stan Guistone.

Stan had veertig jaar lang in het huis aan North Corsair ge-woond, voordat hij met mam was getrouwd, en tot aan zijn dood had zij niets in het interieur veranderd, zelfs niet de fo-to's van zijn overleden eerste vrouw weggezet, die als iconen waren uitgestald op een altaartafel in de immense entree van het huis.

In de jaren die zij samen met Stan had doorgebracht, had mam de portretten van Miriam Guistone trouw met Glassex schoongeboend, zijn aanbod om het huis anders in te rich-ten weggewuifd, en niets, maar dan ook niets, van het onhandige Victorian Revival-meubilair van Miriam de deur uit gedaan.

Ze had zich geschikt in het originele grijs-beige interieur dat zelfs Stan saai had gevonden.

Dr. Stan was een man met een goed karakter. Hij verdiende dat er zoveel rekening met hem werd gehouden.

Een week nadat hij ter aarde was besteld in de smaragd-groene dreven van Forest Lawn belden de schilders aan en stopten de vrachtwagens van de kringloopwinkel voor de deur. Vaarwel Agatha Christie, Kom binnen Georgia O'-Keeffe: vrachtwagens leverden kamers vol vierkant Southwest Revival-meubilair met grands foulards af: het meubilair waar mam zoveel van was gaan houden tijdens haar jaarlijkse uitstapjes naar Santa Fe 'om tot zichzelf te komen'.

Moe liep de voortuin door naar het huis. De voordeur ging open en mam trippelde naar buiten op balletschoentjes.

Haar schilderschort was een chaos met alle kleuren van de regenboog. Ze droeg een turkooizen legging die eruitzag alsof hij door Pollock was beschilderd.

Nog steeds in het voetspoor van Georgia met zorgvuldig geverfd haar met chroomwitte highlights, afvallend tot op haar middel en met een Franse vlecht, een make-up die bedoeld was onzichtbaar te zijn, ruw vormgegeven zilver en turkoois schitterend rond vingers, polsen en hals, en aan de oren.

Door de wind getaand en vijfentwintig zachte ponden molliger dan in haar beste dagen zag Maddy er niettemin tien jaar jonger uit dan de drieënzestig jaar die ze telde. Of althans, ze zei dat iedereen dat zei.

Haar eigen moeder was een krasse eenennegentigjarige dame geweest toen ze omkwam bij een auto-ongeluk.

Genen en levensstijl. Eén uit twee is geen slechte score, jongens.

Ze holde op Moe af, wierp haar armen om zijn middel en omhelsde hem hartstochtelijk. Deed een stap achteruit en raakte zijn gezicht aan alsof ze een beeldhouwwerk bewonderde.

'Je ziet er fantastisch uit, Mosey. Vitaal en fit en gedreven. Ondanks de stress.'

Moe kuste haar op haar wang. 'En dat weet je al na twee seconden.'

'Een moeder ziet dat.' Ze pakte zijn hand en nam hem mee door de grote, gewelfde kamers van de villa naar de keuken die uitkeek op kloven en platanen en de daken van hen die minder gefortuneerd waren. Er viel Moe een verfijning op van het interieur sinds zijn vorige bezoek, een deel van het schrijnwerk was turkoois geschilderd en laden hadden een reliëf gekregen van adelaarskoppen.

'Vind je het mooi, Mosey?'

'Heel passend.'

'Doen of niet doen,' zei Maddy. 'Dat is de vraag. Ik heb het over creativiteit en verandering. Wakker blijven en erbij zijn. Koffie, thee, eikeltjeskoffie, wodka of Red Bull?'

'Heb jij Red Bull?'

'Nee, maar ik kan het wel laten bezorgen door Pink Dot.' Ze lachte. 'Je neemt me nog steeds serieus. Je bent een schat. Wat wil je drinken?'

'Wat dacht je van water?'

'IJs of kamertemperatuur, plat of bubbels?'

'Plat met ijs, graag.'

'Mijn gezondheidsfreak... alsjeblieft, een lekker koud flesje Evian. Wat, voor het geval je dat nog niet door mocht hebben, het omgekeerde is van *naive*.'

Moe ging zitten en dronk van het water. Maddy stond bij het achtpits gasfornuis waar één enkele pan op stond te prutelen. 'Wat doe je met de kunst op het moment, Mam?'

'Binnen de lijntjes kleuren.' Ze tilde de deksel op en tuurde in de pan. 'De rabbijnse cuisine is bijna klaar.'

'Nog steeds op de koosjer-toer, hm?' zei Moe. 'Ben je al bekeerd?'

'Als de worstjes een teken zijn, moest ik er misschien maar eens over gaan nadenken.'

Ze schikte haar vlecht, tuurde uit het keukenraam naar haar palmentuin, zodat Moe haar en profil zag. Hij zag nieuwe rimpels, los vel rond de kaken.

De tand des tijds, hoe dan ook.

Ze zei: 'Nee schat, zoals je weet, ik ben geen mens voor organisaties, ook niet religieus. Ik heb besloten dat het meest tactische wat ik kan doen is de godheden van alle religies omarmen, maar niet één al te serieus – noem het maar constructieve idolatrie.'

'De vorige keer noemde je het theologische diversiteit.'

'Ook dat, Mosey.' Ze snoof de geur op uit de pan. 'Ah, de worstjes. Als je het hebt over iets waarvoor het de moeite waard is om te bidden...'

Maddy, die altijd op voet van oorlog verkeerde met conventionele wijsheid, maakte wie maar wilde luisteren zonder dralen bekend hoe zeer ze L.A. verafgoodde. ('Tijd om het al die bleekscheten uit New York die er ons voor de lol mee om de oren slaan eens goed onder de neus te wrijven.') Alsof ze iets moest bewijzen, was ze een jaar eerder bezoeken gaan brengen aan elke etnische enclave in de omgeving om monsters in te slaan van voedsel, religieuze prullen, dvd's en cd's. In een tijdsbestek van twintig maanden had ze zich een weg gebaand door Little Tokyo, Little Saigon, Little India, de Cubaanse enclave langs Venice Boulevard in Culver City, Armeense voorposten in East-Hollywood en Glendale, het hart van de orthodox-joodse gemeenschap in Pico-Robertson. In Pico hadden lange rijen wachtende mensen op de trottoirs haar op het spoor gezet van de tent voor de koosjere worstjes. Heel haar Semitische scholing had besloten gelegen in een spontane discussie met een *yeshiva*-student die stond te wachten op een braadworst van kalfsvlees.

'Jongens, wisten jullie dat koosjer in feite gewoon eerlijk betekent? Niet alleen moet het dier snel worden gedood – we zijn het veganistische allang voorbij, toch? – de longen moeten ook worden gecontroleerd door een gekwalificeerde rabbijn. En in deze tijd van broeikasgassen en luchtvervuiling vind ik dat ook verdomd verstandig.'

De religieus gezegende worstjes waren al snel 'die worstjes die jij en je broer zo lekker vinden, Mosey'. Zelfs terwijl Maddy er over het algemeen wel drie verslond en beide broers er nog nooit een mening over hadden gegeven, in positieve noch in negatieve zin. De worstjes waren lekker genoeg, maar in deze fase van zijn leven vond Moe worstjes niet erg belangrijk.

Hij stond op en tuurde in de pan. Er sudderde een tiental worstjes.

'Kook je voor een weeshuis?'

Maddy knipperde met haar ogen. 'Voor het geval je honger hebt. Je oogt een beetje aan de magere kant. Eet je wel goed, schat?'

'Ik ben eigenlijk een paar pond aangekomen en ik voel me prima.'

'Allemaal spieren. Vast. Hoe doe je dat? Drie keer per dag een bord vol, of vast je de hele dag en ga je je 's avonds te buiten, net als de moslims tijdens Ramadan?'

'Geen vast patroon, mam. Ik probeer me een beetje in te houden.'

Maddy keek stralend naar hem op. 'Mijn kleine mannetjesputter. Zo, vertel eens hoe het ervoor staat.'

'Valt weinig te vertellen. Ik ben aan het werk.'

'Als een duivel, vermoed ik.'

'Ik doe gewoon wat ik moet doen, mam.'

'Mosey,' zei ze. 'Jij zou nooit genoegen nemen met *gewoon* iets doen. Al vanaf groep één ben je net een molen, je maalt maar door. Ik heb je nooit verteld dat de juf me uitnodigde voor een gesprek, op die school van de kerk, waar ik je toen naartoe heb gestuurd omdat ze beurzen gaven, hoe heette die juf ook weer, juf... huppeldepup. In ieder geval, ze had de klas net verteld over de Israëlieten die zo hard moesten werken als slaven in Egypte toen juf... maakt niet uit, het idee kreeg dat jij wat van streek was. En dus praatte ze later met je en vroeg ze je of alles goed was en jij had haar toen aangekeken met een ernstige blik in de ogen en had gezegd: "*Ik* zou een hele goede slaaf zijn. Ik *hou ervan* om hard te werken."'

Maddy raakte opnieuw zijn wang aan. 'Zo heerlijk eerlijk. Juf... Southwick, dat is het... Helen Southwick maakte zich zorgen dat je "te volwassen" was, wat dat dan ook moge betekenen.'

Moe had het verhaal al honderd keer gehoord, minstens. Hij glimlachte.

Maddy zei: 'Vertel eens hoe het ervoor staat.'

Ze zetten zich aan de tafel, waar Moe zijn flesje Evian leeg-dronk en Maddy kleine teugjes nam van een enorme beker eikeltjeskoffie met een grote hoeveelheid honing.

'Alles gaat gewoon zijn gangetje, mam.'

'Aan wat voor zaken werk je?'

'Niets bijzonders.'

'Sst, geheim?' zei Maddy. 'Zelfs voor naaste bloedverwan-ten?'

'Neu, gewoon niets bijzonders.'

'Nou ja, het zal er ook allemaal wel iedere keer op neerko-men dat de een de ander vermoordt. Denk je dat je bij Moord-zaken blijft?'

'Waarom niet?'

'Mensen veranderen, schat. Mensen *smachten* naar veran-dering.'

'Het bevalt mij prima.'

Het bleef een tijdje stil. Maddy keek op haar horloge. Ge-woonlijk betekende tijd helemaal niets voor haar.

Moe zei: 'Heb je nog iets in de planning?'

'Ik wil gewoon niet dat die worstjes te lang op het vuur staan.' Ze sprong overeind en liep naar het fornuis. 'Nog een paar minuten. Nog een flesje Evian, schat?'

Voordat Moe antwoord kon geven klonk uit het voorhuis het doffe geluid van een dichtslaande deur.

Voetstappen werden steeds luider. Er was geen spoor van verrassing op het gezicht van mam. Ze prikte in een worst-je. Neuriede.

Voordat Moe iets kon zeggen, stond Aaron in de keuken.

Maddy's oudste zoon werd onderworpen aan dezelfde zoe-nen, omhelzingen en loftuitingen die Moe had moeten on-dergaan. In tegenstelling tot Moe maakte Aaron van de lof-zang een duet.

'Je ziet er werkelijk fantastisch uit, mam. Je haar zit heel mooi zo, je moet het lang houden, dat staat je goed – mooie ketting, moet je die steen eens zien, turkoois uit Arizona, hè? Prachtig exemplaar, ziet eruit als een... vis in het water.'

'Precies. Het oog van de kenner.'

'Hopi?'

'Tewa.'

'Uitstekend.' Aaron tuurde in de pan. 'Mozaïsche worst, mijn multiculturele pet af. Ook nog Cajun?'

'Twee,' zei Maddy. 'Zoals je gevraagd had.'

Moe liep de keuken uit.

Aaron haalde hem in bij de fontein. 'Kom op, *zo* lichtgeraakt kun je niet zijn.'

Moe versnelde zijn pas op weg naar zijn auto.

Aaron bleef naast hem lopen. 'Ben jij zo'n fijnbesnaarde diva dat je haar pijn doet omdat je chagrijnig bent? Na alles wat zij heeft meegemaakt?'

'Wat heeft zij meegemaakt?'

'Leven.' Aaron raakte Moe's mouw aan. Moe greep de hand van zijn broer en slingerde hem weg, hard genoeg om Aaron zijn evenwicht te doen verliezen. Aaron struikelde maar bleef overeind, en hij borstelde onzichtbaar vuil van zijn grijze zijden broekspijpen. 'Oké, gedraag je maar als een hufter.'

'Goed voorbeeld doet goed volgen.'

'Je hebt mijn voorbeeld nooit gevolgd, dat is jouw probleem.'

Moe voelde hoe zijn gezicht versteende. 'Wist. Niet. Dat. Ik. Een. Probleem. Had.'

Aaron deed een deurbel na. 'Meneer Reed, Fed Ex met een pakje. Een doos vol inzicht aan de deur afgeleverd.'

Moe zocht zijn autosleutels.

'Jij bent echt en totaal een klein kind,' zei Aaron. 'Achtergebleven in ontwikkeling en dogmatisch dysfunctiesyndroom.'

'Psychiater, plotseling?'

'Hoef ik niet te zijn om te zien dat je onwrikbaarheid een normaal functioneren in de weg staat. Ik heb je vandaag vier keer gebeld. Wat had ik anders...'

'Dus je spant samen met mam?'

'Ik heb niet samengespannen, ik...'

'Jongens!'

Beide mannen draaiden zich op hun hiel om en zagen Maddy in de deuropening staan met twee borden dampende worstjes.

'Het eten is *klaar*! *Nu* aan tafel!'

'Moe heeft geen honger,' zei Aaron. 'Maar ik blijf.'

Moe mompelde: 'O, natuurlijk, en dan ben ik de pispaal, val dood. Eén moment, mam, ik moest iets uit de auto pakken.'

'Hé, laten we al dat persoonlijke gedoe even vergeten. Ik ben hier vanwege de klus. Zoiets als: misschien heb ik een spoor voor je.'

Maddy riep: 'Schiet op, jongens. Ik heb ijs gekocht als toetje.'

'Wat voor soort spoor?' zei Moe.

'Straks,' zei Aaron. 'En voor alle duidelijkheid, ik heb *echt* niet samengespannen. Mam belde me en stelde voor om elkaar snel weer te zien. Bij dat vooruitzicht voelde ze zich gelukkig. Ze zei dat ze jou al twee maanden niet had gezien, dus dacht ik...'

'Wanneer ben jij hier voor het laatst geweest?'

Aaron gaf geen antwoord.

'Heb je een agenda nodig?'

'Jongens?' Maddy liep op hen af, de borden zelfverzekerd balancerend in haar handen. Al dat klussen als serveerster in tijden van tegenspoed was niet voor niets geweest.

'Het eten wordt koud, jongens, dat vindt de rabbijn niet goed.'

De maaltijd duurde kort, maar het leek een eeuwigheid. Maddy deed uitgelaten, of misschien was ze echt wel zo egocentrisch. Ze verdeelde haar genegenheid met een obsessief nauwkeurige gelijkheid over beide zoons.

Alsof je liefde, net als medicijnen, kon afmeten in doses.

Het was dezelfde montere, pijnlijk eerlijke benadering als toen ze klein waren. Ogenschijnlijk onaangedaan door het verlies en de dubbele baan die ze, door geldproblemen gedwongen, had gehad. Ze deed wat ze moest doen, gehuld in een pantser van rechtschapenheid en zelfbeschikkingsrecht. Het werkte, maar had zijn tol geëist. Evenals het constante uitstorten van haar liefde over haar beide zoons.

Als Aaron en Moses in haar hoofd hadden kunnen kijken, zouden ze daar een *alarmerende* doolhof van donkere hoekjes, schaduwen en doodlopende gangetjes hebben gezien. De afbrokkelende herinneringen aan een leven vol voor- en tegenspoed, dat geleidelijk was verzand in verveling.

Nu had ze het voor elkaar, met het huis, de reizen, de hobby's, de waan van de dag.

Maar er was een lege plek in het grote bed.

Kon ze nog eens twintig, dertig jaar van dergelijke apathie aan? Geen uitdagingen, niets om tegen in opstand te komen? Twee kinderen die eruit zagen als mannen maar nooit volwassen waren geworden?

Was die geestelijke kloof die hen scheidde, op de een of andere manier haar fout? Ze dacht van niet, ze had toch altijd...

Stop. Ze was absoluut niet van plan om te gaan navelstaren en zich suf te prakkiseren om hun zaken. Ze verdiende wel beter.

Haar therapeut was het met haar eens.

Ze zei: 'Klaar voor het toetje, jongens? Vanille-kersen voor Aaron, chocola voor Mosey. Het blijft ironisch.'

Toen de tafel was afgeruimd, nam ze hen mee naar haar studio op de eerste verdieping en liet ze hun de gigantische tweekleurige doeken zien waaraan ze werkte. Variaties in licht en donker. Als een van beiden de grap ervan inzag, liet hij dat niet merken.

Mosey zei: 'Mooi, mam.'

Aaron zei: 'Heel mooi, mam.'

Maddy ontdekte een dunne plek aan de rand van een van de schilderijen. Ze kneep wat pigment op haar palet, ging voor haar ezel zitten en begon te schilderen.

De jongens stonden toe te kijken terwijl ze tamponneerde, achteruit stapte om het resultaat te bekijken en nog wat meer schilderde. De verf hechtte niet goed. Het was een slechte kwaliteit acryl, de laatste paar bestellingen waren duidelijk anders geweest...

Knijpen, natmaken, de kwast hoog houden, neerleggen...

Toen ze opkeek, was er een halfuur voorbijgegaan en was het huis aangenaam stil.

16

Moe zei: 'En om wat voor prachtig spoor gaat het?'
De zon was ondergegaan en de keitjes waarmee het terras
was geplaveid, hadden een vreemde dieppaarse kleur gekre-
gen. Een droevige kleur. Moe wilde weg.
Aaron hield zijn onmiddellijke reactie voor zich: *Wat voor
prachtige houding is dat?* Hij vertelde het verhaal van Rory
Stoltz' avonturen met de Hyundai.
Moe zei: 'Nou, en?'
Aaron onderdrukte zijn frustratie door de stof van zijn sport-
jasje aan te raken. Super 200s uit Milaan, zijdezacht, het beste van het beste. Hij had het jasje in drie tinten gekocht.
'Je hebt in het begin naar Stoltz gekeken, maar hij leek
schoon...'
'Hij leek niet schoon, hij had een alibi.'
'Bleef in Riptide zelfs nadat Caitlin was vertrokken. Maar
dat betekent niet dat hij niet later met haar kan hebben afgesproken. Maar goed, hij staat niet boven aan mijn lijst. Ik
heb gehoord dat er in die tijd beroemdheden in Riptide kwamen. Ik weet niet wie Rory bij ColdSnake naar binnen heeft
gekregen, maar dat moet een vip zijn geweest, daar werk ik
nog aan. Het betekent in ieder geval dat Rory zich tot die
wereld aangetrokken voelt. En als er nu eens een of andere
beroemdheid Caitlin koud heeft gemaakt en wordt gedekt
door Rory?'
Moe dacht: *Mason Book was mager, klonk zinnig.* 'Naar
verluidt houdt Rory van het meisje, maar hij dekt de moordenaar zodat hij drugskoerier kan spelen?'
'Drugskoerier en misschien wel meer, Moses. Een heel eind
na drie uur was hij nog steeds in dat huis. Misschien is hij
blijven slapen. Dat wil zeggen dat hij zich naar binnen heeft
gewurmd in een hogere loonschaal.'
'Als loopjongen.' *Wie wil er nu advocaat worden in De Industrie, of agent? Klinkt zinnig.*
Aaron zei: 'Hij denkt dat het een goede start is.'
Moe zei niets.

'Je bent niet onder de indruk.'

'Je hebt gezien hoe Stoltz chauffeurtje speelde voor twee rijkeluiskindjes. We weten niet of ze bij De Industrie horen.'

'En dit dan? Het huis waar hij ze heen bracht, is van Lem Dement.'

Moe vouwde zijn armen voor zijn borst. 'Ga je alles bij stukjes en beetjes vertellen?'

'Ik wil eerst zien dat je geïnteresseerd bent voordat ik mijn tijd ga verknoeien.'

'Ik heb het druk. Gooi het er maar uit.'

Aaron dwong zichzelf kalm te blijven. 'Eén: het huis is van Dement. Twee: ik heb een bron die zegt dat Dement zijn vrouw slaat. Geen van die twee kerels was Dement, maar hij heeft wel een hele sleep kinderen. Zeven, om precies te zijn, en vijf daarvan zijn zonen. Jongens leren hoe ze met vrouwen om moeten gaan van hun vader.' En soms zonder vader. 'Ik heb op internet gezocht en foto's gevonden van drie jonge Dementen. De twee oudsten passen bij de bouw van de zwaarste van de twee kerels die ik heb gezien.'

Moe haalde zijn aantekenboekje tevoorschijn. 'Namen?'

'Japhet en Ahab.' Aaron grinnikte. 'Japhet is vijfentwintig en Ahab is achtentwintig. Ahab is een heavy-metalfan geweest, laat zich Ax noemen. Als een van beiden een strafblad mocht hebben, dan zou ik dat graag horen.'

'Wat wil zeggen dat je niets hebt opgedregd.'

'Als het boeven zijn, hebben ze de pers gemeden. Het enige wat ik heb gevonden zijn een paar foto's op feestjes waar Ax heeft geprobeerd in de picture te komen.'

'Waar waren die feestjes?'

'Niet in Riptide, als je dat bedoelt. Ik heb het over de week van de Oscars, de Grammy's, de gebruikelijke toestanden na de uitreiking in de Standard, de Design Center, de Skybar, iedereen stoned, net doen of je privacy zoekt, maar ondertussen hard werken om in de boulevardbladen terecht te komen.'

'Ook nog echte beroemdheden op die foto's?' zei Moe.

'Geloof het maar. Tom, Julia, Sean, George, de hele club van zien en gezien worden. Ax deed zijn best om een maatje van Mason Book te lijken.'

'Deed zijn best? Hoe?'

'Book staat te knuffelen met een supermodel met holle wangen en Ax staat zich daar een beetje tussen te dringen als vijfde wiel – wat?'

Moe zei: 'Hoezo, wat?'

'Je ogen rolden net bijna uit je hoofd.'

'Ik dacht. Book is lang en mager. Misschien is dat de andere kerel die je zag.'

'Tuurlijk, maar er zijn *tig* magere kerels in L.A.' Aaron deed een stap achteruit. 'Waarom krijg ik ineens het idee dat Book jou interesseert?'

'Omdat Rory voor Book werkt, als persoonlijk secretaris.'

Aarons kaak verstijfde. 'Nou, wat nou, "bij stukjes en beetjes"?'

'Ik ben er nog maar net achter gekomen.'

'Wanneer? Hoe?'

'Ik hoef niet te vertellen hoe ik werk.'

'Hoe je werkt...' De glimlach van Aaron deed pijn. 'Jij verandert van gedachten over de Peninsula en op het moment dat ik ben vertrokken, ga jij erheen en verhoor je Rory's moeder. Lekker, jij bent de grote man en ik ben het ingehuurde knechtje, dankbaar dat hij jouw jaspanden mag vasthouden. Ga zo door en veel succes met het oplossen van Caitlin.'

Zijn autosleutels vervaarlijk rondzwaaiend liep hij naar de Porsche.

Moe zei: 'Bedankt voor de motie van wantrouwen.'

Aaron bleef staan en keerde zich om. 'Wat jij blijkbaar niet in de gaten hebt, is dat ik wel degelijk vertrouwen in jou heb, Moses. Als dat niet zo was, zou ik geen tijd verspillen met het uitwisselen van informatie. En geloof mij maar, er zijn zat hersendode idioten bij de politie die ik geen blik waardig zou keuren. Caitlin ligt onder het ijs, bro. Jij hebt stukjes van de puzzel en ik heb weer andere. Het zou slim zijn samen te werken. Net als in dat stomme liedje op *Sesamstraat* waar jij altijd naar luisterde.'

'Ik had een hekel aan *Sesamstraat*. Jij luisterde daar altijd naar.'

'Nee, nee, nee, Moses. Ik keek altijd naar de *Electric Company*, Morgan Freeman op zijn best.'

'Spelen we eerlijk-zullen-we-alles-delen,' zei Moe. 'Misschien kan ik mijn reputatie wat opvijzelen. Jij graait sowieso je centen bij elkaar.'

'En dat is een misdaad?'

'Als je zo losjes te werk gaat, zou het dat kunnen worden. En ik houd er niet van om het onderzoek op het spel te zetten.'

'Alsof ik je ergens mee *besmet*? Kom, Moses, ik heb jouw werk ook gedaan, ik weet hoe het werkt. En de waarheid is, ik blijf hoe dan ook graven. Onderzoek doen naar Mason Book op het moment dat mijn gat mijn bureaustoel ruikt. Want er is meer aan de hand met die man dan jij me vertelt. Hij zit jou dwars en ik wil weten waarom.'

'De timing zit me dwars,' zei Moe. 'Book heeft precies één week nadat Caitlin was verdwenen geprobeerd zich van kant maken.'

'O ja, wat dacht je? Gewetenswroeging?'

'Dat kan. Book is acteur en waarschijnlijk al lange tijd aan de dope, dus er kunnen genoeg redenen zijn waarom hij geestelijk niet helemaal stabiel is.'

'O, man,' zei Aaron. 'Ik heb al vanaf het begin het gevoel gehad dat er iets fout zat met de zaak, iets engs. En nu zie ik echt geweldig enge dingen voor me.'

'Bijvoorbeeld?'

'Bijvoorbeeld zo'n perverse gangbang, iets wat uit de hand is gelopen, zodat ze haar niet meer levend konden laten vertrekken. Bijvoorbeeld Book en een paar van zijn vriendjes, misschien wel één of meer van die jongens van Dement erbij, omdat die van huis uit hebben meegekregen hoe je vrouwen mishandelt. Misschien Rory zelf wel.'

'Ze hebben haar vermoord om haar stil te houden,' zei Moe. 'Of nog erger, ze is de pijp uitgegaan toen ze bezig waren.'

'Veronderstel dat Book high was toen het gebeurde. Een paar dagen later kan hij weer wat helderder nadenken en realiseert hij zich wat er is gebeurd en snijdt hij zijn polsen door – ervan uitgaande dat de man een geweten heeft.'

Hetzelfde wat Sturgis had gezegd.

Moe zei: 'Met zijn naam scoor je vier miljoen hits op Google. Ik ben uren bezig geweest, maar ik heb geen flintertje van ook maar het kleinste feitje boven water gehaald, anders dan dat hij een week op de vip-afdeling van Cedars heeft gezeten.'

'Spec.Bel,' zei Aaron.

'Ben jij daar geweest?'

Grote glimlach. 'Niet als patiënt, alleen op bezoek. Bovenste verdieping, uitzicht over de stad, mooie vloerkleden, particuliere beveiliging in de hal. Niet dat je dan ook automatisch betere medische zorg krijgt. Ik heb zelfs wel eens gehoord dat je maar beter niet als beroemdheid in een ziekenhuis terecht kunt komen.'

'Waarom niet?'

'Dat soort mensen krijgt nooit het woord "nee" te horen, iedereen is bang voor ze. Als een gewone patiënt begint te piepen over hoe vervelend het is om midden in de nacht wakker te worden gemaakt om de temperatuur op te nemen, zegt de verpleegster, "maar draait u zich toch maar om". De vip begint te piepen en iedereen doet een stapje achteruit. De zaak waar ik bij betrokken was twee jaar geleden, ging om de kleinzoon van een multimiljonair die werd opgenomen omdat ze iets kleins aan zijn knie moesten doen. Toen hij weer uit het ziekenhuis kwam, was hij beide benen kwijt. Ik zeg niet dat dat typerend was voor Cedars of een ander specifiek ziekenhuis. Maar geloof mij maar, een speciale behandeling heeft voor- en nadelen.'

'Met wie heb jij contact bij Spec.Bel?'

Aaron schudde zijn hoofd. 'Heb ik niet. Ze zijn geslotener dan het Pentagon. Maar dit klinkt goed. De zaak krijgt vorm.' Hij riskeerde een hand op zijn broers schouder. 'Samen-wer-king. Pino zou trots op ons zijn.'

Moe maakte een beweging, maar sloeg de hand niet van zijn schouder. 'Wat ons bindt zijn gemeenschappelijke interesses. Vertel eerst eens alles wat je weet.'

'Waarom denk je dat ik dat nog niet heb gedaan?'

Nu was het Moe's beurt om te glimlachen.

'Oké,' zei Aaron. 'Maar ik heb je wel de essentie verteld. Verspil geen tijd met het zoeken naar andere gasten van Riptide die zijn verdwenen, want die zijn er niet. Er was een echtpaar dat Rensselaer heette, niet lang nadat Caitlin van de wereld viel. Maar die twee bleken op de loop vanwege een toestand met een cheque en zijn gepakt. Het enige andere feitje dat je nog zou kunnen interesseren, is dat Lem Dement een groot stuk onroerend goed heeft in Malibu, meer dan vijfentwintig hectare. Het is ooit een zomerkamp geweest. Het gerucht gaat dat hij daar zijn eigen kerk bouwt.'

'Hoe dicht bij Pepperdine is dat?'

Vijftien kilometer verder naar het noorden, en dus verder vanaf Riptide. Ik zie er niet zoveel bijzonders in.'

'Een groot stuk land. Dat maakt het gemakkelijk om een lijk weg te werken.'

Aaron knikte. *Hoe kan ik dat gemist hebben? Moet slaaptekort zijn.*

'Nog meer?' zei Moe.

'Dat is het, ik zweer het. Wat vind je ervan als we allebei ons eigen onderzoek blijven doen, en overleggen zo gauw een van beiden iets ontdekt?'

'Ik bel,' zei Moses, 'met mijn eigen mobiele telefoon.'

Aaron glimlachte. 'Bang voor luizen?'

'Ik ben bang bij iets betrokken te raken dat over de grenzen van de wet zou kunnen gaan.'

'Ik heb al gezegd...'

'Ga jij nog weer naar binnen, naar mam?'

'Alleen om afscheid te nemen.'

'Doe haar van mij ook maar de groeten.' Moe liep met grote passen naar zijn ongemarkeerde auto, stapte in en reed de straat op.

Toen hij weg was, voelde Aaron zich volstrekt alleen gelaten in het heelal.

17

In plaats van naar Liz te rijden gaf hij gas langs Sunset over
de Strip. Hij richtte zijn gps op de Hollywood Hills.

Zijn queeste bracht hem in een aantrekkelijke buurt, donker
en teruggetrokken, met veel ommuurde tuinen, weinig te zien
vanaf de straat. Precies wat je als beroemdheid wilt. Zeker
als je last hebt van een schuldgevoel.

Na maanden van niets raakte hij opgewonden door de zaak-
Caitlin. Dat Rory Stoltz als loopjongen voor Mason Book
fungeerde, betekende op zichzelf nog niets, en dat gold ook,
als je erover nadacht, voor de timing van het polsen snijden van Book. Maar als je die twee dingen naast elkaar legde...

Aaron vond het de moeite waard erachteraan te gaan.

De dame van de gps heette hem zoetgevooisd welkom toen
hij Swallowsong Lane bereikte. Moe's ongemarkeerde
Crown Vic viel hier op. Het bord met DOODLOPENDE WEG
gaf de doorslag. Hier parkeren en te voet verder.

Toen hij langs Swallowsong omhoogklom, leek de lucht te
knetteren, koperachtig, elektrisch, alsof er iets op het punt
stond te ontbranden. Ergens, dieper de heuvels in, krijste een
prairiewolf.

Er werd iets vermoord. Welkom in het echte leven.

Hij vond de villa zonder moeite. Groot hek, fraai ijzerwerk.
Erachter duisternis, geen enkel teken van leven.

Misschien woonde er niemand en was het gewoon een van
die huizen waar feestjes werden gegeven, orgies met drugs,
waar pornofilms werden geschoten, meer die sfeer.

Hij aarzelde en stelde zich voor hoe Caitlin een schitterend
huis binnenstapte, misschien wat angstig, misschien wel met
ontzag vervuld. Meer dronk dan ze gewend was. Of erger.
Voordat ze het weet, ligt haar zachte, gebruinde lichaam uitgestrekt op een vreemd bed en... Moe zette de film die zich
in zijn hoofd aan het afspelen was, stil en liep weer naar beneden, naar het begin van de straat.

Het was elf minuten over negen, een uur later dan hij tegen

Liz gezegd had dat hij langs zou komen. Hij belde haar op vanuit de auto.

Ze zei: 'Het spijt me, schat.'

'Wat?'

'Dat ik laat ben. Ik ben net thuis. Vergadering in La Puente, in een bouwput voor een winkelcentrum zijn wat resten tevoorschijn gekomen en ze moesten zeker weten dat het geen oude Indiaanse begraafplaats was. Ik had verwacht dat ik wel op tijd terug zou zijn, maar toen kantelde er een truck met oplegger op de snelweg. Ik heb nog geprobeerd je te bellen, maar mijn batterij was leeg. Heb je lang gewacht?'

'Geen seconde. Ik ben nu net op weg naar je toe,' zei hij. 'Mijn eigen kleine opgraving.'

'O, dan voel ik me iets minder beroerd.'

Ze klonk vermoeid.

Moe zei: 'Heb je nog wel zin in gezelschap?'

'Met chips en een dipsausje?' Ze lachte. 'Jaa... ik denk dat ik daar nog wel ergens energie voor kan vinden.'

Ze had een wit T-shirt aan en een joggingbroek, haar haar slordig opgespeld, geen make-up, een blikje Cola Zero in de hand. Ze kuste hem snel en hard en pakte een blik bier voor hem.

'Dit is een test. Je krijgt me op mijn onvoordeligst te zien.'

'Weinig uitdaging.'

Ze gingen op de bank zitten.

'En nog iets, Moses. Het is weer zo laat. Een beetje vroeg deze maand.'

'Hé,' zei hij. 'We kunnen altijd nog witte wijn gaan drinken, naar oude afleveringen van Oprah kijken en over onze gevoelens praten.'

'Of over schoenen.'

'Niet overdrijven.'

Ze dronken bier, praatten over niets, keken naar een oude aflevering van *Project Runway* omdat Liz dat een aardig programma vond en Moe erom moest lachen.

Na vijf minuten voelde Moe, terwijl er een of andere figuur

in beeld eindeloos mopperde dat hij niet genoeg tijd kreeg om een A-lijn te naaien, wat dat dan ook mocht zijn, dat hij wegdoezelde. Voordat hij zich weer wakker kon schudden, werd Liz' hoofd zwaar op zijn borst. Even later sliep ze.

Hij zette de tv uit, slaagde erin zich onder haar uit te wurmen zonder haar dromen te verstoren, dekte haar toe met een sprei en liep geruisloos naar haar slaapkamer, waar hij haar laptop aanzette.

Een uur surfen op internet maakte het duidelijk: Mason Book werd al geplaagd door een drugsprobleem sinds zijn middelbareschooltijd in Nebraska.

De voormalige Michael Lee Buchalter ontkende niet dat hij een 'belabberde leerling' was geweest, zijn middelbare school niet had afgemaakt, zich te buiten was gegaan aan pillen, wiet, verf, wat dan ook, om steeds maar weer het einde van de nacht te halen in de ploegendienst van een stinkende fabriek buiten Omaha, waar vlees werd verpakt.

Hij was in een opwelling naar L.A. gereden en had daar een paar baantjes zonder toekomstperspectief gehad tot het vrouwelijke hoofd van een studio zag hoe hij haar Mercedes schoon spoot bij een WeHo-autowasstraat. De wat dommige, verlegen jongen uit het Midden-Westen met zijn slungelachtige voorkomen en verwarde haardos had 'sterpotentieel. Ik dacht: eindelijk iemand waar zowel vrouwen als mannen zich mee kunnen identificeren, een Jimmy Stewart voor deze tijd.'

Als Jimmy tenminste heroïne had gesnoven.

Opgepoetst en voorzien van een andere naam door zijn patrones, begeleid door coaches bij het acteren, bleek Book een verrassend talent te bezitten om de identiteit van anderen aan te nemen. Binnen anderhalfjaar groeide hij uit tot een ster. Zijn relatie met het hoofd van de studio duurde nog een halfjaar langer, tot zij iemand vond die jonger was.

Er was geen enkel teken dat Book aangedaan was door het feit dat zij hem had gedumpt. Hij bleef de koppen beheersen met een reeks wilde kaskrakers en straalde aldoor een ingehouden, bescheiden zelfverzekerdheid uit.

Toen kwam de polsensnijderij.

Moe zocht naar details die niet afkomstig waren uit de boulevardbladen, maar vond niets. Internet was niet meer dan een grote molensteen, die graantjes van het nieuws oppikte en ze net zo lang vermaalde tot er niets van overbleef.

Hij verlegde zijn zoektocht naar *lem dement*, in de hoop op een directe koppeling naar het huis aan Swallowsong, maar ontdekte niets. Hij koppelde het adres van het huis aan de zelfmoordpoging. Niks. Ze hadden Book met een ambulance opgehaald, volgens de een uit zijn 'hol in Hollywood Hills', volgens een ander uit zijn 'vogelhut boven Sunset' en volgens weer een ander uit een 'vrijgezellenkot met uitzicht op de Strip'.

Zoeken naar foto's leverde pagina na pagina op van miniaturen met Book en een stroom actrices, onveranderlijk op rode lopers geschoten. Moe vond verrassend weinig in een onbewaakt moment gemaakte paparazzifoto's, en alle portretten gaven een voordelig beeld van Book, zijn slanke lijf, zijn scherpe, iets te grove, trekken, zijn gemoedelijke manier van lopen en zijn zware bos te blonde haar.

Books glimlach was op maat gemaakt voor de camera. Zelfs een paar foto's die waren gemaakt *na* de snijpartij zetten hem vriendelijk neer. Eigenlijk leek de man redelijk gelukkig. Wonderbaarlijke genezing?

Als de camerajongens je met zachtheid behandelen, betekent het dat de opnamen met verborgen camera's allesbehalve vleiend zijn, en Moe wist ook hoe dat werkte. Book had, net als alle andere slimme beroemdheden, een deal gesloten met de digitale bloedzuigers: als je me betrapt, poseer ik voor een paar extra foto's. Omgekeerd zorg jij er dan voor dat ik er niet als een verslaafde spuiter uitzie.

Aan de andere kant, als Book in staat was te regelen dat hij ongezien ColdSnake uit kon komen, als hij tenminste de magere van de twee was geweest die Aaron naar buiten had zien komen, maakte dat duidelijk dat hij niet werd gestalkt door de paparazzi.

Misschien had de man geen nieuwswaarde meer en kon het niemand iets schelen. Hij had al in geen tijden een nieuwe film gemaakt... Moe drukte op toetsen.

Drie jaar. In termen van De Industrie praatte je dan over ijstijden.

Hij keerde terug naar de foto's en probeerde te ontdekken op wat voor soort vrouwen Book in het openbaar viel.

Een heleboel vrouwen, een klein beetje variatie in haarkleur en huidtint, maar het overgrote deel van de snoepjes had benen en was blond. Niet bijzonder in L.A., maar het paste ook bij Caitlin Frostig.

Een hostess opgepikt? Waarom niet? Book was drieëndertig en nooit getrouwd geweest. Een van de tabloids had gesproken van 'nog steeds op jacht'. Had de acteur dat letterlijk opgevat?

Aardige verhaallijn, maar er waren geen feiten om het hard te maken, en Moe begon zich af te vragen of hij zich door een paar suggesties van Aaron op een geweldige manier het bos in had laten sturen.

Aaron had speelruimte, maar *hij* kon hooguit aan zijn bureau blijven zitten tot hij er een houten kont van kreeg. En getuigen opnieuw verhoren.

Hij moest de straat op en iets *doen*.

Hij gluurde de woonkamer in. Liz lag uitgestrekt op de bank, haar gezicht grotendeels onder de sprei.

Moe ging weer zitten en staarde naar het platte, zwarte venster dat uitzicht bood op cyberspace.

De zoekopdracht *lem dement kinderen* produceerde verwijzingen naar de 'stroom nakomelingen', de 'stoot kinderen', de 'klap in het gezicht van de geboortebeperking' en de 'volksstam religieuze fanatiekelingen', die Dement op zijn geweten had. Moe wilde al iets anders proberen, toen hij op de dertigste pagina met citaten een artikel van een jaar oud uit de *Malibu Sunrise* tegenkwam over Dements plannen om een replica te bouwen van een houten kerk in Krakau in Polen, die in de Tweede Wereldoorlog was verwoest.

Het kostte de verslaggever moeite te begrijpen waarom iemand persoonlijk een godshuis zou willen bouwen, maar de toon van het artikel was dweperig: 'Grote Hollywood-jongen brengt één Groot Gelukkig Gezin bij elkaar'.

De nieuwe fundamentalistische inzichten van Lem Dement

mochten dan niet stroken met de gevoeligheden ter plekke, rijk en beroemd streek alles glad.

Het opgezwollen stuk ging vergezeld van een foto met de hele clan, poserend voor een blokhut, die zo groot was dat je het geen hut meer kon noemen. Dement zag er ontspannen uit, had zijn vissershoedje op en een houthakkershemd aan. Vrouw Gemma, een blonde, magere lat, wier aantrekkelijke-maar-gespannen gelaatstrekken een schril contrast vormden met Dements blozende varkenskop, stond er stijf en ongemakkelijk bij.

Beiden stonden ter weerszijden van de kinderen, alsof ze zo ver mogelijk bij elkaar vandaan wilden zijn.

De drie jongste kinderen hadden vlasblond haar, een gebruinde huid, de molligheid van kinderen die nog niet in de puberteit zijn en het ontspannen glimlachje van kinderen die in weelde opgroeien. Ambrose, Faustina en Marguerite *gloeiden* van optimisme. Dat gold niet voor Mary Giles en Paul Miki, de magere stuurse pubers die achter hen stonden.

Helemaal achteraan stonden een paar langharige, bebaarde chagrijnige vleesklompen in zwarte t-shirts. Ondeugende meisjes op torso's als regentonnen schreeuwden: *Vaderschapstest overbodig.*

Japhet en Ahab Dement hadden tweelingen kunnen zijn. Moe zou ze een rol hebben gegeven als *kwaadaardige* tweelingen. Achterlijke gedegenereerde varkensboeren die vanuit het struikgewas in de heuvels hun slachtoffers bespringen in zo'n horrorfilm waarin het gelukkige gezinnetje verdwaalt in het onherbergzame achterland.

Japhet zwaaiend met de kettingzaag en Ahab met enterhaken. Je hoefde er hun namen niet eens voor aan te passen.

Moe klikte een hele tijd voordat hij de foto van Ax vond die Aaron had beschreven. Jep, *Ahab, 'Ax' Dement, zoon van regisseur Lem*, leek inderdaad te proberen zich tussen Mason Book en een lange, uitgehongerde blonde, die elkaar stevig vasthielden, in te dringen.

Nog een halfuur zoeken leverde iets op dat Aaron was ontgaan: Mason Book was door een van de gratis weekbladen gespot in een club die Ant heette, bij een optreden van de band van Ax, Demented. De aanwezigheid van de acteur werd gezien als het meest noemenswaardige van een 'treurig voorspelbare poging een kruising tot stand te brengen tussen Metal en Emo, die zo spannend was als een krop sla en deed verlangen naar prozac'.

Het stuk was drie weken voor de verdwijning van Caitlin gedateerd. Moe zocht naar informatie over de band. Niets. De club, idem.

Hij meldde zich aan bij de zoekmachine van de LAPD, voerde zijn wachtwoord in, werd toegelaten, en vroeg DOJ, NCIC en alle andere satellieten van de Grote Agent In de Hemel wat ze wisten over Ahab Dement. De dienst voor wegverkeer wist te melden dat zijn tweede voornaam Petrarch was en dat hij drie keer was beboet voor te hard rijden en zes keer voor foutparkeren, allemaal met een Dodge Ram pick-up die geregistreerd stond op een adres in Solar Canyon in Malibu.

Als Ax echte misdrijven op zijn geweten had, was hij tot nu toe de dans ontsprongen.

Het teleurstellende resultaat veroorzaakte een golf van vermoeidheid. Moe keek nog een keer bij Liz, zag jachtige bewegingen achter haar oogleden en een vage glimlach om haar mond. Ze droomde op topsnelheid, misschien wel over hem. Hij ging op de vloer zitten en keek een tijdje naar haar. Toen, terwijl kettingzagen en enterhaken door zijn hoofd spookten, dekte hij haar voeten toe, dimde het licht en ging de deur uit.

18

De heer Dmitri vouwde zijn leesbril dicht en liet hem in het borstzakje van zijn overhemd glijden bij Aarons overzicht van gemaakte onkosten. Hij nam een hap van zijn kebab pita en keek Aaron onderzoekend aan.

'Ik zou willen dat ik meer te melden had, meneer, maar dit soort zaken gaat traag.'

'Russische treinen gaan traag, Meneer Fox. Soms komen ze niet aan op hun bestemming.'

'Deze trein wel.'

Dmitri nam door een rietje een slok van zijn sinaasappelsap. Aaron bekeek zijn eigen lunch. Stond op de rekening als een hamburger, zag eruit als een hamburger, dus wat kon er mis zijn? De kruiderij klopte niet: iets van komijn of zo. Het rook als de klerenkast van een oude man.

Dmitri's secretaresse had hem om zeven uur 's ochtends gebeld om een lunchafspraak te maken voor haar baas. In een tent die Ivan's heette, Burbank Boulevard, North-Hollywood.

Aaron had een goed pak aangetrokken omdat hij verwachtte dat het een tent was waar Russen elkaar ontmoetten, kerels met dikke stierennekken, in leren jasjes die luisterden naar balalaikamuziek en zich tegoed deden aan blini's, kaviaar, en wat dat soort kerels nog meer allemaal lekker vond.

Ivan's bleek een afhaaltent voor falafel te zijn met twee banken buiten waar je op kon zitten. Aaron had nu uitzicht op een parkeerplaats vol duivenstront, waar het een komen en gaan was van oude roestbakken. Het was heet en de lucht was slecht, het rook als door een met snot verstopte neus.

De goeie, ouwe Valley. Hij vroeg zich af of Moe hier wel eens at. Neu, niet gezond genoeg.

Dmitri zei: 'Je denkt dat die acteur er iets mee te maken zou kunnen hebben.'

'Het is de moeite van het uitzoeken waard.'

'Omdat je verder niets hebt.'

'De timing van de zelfmoordpoging en het feit dat het vriendje nu voor Book werkt, zet je aan het denken.'

'Misschien de acteur, en *misschien* Dements zoon. *Misschie*n is de zoon wel net zo'n fanatieke kwezel als de vader.'

'Dat zou me niets verbazen,' zei Aaron.

'Maar misschien is dat niet relevant. Het meisje was blank.'

'Op dit punt is het moeilijk te zeggen wat wel en niet relevant is.'

Dmitri kauwde smakkend. Er liep een straaltje speeksel langs

zijn kin dat hij afveegde. 'Vijfhonderd dollar voor "Speciale Communicatie".'
De omkoopsom voor die glibber O'Geara bij het mobiele-
telefoonbedrijf. Een zakelijke relatie van twee jaar en de
schooier gooit zijn tarief met vijftig procent omhoog.
Het excuus: dat ze Mario Fortuno hadden gepakt, had alles
'naar een nieuw risiconiveau getild'.
Aaron zei: 'Ik denk niet dat u de details wilt weten.'
Dat amuseerde de heer Dmitri. 'Maak je gebruik van KGB-
tactieken?'
Aaron lachte. Dmitri's mollige wijsvinger gaf een duwtje tegen het vetvrije papier onder de hamburger van Aaron.
'Houd je niet van door en door Amerikaans voedsel?'
'Het is fantastisch.' Aaron nam een hap om zijn bewering
kracht bij te zetten en beloonde zichzelf met de smaak van
schimmelend wasgoed. 'Heeft meneer Frostig nog met u gepraat sinds ik met de zaak ben begonnen?'
'Nee, hoezo?'
'Ik zou hem voorlopig buiten het circuit houden – hem geen
details vertellen.'
Dmitri fronste zijn wenkbrauwen. 'Verdenk je hem ergens
van?'
'Nee meneer, ik wil alleen voorzichtig zijn. Om de waarheid
te zeggen vond ik hem, toen ik met hem praatte, bijna ambivalent. Alsof hij niet precies wist wat hij er nu van moest
vinden dat de zaak weer werd opgerakeld. Uit ervaring weet
ik dat dat een ongebruikelijke reactie is.'
Dmitri zette zijn vingers als een dakje tegen elkaar. 'Oké, we
houden hem buiten het circuit.' Klein glimlachje. 'Circuit,
hè? Cirkel? Misschien wordt die cirkel wel een parabool. Of
een hyperbool. Of een reeks van Fibonacci.' Hij stond op,
waggelde naar zijn Volvo en reed snel weg.
Liet Aaron achter om de rommel op te ruimen.

Merry Ginzburg had met Aaron afgesproken dat zij hem zou
ontmoeten in een restaurant aan Hillhurst, in de buurt van
haar kantoor in de ABC-studio aan Prospect. Hij was er op
tijd. Een kwartier later was ze nog steeds niet komen opdagen.

De ambiance in de Food Tube compenseerde meer dan genoeg het van zichzelf bewuste kijk-mij-eens-hip-zijn-gevoel dat Ivan's ontbeerde. Appelgroene wanden, ingelegd met glazen tegels, helden onder vreemde hoeken over. Het plafond was van rood vinyl, de vloer van geelgroen beton. Aaron had het gevoel alsof hij zich in de ingewanden van een reusachtig reptiel bevond.

Uitgemergelde, in het zwart geklede obers stonden op een kluitje bij elkaar in een hoek en probeerden drie vrouwen van middelbare leeftijd te negeren die eten te lijf gingen dat eruitzag alsof het al een tijdje op de composthoop had gelegen. Aaron vormde samen met het drietal de voltallige bezetting voor de lunch.

Niemand was toegeschoten om hem een tafel te wijzen, dus zocht hij een tafeltje uit in een hoek, wachtte vijf minuten tot een roodharige van één meter vijfentachtig zich verwaardigde zijn kant op te komen. Ze trok een grimas toen hij muntthee bestelde.

'Is er iets mis?'

'Ik heb een hekel aan al dat soort spul.'

'Thee,' zei hij.

'Ja...'

Het duurde nog eens zeven minuten voordat er een beker heet afwaswater arriveerde. Niet bepaald zijn dag voor cuisine. Hij verveelde zich stierlijk.

Als hij op vrouwenjacht was, deed hij altijd wat verlegen als ze hem vroegen waarmee hij de kost verdiende, en liet de waarheid terloops op een strategisch gekozen moment vallen. Wat hij nooit vertelde was hoeveel tijd hij zat te telefoneren en te kletsen en domweg te wachten op niets.

Hij wilde de deur uit en iets *doen*.

Misschien moest hij vanavond maar iemand opbellen, ergens lekker gaan eten.

Hij probeerde nog steeds te bedenken wie hij zou uitverkiezen als gelukkige, toen Barret O'Geara hem belde vanaf een nummer dat Aaron niet kende.

'Prepaid, wat dacht je? Dat ik sporen achterlaat?'

'Wat ben je te weten gekomen?'

'Dat Mason Book misschien wel sociale problemen heeft.'

'Wat voor soort problemen?'

'Bij zo'n dekhengst,' zei O'Geara, 'zou je verwachten dat hij voortdurend aan het sms'en is en wordt ge-sms't, door dames, door studio's, producers, enzovoort. Het enige wat ik ben tegengekomen in de laatste negentig dagen zijn telefoongesprekken naar MovieLine, Blockbuster en Beverage Warehouse. En o ja, hij belt ook met de mobiele telefoon van de zoon van Dement. Ax, hè? Hak, hak. Ax belt om de haverklap voor afhaalmaaltijden, houdt van Italiaans en Thais. De enige ander waarmee Book vaak contact heeft, is iemand die Rory Stoltz heet. Ik dacht eerst dat dat een vrouw was, maar toen heb ik hem opgezocht omdat hij ook een account bij ons heeft, betaald door de zakelijk manager van Book, trouwens, en zijn tweede voornaam is Jeremy. Alles bij elkaar dus drie jongens die elkaar gezellig bellen. Hebben we het hier over roze?'

Aaron vroeg: 'Hoe vaak praten Book en Stoltz met elkaar?'

'Een keer of twee per dag, soms wel zes keer. Soms laat, drie, vier uur 's nachts. Hé, mag ik het ook weten, Foxy, hebben we het over flikkerlichtjes in de nacht?'

'Wat ben je nog meer te weten gekomen, Barret?'

'Je zegt niks, hè? Dus Book speelt echt voor de tegenpartij en al dat dekhengst-gedoe is flauwekul. Tjonge jonge, je kunt tegenwoordig ook niets meer geloven.'

'Je zit er helemaal naast.'

'Wat is er dan aan de hand?'

'Dat wil je niet weten. Zoek alles op over Rory Stoltz in het afgelopen jaar en bel me zo spoedig mogelijk.'

'Ho, ho, ho,' zei O'Geara. 'In de eerste plaats weet je dat ik nooit verder terugkijk dan negentig dagen, want na negentig dagen wordt alles versleuteld en naar een aparte database op ons hoofdkantoor gestuurd, zodat de Feds iedereen die ze maar willen kunnen bespioneren. En in de tweede plaats gaat een nieuwe stoeipartij je nog eens vijfhonderd kosten.'

'Hou op met die grappenmakerij,' zei Aaron. 'Het hoort allemaal bij dezelfde opdracht.'

'Wie maakt er hier grapjes? Alles wordt hier geregistreerd,

man, het is erger dan bij de CIA. Elke keer dat ik me aanmeld, zet ik mijn baan op het spel. Niet te vergeten mijn blanco strafblad en het daaraan gekoppelde recht om te stemmen bij nationale verkiezingen op de smeerlap van mijn keuze.'

'Zelfde klus, O'Geara.'

'Zeg jij.'

'Honderd erbij, punt.'

'Vijf en ik blijf.'

'Honderdvijftig,' zei Aaron. 'Blijf me piepelen en je kunt het verder schudden.'

'Hoor je dat?' zei O'Geara. 'Het regent niet, dat zijn mijn tranen.'

'Jij je zin.' Aaron verbrak de verbinding.

Drie minuten later was Merry nog steeds niet komen opdagen toen O'Geara van een ander nummer opnieuw belde.

'Twee vijfenzeventig of ik vraag de scheidingspapieren aan en dan kun je alimentatie gaan betalen.'

'Tweehonderd precies en bel me gisteren terug.'

'Twee vijfentwintig en wat dacht je van nu meteen?'

'Heb je het al?'

'Bij twee vijfentwintig heb ik misschien...'

'Voor de draad ermee, Barret.'

'Het is me gelukt om vier maanden terug te gaan, niet vragen hoe, maar het plaatje blijft steeds ongeveer hetzelfde. Op dat moment kreeg Book nog wel eens een telefoontje van CAA, maar het gebabbel van de agent sterft snel weg. Stoltz en Book blijven regelmatig kletsen, en wat denk je? Stoltz belt soms Ahab Dement, ik wist wel dat het om flikkers ging. Want het enige andere nummer dat Stoltz regelmatig belt, is het Peninsula Hotel in Beverly Hills. Ze nemen daar met zijn drieën in de een of andere fraaie suite regelmatig een kijkje in de chocoladefabriek, wedden? Ga ik dit morgen allemaal op internet lezen, terwijl jij ondertussen de informatie doorverkoopt en een Ferrari aanschaft?'

'Nee, en nog eens nee,' zei Aaron. 'Nog één ding, zonder kosten.'

'O ja, zeker...'

'Bekijk het eens op een andere manier, Barret: er komt ze-

venenvijftig jouw kant op, tenzij er iets misgaat met de post.'
'Is dat een dreigement? Ik heb mijn deel gedaan, nu jij nog.'
'Dag, Barry.'
'Dit komt me maar al te bekend voor,' zei O'Geara. 'Waarom krijg ik het gevoel dat je me probeert te belazeren?'
'Er is geen reden om boos te worden, Barry, je hoeft alleen maar iets heel simpels te doen. En omdat je zo snel blijkt te kunnen werken, blijf ik wel even aan de lijn.'
Hij legde de opdracht uit. Vloekend stemde O'Geara in. Net op het moment dat de informatie binnenkwam, stapte Merry Ginzburg het restaurant binnen. Ze zag Aaron en zwaaide naar hem.
Aaron zei: 'De cheque zit in de post.' Hij verbrak de verbinding en schakelde zijn mobiel uit. Toen Merry zijn tafeltje bereikte, stond hij op en kuste hij de lucht aan weerszijden van haar wangen.
Merry was zevenendertig, klein en rond en aantrekkelijk met een luxueuze kastanjebruine haardos en de droevigste blauwe ogen die Aaron ooit had gezien. Ooit was ze verslaggeefster Evenementen geweest voor de *Times*, vervolgens was ze door de tv-dochter ingehuurd om De Industrie te doen. Ze produceerde bij tijd en wijle een roddel om het journaal van een dag met weinig nieuws tot het einde toe vol te maken. Reorganisaties hadden ertoe geleid dat haar contract was afgekocht en over acht maanden afliep. Ze had al tijden niet meer voor een camera gestaan.
Wat het roze trainingspak van Juicy Couture verklaarde, de afwezigheid van make-up en het haar opgebonden met een elastiek.
'Sorry schatje. Plotseling overleg met de jongens in pak.'
'Weer aan het werk?' zei Aaron.
Merry schudde langzaam en treurend het hoofd. 'In tegendeel, ze proberen te beknibbelen op mijn afkoopsom. Kun je je dat voorstellen? Drie maanden onderhandelen en belazerd worden – en nu willen ze helemaal van voren af aan beginnen.'
'Klootzakken,' zei Aaron.
'Waarom voelen sociopaten zich toch aangetrokken tot De

Industrie? Ik weet wel waarom ze dit doen. Ze gaan ervan uit dat ik een advocaat zal moeten inhuren, wat me bakken met geld kost, en dat ik dus wel zal toegeven.' Ze prikte een middelvinger in de lucht en zei: 'Beter nadenken, kloothommels!'
Een roodharige bonenstaak drentelde naar hen toe. 'Alles in orde, mevrouw Ginzburg?'
'Alles is kut. Ik wil graag tonijn op spruiten, medium done, op een volkorenbroodje, geen mayo, geen mosterd, en geen andere rotzooi. Maar ik wil er wel een bakje gebakken stukjes tempeh en sojasaus bij.'
De rooie tuitte haar lippen. 'Dan moet ik even mijn boekje pakken.'
Toen ze vertrokken was, zei Merry: 'Is dat zo moeilijk te onthouden? We hadden naar Mickey D. moeten gaan. En, hoe is het? Wacht, ectomorfje keert terug.'
De rooie zei: 'Oké.'
Merry herhaalde haar bestelling. 'En doe er nog wat avocado bij.'
Toen ze weer met zijn tweeën waren, zei Aaron: 'Ax Dement.'
'Waarschijnlijk een even grote schoft als zijn vader.'
'Waarschijnlijk?'
'Hij staat op geen enkele lijst, Aaron. Hij staat in de wacht, dus waar zou ik me druk om maken?'
Aaron zei: 'In de wacht?'
Merry barstte in lachen uit. 'In de wacht, geparkeerd, tot zijn papa de pijp uitgaat. En dan de erfenis incasseren.'
'Grote erfenis?'
Geen idee, schat, ik speculeer. Papa heeft een half miljard binnen gesleept met die afgrijselijk relizooi. Tenzij hij een hekel heeft aan zijn kinderen, zal hij toch wel wat in hun gretig opgehouden poezelige handjes laten vallen?' Ze keek naar de samenscholing van werkeloze obers. 'Hé, panlatten, ja, jullie! kan er iemand misschien wat *water* brengen?'
Verbaasde blikken. Niemand bewoog.
'*Wa*-ter? H-3-O? O, Jezus.' Ze stond op en goot een glas vol uit een karaf.
De groep samenzweerders fluisterde. Toen de rooie weer uit

de keuken kwam, zeiden ze iets tegen haar. De rooie fronste de wenkbrauwen en kwam op hen af.

'Met of zonder koolzuur, mevrouw Ginzburg?'

'Kraan. En nog meer heet water voor Denzel Washington hier.'

De samenzwering begon te zoemen, alsof er een stekker in een stopcontact werd gestoken.

De rooie staarde Aaron aan.

Aaron grinnikte: 'Ze maakt een grapje.'

De frons op het gezicht van de rooie maakte duidelijk dat ze niet wist wie ze moest geloven.

Merry zei: 'Heet? Wa-wa?'

Toen de vloeistoffen op tafel stonden, zei Aaron: 'Wat weet je van Dement senior?'

'Hij is rijker dan God dankzij die heilige relirotzooi, maar niemand wil met hem werken.'

'Vanwege het antisemitisme?'

'Weet je, liefje,' zei Merry. 'Hollywood is niet door de Ieren gebouwd. Maar los daarvan, als er genoeg te verdienen viel, was er wel iemand geweest die een reden in elkaar had kunnen flansen om zijn volgende film te financieren, ook al heette Dement Hermann Göring. Het probleem met Lem is, dat hij van zichzelf vindt dat hij een *artiest* is. Nu hij bijna bezwijkt onder het geld wil hij *creatief* gaan doen.'

'Niet-commerciële projecten.'

'Idiote projecten, wat ik ervan hoor. Bijvoorbeeld een musical over een druïde. En nog meer pseudodocumentaires over sexy onderwerpen als darminfecties – dat is een grapje, maar dat met die druïde zou best wel eens waar kunnen zijn. Waar het uiteindelijk op neer komt, is dat Dement nu aan het draaien zou zijn, als hij in de afgelopen drie jaar op de proppen was gekomen met iets wat je op de markt zou kunnen brengen.'

Merry's sandwich werd geserveerd, slordig uitgestald op een saai beige bord. De rooie keerde zich om om te vertrekken.

Merry blafte: 'Meer water.'

Het meisje jammerde iets onverstaanbaars.

'H-3-O?' vroeg Aaron.

'Grapje voor ingewijden, schat. Zwaar water, dat gebruiken ze in kernreactoren. De suggestie is dat ik de zaak hier ga opblazen tenzij ze iemand inhuren met hersens die het doen.'

'Ik ben onder de indruk.'

'Ik heb scheikunde gedaan als hoofdvak, voorbereidende studie op medicijnen aan Duquesne, ongeveer drie dagen. Kwam erachter dat eerlijk werk niets voor mij was. Iedereen zei dat ik een poging moest doen om nationaal te presenteren. Nu gooien de jongens in pak me eruit en zijn mijn vooruitzichten even rooskleurig als die van Lem Dement in Wilshire Temple.'

'Het spijt me,' zei Aaron.

'Misschien ga ik wel terug naar Pittsburgh. Bij de echte mensen wonen.'

'Niet doen, ik zou je missen.'

'Vast en zeker.'

'Kun je me nog meer vertellen over de Dements?'

'Ik ken die kinderen niet, maar het is een akelig stelletje. Kijk maar naar die film. Geweld om het geweld, ingebed in vroomheid. Slechte rolmodellen ook. Het gerucht gaat dat Lem het vrouwtje slaat.'

'Echt.'

'Moet ik het bewijzen?' vroeg ze. 'Ze ziet er wel zo uit, weet je? Alsof ze al jaren lijdt? Een vriend van me die wat camerawerk heeft gedaan voor die rolprent met Jezus, houdt bij hoog en bij laag vol dat hij blauwe plekken in haar hals zag, de enige keer dat ze op de set verscheen. Hij dacht dat ik daar misschien wel wat aan had, maar A, het enige wat ik mocht doen, waren blije nieuwsberichten, en B, zonder iets wat op waterdicht bewijs leek, zouden ze het nooit uitzenden.'

'Huiselijk geweld,' zei Aaron. 'Interessant.'

'Ik haat die term. Het klinkt alsof het huis op je in timmert. Hij molesteert zijn vrouw, Aaron.'

'Ze heeft wel zeven kinderen van hem.'

'Als je het over waanzin hebt.' Ze knabbelde aan haar sandwich.

Aaron zei: 'Mason Book.'

Merry hield op met kauwen. 'Meneer, nu raak ik geïnteresseerd.'

'Waarom?'

'Book is een verknipte junkie, maar in principe moet hij zich nog steeds terug kunnen manoeuvreren op de A-lijst. Zo veel charisma, en hij kan echt acteren. Wat gebeurt er allemaal, Aaron? Iets krankzinnigs tussen hem en die jongen van Dement? Iets spannends wat ik als springplank kan gebruiken om weer terug te keren in het onbeschaafde wereldje?'

'Nog niet, Mer.'

Ze legde haar sandwich neer. 'Aaron, dit is een rottijd voor me. Ze behandelen me als een klodder spuug, mijn pensioenvoorziening is onvoldoende omdat ik dacht dat het nooit zou ophouden, en ik heb al zo lang geen man meer uit de kleren gezien dat ik de roompot net zo goed zou kunnen afplakken. Mijn ouders zouden het prachtig vinden als ik terugkwam naar Pittsburgh, want dan kunnen ze me eindeloos om de oren slaan met *heb-ik-het-niet-gezegd*. Als je zit te broeden op iets groots, dan *moet* je me inseinen.'

Aaron roerde in zijn thee. 'Er valt niets te vertellen.'

'Maar dat komt misschien wel.'

'Mogelijk.'

Ze pakte hem bij zijn mouw. 'O heer, geef me een hint. Je weet dat ik discreet ben.'

Aaron had Merry's vermogen geheimen te bewaren drie keer getest met valse sporen. Twee keer was ze voor de test geslaagd, één keer gezakt.

'Er is echt niets, het is nog veel te vroeg. Als er iets boven komt drijven, ben jij de eerste die er weet van heeft. Ik zweer het.'

Haar greep op zijn arm verstevigde. 'Eerste is niet goed genoeg. Ik moet de *enige* zijn. Je moet me exclusiviteit beloven. Dat heeft me toen met dat beroemde domme blondje een maand lang bonuspunten bezorgd.'

'Afgesproken,' zei Aaron.

Haar greep verslapte en haar hand viel terug op het tafeltje. Ze fluisterde: 'Kun je me niet een kleine hint geven?'

'Als jij meer kunt ontdekken over wat Book en Ax Dement samen hebben, zonder opzien te baren, heb ik misschien wel meer dan een hint voor je.'

'Book en Dement,' herhaalde ze, alsof ze dat uit haar hoofd leerde. 'Dat moet over drugs gaan. Want Book is nog nooit een drug tegengekomen die hij niet lekker vindt, en aangezien Dement in de wacht staat en dus niets te doen heeft, alleen maar vrije tijd, is het waarschijnlijk dat hij rookt, snuift, spuit en wat dan ook, om maar niet van verveling dood te gaan.'

Aaron zei niets.

Merry glimlachte. 'Oh, Denzel,' zei ze, terwijl ze haar stem luider liet klinken. 'Wat ben je toch zwijgzaam en sterk.'

In het hoekje huiverde het bedienende personeel van verwarring.

19

Moe at rauwe groenten, luisterde naar de politieradio en hield het begin van Swallowsong Lane in de gaten.

Het was elf uur 's avonds. Hij was er al vanaf het moment dat het donker was geworden, voor een lange wacht gekleed in een ruim sweatshirt en een ruime joggingbroek, zijn bruine corduroy autojack bij de hand voor het geval hij zijn wapen moest verbergen.

De kans dat het zo opwindend zou worden, was klein. De afgelopen drie uur was er maar één auto in de richting van het bord DOODLOPENDE WEG gereden. Een bleekblauwe Prius met een ongeconcentreerde brunette van in de veertig met een paardenstaart, die mobiel zat te bellen. Moe had de wagen zien staan op de oprit van een naburig huis, dus er was geen verband met het huis boven op de heuvel.

De oproepen op de politieradio waren van het gebruikelijke soort: 415-verstoringen van de openbare orde, inbraakalarm dat waarschijnlijk vals was, een paar aanhoudingen in het verkeer die assistentie vereisten, omdat controle arrestatie-bevelen en onbetaalde boetes opleverde.

Een diep, grommend gerommel van het kruispunt deed hem de radio uitschakelen. Een zwarte Dodge Ram pick-up kwam langs Swallowsong Lane omlaag, negeerde het stopbord en reed met behoorlijke snelheid Moe voorbij, voordat hij het kenteken had kunnen noteren of had kunnen zien wie erin zat. Maar merk, model en kleur pasten allemaal bij het vehikel van Ax Dement.

Agressieve brok metaal, hoog op de poten boven oversized wielen met zwarte randen. Aan het geluid van de motor te horen, was er nadat het vehikel de showroom had verlaten, behoorlijk aan gesleuteld. Nou niet bepaald een standaard-voorbeeld van het soort vervoermiddel dat ze in De Industrie graag zagen, maar in dat familieportret had Ax zich ook ge-presenteerd als een debiele varkensboer.

De pick-up was al een hele tijd uit het zicht verdwenen, maar Moe kon hem nog steeds horen. Hij kon kiezen, erachteraan of blijven wachten of toevallig Mason Book ook nog voor-bij zou komen tuimelen, ofwel in zijn eentje, of met Rory Stoltz aan het stuur.

Wat dat betreft zou Book net zo goed op dit moment op de passagiersstoel naast Ax Dement kunnen zitten, als trouwe makker. Maar als dat zo was, waren ze niet op weg naar een club, de Ram zou aan de westkant veel te veel aandacht trek-ken.

Gingen Book en Ax stappen in de achterbuurten?

Op zoek naar een op niets verdachte vrouw voor een beetje collectief plezier?

Er was geen enkele aanleiding om dat te geloven, maar Moe draaide niettemin de contactsleutel om.

Tegen de tijd dat hij Sunset bereikte, was de weg dichtge-slibd met verkeer. Iedereen was veel te opgefokt om hem er-tussen te laten. Hij hield in en vervloekte zijn besluiteloos-heid. Toen werd zijn aandacht door een uitbarsting van claxons en geschreeuwde verwensingen naar de bron van de opstopping getrokken: de zwarte Ram stond vijf meter verderop, haaks op de weg en blokkeerde al het verkeer in oostelijke richting.

Makkelijk genoeg om te reconstrueren wat er was gebeurd. De pick-up had zich brutaal een weg gebaand door het langzaam rijdende verkeer, maar was blijven steken toen het licht op rood sprong.

Het licht sprong op groen.

Alle auto's aan de oostkant van de pick-up trokken op, maar de Ram verroerde geen vin en blokkeerde alles wat verder naar het westen stond.

Nog meer ongeconcentreerd mobiel bellen? Nee, daarvoor duurde het te lang.

Ook geen motorpech bij de pick-up, je kon de Ram horen grommen.

'Wegwezen, klootzak!'

'Schiet op, lulhannes!'

'Riiijden!'

Getoeter van claxons. Een stomme actie van Ax als Mason Book naast hem zat.

Tenzij Book zo stoned was dat het hem niets kon schelen.

Of misschien vond hij al die aandacht wel leuk.

Het getoeter werd oorverdovend. Het grote licht van de Ram flitste twee keer aan en weer uit. Een onbeschaamd geval van *krijg de tering*.

Nog meer lawaai. Het raampje aan de bestuurderskant van de Ram ging omlaag en een zware, getatoeëerde arm schoot omhoog met een uitdagend gestrekte middelvinger.

'Klootzak!'

'Wat mankeert jou?'

Een zwarte gigant in een blauw, fluwelig joggingpak klom uit een Infiniti en liep naar de pick-up. Moe klikte zijn gordel los en legde één hand op zijn 9 mm, de andere op de portierkruk. De motor van de Ram ronkte een paar keer en toen spoot de wagen weg.

De zwarte man keek hem met open mond na. Toen begon iedereen naar hem te toeteren. Chagrijnig drentelde hij terug naar zijn auto en reed weg. Een paar seconden later bewoog alles op Sunset weer en was de Ram uit zicht.

Het kostte Moe moeite om een zich een plekje te veroveren in de stroom gelukkige, zich voortspoedende automobilisten. Pas tegen de tijd dat hij een snelheid van dertig kilometer had bereikt, zag hij de pick-up – bijna twee straten verder, maar gemakkelijk te vinden dankzij het verhoogde chassis en de grote wielen.

Hij wisselde een paar keer van rijbaan, haalde in tot hij uiteindelijk nog maar drie wagens van de Ram verwijderd was. Die afstand hield hij aan.

Hij stopte een wortel in zijn mond en kauwde op het ritme van zijn hartslag.

De pick-up bleef het hele eind door Hollywood en tot ver in Echo Park op de boulevard, reed langs de donkere huizenblokken met opgedirkte handeltjes die zich voordeden als antiekwinkels en de dubieuze boetieks die tekenend waren voor het voorzichtige herstel van de buurt. Wasserettes, latinobars en drankwinkels bevestigden dat het verleden nog niet voorbij was. In de verte wenkte het verlichte blokkenpatroon van de skyline van downtown.

Zo ver naar het oosten was het rustiger op Sunset. Moe nam wat meer afstand. Verstandig, want de Ram schoot plotseling aan de kant en parkeerde. Moe deed zijn lichten uit en stuurde naar de stoeprand vlak voor de vorige zijstraat. Hij pakte zijn verrekijker en richtte hem op de Ram.

Lastig om iets te zien in het donker. Een infrarode kijker uit de dump zou handig zijn geweest, van het voormalige Sovjetleger, zoiets als Aaron ongetwijfeld had.

De Ram stond daar roerloos, op dezelfde manier als toen hij even een chaos had veroorzaakt op de Strip.

Moe verkende het terrein. Rustig huizenblok, veel panden met luiken voor de ramen, één etablissement dat open was, vrijwel bij de volgende zijstraat, herkenbaar aan een veeg groen neonlicht. Hij stelde er de kijker op scherp en zag de contouren van een uithangbord.

THE T LL TALE in sputterend rood. Slecht onderhoud van de lampen, een typisch voorbeeld van een goedkope kroeg.

Als Mason Book als passagier in de pick-up zat, rekende hij

er dan op dat hij daar niet herkend zou worden? Riskant. Hij liep er ook de kans dat de een of andere dronkenlap met zijn vuisten begon te maaien.

Misschien was degene die in de pick-up zat, wie dat dan ook was, wel helemaal niet van plan uit te stappen en had hij alleen maar een afspraak om drugs op te pikken.

Als de prooi wel naar binnen ging, kon Moe er dan wel achteraan gaan? Hij dacht er even over na en besloot dat hij er precies de juiste kleren voor aan had. Wat Aaron 'Moe's zondagse L.A.-straatkostuum' noemde, paste er waarschijnlijk een stuk beter dan die veel te dure Italiaanse garderobe van Aaron.

Maar kleren waren maar een deel van het probleem. Zijn spieren en zijn gezonde voorkomen zouden opvallen. Hij zou wat gebogen moeten lopen, schuifelen, zijn armen moeten laten hangen zodat zijn schouders smaller zouden lijken, een beetje binnensmonds moeten praten, alsof de kroeg niet zijn eerste halte van die avond was.

Al die overpeinzingen verloren in één keer hun betekenis toen twee mensen uit de kroeg naar buiten kwamen en naar de pick-up liepen. Een groot iemand en een kleiner iemand.

Toen ze dichterbij kwamen, werden er details zichtbaar. De kleine had lang haar en onmiskenbaar vrouwelijke rondingen. De grote slofte met afhangende schouders.

Ze bereikten de pick-up en praatten kort met degene die erin zat. Daarna liepen ze verder in de richting waar Moe stond. Ze liepen Moe voorbij en wierpen een blik op hem.

Zij droeg strakke kleren, hij ruimvallende. Zij zwaaide met een minuscuul tasje, liep met slingerende heupen, een beetje theatraal. Ze stopten bij een kleine auto die drie wagens achter Moe geparkeerd stond. De man deed er lang over om een bos sleutels uit zijn zak te halen, liet ze vallen en vloekte zo hard dat Moe het kon horen.

Na verloop van tijd waren beiden in de auto beland en waren de lichten van de zwarte pick-up aangesprongen.

De kleine auto, een donkere Corolla, reed als eerste weg, het hele eind tot aan de eerstvolgende zijstraat zonder licht. De Ram kwam los van de stoeprand, trok op tot hij bijna bumper aan bumper achter de Corolla reed en bleef volgen op korte afstand.

De slingerende rijstijl en het vergeten zijn licht aan te doen waren duidelijke tekenen van rijden onder invloed. Moe hoopte dat er geen patrouillewagens in de buurt waren, hoopte maar dat de man niemand zou overrijden zodat Moe zich de rest van zijn leven schuldig zou moeten voelen omdat hij hem zijn gang had laten gaan.

De pick-up en de auto reden naar Downtown, maar stopten een klein eindje voor het grote lichtspektakel. Ze gingen Hollywood Division uit en Rampart in, het speelterrein van Midden-Amerikaanse bendes, waar de kans op verdwaalde kogels en nog meer slecht nieuws erg groot was.

De Corolla reed een parkeerterrein op van iets wat het Eagle Motel heette. De Ram reed erachteraan.

Opnieuw een haperend uithangbord, dit keer een gebarsten plastic paneel met een amateuristisch geschilderde, wrede roofvogel. Eerder een gier dan het nationale symbool van de vs. Om het nog erger te maken liep de barst door de snavel van de vogel, wat het geheel belachelijk maakte. Kleinere uithangborden beloofden kabel-tv en films op verzoek.

De opzet was standaard: een tiental kamers aan een parkeerterrein in de vorm van een u. Een portier met een donkere huid zat in een fel verlicht kantoortje. IJzeren tralies voor de deur, maar voor Moe maakte al dat felle licht een honderd procent schietschijf van de man.

Ax Dement klom uit de Ram, maar aan de andere kant kwam er niemand uit.

Dement liep er net zo bij als op het familiekiekje, als een boerenkinkel die van geen kanten deugde: houthakkershemd, spijkerbroek en motorlaarzen. De mouwen opgerold tot de ellebogen, zodat zijn bonkige volgeïnkte armen zichtbaar werden. Vettig haar dat in zijn nek bij elkaar kwam in een klein paardenstaartje. Een volle, ongetemde baard onder een neus die eruit zag alsof hij iemands vuist had aangevallen. Een grote kerel, net als zijn vader.

Dement junior sjorde zijn broek op en waggelde naar het kantoortje van het motel, drukte op een knop, trok het ijzeren hek open, daarna de deur en kwam een seconde later al weer naar buiten met een sleutel die aan een ketting slingerde. Snelle transactie. Vaste klant?

Ax Dement knikte naar de Corolla, die Moe nu goed kon zien: modderig bruin, op meerdere plaatsen gedeukt, op sommige plekken bijgewerkt met primer. Hij schreef het kenteken op terwijl Dement een sigaret aanstak en naar een kamer aan de noordelijk poot van de U liep.

De verste kamer van de tien, de hoekkamer die in het donker lag.

De twee van de Corolla stapten uit.

De vrouw had getoupeerd, opgestoken donker haar en een grof, afgeleefd gezicht. Ze was halverwege de dertig, blank, één meter zestig op naaldhakken. Wit topje, korte rode rok, tasje van zwart lakleer. Gigantische rode oorringen die naast een wat vierkant gezicht bungelden. In grote lijnen had ze geen gek figuur, maar een beetje mollig en flubberig hier en daar. Iemand die er jarenlang haar best voor had gedaan, maar nu de strijd had opgegeven.

Ze ging met een vinger over haar lippen, duwde wat tegen haar haar en wiebelde een keer met haar achterste, wat door haar begeleider niet werd opgemerkt, want die was in een gevecht gewikkeld met een pakje sigaretten.

Hij was ouder. Veertig, vijfenveertig. Blank, één meter vijfenzeventig of iets meer, mager, met uitzondering van een bierbuikje. Kaal boven op zijn hoofd, maar het haar aan weerszijden van zijn hoofd was lang en golfde over zijn schouders. Zijn gezicht dat je onmiddellijk weer zou vergeten, zonder kin, veranderde door een borstelige snor in een boeventronie. Een belachelijk groot oversized wit T-shirt hing als een tent over een afzakkende spijkerbroek. Moe vroeg zich af of hij niet de enige was die een wapen te verbergen had.

De man stak een sigaret aan en liep naar de kamer die Ax Dement binnen was gegaan. De vrouw volgde, wankelend op het ongelijke asfalt. Op een bepaald moment struikelde ze en maaide ze wild om zich heen om overeind te blijven. Haar metgezel had het niet eens door.

Moe haastte zich uit zijn Crown Vic en zocht een plekje zo dicht bij de kamer als maar mogelijk was zonder dat ze hem zouden zien.

Ze klopten niet aan, ze liepen gewoon naar binnen. Even straalde het licht naar buiten voordat de deur dichtging.

Standaard drugsfeestje voor hoer-pooier-klant?

Moe nam het risico en draafde naar de Ram.

Geen passagier. Dus een avondje stappen aan de zelfkant behoorde niet tot de plannen van Mason Book voor vanavond.

Misschien woonde Book wel helemaal niet in dat huis aan Swallowsong Lane. Dat was het honk van Dement Junior, het zoveelste broedsel in De Industrie dat door papa onderhouden werd.

Misschien was die magere die Aaron uit ColdSnake had zien komen, wel helemaal niet Mason Book – alhoewel, nee, dat sneed geen hout, Stoltz werkte voor Book. Waarom zou hij iemand anders midden in de nacht ergens naartoe rijden?

Misschien was Stoltz *vannacht* wel aan het werk, was hij aan komen rijden om Book op te pikken pal nadat Moe daar was weggereden.

Misschien had het allemaal niets te maken met Caitlin Frostig.

Hij liep terug naar zijn auto en liet het kenteken van de Corolla natrekken zonder er iets van te verwachten.

Tot de informatie op het scherm van zijn mobiele terminal verscheen en hij een ijskoude golf adrenaline door zijn aderen voelde stromen, de opwinding als een naald in zijn hersens priemde.

Nog een paar toetsaanslagen verder pompte zijn hart het bloed rond alsof hij al dertig kilometer van een marathon achter de rug had. Hij onderdrukte de onbedwingbare lust om te *slaan*.

20

Ax Dement verliet het motel als eerste, na tweeëndertig minuten feestvieren.

Moe, één brok onrust, zag hem vertrekken en besloot te wachten tot het stel zou vertrekken.

Hopend dat er een stel zou vertrekken. Tegen de achtergrond van wat hij had ontdekt. Over schuld gesproken...

Tot zijn opluchting zag hij de vrouw naar buiten stappen terwijl ze haar haar bij elkaar bond in een paardenstaart hoog op het achterhoofd. Ze liep rechtstreeks naar het kantoortje van het motel, werd binnengelaten zonder dat ze op de bel hoefde te drukken. Eenmaal binnen legde ze een hand op de schouder van de portier, glimlachte, hurkte en verdween uit het zicht.

Het licht ging iets minder dan drie minuten uit. De vrouw verliet het kantoortje, terwijl ze haar nek masseerde en wachtte bij de Corolla tot haar metgezel verscheen.

Hij wankelde naar de auto. Ze wreef over zijn kale hoofd en ze stapten in. De Corolla hobbelde van het parkeerterrein en sloeg rechts af Sunset op.

Opnieuw vergat de idioot zijn licht aan te doen. Dit keer waren ze drie straten verder voordat hij bij zinnen kwam.

De idioot had een naam, met dank aan de mobiele terminal van Moe.

Raymond Allison Wohr.

Op straat bekend als *Ramone W.* Elke klojo beschouwde een bijnaam als een onvervreemdbaar recht.

Blank, mannelijk geslacht, één meter achtenzeventig, tweeëntachtig kilo, bruin, en bruin. Een geboortedatum waaruit je kon afleiden dat hij zevenendertig was, een adres in La Puente dat waarschijnlijk al lang niet meer klopte.

Ietsje jonger dan Moe had gedacht, maar dat was geen verrassing, gezien Wohrs achtergrond.

De terminal had een strafblad van twaalf pagina's geproduceerd, nog exclusief het verzegelde deel dat betrekking had op alles wat hij had uitgespookt toen hij minderjarig was.

Bijna twintig jaar arrestaties, meestal drugs. Heel veel bezit van wiet, een paar keer met de bedoeling te verkopen, veel pillen, cocaïne, een aanklacht wegens bezit van heroïne die ergens was gestrand. Wohr had heel wat tijd in de cel doorgebracht in voorarrest, wat betekende dat hij maar een kleine jongen was op de markt en dat niemand zich genoeg voor hem interesseerde om een borg voor hem te betalen.

Ondanks dat haalde hij een aardige score en was het aantal veroordelingen en vrijspraken min of meer in evenwicht. Die veroordelingen hadden hem met enige regelmaat kennis laten maken met het interieur van diverse filialen van het penitentiaire systeem in Californië, waar Wohr was beoordeeld als een mogelijke sympathisant van de Aryan Brotherhood, maar niet als lid van de bende. Wat betekende dat de bende hem niet wilde omdat hij te stom, te onvoorspelbaar of te laf was, maar hem wel gebruikte voor stinkklusjes.

De Corolla stond op naam van Arnold Bradley Wohr, die twee jaar ouder was. Zelfde adres in La Puente, geen strafblad.

De oudere, gezagsgetrouwe broer die zijn roestbak uitleende aan Ray omdat hij medelijden had, uit loyaliteit, of zo?

Jammer, Arnie, je mag dan gezagsgetrouw zijn, je hebt jezelf zo wel heel kwetsbaar gemaakt.

Op het lijstje met verkeersovertredingen van Raymond Wohr stonden een paar snelheidsovertredingen, een drietal keren dat hij een stopbord had genegeerd, wat onbenullig gedoe over papieren in La Puente, wat waarschijnlijk afkomstig was van een lokale dienstklopper die wist dat Ramone een loser was en hem zo veel mogelijk pestte.

Boven aan de lijst stond welgeteld vier keer rijden zonder licht en twee keer onder invloed, waarbij Wohr beide keren de dans was ontsprongen.

Alsof hij het daarmee nog niet druk genoeg had gehad, was Ramone W er ook nog in geslaagd een hele reeks kleine winkeldiefstallen te plegen, het soort grijpstuiver jatten waarmee een aan lager wal geraakte junkie zijn chemische experimenten financierde.

En nu baatte hij uitgewoonde tippelaarsters uit onder de rijkeluiszoontjes van Hollywood.

Moe rekende uit hoeveel van de zevenendertig jaar die Wohr achter de rug had, waren doorgebracht achter tralies, en kwam uit op iets meer dan veertien jaar, jeugddelinquentie niet meegerekend. Typisch voorbeeld van een draaideurcrimineel. Het werd pas interessant als je keek naar de laatste bemoeienissen van het justitiële apparaat met Wohrs activiteiten.

Acht maanden eerder was hij opgebracht door Moordzaken in Hollywood, door Petra Connor en Raul Biro, klein wereldje bij de politie, omdat ze dachten dat hij van belang was voor de moord op een vrouw die Adella Bertha Villareal heette.

Er waren geen aanklachten tegen hem opgesteld, en voor zover Moe kon nagaan, was de zaak niet gesloten.

Het lichaam van Adella Villareal was gevonden drie maanden voordat Caitlin Frostig het duister instapte en in het niets oploste.

Er waren grenzen aan wat de computer hem kon vertellen. De details die hij nodig had, stonden in een blauw moorddossier in Hollywood. Hij zou Petra morgenvroeg bellen. Voorlopig volgde hij het illegale voertuig van Wohr op Sunset naar het westen. Dit keer reed de Corolla de boulevard bij Virgil voorbij en draaide naar het noorden, naar Franklin, en vervolgens linksaf.

Terug in Hollywood, de stillere, oostelijke zelfkant van het district, waar Europese toeristen soms terechtkwamen in enge, verlaten zijstraten in de hoop een glimp op te vangen van iemand als Mason Book, al was de kans dat ze er iemand als Raymond Wohr zouden tegenkomen, een stuk groter.

Genoemde schurk stopte voor een goedkoop appartementencomplex op de hoek van Taft en Franklin en liet zijn hoererende vriendin uitstappen. Ze keek kwaad terwijl ze Wohr de rug toekeerde. Ging het gebouw in, terwijl Moe het adres noteerde.

Wohr reed verder naar het zuiden langs Taft, parkeerde iets voor Hollywood Boulevard, sjokte met gebogen hoofd en zijn handen in zijn zakken, zonder omwegen naar een bar die niet veel leek te verschillen van de T ll Tale.

BOB'S EVENING LOUNGE.

Goedkope deur van multiplex, roodgeverfd, patrijspoort als venster.

Beetje nautisch? Echo's van Riptide?

Moe keek toe terwijl Wohr een sigaret opstak. Ramone W gooide de lucifer op het trottoir en duwde de deur open.

Twee minuten later stond Moe ook binnen, achterin aan een kleverige gelakte bar, met een Bud, te staren naar bierviltjes met opschriften van allang failliete casino's in Las Vegas, gevangen in de lak als insecten in barnsteen.

Het gezelschap drinkebroers bestond uit een zestal dronkenlappen dat al een aardig stuk in de kraag had. Zeven, Raymond Wohr meegerekend, die over zijn kale kruin wreef en dubbele bourbons achterovergooide. Op een groezelige tv was een politieserie te zien. Een gore pooltafel, waar je geld in moest gooien om te kunnen spelen, met een gerimpelde viltlaag, had geen spelers weten aan te trekken. Wohr rookte de ene sigaret na de andere en probeerde de politieserie te volgen op momenten dat hij zijn ogen open kon houden. Op het scherm intimideerden rondborstige blondines zware jongens die eruitzagen als obers in het Ivy; iedereen hield zijn wapen in de meest vreemde poses vast met twee handen, en riep om de haverklap 'plaats delict' en 'forensisch'.

Moe's bier smaakte waterig en zuur. Hij liet het staan terwijl hij steelse blikken wierp naar Ramone W. Van dichtbij zag Wohr er heel wat ouder uit dan zevenendertig, het lange haar was hier en daar grijs. Hij had een pokdalige huid, de gezwollen neus van een dronkenlap, zware wallen onder zijn uitgebluste ogen.

Het duurde vijftien minuten voordat de spons klaar was met drinken. Gedurende die tijd had hij met niemand gepraat en had niemand hem aangesproken. Zes dubbele bourbons, terwijl Moe het idee had, dat hij al beschonken was toen hij de kroeg in ging.

Toch slaagde hij erin op de been te blijven en de deur bij zijn tweede poging open te krijgen.

Moe gooide geld op de bar en stond weer net op tijd buiten op het trottoir om te zien dat Wohr hetzelfde aftandse appartementencomplex binnenging, waarin eerder de vrouw met het witte topje was verdwenen.

Pooier spelen voor zijn vriendin. Een man met een stralend karakter.

Hij reed terug naar bureau West-L.A. Division, waar de uitgestrekte recherchezaal leeg was op de ene rechercheur na die nachtdienst had, Edmund Stickley. Edmund Stickley was met papierwerk bezig en had daarvoor van alle lege bureaus uitgerekend Moe's bureau uitgekozen.

Moe had een paar keer met hem gepraat. Het was een van die wat oudere *burn-outs* die het liefste vlak voordat hun dienst erop zat, een zaak aannamen, zodat ze hem konden doorschuiven naar iemand anders.

Hij zei: 'Reed? Jij had allang in bed moeten liggen.'

'Nightlife ain't no good life,' zei Moe, *'but it's high life.'*

'Willie Nelson,' zei Stickley. 'Al zingt hij "My Life". Moet je aan het werk? Dan ga ik ergens anders zitten.'

'Laat maar, ik heb alleen een beeldscherm nodig.'

Stickley schoof niettemin een bureau op. Moe meldde zich aan bij het uitgebreide telefoonboek en voerde het adres van het appartementencomplex aan Taft in, wat resulteerde in achttien aansluitingen. De naam Raymond Wohr kwam niet voor bij de abonnees van die aansluitingen. Zeven van die abonnees waren vrouw.

Hij begon met het natrekken van de namen in die lijst en had beet bij de vierde.

Alicia Constance Eiger, tweeëndertig, een biografie van twee pagina's met veel aandacht voor drugs en prostitutie.

Blond en bruin op de meest recente boevenfoto die van haar was genomen, bijna een jaar geleden. Een met diepe lijnen doorgroefd gezicht. Het nachtleven, jazeker.

Moe combineerde haar naam met die van het slachtoffer van de moord, *Adella Bertha Villareal*, en zocht ernaar met Google. Helemaal niets. Hetzelfde trouwens voor *Villareal* op zich. De media hadden geen aandacht besteed aan de moord en niemand uit de directe omgeving van het slachtoffer had een website gemaakt.

De criminele databases leverden ook niets op, en evenmin websites voor vermiste personen. Geen makkelijke koppeling naar Caitlin Frostig. Jammer.

Misschien omdat er geen verband was.

Er viel verder niets te doen tot het dag werd. Moe kreeg jeuk van frustratie, maar verliet het bureau en reed naar de oprit van de 405. Veranderde van gedachten en bleef op Pico, naar het oosten, sloeg af, Beverly Glen op naar Sunset, en reed verder naar het oosten.

Terwijl hij voor de tweede keer omhoogreed naar Swallowsong Lane, voelde hij zijn oogleden zwaar worden. Hij stemde af op een hard-rockstation en draaide het volume ver open.

Het werkte allemaal niet. Hij overwoog even langs de kant van de straat te gaan staan voor een dutje, toen felle koplampen hem volledig wakker schudden.

De een of andere idioot kwam recht op hem af. Met grote snelheid reed hij de nauwe straat omlaag en met luttele centimeters ruimte schoot hij langs de Crown Vic.

Moe deed zijn uiterste best een glimp op te vangen van de idioot.

Zilverkleurige Porsche Cabrio. Kap open, portierraampje bij de bestuurder omlaag.

Aarons gezicht was uitdrukkingloos terwijl hij terugschakelde voor de volgende bocht.

21

Toen Moe zes jaar oud was, fluisterde een meisje bij hem in de klas in zijn oor: 'Je broer is een aap.'

Moe was net begonnen in groep 3 en wist niet precies of dit nu hoorde bij het afscheid van de kleuterschool. Hij negeerde het meisje en richtte zijn aandacht weer op zijn rekenboek. Het meisje giechelde.

Later die dag, op het speelplein, bracht ze een oudere jongen mee, misschien wel uit groep 5, naar de plek waar Moses met een bal stuiterde, in zijn eentje, iets wat hij graag deed.

'Dit is *mijn* broer,' zei ze.

De grote jongen grijnsde.

Moe keek om zich heen waar Aaron was. Geen van de kinderen van groep 7 was op het plein.

Stuiter, stuiter, stuiter.

De grote jongen bokste in het niets en kwam dichterbij. Het meisje en hij lachten.

Hij zei: 'Je broer is een *apenikker.*' Hij duwde met zijn vlakke hand tegen Moe's borst.

Moe boog zijn hoofd en viel aan, rondmaaiend met zijn armen alsof hij een machine was. Zijn handen veranderden in keien en zijn benen werden waanzinnig snel schoppende robotbenen die niet meer ophielden.

Plotseling lag de grote jongen op de grond en zat Moe boven op hem, en nog kon hij niet ophouden met bewegen. Hij proefde bloed, maar voelde nergens pijn. Er spoot rood uit de neus van de jongen, samen met snot. De jongen gilde en jammerde. Elke keer als Moe's vuist hem op zijn hoofd trof, of op zijn lichaam, maakte hij een hopeloos geluid, iets in de trant van: O, *nee.*

Er moesten twee leerkrachten aan te pas komen om Moe van de jongen af te trekken. De grote jongen kon alleen maar janken.

In het kantoor van het hoofd van de school raakte Meneer Washington bij Moe een verkeerde snaar. Moe weigerde te praten tot zijn moeder arriveerde.

Hij fluisterde alles in haar oor.

Ze luisterde en knikte en vertaalde het verhaal voor het hoofd.

'Dat is zeker niet goed, mevrouw Reed. Als het inderdaad zo is gegaan.'

'Zo is het gegaan, meneer Washington. Moses liegt nooit.'

Washington, zwart als roet, zo breed als een garagedeur, zei:

'Juist.'

'Geloof me, meneer Washington. Dit is het eerlijkste kind dat u ooit zult tegenkomen.'

Het hoofd keek haar lang aan, en daarna Moe.

'Heeft hij ooit eerder problemen opgeleverd, meneer Washington?'

'Groep 3, mevrouw Reed. Hij zit hier net twee weken op school.'

'Bel de kleuterschool maar op. Moses' dossier is brandschoon. Als hij zoiets als dit doet, moet er wel een heel goede reden voor zijn.'

'Er is nooit een goede reden voor geweld, mevrouw Reed.'

'Ah,' zei mam. 'Ik vraag me af of de demonstranten in Selma, Alabama, daar ook anders over denken. Om nog maar te zwijgen van de joden in het getto in Warschau, de Navajo...'

'Ik geloof niet dat ik behoefte heb aan een lesje geschiedenis, mevrouw Reed.'

'Dat denk ik ook niet en het spijt me als ik arrogant overkom. Maar als dat soort racistische sentimenten gemeengoed is onder uw leerlingen, dan is het niet verrassend als er een soort...'

'Aan onze leerlingen mankeert niets, mevrouw Reed. Laten we niet afdwalen. Moses heeft een jongen tot bloedens toe toegetakeld. Ik geloof meteen dat u hem een brave jongen vindt. Maar ik kan dit geen goed begin noemen. We kunnen onder geen beding welke vorm van fysieke drift dan ook tolereren. Onder geen beding, hoe dan ook.'

'Natuurlijk niet, meneer. En ik zal hem afdoende bestraffen, dat kan ik u verzekeren.'

Mammie straft mij nooit. O, nee.

Moe probeerde haar aandacht te trekken, maar ze bleef meneer Washington aankijken alsof Moe er niet bij was.

Meneer Washington zei: 'Ik denk dat we dit kunnen afdoen met een waarschuwing. Voor Moses, en uw andere zoon.'

'Wat heeft Aaron gedaan?'

'Niets. Nog niet. Ik probeer ervoor te zorgen dat dat zo blijft. Er mag geen sprake zijn van persoonlijke vendetta's, absoluut geen enkele poging van wie dan ook om wraak te nemen.'

'En de andere kant?' zei mam. 'Wordt die ook gewaarschuwd?'

'Andere kant?' zei meneer Washington. 'Dat is een confronterende term, mevrouw Reed.'

'Zo bedoelde ik het niet, meneer. Ik wilde alleen zeker weten dat niemand zich agressief gedraagt naar mijn kinderen.'

'Niemand zal zich agressief gedragen naar uw kinderen. Wat ik van u verlang is een spijkerharde garantie dat zij verder niemand zullen lastigvallen.'

'Dat zal niet gebeuren, dat beloof ik u.' Plotseling tikte ze Moe op zijn hand, greep zijn hand en kneep net zoals ze deed als ze hem tegenhield bij het oversteken. Misschien iets harder.

Hij keek haar aan. Wat hij op haar gezicht zag, had niets te maken met troost of veiligheid. Vlak, als een masker. Hij huiverde.

Mammie kneep opnieuw in zijn hand.

Meneer Washington zei: 'Nu dan, ik hoop dat u gelijk hebt, want hier zitten we, net twee weken aan de gang en nu al begeeft Moses zich op glad ijs.' Hij schoof wat met een stapeltje papieren.

Mammie zei: 'Alles komt goed.'

'Goed?' Washington glimlachte. De klok op zijn bureau tikte. 'Om niet alles in een negatief daglicht te plaatsen, mevrouw Reed, kan ik u vertellen dat Aaron een van onze beste leerlingen is in groep 7 en het ook heel goed doet bij lichamelijke oefening. Je zou zeggen dat dat op enige zelfdiscipline moet duiden.'

'Zeker weten,' zei mammie. 'Aaron is zeer gedisciplineerd.'

Washington keek van onder zijn wenkbrauwen naar Moe: 'En deze?'

'Deze ook, meneer Washington.'

Washington pakte een potlood op en bestudeerde het gummetje.

Mammie zei: 'Het zijn allebei prachtige zonen. Ze bezorgen me nooit problemen.'

'Het is fijn dat u er zo over denkt, mevrouw Reed. Ik wens u nog een prettige dag verder.'

'U ook, meneer Washington. Ik ben u zeer erkentelijk dat u zich zo flexibel opstelt.'

Het hoofd hees zijn omvangrijke gestalte omhoog uit een krakende stoel, liep naar Moe, die plotseling een geweldige schaduw over zich zag dalen. 'Jongeman, je moeder zegt dat jij een prachtkind bent. Zorg ervoor dat ze zich niet voor je hoeft te schamen.'

Moe mompelde.

'Wat zeg je, jongen, spreek eens duidelijk.'

'Mam liegt nooit.'

'Een eerlijk gezin,' zei Washington, terwijl hij een gigantische hand op Moe's bevende schouder legde.

Mammie omknelde Moe's zwetende vingers en leidde hem – of eigenlijk trok hem – door eindeloos lange beige schoolgangen tot ze eensklaps in verblindend zonlicht stonden. Toen over het plein en langs de bewaker bij de poort.

'Dag, meneer Chávez.'

'Morgen.' Chávez, altijd even vriendelijk keerde zich om. Mammie sleurde Moe nog harder mee.

'Au,' zei hij.

Stilte.

Ze praat altijd. Dit is anders. O, nee.

Toen ze in het busje zaten, zei ze: 'Gordel om, kanjer, we gaan een eindje rijden.'

'Waarheen?'

'Baskin-Robbins.' Ze boog zich naar hem toe en kuste hem op het puntje van zijn neus. 'Zelfs keiharde helden hebben zo nu en dan een Supervanille met Toffee en Amandelen nodig.'

Tegen de tijd dat Aaron een uur later thuiskwam met de schoolbus, zaten Moe en mammie aan de keukentafel met het ijs en een glas melk. Aaron vloog langs hen heen. De deur naar zijn slaapkamer knalde dicht.

Mammie zei: 'Tsjonge, dat was *niet* normaal.' Ze ging achter hem aan.

Moe hoorde harde stemmen door de deur. Hij bleef eerst een tijdje zitten en toen stond hij op om te luisteren.

'... heb zijn hulp niet nodig!'

'... gaat het niet om, Aaron, het was heel gemeen dat ze dat zeiden en hij wilde jou verdedigen...'

'... hoeft mij niet te verdedigen.'

'... noem je een impuls, schat. Hij dacht er niet over na, hij houdt van jou en dus...'

'... van mij houdt, moet hij zich met zijn eigen zaken bemoeien.'

'... niet, dat je een beetje erg hard over...'

'... doet altijd zo vreemd. Iedereen noemt hem debiel omdat hij maar een beetje in zijn eentje staat te stuiteren met die stomme bal en geen woord zegt en ik moet hem altijd verdedigen en zeggen dat hij niet debiel is. Vanaf het moment dat hij op school is...'

'Nou, ik hoop dat je hem zeker verdedigt. Debiel! Dat is vreselijk...'

'... doet hartstikke gek, wat dan ook. Zeg maar tegen hem dat hij zich niet met mij moet bemoeien. Oké?'

Stilte.

'Oké, mam? Hij moet mij met rust laten.'

'Aaron, ik begrijp niets van deze houd...'

'Door dat gedoe van hem lijk ik wel een mietje dat bescherming nodig heeft. Ik kan mezelf wel beschermen, oké? De enige reden waarom hij de held probeert uit te hangen, is omdat jij het er altijd over hebt wat voor geweldige helden zij wel niet waren. Maar dat waren ze niet. Niet allebei! Mijn vader was een held, maar Jack was alleen maar een stomme zuiplap die daar maar een beetje zat terwijl...'

Het geluid van een harde klap.

'O God, het spijt me, liefje. Het was niet mijn bedoeling om je te slaan. Ik heb je nog nooit geslagen, hoe kan dit nou?'

Stilte.

'Aaron, liefje, zeg iets. Zeg wat tegen me, ik weet niet wat er gebeurde Vergeef je me, alsjeblieft, alsjeblieft...'

'Hij maakt problemen.'

'O, Aaron.'

'Ja, ja, ik vergeef het je.'
Later, toen Aaron zijn kamer uit kwam en zag dat Moe had staan luisteren, zei hij hatelijk: 'En wat wil jij? *Held.*'
'Ik... ik...'
'Ik... ik... ik... ik... blah, blah, blah.' Hij duwde Moe aan de kant en liep naar de keuken. 'Hm, nu heb ik een beetje honger. Ik ga me maar eens een lekkere bak *heldenijs* inscheppen.'

Het was dezelfde zelfvoldane, spottende toon die Moe door de telefoon hoorde.
Acht uur 's ochtends, en hij was nog moe. De manier waarop Aaron lachte toen Moe: 'Wat is er?' zei, deed hem zijn vuisten ballen.
'Ik zei: "Leuk je nog even te zien vannacht," al was het dan maar in een flits. Ik dacht dat je het wel zou willen weten dat Rory Stoltz Mason Book heeft opgepikt, net nadat jij de eerste keer was vertrokken.'
Aaron had hem ongezien in het oog gehouden. Hij was zich niet bewust geweest van Aaron. Totdat uren later die Porsche voorbij was geraasd. Grote broer wilde zeker weten dat Moe het ook wist.
'Weet je zeker dat het Book was?'
'Niemand anders, Moses. Ik kon hem uitstekend zien door het portierraam. Hij is ouder dan hij er op het scherm uitziet. Afgetobd, alsof hij zware tijden achter de rug heeft.'
'Waar heeft Stoltz hem heen gebracht?'
'Nergens, zij reden alleen maar rond.'
'Waar?'
'Het hele eind naar Ocean Front. Ik dacht nog: *yes! Ze gaan naar Riptide.* Maar Stoltz ging de andere kant op, naar het noorden, de Pacific Coast Highway op, de rechter rijbaan, langzamer dan toegestaan. Dus ik denk: dan zijn ze op weg naar het huis van Lem Dement in Solar Canyon, voor een ochtendgebedje of zo. Weer niet. Ze reden het hele eind naar The Colony, keerden om en reden weer naar huis. Tien minuten later gaat het hek opnieuw open en rijdt Stoltz in zijn eentje weg.'

'Ritje langs de kust in het maanlicht,' zei Moe. 'Klinkt romantisch.'

'Ja, aan zoiets heb ik ook zitten denken. Misschien leidt Book een geheim leven met zijn hoofd in het kruis van Stoltz. Maar elke keer als het maar even kon, ben ik er vlak achter gekropen, en steeds zaten ze daar keurig met zijn tweeën naast elkaar. Book zag eruit alsof hij op weg was naar een begrafenis. Dus als hij die jongen een dienst heeft bewezen, heeft hem dat wel een nieuw olympisch record opgeleverd. Ik geloof er eerlijk gezegd niet in, Moses. Stoltz is de loopjongen van Book. Book lijdt aan slapeloosheid, hij belt, en de knaap komt opdraven. Daar gaat het nu precies om bij die huurvriendjes. Die zorgen ervoor dat je je belangrijk voelt. Wat ik me afvraag is: waarom lijdt Book aan slapeloosheid?'

'Drugs kunnen je bioritme op allerlei manieren verstoren.'

'Dat is waar. Maar je kunt het ook verklaren met waar wij over hebben zitten speculeren: schuldgevoelens over de dood van Caitlin. Niet dat ik daar iets van heb gezien, maar toch. Hij zat er meer verdwaasd bij. En hoe verging het jou vannacht?'

'Weinig opwindend.'

'Jammer dat je alle activiteit hebt gemist.'

'Autoritje in het maanlicht?' zei Moe. 'Klinkt ook niet echt opwindend.'

Even bleef het stil.

'Oké,' zei Aaron. 'Maar we weten nu tenminste zeker dat Book in het huis van Dement hokt. Het is nog de vraag of Ax daar ook woont.'

Nee, dat is het niet.

Moe zei: 'Bel gerust, als er echt iets gebeurt.'

Voordat Aaron antwoord kon geven, verbrak hij de verbinding, toetste een Hollywood Division-nummer in.

22

Petra Connor was zo'n vrouw die je in de war kon maken, als ze niet zo slim en zakelijk was geweest dat je vergat dat ze vrouw was.

Slank als een model, maar niets van die hersenloze dofheid in haar grote, donkere ogen. Ivoorkleurige huid zonder één enkel vlekje, de gracieuze bewegingen van een danseres of hardloopster. Glanzend zwart haar, keurig, functioneel geknipt.

De paar keer dat Moe haar had ontmoet, had ze een zwart broekpak gedragen, en zo ook vandaag, iets met wat stretch erin, zo gesneden dat de kleding als een tweede huid om haar lichaam viel, maar tegelijkertijd de bobbel van haar wapen verborgen hield.

Haar partner, Raul Biro, had Moe nog nooit eerder ontmoet. Voordat hij het bureau verliet, was hij even bij Sturgis naar binnen gelopen en had hij naar de man gevraagd.

Sturgis zei: 'Heel slim, werkt als een paard, zal het waarschijnlijk nog ver schoppen.'

Moe was van nature niet achterdochtig, maar terwijl hij naar Hollywood Station reed, vroeg hij zich nog steeds af wat dat betekende.

Toen hij tegenover Biro stond, was hij verrast. De man zag eruit als een jochie. Hoewel zijn kapsel uit een andere eeuw afkomstig was, glad achterovergekamd langs zijn slapen en boven op zijn hoofd gepleisterd met haarspray. De trekken van een Azteek, de bouw van een lichtgewicht worstelaar. Aaron zou Biro's gladde, bruin getinte pak, zijn witte overhemd, zijn poederblauwe stropdas zonder meer hebben goedgekeurd. Helemaal het heertje, alsof hij niet verwachtte dat hij ooit vieze handen zou kunnen krijgen.

Sturgis had gezegd dat hij een harde werker was, zoek maar uit.

Ze zaten met zijn drieën om een tafel in een verhoorkamer van bureau Hollywood. Na wat heen en weer gepraat over Sturgis, Delaware en de moerasmoorden, pakte Petra de

blauwe map die links naast haar lag. Dun, geen goed teken.
'Adella Villareal, nou niet bepaald één van onze grootste succcessen.'
Biro maakte een klakkend geluid met zijn tong.
Moe zei: 'Misschien sluit mijn doodlopende straat wel aan op die van jullie.'
Petra zei: 'Dat zou mooi zijn, laten we maar eens kijken en vergelijken.'
Moe deed wat de beleefdheid hem voorschreef en vertelde als eerste zijn verhaal. Hij vatte het dossier van Caitlin samen, beschreef de banden met Rory Stoltz, Mason Book en Ax Dement, en het feestje van Ax Dement met Raymond Wohr en Alicia Eiger in het motel.
Geen enkele reden om Aaron te noemen.
Bij het vertellen klonk het als een broodje gebakken lucht.
'De naam Eiger was bij ons nog niet voorgekomen, dus we hebben geïnformeerd bij Zedendelicten,' zei Petra. 'Die kennen haar, prototype van een ouder wordende vrouw van de straat. Ze wisten niet dat ze hokte met Wohr, en toen wij destijds Wohr aan de tand voelden, beweerde hij dat hij geen vrouw had.'
Biro zei: 'Tenminste niet eentje die in leven was.'
Moe vroeg: 'Was Villareal zijn vriendin?'
'Was het maar zo gemakkelijk,' zei Petra. 'Nee, dat is twijfelachtig. Laten we maar bij het begin beginnen. Adella is op het achterhoofd geslagen, maar niet zo hard dat ze eraan is overleden. Wij denken dat het bedoeld was als een verdovende klap voordat ze met blote handen werd gewurgd. Ze had al haar kleren aan. Geen tekenen van aanranding, geen enkel forensisch bewijsmateriaal.'
Ze sloeg het moorddossier open, sloeg bladen om en schoof het naar Moe.
Een opname van tien bij vijftien van een best aantrekkelijke hispanic vrouw die een in een blauwe deken gewikkeld kind in de armen hield en een geweldige glimlach ten toon spreidde.
Moe had het cijfermateriaal over Adella Villareal de vorige avond bekeken. Vierentwintig jaar oud toen ze werd ver-

moord; een foto van haar rijbewijs toonde een aardig uitziende vrouw met donker haar, maar niets wat leek op wat hij nu zag.

Zelfde vrouw, geen twijfel mogelijk, maar dit portret – misschien kwam het door die uitstraling van geluk – maakte een schoonheidskoningin van haar, met prachtig, lang, weelderig krullend haar, kastanjebruine kleurspoeling met honingkleurige *highlights*. Een strakke witte blouse en een bruine broek lieten fraaie rondingen zien.

Moe zei: 'Wanneer is deze gemaakt?'

Petra zei: 'Tweeëntwintig maanden geleden, in Phoenix, bij haar ouders thuis. De baby was een maand oud. Ze had het vliegtuig genomen om hem thuis te laten bewonderen. Een jongen met de naam Gabriel. Vier maanden later was ze dood.'

Biro fronste zijn wenkbrauwen. 'In de nacht dat ze is vermoord, had ze het kind bij zich. Daar heeft niemand meer iets van vernomen.'

Moe zei: 'O, shit.'

Petra zei: 'Als ik zou bidden, zou ik God vragen of hij het bij een ontvoering zou willen laten.'

Biro zei: 'Dat hebben we onderzocht, maar we hebben nooit ook maar enig spoor gevonden. Geen gestoorde vrouwen met valse zwangerschappen, geen andere ontvoeringen of pogingen daartoe.'

Moe zei: 'Wie is de vader?'

'Goeie vraag.'

Petra zei: 'Adella is opgegroeid in een conservatief gezin. Pa is automonteur, ma verzorgt als verpleegkundige oudere mensen thuis. Ik ben ook opgegroeid in Arizona, ik ken die streek. Hardwerkende mensen, erg gelovig. Adella was een redelijke leerling op school, cheerleader, tot in de vierde klas toen ze andere vrienden kreeg, een paar keer drugsproblemen had en ging poseren voor het verkeerde soort foto's. Haar ouders kwamen erachter en het werd een geweldige rel. Adella liep van huis weg, naar L.A.'

'High school-porno?' zei Moe.

Biro zei: 'Een kerel die claimde dat hij voor Hustler werkte, kreeg haar zover dat ze voor een paar naaktfoto's poseerde. Hij noemde het kunst – terwijl zij met zichzelf bezig was.'

Petra zei: 'Gezien tegen het licht van wat je vandaag allemaal onder ogen krijgt, niet echt bijzonder, maar in de ogen van haar ouders was ze met een sneltreinvaart op weg naar de hel. Nadat ze vertrokken was, viel alle communicatie stil, geen enkel contact meer. Tot op een dag de bel gaat en Adella op de stoep staat, met een kind van een maand oud. Over het vaderschap is nooit gesproken, want Adella begon er niet over en haar ouders wilden haar niet onder druk zetten. Ze waren bang dat ze dan weer zou vertrekken, en dat ze nooit meer iets van haar zouden horen. Op eieren lopen dus, maar toch was ze na drie dagen alweer weg. Ma werd wakker en trof een leeg bed en een lege wieg aan. Ze had die wieg net samen met Adella gekocht. De arme vrouw was al van streek, maar dit maakte haar helemaal kapot. Ze hebben ons de namen gegeven van een groepje ruige jongelui waar Adella mee optrok in Phoenix, en de naam van de fotograaf. Daar zijn we mee bezig geweest, maar zonder succes. Pa en ma Villareal zijn het zout der aarde, maar ze hebben geen flauw idee hoe het leven van Adella er de afgelopen acht jaar heeft uitgezien.'

Biro zei: 'Ze heeft in een eenkamerflat aan Gower gewoond, geen puinhoop, maar ook niets bijzonders. Ze sliep op een bedbank met het kind naast zich in een reiswieg. De meeste spullen in die kamer waren babyspullen. We hebben wat loonstrookjes gevonden van een pokerclub in Gardena, waar ze drie jaar lang werkte als serveerster, tot een paar maanden voordat ze zwanger werd. Wohr heeft daar achter de bar gestaan, maar dat duurde maar een maand. Toen werd hij ontslagen omdat hij zijn strafblad had verzwegen. We begonnen in hem geïnteresseerd te raken omdat op de beelden van beveiligingscamera's was te zien dat hij een aantal keren met haar mee was gelopen naar haar auto, en omdat een croupier zich herinnerde dat de twee samen hun rookpauze doorbrachten. Het strafblad van Wohr is lang, maar er zit niets in wat met geweld tegen vrouwen te maken heeft. Maar je weet hoe dat gaat. Soms komt iemand wel eens ergens mee weg, dan worden ze driest. We hebben hem meteen onder de loep genomen.'

Petra zei: 'Toen we hem hadden gevonden. Zijn voorwaardelijke vrijlating was al een tijdje afgelopen, het laatste adres dat we van hem hadden klopt allang niet meer. Eén van onze patrouillewagens zag hem op een gegeven moment op de boulevard. Hij beweerde dat hij in La Puente woonde, maar dat bleek het huis van zijn broer te zijn, waar hij zich van tijd tot tijd terugtrekt om tot zichzelf te komen. We hebben hem nooit op een lokaal adres kunnen vastpinnen.'

'En nu heeft hij dat wel.'

'Pooier en samenwonen met een hoer,' zei Biro. 'Interessant.'

'Broer Arnold,' zei Moe. 'De auto waar Wohr in rijdt, staat officieel op zijn naam. Misschien dat we dat op een bepaald moment nog kunnen gebruiken.'

Biro zei: 'Je bent van plan de eerwaarde maar eens onder druk te zetten?'

'Is de man dominee?'

'Preekt in een klein buurtkerkje, voedt de daklozen, heeft een vrouw, twee kinderen, allemaal zo gezond en braaf als maar kan.'

Moe kreunde.

Petra zei: 'Maar ga rustig met hem praten. Met wie je maar wilt. We hebben deze in de koelkast gestopt en zijn blij met alle nieuwe informatie die we maar krijgen.'

'Heb je het gevoel dat ik me verder niet met de dominee moet bezighouden? Met Wohr, punt uit?'

'We hebben geen bewijs dat Wohr erbij betrokken is, maar gevoelsmatig kunnen we hem niet uitsluiten.'

'Heeft hij een alibi voor het tijdstip van de moord?'

'Dat is een deel van het probleem, we hebben twijfels over het precieze tijdsverloop. De gegevens van Adella's mobiele telefoon houden dertig dagen voordat ze werd gevonden op, maar ze was nog bij lange na niet zo lang dood. Volgens de lijkschouwer hooguit twee, drie dagen. Ze had haar abonnement opgezegd en was overgestapt op prepaid.'

'Iets te verbergen?' zei Moe.

Biro zei: 'Als ze tippelde, was prepaid wel handig.'

Petra zei: 'Er was één getuige, een oude vrouw die in hetzelfde gebouw woonde, die dacht dat ze prostitueerde, maar dat idee was nergens op gebaseerd, behalve op "intuïtie". Niemand anders dacht er zo over. In feite zei de helft van alle buren dat die oude vrouw van lotje getikt was. Ze mochten Adella wel, zeiden dat ze rustig was, zich met haar eigen zaken bemoeide, zich concentreerde op de baby. Nu jij ons vertelt dat Wohr pooier is, gaat er wel een deur open. Adella had geld, bijna vierduizend op een rekening bij WaMu, terwijl ze al een tijd niet meer in het casino werkte.'

Biro zei: 'Het probleem is dat we niets hebben om te kunnen zeggen dat Wohr toen al een pooier was, en het kost me ook moeite me hem voor te stellen met iemand als Adella op de loonlijst. Dan hebben we het toch wel over een behoorlijke tree omhoog op de ladder voor Ramone W.'

Moe zei: 'Valt er nog iets te zeggen over de gegevens van haar mobiele telefoon voordat ze het abonnement opzegde?'

'Alledaagse gesprekken,' zei Petra. 'Afhaaleten, babyshops, SouthWest Airlines om een ticket naar Phoenix te kopen. Ze had een retourtje, was duidelijk niet van plan te blijven. We hebben haar computer bekeken. Die gebruikte ze niet veel. Een paar online bestellingen van kleren voor haarzelf en het kind, een paar aankopen op eBay van kinderboeken en speelgoed.'

Biro zei: 'Toen we Wohr verhoorden, zei hij dat Adella niet meer was dan een oppervlakkige kennis van het werk, dat hij met haar mee was gelopen naar haar auto voor de veiligheid. Hij zei uit zichzelf dat hij wist dat ze in Hollywood woonde, maar ontkende dat hij daar zelf woonde. Al gaf hij wel toe dat hij er met de bus naartoe reed om rond te hangen op de boulevard. Toen we hem vroegen waarom, lachte hij een beetje dom en zei hij: "Voor een pleziertje." We wisten allemaal dat hij scoorde, misschien ook wel dealde, hij deed niet veel moeite te verbergen wat hij was.'

'Te ver doorgedraaid?'

'Gewoon zijn houding. Hij kwam meer over als een stomme loser dan als een berekenende psychopaat, en dat werd bevestigd door Zeden en een paar man in uniform die hem kenden.'

Moe wierp een blik op de foto.

Petra zei: 'Arm kind. We hebben de vaccinatiepapieren van de baby in het flatje van Adella gevonden. Western Pediatric, geen vaste kinderarts, Adella ging naar de polikliniek. De verpleegkundigen die zich haar konden herinneren, zeiden dat ze een gelukkige, oplettende moeder was, op tijd kwam, borstvoeding gaf. Een verpleegster herinnerde zich dat Adella een opmerking maakte dat haar borsten nu eindelijk eens voor iets goeds werden gebruikt. Zodat we ons gingen afvragen of ze misschien opnieuw aan het poseren was, of strippen of iets dergelijks. Of er nooit mee was opgehouden. We hebben alle topless clubs nagetrokken, alle fotografen die zich met dat soort werk bezighouden, maar geen enkel spoor gevonden.'

Moe bladerde terug naar de samenvatting op de eerste pagina van het moorddossier. 'Lijk in Griffith Park.'

'Achter Fern Dell, bij het riviertje.'

Biro zei: 'De rivierkreeft begon geïnteresseerd te raken.'

Moe zei: 'Dat is vrij dicht in de buurt van haar flat.'

'Redelijk dichtbij,' zei Petra. 'Maar ze is niet in het park vermoord, alleen gedumpt. Ze is ook niet thuis vermoord, we weten nog steeds niet waar het is gebeurd. Toen de lijkschouwer eenmaal die drie dagen had vastgesteld, hebben we Wohr weer opgepakt en opnieuw verhoord. De man was totaal niet aangedaan, zei dat hij drie nachten achter elkaar aan het drinken was geweest, en werd daarin gesteund door andere zuiplappen in de kroeg. Bob's, waar jij hem vannacht hebt gezien, hij is daar stamgast. Op zichzelf is dat geen alibi, de moord kan ook overdag zijn gepleegd. Maar er is ook niets dat op schuld wijst.'

'De vermoedens waren kennelijk sterk genoeg om hem twee keer te verhoren.'

Biro zei: 'Hij was het enige wat we hadden.'

Petra zei: 'We gaan ervan uit dat degene die haar vermoord heeft, haar ergens heeft opgepikt, omdat haar auto al die tijd op de parkeerplaats bij haar flat is blijven staan. De stoel was op haar lengte afgesteld, er was geen enkele aanwijzing dat iemand anders dan zijzelf erin had gereden. Misschien kluste ze *echt* freelance bij om de rekeningen te betalen en is ze tegen een verkeerde klant opgelopen. Als we haar konden koppelen aan Wohr of welke pooier dan ook, zouden we staan te dansen van plezier, Moe.'

'In high school was ze met drugs bezig. En daarna?'

Biro zei: 'Niets in haar flat en haar bloed was schoon.'

Moe keek weer naar de foto. 'Waarschijnlijk heb je gelijk, dat ze niet echt bij Wohr past. Ze was aantrekkelijk genoeg om een klasse hoger mee te spelen. Maar dat zou kunnen leiden naar een paar vooraanstaande klanten. Bijvoorbeeld de zoontjes van regisseurs met miljoenen op de bank.'

Petra zei: 'Zeker, maar je hebt vannacht kunnen vaststellen dat Ax Dement niet zulke hoge eisen stelt.'

Biro zei: 'Misschien houdt hij van afwisseling. De mannelijke psyche, verandering van spijs doet eten.'

Petra lachte. 'In tegenstelling tot vrouwen die keer op keer hetzelfde willen?' Ze keerde zich naar Moe. 'Je concentreert je op Dement omdat hij optrekt met Mason Book. En je concentreert je op Book omdat hij de baas is van het vriendje van Caitlin?'

Moe zei: 'En omdat die zelfmoordpoging van Book maar een week na de verdwijning van Caitlin plaatsvond.'

Biro zei: 'Verpletterende wroeging bij een verslaafde filmster? Niets is onmogelijk, maar dat soort mensen gaat voortdurend over tot zelfdestructie. Gewoon omdat ze stom zijn.'

Er lag een klank van ijzer in zijn stem.

Petra grinnikte. 'Mijn partner is dol op acteurs.'

'Waar ik dol op ben,' zei Biro, 'dat zijn mensen die horen dat ik in Hollywood werk en vervolgens handtekeningen willen.'

'"Mensen", in de betekenis van aantrekkelijke jongedames,' zei Petra. 'Probleempje, hè, partner?'

'Het probleem is dat ik ze niets kan laten zien. Als je in Hollywood werkt, wil dat nog niet zeggen dat je *Hollywood* doet. Alles wat spannend is, gebeurt in Westside.'

Moe zei: 'Robert Blake, dat was de Valley.'

Biro telde op zijn vingers. 'O.J., Hugh Grant, Heidi Fleiss, Mario Fortuno, Paris en Mischa en Lindsay en al die andere beroemde debielen die bezopen achter het stuur kruipen vanwege de lol en omdat het wat oplevert.'

Moe zei: 'Hé, een groot deel daarvan was de Strip, beklaag je maar bij de sheriffs. Phil Spector was helemaal in het godvergeten Altadena.'

Petra deed alsof ze een pistool op hem richtte. '*Beng.* Over een wall of sound gesproken.'

Ze lachten alle drie. Lachen was aangenamer dan denken aan moorden zonder duidelijke sporen naar daders.

Moe klapte het moorddossier dicht. 'Bedankt voor jullie tijd. Omdat ik toch niets beters te doen heb, ga ik maar eens uitzoeken hoe een chagrijn als Wohr in contact is gekomen met een rijkeluiszoontje als Ax. Misschien kunnen we van daaruit terug naar Book en/of Stoltz, en misschien wel naar Caitlin. En Adella.'

Biro zei: 'Misschien vergokt Ax zijn vaders centen wel, onder andere in dat pokerpaleis.'

Moe zei: 'Of hij koopt graag seks en houdt van stappen in achterbuurten.'

'Of Ax en Wohr zijn elkaar tegengekomen op een feestje na het uitreiken van de Oscars.'

Het lachen klonk minder van harte.

Petra zei: 'Als je tijd hebt om erop te wachten, kopiëren we het moorddossier voor je.'

'Dat zou fantastisch zijn.'

Biro zei: 'Hebben jullie het druk daar in Westside?'

'Niet echt.'

'Dat was vorig jaar bij ons zo. Maanden zonder één enkele moord, de *Times* schreef erover, sprak een vloek over ons uit. We begonnen dit jaar met die onthoofding die te maken had met een reeks seriemoorden van Sturgis. Een week later twee gevallen met bendes waar we nog niets mee opgeschoten zijn.'

Petra zei: 'Vier tieners neergeschoten bij een feestje en niemand die iets heeft gezien. We hebben een aardig idee wie erachter zit. De zoon van een voormalig bendelid dat zogenaamd op het rechte pad is terechtgekomen en een dikke subsidie van de gemeente in de wacht heeft gesleept om wapens uit handen te houden van mensen zoals hijzelf en hun nageslacht.'

Moe zei: 'En die zijn uiterste best doet om het eruit te laten zien alsof hij hard aan het werk is, en vervolgens geen poot uitsteekt zonder dat de burgemeester het goedkeurt.'

'Hoor hem,' zei Biro. 'Zo jong en al zo cynisch.'

Het was één van Sturgis' favoriete uitspraken. Moe's bewondering voor de reikwijdte van 's mans invloed steeg weer een streepje.

Hij zei: 'Ik loop met je mee naar de kopieermachine.'

Onderweg zei Petra: 'Wie is je partner in deze zaak?'

'Niemand.'

23

Aaron zat in de Opel, hield het begin van Swallowsong in de gaten, luisterde naar de muziek op zijn iPod en vocht tegen een afkalvend zelfvertrouwen. Uren schrijven op de rekening voor meneer Dmitri voor surveillancewerk was tot op zekere hoogte gerechtvaardigd. Hij moest wel leveren. Dat Moses erbij betrokken was, hielp niet mee. Je kon zijn broer een eenvoudige zaak geven en die zou hij wel oplossen. Maar een met lagen ijs afgedekte whodunit?

Misschien oordeelde hij te hard over bro en liet hij zich leiden door een levenslange... relatie.

Naar de hel met bloedbanden, Moe en hij waren vreemden voor elkaar geworden. Was het ooit anders geweest?

Ingewikkeld... nu ja, ze konden altijd mam nog de schuld geven. Eén pot nat, hij moest glimlachen toen hij aan haar dacht. Zij hield nooit op met glimlachen.

Behalve toen ze ophield met glimlachen. Doedelzakken en tranen, allemaal mannen in blauw, sommigen die ook huilden. Mam in het zwart, met een sluier. Grote blauwe gestalten die boven zijn kleine vierjarige persoontje uittorenden en over pa praatten. Aan de kant zit Jack, hij huilt harder dan iedereen.

En plotseling woont hij er ook.

Het leek goddomme wel of het de volgende dag was gebeurd.

Jaren later, toen Aaron zijn speurtalent had ontwikkeld, ging hij op zoek naar een trouwakte, die gemakkelijk genoeg te vinden was in de lokale archieven.

Mam en Jack hadden elkaar drie maanden na de begrafenis het jawoord gegeven. Burgerlijk huwelijk, waarschijnlijk zo'n gratis plechtigheid waarbij je in de rij op je beurt wacht, anderhalve minuut min of meer aandacht krijgt van een slaperige rechter.

Ondanks dat kon hij er alleen maar aan denken alsof het de volgende dag was gebeurd. Daar ging het om. Een kind van vier jaar oud moet zijn eigen werkelijkheid vormgeven – en verdomd als het hem geen moeite had gekost. Nooit brutaal zijn tegen Jack, zelfs niet als Jack midden in een partij schaak of een potje monopoly of bij het kijken naar tv in slaap viel. Nooit klikken als Jack Aaron van school haalde en naar drank stonk.

De arme, kleine Aaron had een nieuwe papa en alles zou goed komen. Ondertussen werd de arme, kleine Aaron midden in de nacht wakker, zwetend en rillend, met het beeld van zijn glimlachende echte vader voor ogen. Van zijn echte vader die hem in de lucht gooide, die de football naar hem gooide, *dat* voelde goed, *dat* voelde zo goed.

En dan: echte papa in een plas warm, rood bloed. Die glimlachte naar Aaron, ondanks het bloed en de pijn. Zijn mond die de woorden vormde: *dag, kleine man.* Jarenlang werd Aaron geplaagd door die droom, die hij nooit aan iemand vertelde, want zoiets deed alleen een moederskindje.

Nieuwe papa.

Nieuwe *baby*.

Roze en met sproeten, net als Jack. Het enige wat hij kon, was krijsen en schijten en zuigen aan mama's...

Toen Aaron groter werd, verlangde hij vurig meer te weten over papa. Mam had er geen moeite mee om de fotoalbums tevoorschijn te halen en te vertellen over de liefde die ze deelden, wat een fantastische man het was, een knappe man, een slimme man. Jack zat in zijn eentje naar de tv te kijken en kon het allemaal horen, maar het deed hem niets. Wat voor man was *dat*?

Toen Aaron zeven was, raapte hij al zijn moed bij elkaar en vroeg hij Jack, toen er verder niemand bij was, wat er was gebeurd.

Jack keek een andere kant op. 'Dat is een heel triest verhaal, jongen.'

Ik ben jouw jongen niet!

Jack reikte naar zijn glas wodka. Of scotch. Of welke aanbieding er dan ook maar was bij de slijter.

Aaron was weggelopen en Jack was niet achter hem aan gekomen. Dat had de deur voor Aaron dichtgedaan.

Hij is een lafaard. Misschien was papa daarom ook wel doodgegaan.

Uitbannen.

Jack reageerde op de afwijzing door Aaron door overdreven toegeeflijk te zijn en Aaron soms achter mams rug om te verwennen. Dat deed alleen maar nog meer afbreuk aan diens respect voor de indringer die met zijn moeder sliep.

Geen ruggengraat. De manier waarop hij bezig was zijn eigen lever aan stukken te zuipen toonde dat genoegzaam aan.

Toen Aaron dertien was, ging Jack volstrekt stijlloos de pijp uit.

Hij viel verdomme dood van een barkruk. Geen doedelzakken voor hem.

Mam huilde, maar op een andere manier.

Toen Aaron een eerste jaar als straatagent achter de rug had, ging hij op zoek naar het originele dossier, dat hij uiteindelijk vond in Parker Center, samen met talloze andere hopeloze onopgeloste zaken in een stoffig metalen rek.

Hij wachtte tot de dossierknecht weg was en greep het dossier, zijn mond gortdroog, tranen in zijn ogen, en zijn hart hamerend als een klopboor.

Wat hij vond, was twee pagina's armoedig politieproza waarin de essentiële feiten van het voortijdig verscheiden van agent Darius Fox werden beschreven, gevolgd door een niet-ondertekende opmerking waarin pa en Jack werden beschuldigd van onvoorzichtig handelen.

Aaron zat op de koude betonnen vloer van het archief gebogen boven het schrale verslag te huilen, hopend dat er niemand zou binnenkomen. En las het opnieuw door. En opnieuw.

De anonieme auteur van de toegevoegde opmerking deed de suggestie dat 9 augustus 1979 kon worden gebruikt als lesmateriaal, maar de zaak was nooit aan de orde gesteld tijdens Aarons opleiding.

Aaron zocht in de bibliotheek van de politieacademie in Elysian Park en dook uiteindelijk een vijftien jaar oude leidraad op, waar de zaak samen met een paar andere in werd beschreven als een typisch voorbeeld van 'het afwijken van de procedure met desastreuze gevolgen'.

Zijn vader trof de meeste schuld, omdat hij zijn verdediging had prijsgegeven.

Maar dat was allemaal gebaseerd op de verklaring van Jack dat pa zijn wapen had laten zakken toen het raampje van de Cadillac was opengegaan.

En waar was jij dan verdomme?

Aaron keerde terug naar het archief, van plan het dossier te kopiëren, dwong zichzelf zijn emoties de baas te worden en probeerde iets van een verhaal uit het schaarse materiaal af te leiden.

Een ervaren agent die zich ontspant, betekent dat hij iemand was tegengekomen die hij niet als een bedreiging beschouwde.

Of die hij kende.

Plotseling was het dossier niets anders dan papier en inkt. Hij legde het terug en vertrok zonder het te kopiëren.

Op een dag zou hij de zaak oppakken. Als hij genoeg geld had om langere tijd van te leven, om zich echt te kunnen concentreren.

Het ging hem financieel voor de wind, ieder jaar beter dan het voorgaande, zijn pensioenvoorziening zag er goed uit, en zijn eigen aandeel in het huis groeide. Dus misschien over niet al te lange tijd.

Wat zou mam ervan vinden?

Wat zou Moe ervan vinden?

Waar gehakt wordt, vallen spaanders.

Om veertien minuten voor één deden koplampen hem overeind schieten.

Een witte Jaguar met open kap kwam langs Swallowsong Lane naar beneden. Een paar van middelbare leeftijd, de vrouw aan het stuur, de man met een norse blik. Zes minuten later kwam er een pijnlijk langzaam rijdende Range Rover omlaag.

Twee homo's. De passagier woelde door het haar van de bestuurder, waardoor de Range Rover begon te slingeren in de richting van de Opel en met een ruk moest worden gecorrigeerd en toeterend doorreed.

Het is vast heel fijn als je kunt genieten van je eigen stommiteit.

Aaron rekte zich zo ver uit als de Opel toeliet. Zijn ogen voelden aan alsof hij er met zand van het strand in had zitten wrijven. Hij bevochtigde ze met oogdruppels die hij bij zich had in een toilettasje. Trok nog een blikje open, Cola, geen Jolt; even een beetje rust voor het endocriene systeem. Hij had twee slokken genomen toen de zwarte Ram pick-up langsreed.

Zoals eerder negeerde hij het stopbord. Aaron zat overeind en zag Mason Book onderuit gezakt aan de passagierskant. Dezelfde starende zombieblik die Aaron was opgevallen tijdens de rit die Book met Rory Stoltz had gemaakt naar The Colony.

Even later zocht Aaron zich een weg naar het westen, steeds van rijbaan switchend, in licht verkeer op Sunset, de Opel gemakkelijk bespelend. Hij wierp blikken in de cabine van de pick-up die een fractie van een seconde duurden en langzaam samenvloeiden tot een coherent beeld, als de plaatjes in een notitieblokje waarvan je de blaadjes langs je duim laat ritsen.

Ax Dement droeg een zwart leren jasje ondanks de hitte, had zijn vettige haar bij elkaar gebonden in een paardenstaartje, reed vijftien kilometer per uur te hard en rookte, duidelijk zichtbaar voor wie het maar wou zien, een joint.

Het geluid van Lynyrd Skynyrd denderde uit het portierraampje, met al het geweld dat de bassen maar konden produceren.

Rijkeluiszoontje dat de vogelvrije rebel speelde. Waar was de vlag van de Confederatie en het wapenrek?

Ze waren nu in Beverly Hills, waar het wemelde van de politie, maar de illegale rook bolde nog steeds naar buiten uit het portierraam. Dus Ax nam werkelijk alle risico's van de wereld. Misschien wel omdat de poen van papa de scherpe kantjes van het leven had gevijld. Maar misschien was hij ook wel gewoon te stom om bang te zijn.

Aaron schoof in de rechter rijbaan en waagde nog eens een blik op Mason Book.

De acteur zat onderuitgezakt, staarde recht voor zich uit met strakgetrokken mond; was zich van niets anders bewust dan ellende.

De Ram bleef naar het westen rijden.

Het hele eind naar het strand, en toen de oprit op van de Pacific Coast Highway, verrassing.

Daar gaan we weer. Mason Book verlangt naar een zeewindje en heeft zich weer van een chauffeur verzekerd.

Al was hij dan ook nog zo depressief aan de buitenkant, Mason Book was de ster en Ax Dement niets anders dan een meelopende pseudomacho die kwijlend, met de tong uit de bek kwam opdraven als Book hem riep.

Ax reed stevig door en die risico's die Aaron moest nemen om hem bij te houden, baarden hem zorgen. Hij zat niet te wachten op een snelle jongen van de Highway Patrol die hem zou aanhouden.

Zwarte man bij het strand.

Tegen de tijd dat ze The Colony naderden, maakt Aaron zich op voor de ommekeer. Maar dit keer bleef de truck doorrijden, en versnelde zelfs nog toen ze de campus van Pepperdine voorbij waren, waar Caitlin ooit had gestudeerd en Rory nog steeds studeerde. Waar Malibu landelijk begon te worden.

Op weg naar papa's stukje grond in Solar Canyon? Nachtmis in de familiekerk?

Maar de Ram passeerde zonder in te houden Solar, Kanan-Dume, Zuma en Broad Beach. Maakte een scherpe bocht naar rechts, zodat Aaron zijn lichten doofde terwijl hij terugschakelde.

Vanaf twintig meter keek hij toe hoe de truck aan de landkant naar de parkeerplaats van Leo Carrillo State Beach reed. Iets meer dan een kilometer voor de grens tussen L.A. County en Ventura, en een van de mooiste stukjes strand en zee van Californië.

Aan de landkant van de weg leiden paden en weggetjes naar kampeerplekken en wandelroutes door de wildernis. Een paar jaar eerder had een poema niet zo ver hiervandaan een mountainbiker opgevreten.

Aaron reed iets dichterbij en probeerde de achterlichten van de Ram in het vizier te krijgen. Door het iets lager gelegen terrein en het struikgewas was de Ram niet te zien. Links van Aaron de oceaan, vrijwel niet te zien, meer geluid dan beeld. Constante ruis van de golven. Op en af, als luie seks.

Aaron was hier eindeloos vaak langs gereden, op tochtjes naar Oxnard, Ventura. Ojai en Santa Barbara. Maar de laatste keer dat hij ook echt was gestopt bij Carrillo was in zijn tweede studiejaar geweest, toen hij een meisje had meegenomen om de getijdenpoelen te verkennen en languit op het schone witte zand te liggen. Net doen alsof je geeft om zeesterren en zeeanemonen in de hoop dat er iets romantisch op gang komt. Hopen dat je een glimp opvangt van dolfijnen, want daar zijn de meisjes dol op.

Tegen zonsondergang hadden... hoe heette ze ook alweer... en hij een groepje flippers ontdekt. Dat was het laatste zetje geweest dat ze nodig had. Fantastische beurt op de achterbank van zijn auto, hoe heette ze toch... brunette, half zwart, half blank, net als hij, wilde psycholoog worden... Ronette... *Ronelle* DeFreeze, lang, atletisch, groene ogen, knap gezichtje, opzij gewend toen ze...

Concentreren graag, detective Fox.

Hij liet de Opel vooruit kruipen, tot vijf meter van de ingang van het park, waar een strook van het terrein zichtbaar was. De pick-up was vrij dicht bij de snelweg geparkeerd, net voorbij de gele toegangshekken. Aaron concentreerde zich en probeerde herinneringen op te halen. Een kantoortje van de parkwachten. Een lijst met regels. De toegangsweg overschaduwd door bomen.

Ax en Book zaten nog in de truck, of waren uitgestapt en te voet verder gegaan. Beide scenario's waren even riskant. Een illegaal geparkeerd donker voertuig kon maar al te gemakkelijk de aandacht trekken van een patrouillerende parkwacht. En dat gold ook voor de geur van marihuana die ongetwijfeld nog in de cabine van de truck hing.

Maar dit ging wel over een kerel die al smokend veel te hard door Beverly Hills reed.

Misschien waren de jongens hier al eerder geweest en wisten ze dat het veilig was omdat patrouillerende parkwachten er maar schaars waren.

Het klonk niet onaannemelijk dat door bezuinigingen een handjevol parkwachten veel te veel kilometers wildernis moesten bewaken.

Wat dat betekende voor de veiligheid van het kamperen...

Aaron had kamperen altijd al een meelijwekkende poging tot namaak-machogedrag gevonden.

En dan ging het hier ook nog om Carrillo; hij had geruchten gehoord, de goeie ouwe tijd van de Manson Family en andere gestoorden van uiteenlopende aard die kannibalistische feestjes hielden bij volle maan. Mensenoffers, bloedrituelen, om nog maar te zwijgen van alle huis-tuin-en-keukenpsychopaten met een seksuele afwijking die zich verscholen hielden achter de dennenbomen.

Kom op, Jimmy en Judy! Paps en mams hebben het mooiste plekje gevonden om de barbecue neer te zetten en de worstjes te braden, en de marshmallows!

Zelfs als al die geruchten uit de duim waren gezogen, kon je je afvragen wat de lol was van wakker worden bij zonsopkomst, met stijve spieren en een mondvol viezigheid, omdat een hondsdolle wasbeer of wezel zo nodig boven jouw hoofd een scheet moest laten...

Wat deden Mason Book en Ax Dement hier in vredesnaam tegen twee uur 's nachts?

Eén manier om erachter te komen.

Nee, veel te riskant. Als hij tegen hen op liep, was hij in een klap zichtbaar geworden en dat zou hem nutteloos maken.

Moe zou het prachtig vinden...

Eerste Gebod van de klus: Gij Zult Het Niet Verkloten...

Hij zakte onderuit om nog maar weer eens geduldig niets te doen.

Vierentwintig minuten later zag hij twee personen teruglopen naar de pick-up. Ze waren dus wel degelijk een eindje gaan wandelen.

De Ram reed achteruit weg bij de gele toegangshekken, draaide de Pacific Coast Highway op met een korte, scherpe bocht over de dubbele streep in het midden. Aaron startte de motor van de Opel, keek of de weg vrij was, draaide zelf de weg op en trok op tot honderd kilometer per uur.

Seconden later, op het moment dat hij net de Ram in het vizier kreeg, flitste er een rood licht in zijn achteruitkijkspiegel.

Prachtig.

Voordat Aaron kon reageren, knipperde de patrouillewagen van de Highway Patrol met zijn koplampen.

Geduld, kerel, hoe snel moet dat allemaal, in nanoseconden?

Je kon erop wachten tot die lul door zijn luidspreker zou beginnen te brullen. Aaron stopte langs de kant van de weg op de eerste de beste plek die daarvoor in aanmerking kwam.

De patrouillewagen kwam vijf meter achter hem freewheelend tot stilstand.

Het duurde lang, veel langer dan normaal, voordat de agent op hem af kwam. Aaron keek in zijn spiegeltje terwijl de man naderde, en zorgde ervoor dat hij zijn handen op het stuur hield.

Hij was jong, een jongen nog, eigenlijk. Grote, pruilende mond met volle lippen en zwaarlijvig.

Traag, een onmiskenbare John Wayne-waggel, één hand op zijn koppel in de buurt van zijn wapen.

Zwarte man bij het strand.

De agent van de Highway Patrol bleef op anderhalve meter van de Opel staan. Gewoon staan.

Geen reden om je zorgen te maken, agent-jochie. Je hebt al alle tijd genomen om het kenteken na te trekken.

De juiste procedure volgen.

Zijn hand met de zaklantaarn hoog geheven, zoals ze je dat leren op elke politieacademie, kwam de agent nog iets dichterbij. Bleef opnieuw stilstaan. Hand *op* zijn wapen.

Aaron bleef doodstil zitten.

Eindelijk: 'Uitstappen, meneer.'

Met het meest onschuldige, argeloze gezicht dat hij maar kon opzetten stapte Aaron met precies die trage, ingehouden bewegingen die hijzelf vroeger op prijs gesteld zou hebben toen hij nog in uniform liep, uit de auto.

Glimlachte toen de agent hem met zijn zaklantaarn verblindde.

Hield zijn mond dicht, want alles wat hij zou zeggen, zou verkeerd vallen.

24

De eerwaarde Arnold Wohr moest in de stad zijn en hield bij hoog en bij laag vol dat het geen enkel probleem zou zijn om bij het bureau langs te gaan.

Moe had er de voorkeur aan gegeven een kijkje te nemen bij het huis in La Puente, zodat hij misschien ook nog aanwijzingen zou vinden dat Ramone W er bij tijd en wijle verbleef. Maar gezien de bereidheid van de dominee om mee te werken, bevond hij zich nauwelijks in een positie om tegen te stribbelen.

De respectabele broer van Ramone kwam tien minuten te vroeg. Weliswaar twee jaar ouder dan zijn broer, zag Arnold er niettemin tien jaar jonger uit. Een slanke, kalende man, gekleed in een merkloos, maar keurig grijs pak, wit overhemd, blauwe stropdas, bruine schoenen.

Moe zocht naar genetische overeenkomsten met Raymond Wohr en vond die in een even karige bedeling als het om de kin ging.

Arnolds blik was open en rechtdoorzee, zijn handdruk koel en droog.

Moe bedankte hem voor zijn komst en vroeg hem wat hij kwam doen in L.A.

'Dit, rechercheur. Ik wilde niet dat mijn familie betrokken zou raken.'

'Waarbij?'

'Bij alles wat maar met Ray te maken heeft. Wat heeft hij gedaan?'

'Het klinkt of u er wel aan gewend bent dat de politie u belt.'

'De politie, de reclassering toen het nog een voorlopige vrijlating was, de slijter bij mij in de buurt als de sigaretten plotseling bijna uitverkocht zijn net nadat Ray daar is geweest om een pakje kauwgom te halen. Gelukkig is de eigenaar lid van mijn kerkgemeenschap.'

'U ruimt al een tijdje op achter zijn rug.'

'Je kunt je familie niet uitkiezen, rechercheur, maar je kunt wel proberen te helpen.'

Moe zei: 'Zou u zeggen dat Raymond onverbeterlijk is?'

Arnold Wohr fronste zijn wenkbrauwen. 'Als ik niet in verandering zou geloven, zou ik het niet iedere zondag van de kansel kunnen prediken.'

'Ik neem aan dat u voortdurend te horen krijgt hoeveel Raymond en u verschillen.'

'Niet echt,' zei Arnold. 'Er zijn maar weinig mensen die ons samen zien.'

'Ray komt niet zo vaak langs?'

'Ray is gearresteerd toen hij veertien was, rechercheur. Voor het stelen van perzikenbrandewijn bij een slijter. Daarna voor het stelen van een paar gymschoenen bij Wal-Mart. Hij heeft een paar maanden in een heropvoedingskamp gezeten. Op de dag dat hij weer thuiskwam, hadden pa en ma een wel-kom-thuisfeestje georganiseerd. Hij bedankte ze daarvoor door midden in de nacht de portemonnee van ma op z'n kop te houden en ervandoor te gaan. Daarna hebben we niets meer van hem gehoord totdat hij een jaar later weer werd gearresteerd, ook voor diefstal. Toen werd hij veroordeeld tot straf in een gevangenis voor volwassenen. Hij nam niet eens de moeite ons te laten weten dat hij weer vrij was. Pa en ma waren brave, hardwerkende mensen, we hebben ein-deloos gepraat over wat er nu toch wel aan de hand kon zijn dat Ray ons probeerde te ontvluchten. Mijn ouders zijn over-leden met die vraag op hun lippen. Toen ik uit dienst kwam, heeft die vraag er uiteindelijk toe geleid dat ik dominee ben geworden.'

'U wilde Ray begrijpen.'

'Ray, en mensen zoals Ray. Je bekijkt het van alle kanten, psychologisch, sociologisch, maar dat verklaart uiteindelijk niets. Dan zoek je bij hogere machten.'

'Het is het werk van de duivel.'

Moe had onmiddellijk spijt van zijn spottende opmerking toen hij zag hoe de dominee zijn wenkbrauwen fronste.

Hij zei: 'Het is niet mijn bedoeling de spot te drijven met...'

'Het geeft niet, rechercheur. Ik weet dat ideeën over goed en kwaad die op geloof gebaseerd zijn, er vandaag de dag niet ingaan. Maar nog niemand heeft me een betere verklaring kunnen geven voor het gedrag van mijn broer.'

'U ziet hem als het kwaad.'

Arnold draaide zijn ogen omhoog en daarna zakte zijn blik omlaag. 'Ik beschouw Ray als een misleide. Ik zeg niet dat hij geleid wordt door een hand die wij niet zien, het gaat niet om duivels met gevorkte staarten. Het is meer dat Rays ne-gatieve energie de bovenhand heeft over zijn positieve ener-gie.'

Dat klonk als new age. Of misschien kwam alle geloof uit-eindelijk wel neer op geloven in het onzichtbare.

Moe zei: 'Hebt u enig idee waarom ik met u zou willen pra-ten, eerwaarde?'

'Ik heb nu wel een idee,' zei Arnold Wohr. 'Toen ik beneden

naar u vroeg, stuurden ze me naar Moordzaken. Ik ben doodsbang.'

Maar hij wilde het gesprek al voor die tijd bij zijn familie uit de buurt leiden – omdat hij iets ergs verwachtte. Arnold Wohr vermoedde dat zijn broer meer op zijn kerfstok had dan een paar diefstalletjes en drugs.

Tijd om hem een beetje op te schudden.

Moe zei: 'Goed, ik wil u niet bang maken, maar we onderzoeken uw broers betrokkenheid bij een moordzaak.'

'Betrokkenheid? Is Ray verdachte?'

'Nog niet.'

'Maar dat wordt hij misschien wel?'

'Zou u dat verbazen, eerwaarde?'

'Ray is nooit gewelddadig geweest. Ja, natuurlijk zou me dat verbazen.'

Moe schoof de kleurenfoto met het blije gezicht van Adella Villareal uit haar dossier en liet hem aan Arnold Wohr zien.

Een zenuwtrekje verscheen bij de ooghoeken van de man en kroop langzaam omhoog naar zijn haarlijn. 'Is *zij* dood? O, mijn God.'

'U kent haar.'

'Ik heb haar een keer ontmoet. Ze had haar kind bij zich, in diezelfde blauwe deken. Goede God, wat is er gebeurd?'

Moe zei: 'Waar en wanneer hebt u haar gezien?'

'Ray nam haar mee met Pasen. Niet afgelopen Pasen, maar de keer daarvoor.'

Amper een maand voor Adella's dood.

Moe zei: 'Paasdiner?'

Wohr knikte. 'We zijn jaren geleden gestopt met hem uit te nodigen omdat hij nooit reageerde. Dus tot onze grote verbazing komt hij plotseling onuitgenodigd opdagen. Met een bos bloemen die hij ongetwijfeld uit iemands tuin heeft geplukt.'

'Samen met deze vrouw.'

'Dat was de tweede verrassing. Ray die iemand meeneemt, hij kwam altijd alleen. De derde verrassing was dat ze... hoe heette ze ook alweer... iets Spaans... Elena?'

'Adella Villareal.'

'Ja, dat is het, Adella. De derde verrassing was dat het niet bepaald het type was waarvan je zou verwachten dat Ray ermee optrok.'

'Hoezo, eerwaarde?'

'Nou, zij was beschaafd, beleefd, een heel aardige jonge vrouw. Uitstekende manieren, ze stond erop ons te helpen met serveren.'

'Anders dan de andere vrouwen in Ray's leven.'

Arnold leunde achterover. 'Ik heb nog nooit andere vrouwen van Ray ontmoet, rechercheur, maar het leek wel... leek alsof Ray en zij niet bij elkaar pasten. Niet dat Ray niet zijn uiterste best deed. Als Ray komt opdagen, gaat het altijd om geld. Op die dag heeft hij er niet om gevraagd. Hij had nette kleren aan, een overhemd met een boordje, schone spijkerbroek. Ik zei tegen mezelf: misschien heeft ze een goede invloed op hem.'

'U zag hen als een stel.'

'Ik wist niet wat ik ervan moest denken. Plotseling stond hij daar, met haar en een baby. Dus logisch, ja, dat ik een en ander veronderstelde. Ik weet nog dat ik dacht: arm kind, als Ray de vader is. – Moge de Here me vergeven.'

Moe liet een boevenfoto van Alicia Eiger zien.

Arnold zei: 'Wie is dat?'

'Ook een vriendin van uw broer.'

'Dat is meer wat je zou verwachten.'

'Hoe heeft Ray Adella bij uw familie geïntroduceerd?'

'Gewoon: "Hoi, wij zijn er, dit is Adella." Mijn vrouw vloog meteen naar de keuken voor extra borden. Geen enkele reden om de vrouw in verlegenheid te brengen.'

'U ging ervan uit dat Ray de vader van de baby was, maar bent op een gegeven moment van gedachten veranderd?'

'Er was op geen enkele manier sprake van iets romantisch tussen die twee. Ray en Adella zeiden amper iets tegen elkaar. Ze praatte vooral met mijn vrouw over de baby. Ze was vooral gericht op die baby.'

'En Ray?'

'Het interesseerde hem niets. Toen Adella opstond om hem te voeden – het was een jongen, een schat van een kind, een heleboel haar – bleef Ray gewoon eten naar binnen schuiven. Zoals hij dat had geleerd in de gevangenis.' Hij kromde zijn arm en boog zich voorover.

'Zijn eten beschermen,' zei Moe.

'Precies. Heeft u kinderen, rechercheur?'

'Nee, meneer.'

'In het begin gaat het allemaal om lichamelijke zorg. Voeden, boertjes laten, luiers verschonen, steeds maar weer opnieuw. Het leek of Adella daar plezier in had. Ze at zo weinig aan tafel dat we al van plan waren haar het eten mee te geven in een pakje.' Hij fronste de wenkbrauwen. 'Ray at zijn bord leeg en begon toen aan haar eten. Zei zoiets als: "Zij komt er toch niet aan toe, het is zonde goed voer te laten staan."'

'Als Ray en Adella wel met elkaar praatten, hoe behandelde hij haar dan?'

'U denkt dat hij haar heeft vermoord?'

'Eerwaarde, zoals de zaak er nu voor staat, kende Ray haar. Vanwege zijn strafblad moeten we hem natrekken.'

'Hij heeft nooit geweld gebruikt.'

'Soms doen mensen dingen waarvoor ze nooit worden gearresteerd.'

Arnold gaf geen antwoord.

'Zou u werkelijk totaal geschokt zijn als Ray iemand zou vermoorden?'

Arnolds ogen puilden uit. 'U zei zojuist dat u geen bewijzen had.'

'Dat klopt. Ik vraag het alleen.'

'Rechercheur, het idee dat mijn broer... Nee, dat zie ik niet gebeuren. Ray is nooit gewelddadig geweest. Nooit...'

'Maar...'

'Maar niets.'

'Het spijt me,' zei Moe. 'Ik dacht dat ik een "maar" hoorde.'

Arnold Wohr sloeg zijn benen over elkaar, plukte aan zijn revers. 'Als u bewijzen had, natuurlijk zou ik dan... Nee, nee, ik kan niet geloven dat Ray ooit zover zou gaan. Maar als hij zoiets zou doen, zou ik willen dat hij werd opgeborgen, zodat hij niemand anders meer pijn zou kunnen doen.'

'Niemand anders,' echode Moe. 'Is er iets dat u me moet vertellen over uw broer?'

Arnolds ogen schoten opzij, als het magazijn van een *shotgun*. Hij staarde naar een vlek op de muur. 'Ik geloof niet dat ik begrijp wat u bedoelt, rechercheur.'

Leek mij toch aardig duidelijk.

'Eerwaarde, misschien vergis ik me geweldig, maar ik bespeur dat u zich zorgen maakt. Misschien omdat u iets over uw broer weet, wat niemand anders weet?'

Stilte.

'Eerwaarde, ik begrijp uw loyaliteit naar uw broer toe, maar bescherming van al wat onschuldig is, is ons beider belang.'

Arnold staarde hem aan. 'U ziet er jong uit, maar u doet dit al een tijdje, niet?'

U bent mijn beste nieuwe vriend.

Moe glimlachte. 'U ziet er een stuk jonger uit dan uw broer.'

'Het resultaat van een deugdzaam leven,' zei Arnold. Toen lachte hij. 'Dat zegt mijn vrouw. Dan zeg ik dat het meer de afwezigheid is van een losbandig leven.'

Hij richtte zijn blik op de vloer. 'Ja, ik moet u iets vertellen.' Hij haalde diep adem. 'Wat u opviel was geen zorg om de vraag of Ray gewelddadig is. Niet in de strikte zin van iemand fysiek toetakelen...'

Moe wachtte.

'Ik voel me een Judas, rechercheur.'

'Judas verraadde een verlosser. Het lijkt me niet dat uw broer in die categorie valt.'

'*De* Verlosser,' corrigeerde Arnold. 'Bent u gelovig, rechercheur?'

'Hangt ervan af op welke dag u me dat vraagt.'

'Dat is eerlijk... Ik weet dat het ook mijn morele plicht is eerlijk te zijn. Maar dit is... Ik denk dat als ik maar zeker wist dat het belangrijk was, maar ik weet het nu juist niet zeker.'

'Ray heeft iemand in uw gezin pijn gedaan.'

'Nee!'

Moe kwam wat dichterbij, rechtte zijn rug en stelde zich dominant op. 'Wat dan wel, eerwaarde?'

Arnold Wohr schudde zijn hoofd.

'Eerwaarde, vertragen heeft geen enkele morele waarde. Dit is een moordzaak. Adella Villareal is gewurgd en ergens gedumpt. Sinds die tijd heeft niemand haar baby gezien.'

Wohr bedekte zijn gezicht met zijn handen. 'Mijn God.'

'Ik denk dat we beiden wel weten wat God vindt van...'

'Ray heeft haar nooit iets gedaan!' barstte Arnold uit. Hij liet zijn handen vallen. 'Maar hij heeft haar bang gemaakt. Mijn dochter. Mijn jongste dochter, Sarah. Ze is dertien en ze betrapte hem toen hij door het raam van haar kamer naar haar keek.'

'Haar slaapkamer?'

Een hoofdknik. 'De meisjes hebben samen een kamer. Eve was uit met vriendinnen.'

'Sarah betrapte Ray bij het gluren.'

'Lieve Heer, ja.'

'Wanneer is dat gebeurd, eerwaarde?'

'Een halfjaar geleden. Ray zag er weer uit als vanouds: goor T-shirt, een afzakkende korte broek, rubberen sandalen. Hij *stonk* naar alcohol.'

'En weer als vanouds om geld vragen,' zei Moe.

'Dit keer had hij een verhaal. Hij had schoon schip gemaakt, het ging nu om een "grote investering". Ik heb hem alles gegeven wat ik in mijn portefeuille had, honderdtien dollar. Hij wilde meer, ik zei nee, hij vloekte en ging weg.'

'Hebt u hem toen ook uw auto gegeven?'

'Mijn auto... O, de Toyota. Nee, die is vorig jaar aan de kerk gedoneerd. Ik dacht dat mijn vrouw hem wel zou kunnen gebruiken, dus heb ik de kerk er de volle dagwaarde voor betaald. Maar het was niet handig. Ik heb een bijbaan, ik monteer zelfbouwpakketten van kasten en soms moeten Francine en ik ergens materialen afleveren. We hebben een oude Suburban gekocht en de Toyota aan Ray gegeven.'

'In plaats van geld.'

'Ik had op dat moment niet veel contant geld en ik ging ervan uit dat hij de Toyota zou verkopen.'

'Je hebt hem nooit op zijn naam laten zetten.'

'Niet?'

'Nee, meneer.'

'O... Heeft Ray iets met die auto gedaan, iemand aangereden terwijl hij dronken was?'

'Nee, eerwaarde. Maar terug naar uw dochter. U hielp uw broer en hij bedankte u door uw dochter te begluren. Was dat voordat hij om geld vroeg, of daarna?'

Arnold balde zijn vuisten. 'Sarah vertelde het me pas een paar dagen later. Ze was al die tijd van streek geweest en toen kreeg ik het eindelijk uit haar los. Ik dacht dat er iets met school was, vrienden. Ik had nooit verwacht dat ik *dat* te horen zou krijgen.'

'Wat zei ze dat er was gebeurd?'

'Ze was in haar kamer en kleedde zich uit om naar bed te gaan en zag uit haar ooghoek iets bewegen bij het raam, ving een duidelijke glimp op van Ray's gezicht. Vervolgens verdween hij. Ze wist zeker dat het Ray was. Die snor van hem is vrij duidelijk. Gelukkig is zij een fatsoenlijk kind en draagt ze een lang nachthemd. Maar het feit alleen al dat hij daar buiten was... Sarah was eigenlijk meer kwaad dan bang.'

'En u betwijfelde of het iets eenmaligs was.'

'We hebben er in het gezin over gepraat en mijn oudere dochter, Eve, zei dat ze altijd al een raar gevoel had bij Ray. Hij deed eigenlijk nooit iets, maar ze voelde zich niet op haar gemak bij hem in de buurt. Eve is een slimme, opmerkzame meid.'

'Je gaat je afvragen of er een duistere kant is aan uw broer.'

'Is Adella... Is zij ook op *die* manier aangerand?'

In plaats van een antwoord te geven op die vraag, zei Moe: 'Is er nog meer in het leven van Ray dat u me kunt vertellen, seksueel gezien? Bijvoorbeeld toen u samen opgroeide?'

'Nee, nee, niet dat ik weet. Wordt hij aangeklaagd voor het begluren van Sarah?'

'Wilt u dat?'

'De reden waarom ik geen aangifte heb gedaan is, dat ik niet wilde dat Sarah iets traumatisch mee moest maken. En zij beweerde bij hoog en bij laag dat zij het niet wilde. We hebben het er met het hele gezin over gehad en hebben samen een besluit genomen. We zouden Ray voor altijd de toegang tot het huis ontzeggen, dat leek de beste oplossing. En nu vertelt u me dat Ray zich misschien aan iets pervers heeft schuldig gemaakt...'

'Nee, meneer, dat heb ik niet gezegd.'

'Maar u ontkende het niet toen ik vroeg of Adella was aangerand.'

Moe had medelijden met de man. 'Zij is niet aangerand, eerwaarde, en om eerlijk te zijn, zie ik niet hoe Ray kan worden aangeklaagd voor gluren.'

'Te lang geleden?'

'Zelfs als u destijds aangifte had gedaan, vraag ik me af of hij was aangeklaagd. Als je iemand in de buurt van het raam van zijn nichtje ziet, terwijl zij volledig gekleed is, en hij niet in overtreding is, kun je dat gemakkelijk uitleggen. Hij stond daar te roken of kwam toevallig langs.' Hij keek Wohr recht aan. 'Zolang hij nooit eerder iets dergelijks heeft gedaan.'

'Nee,' zei Arnold Wohr. 'Niet bij mijn dochters.'

'Dan zou geen politieman hem hebben opgepakt, meneer. Hier niet en in La Puente niet.'

Maar het seksuele aspect was absoluut iets om verder te onderzoeken.

'Dank u,' zei Arnold. 'Dat u probeert mijn zorgen weg te nemen.'

'Ik ben eerlijk, eerwaarde. Ik stel het op prijs dat u helemaal hierheen komt en zo open bent.'

Wohr maakte een ongemakkelijke beweging. 'Er is nog iets, rechercheur. Iets wat Ray zei de laatste keer dat ik hem zag. Iets in dat verhaal dat hij schoon schip aan het maken was. Hij zag wel dat ik sceptisch was, dus hij begon het toe te lichten en zei dat hij mensen in de showbusiness vertegenwoordigde.'

'Vertegenwoordigde, hoe?'

'Dat heb ik hem gevraagd, maar het enige wat hij deed, was zichzelf steeds herhalen. Vertegenwoordigen. Alsof hij een soort agent was, of zo. Toen begon hij over Adella. "Weet je nog," zei hij. "Klasse, Arnie. Dat bedoel ik." Ik zei: "Ray, als je geld nodig hebt, moet je het gewoon zeggen en ophouden met die sprookjes."'

Arnold schudde zijn hoofd. 'Zo praat ik nooit tegen hem, ik weet niet wat ik had. Hij begon te schelden. Hij drukte zijn vuist onder mijn neus en zei: "De hele collectezak vol, vrek!" Dat ergerde me. Ik klapte de bankbiljetten op zijn hand. Hij maakte de een of andere godslasterlijke opmerking, iets in de trant van als het Leger van de Heer zo handelde, de Heer wel een loser moest zijn. Op dat moment wist ik dat hij weg moest, voordat ik iets zou doen wat ik later zou betreuren. Diep vanbinnen was ik nog steeds verontwaardigd toen Sarah me vertelde wat er was gebeurd. Alsof iemand een lucifer bij mijn ziel hield. Ik belde mijn broer op en sprak een bericht in dat hij hulp moest zoeken voor zijn perverse afwijking en zei dat ik hem nooit meer wilde zien. Dat verzoek heeft hij in ieder geval ingewilligd.'

'Zes maanden geleden.'

'Niet op de kop af, rechercheur, *ongeveer*.'

Een dode vrouw *vertegenwoordigen*.

'Is er nog iets dat u kwijt wilt, eerwaarde?'

Arnold schudde zijn hoofd. 'Waar woont Ray?'

'Ik weet het niet, meneer.' Een confrontatie tussen beide broers bij Alicia Eiger thuis had geen zin.

'U hebt hem niet gearresteerd?'

'Nee, meneer.'

'Dus hij is *echt* geen verdachte.'

'Niet op dit moment.'

'Oké,' zei Arnold Wohr. Het klonk eerder teleurgesteld dan opgelucht.

'Maakt u zich nog ergens zorgen over, eerwaarde?'

'Ik zou het graag horen, rechercheur, als u hem arresteert. Zodat ik hem kan opzoeken. Misschien kan ik helpen.'

25

Terug aan zijn bureau destilleerde Moe druppeltjes informatie uit het gesprek met Arnold Wohr.

Er was zo langzamerhand een aardig beeld van broer Ray als viezerik ontstaan. Geen geweld op zijn strafblad, maar seksueel wel ziek genoeg om een dertienjarig meisje te begluren.

Die band met de 'showbusiness' waar Ramone W over had lopen pochen, was ook zo'n goudklompje, dat prachtig paste bij Ax Dement en het Eagle Motel. Seks, drugs, of beide. Waarschijnlijk beide.

Beperkten Wohrs zaken met De Industrie zich tot een randsatelliet als Ax? Of had hij werkelijk netwerkbanden met lui met geld?

En een ongezonde smaak.

Als Wohrs bereik zich uitstrekte tot junkies op de A-lijst zoals Mason Book, kon het wel eens interessant worden.

Bergen geld om te spenderen aan *ik wil het, ik wil het, ik wil het.*

Ramone's snoeverij dat hij Adella vertegenwoordigde, kon betekenen dat hij werkelijk haar pooier was geweest. Maar voor hetzelfde geld was het pure opschepperij.

Ze had hem vergezeld bij het paasdiner.

Met haar baby.

Waar Ramone in het geheel niet in geïnteresseerd was.

Het meest enge was dat Ramone opschepte dat hij Adella vertegenwoordigde een tijd na haar dood. Officieel geen geweld op zijn strafblad, maar hij had genoeg eelt op zijn ziel om haar nagedachtenis te gelde te maken bij zijn broer.

De relatie van zijn broer en de verrassend beschaafde 'jongedame' had Arnold en zijn huisgenoten verward.

Omdat burgers als Arnold en zijn huisgenoten geen idee hadden.

Moe dacht na over de beschrijving die de eerwaarde had gegeven van de manier waarop Ramone en Adella met elkaar omgingen. Geen genegenheid, geen gesprek.

Het eten van haar bord schoffelen, terwijl zij zich had teruggetrokken om de baby te voeden.

Waarom trok Adella, toegewijd moeder, met hem op?

Kon geen andere reden zijn dan geld.

Het paasbezoek was waarschijnlijk Ramones idee van een
grap geweest. Vlees met een behoorlijk prijskaartje meebrengen naar het huis van zijn broer op een heilige dag.

Eelt op de ziel *en* laag bij de gronds.

Tel daarbij op dat Ramone bij het zoveelste bezoek om geld
te bedelen, zijn eigen nicht had begluurd, en je kreeg een heel
akelig beeld van de man.

Koud, liefdeloos, seksueel impulsief.

Precies de combinatie van karaktertrekken die Delaware had
opgesomd tijdens het onderzoek naar de moerasmoorden
toen hij de klassieke perverse recidiverende psychopaat beschreef.

Wat betekende dat Ramone tot *alles* in staat was.

Moe haalde koffie op, dronk die in het geroezemoes van de
zaal op, en zag flitsen voor zich in technicolor van gekma-
kende wreedheid.

Caitlins aantrekkelijke jonge gezicht, verwrongen van pijn.

Adella Villareal die denkt dat ze een pro is, maar op de meest
afschuwelijke manier wordt verrast.

Twee aantrekkelijke jonge vrouwen, die zoveel van elkaar
verschilden als maar mogelijk was, en die één ding gemeen
hadden, de dood.

De baby.

Moe had frisse lucht nodig, anders ging hij slaan.

Hij haastte zich langs een vijftal andere rechercheurs naar de
gang waar Sturgis' kantoortje ter grootte van een bezemkast
aan grensde. Hij rende bijna langs de gesloten deur en maakte een rondje. En nog een paar keer. Met een droge keel en
jeukende oogleden liep hij naar de Coca-Colamachine en vervolgens terug naar zijn bureau.

Telefoons bleven rinkelen, mannen en vrouwen met een ge-
concentreerde blik in de ogen praatten aan de telefoon, druk-
ten op toetsen van de computer. Del Hardy ving Moe's blik
op en maakte een saluerend gebaar.

Moe verwachtte half en half dat Hardy naar hem toe zou komen om te vragen hoe het met Aaron was.

Hij wuifde terug en richtte zijn aandacht weer op het moorddossier van Adella, zonder te verwachten dat het iets zou opleveren, maar omdat hij er net zo druk wilde uitzien als hij zich voelde.

Zijn ogen keerden steeds terug naar de foto.

Opname van een aantrekkelijke dode jonge vrouw die glimlachte. Al die vreugde om een klein in blauw gehuld bundeltje.

Gabriel, een klein brokje mens met de naam van een engel.

Vierduizend op haar rekening, en toch geen baan. Hadden de problemen van het alleenstaande moederschap Adella in de armen van Ramone gedreven?

Moe dacht aan hoe ze met de baby plotseling was komen aanwaaien bij haar ouders om even snel weer weg te sluipen zonder afscheid te nemen. Een beetje vergelijkbaar met het onaangekondigde bezoek van Ramone aan zijn broer Arnold.

Misschien was dat bezoek wel het idee van *Adella* geweest. Een vrouw die graag spelletjes speelde.

Had ze daarom geweigerd om de naam van de vader van het kind te noemen? Omdat ze niets had aan die vader, dus waarom zou je hem er dan bij betrekken?

Of juist het tegendeel: papa was heel bruikbaar, omdat hij rijk was en beroemd en Adella had betaald om niets openbaar te maken.

Maar waarom dan werken als hoer?

Honger naar meer?

Of was de baby het resultaat van haar werk als hoer? Moe deed het dossier dicht om de beelden uit zijn hoofd te bannen, zich te concentreren om de gebeurtenissen logisch op een rijtje te krijgen.

Adella viert een feestje met een aantal Rijke Jongens uit De Industrie, misschien wel iets wat door Ramone W is opgezet. Ze raakt zwanger, zoekt uit welke Rijke Jongen de vader is en vraagt geld om haar mond te houden. Krijgt wat geld.

Toen ze werd vermoord, was haar baby vijf maanden oud,

en ze ging dood met vierduizend op haar rekening. Iets minder dan duizend voor elke maand van zijn jonge bestaan. Misschien had het even geduurd voordat ze tot een overeenkomst waren gekomen. Laten we zeggen: twee maanden, dat betekende tweeënhalfduizend per maand. Maar dat was wat er over was na aftrek van onkosten van zo'n tweeduizend per maand.

Hij kwam uit op een bruto bedrag van vierenhalfduizend per maand, afgerond vijfduizend. Zestigduizend per jaar. Zakgeld voor een echte Rijke Jongen uit De Industrie. Voor iemand als Adella een hoop geld.

Todat ze inhalig wordt. En om meer vraagt.

Of misschien had ze zich aanvankelijk wel laten afschepen met een schijntje, de blije jonge moeder, met een door hormonen of wat dan ook vertroebeld brein.

Of de Rijke Papa had in de toekomst meer beloofd.

In alle gevallen komt ze tot de slotsom dat ze in een armzalig eenkamerflatje woont, dat haar budget zich beperkt tot pampers en een fatsoenlijk avondmaal, terwijl Rijke Papa van het leven geniet.

Huis in de heuvels, privévliegtuigen, vip-ruimten op verzoek, de mooiste tafels bij Koi, het Ivy, waar ze het ook maar achter hun kiezen stoppen. Aaron zou de namen zo op kunnen dreunen...

Adella besluit het groter aan te pakken en begint druk uit te oefenen op Rijke Papa.

Ze wordt een probleem.

Er wordt een beroep gedaan op Ramone W, of zo iemand, een psychopaat die tot alles in staat is.

Eén vraag: waarom heeft Rijke Papa haar niet gewoon tevreden gesteld door de toelage wat te verhogen?

Omdat hij een narcistische klootzak is die de dingen op zijn manier doet, die niet inziet waarom een kutje dat hij heeft liggen pompen, dat verzuimd heeft om voorzorgsmaatregelen te treffen, zou moeten deelnemen aan Het Grote Leven. Waarom heeft ze verdomme niet meteen abortus gepleegd? Omdat ze vanaf het begin van plan is geweest hem te verneuken, letterlijk en figuurlijk.

Die blijft steeds meer vragen. Daar kom je nooit meer van-af.

Een probleem dat je beter definitief kunt oplossen.

Twee problemen.

De beelden bestormden Moe opnieuw. Klein blauw bundel-tje dat ergens lag te rotten. De rest van de wereld vervaagde tot achtergrondgeluiden terwijl hij probeerde Caitlin Frostig op een logische manier in het verhaal in te passen.

Caitlin had gewerkt in een bar waar zich ooit een tijdje be-roemdheden hadden vertoond. Misschien hoorden Ax De-ment en/of Mason Book daar ook bij.

De pooier van Adella leverde Ax Dement seks en drugs. Mis-schien ook wel aan Mason Book.

Misschien, misschien, misschien... Er ontbrak iets...

Toen drong het als een donderslag bij heldere hemel tot hem door. *Rory Stoltz* kende iedereen: Caitlin, Book en Dement. Had de All-American Kid zich door zijn ambities, misschien wel te hoog gegrepen ambities, laten meesleuren in duistere en onaangename zaakjes? Ving zijn liefhebbende mama daar intuïtief iets van op? Was dat de verklaring voor haar vij-andige gedrag toen Moe haar tijdens haar werk in een hoek had gedreven?

Rory Stoltz, All-American Huurvriendje. Hoorde het door-schuiven van geld naar Adella ook bij zijn taken? Of naar een huurmoordenaar?

Erger nog?

Als Rory de schakel was tussen Adella en Caitlin, dan liep de ketting door tot Mason Book.

Wat had Caitlin ermee te maken?

Misschien had Rory haar te veel verteld en was de fatsoen-lijke Caitlin door het lint gegaan.

Dat maakte haar tot een probleem.

Zou Rory akkoord gaan met het uit de weg ruimen van zijn vriendin?

Caitlin was dood en Rory werkte nog steeds voor Mason Book. In de wereld die hij had betreden, werden vrouwen gebruikt. Afgedankt als ze overbodig waren geworden.

Er was één oneffenheidje: toen Adella werd vermoord, werk-

te Rory in Riptide en was hij nog geen loopjongen voor Book.
Moe dacht erover na en besloot dat dat geen onoverkomelijk bezwaar was. Dat Rory niet formeel in dienst was bij Book, wilde nog niet zeggen dat hij diens hielen niet likte. Hoeveel misdaad was er niet gegroeid tijdens met drank overgoten kroegpraat? Te veel op de verkeerde plaats, op het verkeerde moment.

Misschien had Book een vermoeden gehad van een slappe ruggengraat bij Rory.

Hé, wil je me helpen een paar probleempjes op te lossen, jongen?

Misschien had Rory de baan als persoonlijk assistent wel *verdiend* met het afleggen van een test in amoreel gedrag.

Slagen voor de test en zakken voor het leven.

Moe ging online en zocht naar uitzendbureaus in L.A. Hij beperkte de lijst tot een zestal dat gespecialiseerd was in persoonlijke assistenten, privékoks, chauffeurs en andere banen die typisch waren voor De Industrie.

Een uur later kon hij vaststellen dat Rory Stoltz zich nooit had laten inschrijven bij een van die bureaus.

Hij breidde de zoektocht uit met nog eens zes bureaus, ook al waren die niet gespecialiseerd in banen bij mensen met te veel geld, en kwam tot dezelfde conclusie. Dat gold ook voor het uitzendbureau voor studenten van Pepperdine, die Moe's leugentje dat hij een advocaat was voor wie Stoltz wilde werken, zonder meer geloofden en geen vragen stelden.

Nieuwe vaardigheid, hij had nooit goed kunnen liegen. Mam zei altijd plagend dat zijn gezicht een halfdoorlatende spiegel was met uitzicht op zijn ziel. Je leerde nergens zo goed als in de dagelijkse praktijk.

Dat gold misschien ook wel voor Rory. De jongeheer Stoltz, een doorsnee jochie uit Californië dat hoopt voet aan de grond te krijgen in De Industrie, heeft allerlei nieuwe vaardigheden opgedaan.

Dingen die je niet in je cv zet.

Dat hij niet geregistreerd stond bij een uitzendbureau was nog geen bewijs dat Rory was ingehuurd na een ontmoeting in Riptide – voorlopig was er nog niets wat Ax Dement en

Mason Book met Riptide in verband bracht – maar het legde wel enig gewicht in de schaal.

Dus voor het gemak was het wel handig om er maar eens van uit te gaan dat Rory al een tijd geleden in contact was gekomen met Dement en Book, en dat zijn morele fundament al heel snel was ondergraven.

Ofwel omdat dat om te beginnen al niet zoveel voorstelde, ofwel omdat roem, charisma en rijkdom toch heel wat aanlokkelijker waren dan blokken voor tentamens en rollebollen op de achterbank met Caitlin.

Dit was een stad, dit was een *wereld*, waar mensen beroemd werden omdat ze zichtbaar waren, waar sekstapes goed waren voor je carrière, waar niets onmogelijk was.

Waarom niet je vriendin verkopen als dat voor een grote klapper kon zorgen?

Moe herkauwde het scenario dat hij had bedacht. Bekeek het van alle kanten, keer op keer. Het werd steeds akeliger. Steeds acceptabeler.

Maar hoe kon je zoiets bewijzen?

Concentreren op het slachtoffer.

Er was zowaar een filmploeg bezig met opnames in Hollywood, die La Brea versperden tussen Melrose en Sunset, zodat hij een uur in de verstikkende smog onderweg was naar het laatst bekende adres van Adella Villareal aan Gower.

Toen hij er eindelijk aankwam, bleek het verrassend ruim opgezet, een als een soort kasteeltje gebouwde villa uit de jaren twintig, met allerlei vriezen en lijsten, verdeeld in zes appartementen. Perzikkleurig gesausd en een borrelende fontein ervoor.

Niemand in de drie appartementen op de begane grond deed open, maar dat was geen probleem, Adella had op de verdieping gewoond.

Haar éénkamerappartement werd nu gehuurd door een snoezige, jonge Aziatische vrouw die een witte jas droeg. Op een naamkaartje stond: KAREN CHAN, M.D., R-II, MEDICIJNEN. Chan zag eruit alsof ze net achttien was, ondanks haar vermoeide ogen. Ze leunde tegen de deurpost en vertelde Moe dat de kamer brandschoon was geweest toen zij erin trok.

'Ga maar eens met mevrouw Newfield praten, hiernaast. Zij weet van alles over die vrouw, ze heeft me er van alles over verteld.'

'Wat zei ze?'

'Dat mijn voorgangster is vermoord en dat de moord nooit is opgelost. Alsof ik daar bang door zou moeten worden. De huur is redelijk, en met wat ze coassistenten betalen, zou ik wel gek zijn ergens anders heen te gaan. Vervolgens kwam ik erachter dat die vrouw niet eens hier is vermoord, dus waar doet ze moeilijk over?'

'Waarom zou mevrouw Newfield jou bang willen maken?'

'Ik zeg niet dat ze dat deed, het was meer dat ze haar angst aan iemand kwijt moest. Alsof ze nog steeds van streek is. Maar goed, ik moet slapen. De tijd vliegt, ik heb straks weer dienst.'

Moe bedankte haar en liep de gang verder in.

Op zijn kloppen werd door de deur heen gereageerd met een gespannen: 'Wie is daar?'

'Politie.'

'Wie?'

'Politie, mevrouw.'

'Waarvoor?'

'Adella Villareal.'

Twee tellen. 'Wacht.'

De deur kraakte twee centimeter open. Donkere ogen tuurden naar hem over de ketting.

Moe trok zijn jasje open en liet het embleem op zijn borstzakje zien.

'Wacht.' Vingers met zilverkleurige nagels rommelden met de ketting. De deur zwaaide snel open, alsof hij voor die stand was gemaakt. De vrouw die Moe aanstaarde, was even groot als hij en had brede heupen. Zeventig, vijfenzeventig met schoensmeer-zwart glanzend haar geknipt in een pagekopje. De bruine ogen met grijze oogschaduw pasten wonderwel bij de nagellak. Zwaar gepoederd gezicht met de kleur en de consistentie van nat vloeipapier. Ze droeg een parelgrijze kimono waar zachtpaarse vissen op waren geschilderd.

Een halsketting met diamantachtige juwelen die te groot waren om echt te zijn, om een tanige nek.

'Rechercheur Reed, mevrouw.'

'*U* bent nieuw.'

Zag hij er zo onbeholpen uit? 'Pardon?'

'De eerste keer stuurde de politie een vrouw. Ik lag in het ziekenhuis met galstenen en mijn echtgenoot heeft met haar gepraat. Volstrekt zinloos, met zijn geheugen. Leonard zei dat ze aantrekkelijk was, en bleef daar maar over doorgaan, om mij op de kast te jagen. Dat is hem gelukt. Ik heb zijn eten een week lang laten aanbranden. Later is ze nog een keer gekomen en heeft ze met mij gepraat – het vrouwtje. Leek volstrekt niet geïnteresseerd in wat ik te melden had.'

Moe glimlachte.

'Je zou verwachten,' zei de vrouw, 'dat ze geïnteresseerd zou zijn, gezien het waardeloze geheugen van Leonard.'

'Hebt u gebeld om te melden dat u beschikbaar was?'

'Is dat mijn verantwoordelijkheid? U maakt een grapje?'

'Klopt,' zei Moe. 'Maar goed, nu ben ik er, mevrouw.'

'Een nieuwe,' zei de vrouw, terwijl ze hem van top tot teen opnam. 'Ze worden steeds jonger tegenwoordig.'

'Ik ben geïnteresseerd in alles wat u te vertellen hebt, mevrouw. Mag ik binnenkomen?'

'Ik ben Ida Newfield. Natuurlijk, waarom niet, eh... ho, wacht even, laat dat embleem nog eens zien, en een ID-bewijs. Je ziet er wel uit als politie, maar als vrouw moet je voorzichtig zijn.'

Na een halve minuut kritisch turen naar zijn ID-bewijs door bifocale glazen liet Ida Newfield hem in haar woonkamer. Hij had een stoffige volgepropte bedoening verwacht, maar trof een bijna leeg vertrek aan.

Grijs vilt op de wanden, bijpassende vloerbedekking, een lage diepzwarte leren bank, een salontafel van glas en chroom, één enkele zwart gelakte kist zonder handgrepen.

Zo ongeveer even warm als de vertrekhal van een luchthaven. Net zoiets als bij Aaron.

Ida Newfield verklaarde: 'Chic, niet? Ik ben binnenhuisarchitecte, heb huizen gedaan waar u zich niets bij kunt voorstellen. Ze haalde een afstandsbediening tevoorschijn uit een zak van haar kimono en drukte op een knop. Een knarsend geluid begeleidde het opstijgen van een 40-inch flatscreen uit een sleuf in het deksel van de zwarte kist.

'Aardig,' zei Moe.

'Het gaat allemaal om negatieve ruimte,' zei Newfield, terwijl ze op een andere knop drukte, waarna de tv weer begon te dalen. 'Weet u wat dat betekent?'

'Spul wat je niet ziet?'

'Al het spul *rondom* het spul wat je *wel* ziet,' corrigeerde ze. 'En dus een gezonde geest, want ruimte voedt de ziel. *Zij* snapte daar niets van.' Ze maakte met haar duim een beweging in de richting van de scheidingsmuur met het appartement ernaast. 'Zij niet, de *dokter*. Zij, die *andere*. Die vrouw voor wie u hier bent. Ze hield de boel best schoon, maar overal *spullen*, babykleren, wiegen, haar opklapbed, flessen, eten. Bah.' Schuddend hoofd. 'Hebt u George Carlin horen spreken over spullen? Eerst krijg je allerlei spullen, dan heb je spullen nodig voor die spullen en plaats om spullen *op te bergen*. Die man was geniaal. Ik heb zijn huis bijna gedaan, jaren geleden.'

Moe zei: 'Dus u kende Adella Villareal.'

'Niet in de vriendschappelijke sfeer. Maar ik wist wel wat ze deed.'

'Wat deed ze?'

'Alsof u dat niet weet.'

Moe wachtte.

'U weet het niet?' zei Ida Newfield. 'Kom zeg. Ze deed seks voor geld. Ik ben feministe en vind dat erg beledigend.'

'Hoe weet u dat ze...'

'Omdat ze 's avonds laat de deur uitging, gekleed als een slet. Omdat ze aanbood te betalen als ik op de baby paste als ze plotseling "werk" had. Altijd 's nachts. Ik heb mijn eigen twee kinderen grootgebracht. Het laatste wat ik wil is boertjes laten en poepluiers verschonen, dank u wel.'

'Hoe vaak ging ze de deur uit, gekleed als slet?'

'Ik ben niet in de gang gaan staan om het bij te houden. Ik zag haar per ongeluk op die manier. Laten we zeggen: zes keer, hoe klinkt dat? Wat een kostuum, je zou toch denken dat mannen op een bepaald moment moe zouden worden van die clichés en wat meer creativiteit zouden verlangen.'

'Wat voor kostuum?'

'Slettencouture. Ze probeerde het te verbergen onder haar jas, maar ik wist wat eronder zat. Panty met visnetmotief, nauwsluitend microjurkje waar ze bijna uitvalt, tien centimeter naaldhakken, petieterig tasje voor haar condooms. Heel wat anders dan zoals ze zich deed voorkomen.'

'Hoe deed ze zich voorkomen?'

'Alsof ze niet meer was dan een lief jong moedertje. Ida Newfield klakte met haar tong. 'Lieve jonge moedertjes wonen bij vaders. Of op zijn minst bij andere moeders. Ik oordeel niet. Maar een kind alleen grootbrengen? O, natuurlijk, dat kan. Zelfs Leonard was een beetje behulpzaam, toentertijd destijds. Misschien had dat kind niet zo geblèrd als ze hulp had gehad.'

Een schorre lach, zonder enige vreugde. '*Hij* bood aan om op te passen. Leonard, bedoel ik.'

'Een goede daad verrichten,' zei Moe.

'Zeker weten, ik ben met een heilige getrouwd. Niet dat hij het ook werkelijk zou doen. Geen geheugen. Hij was gewoon in zo'n bui. "Waarom heb je haar *mijn* diensten niet aangeboden, schattebout? In ruil voor *haar* diensten." Ik heb hem op zijn arm gestompt. Daar houdt hij van.'

'Waar is uw echtgenoot?'

'Hillside Memorial,' zei ze zonder met haar ogen te knipperen. 'Hij is twee maanden geleden overleden.'

'Dat spijt me...'

'Hij was drieënnegentig. Ik was zijn jonge kippetje. Nou, en wie heeft haar vermoord?'

'Dat proberen we uit te zoeken, mevrouw Newfield. Hebt u enig idee wie er op haar kind heeft gepast?'

'Verschillende mensen.'

'U heeft ze gezien?'

'Bij het komen en het gaan.'

'Hoeveel verschillende mensen?'

'Minstens twee. Nee, drie. Misschien wel meer, maar ik heb

er drie gezien. Zoals ik al zei, ik bespioneerde haar niet. Als ik gewoon iets zag, dan zag ik iets.'

'Zoals?'

'Zoals mensen die binnenkwamen en daar bleven terwijl zij er opgedirkt als slet vandoor ging.'

'Kunt u die mensen beschrijven?'

'Ik heb ze niet van dichtbij gezien. Een paar keer was het een man en twee vrouwen. Een daarvan zag er door de wol geverfd uit, waarschijnlijk de ene slet die de andere uit de brand helpt. Misschien die jongste ook wel, weet ik veel. Die man was gewoon een schooier. Die heb ik hier wel in de buurt gezien, bij de kroegen.'

Moe liet haar de foto zien van Raymond Wohr.

'Daar kun je vergif op innemen. Heeft hij haar vermoord?' Effen stem, maar haar handen beefden.

'Daar is geen bewijs voor, mevrouw.'

'U hebt zijn foto gewoon voor de lol in de zak.'

'Ik heb foto's van verschillende mensen die juffrouw Villareal kende. Deze vrouw bijvoorbeeld.'

De boevenfoto van Alicia Eiger ontlokte een nieuwe instemmende reactie: 'Jep. Dat is de oudste. Dat is een politiefoto, toch?'

Moe knikte.

Ida Newfield zei: 'Misschien past die politiepet mij ook wel. Dat heb ik op de achterkant van een boekje lucifers gelezen. Laat me de jongste maar zien, dan scoren we drie uit drie.'

'Meer heb ik niet. Kunt u de jongere vrouw beschrijven?'

'Typisch.'

'U bedoelt?'

'Typisch Californië,' zei Ida Newfield. 'De hele blonde reutemeteut. Niet duidelijk sletterig, maar wie weet? Misschien is zij heel geschikt voor de geheime fantasieën van mannen – ontmaagden van onschuldige meisjes.'

'Hoe jong was ze?'

'Jong. De leeftijd van een studente. Al was ze dat niet.'

'Waarom niet?'

'Als ze dat wel was, zou ze zich dan inlaten met tuig?'

'Mag ik u een foto laten zien op het bureau, mevrouw?'
'Maakt u een grapje?' zei Ida Newfield. 'Denkt u dat ik mijn comfortabele nest verlaat om me helemaal naar Wilcox Street te slepen?'
Bureau Hollywood was een paar straten verderop. Wat hij haar wilde laten zien, was in West-L.A. Er schoot hem iets te binnen. 'Hebt u een computer, mevrouw?'
'Waarom?'
'Dan zou ik de foto nu hiernaartoe kunnen laten sturen.'
'Gewoon, zomaar?'
'Gewoon, zomaar.'
'Ik ben onder de indruk,' zei Ida Newfield. Toen barstte ze in lachen uit. 'U bedoelt dat ze bij de politie paard en wagen eindelijk hebben ingeruild voor *auto's*? *Natuurlijk* heb ik een computer.'
Ze drukte op knoppen op haar afstandsbediening, zodat de flatscreen weer omhoogkwam. Ze drukte op nog een paar knoppen. Het aanmeldvenster van Windows vulde het scherm.
'De hardware zit daaronder. De tv is de monitor. Ik heb een draadloos Wi-Fi-toetsenbord en een muis, als dat nodig is, maar meestal lukt het wel met dit kleine ding. En misschien valt het op dat ik de kist niet hoef open te zetten. Wat ik vijfendertig jaar geleden heb ontworpen. Knoll zou het in productie nemen, maar de tijd was er nog niet rijp voor. Alle *spullen* blijven uit zicht, omdat het systeem reageert op een infrarood signaal.'
Heeft u mijn broer soms ontmoet?
'Verbazingwekkend,' zei Moe.
'Negatieve ruimte, jongeman. Hoe minder we hebben, hoe rijker we zijn.'
Ze mixte zich een gibson en liet er twee extra zilveruitjes in vallen, terwijl Moe de afdeling Recherche van bureau West-L.A. belde met zijn mobiele telefoon. Hij kreeg Delano Hardy aan de lijn en legde uit waar het om ging.
Hardy zei: 'Ik zou je met plezier helpen, maar ik ben te oud voor technische hoogstandjes. Wat denk je van Burns?'
Gary Burns, rechercheur tweedeklas en verwoed gamer, luis-

terde en zei: 'Tuurlijk, als de scanner het doet. Waar vind ik het dossier?'

Er ging enige tijd voorbij. Ida Newfield nipte van haar cocktail en vertelde over huizen die ze had ingericht 'toentertijd destijds'. Plotseling veranderde het blauwe tv-scherm in een veelkleurig spektakel toen het frisse, gezonde, nu grotesk uitvergrote gezicht van Caitlin Frostig verscheen.

Ze leek pervers gelukkig op die foto. De gruwel van haar dood trof Moe in alle hevigheid, misschien wel voor het eerst sinds hij aan de zaak werkte.

Ida Newfield zei: 'Dat is ze. Leonard vond haar lief. Ik vond haar saai. Dus zij is ook prostituee?'

'Nee mevrouw,' zei Moe. 'Gewoon een jonge vrouw die bij te veel fout spul betrokken is geraakt.'

26

De vrouw was een doorsnee exemplaar. De zoveelste langbenige, gebruinde, geblondeerde soldate in het leger van vrouwen die lunchen maar vrijwel niets eten.

Aaron schatte dat ongeveer een derde deel van de bezoekers van het winkelcentrum Cross Creek in Malibu bestond uit welgestelde hongerlijders.

Deze droeg haar getoupeerde asblonde, met goudkleurige strengen doorschoten haar tot op haar schouders met een uitwaaierende pony. Het lukte haar nog steeds jeugdig over te komen, in ieder geval van een afstand. Als zij was verbouwd, verdiende haar chirurg een medaille voor subtiliteit. Aaron stemde in met haar stijl. Een grijsgroene polo met lange mouwen, waarschijnlijk Ron Herman of Fred Segal, fluwelen heupbroek in de kleur van goede bourbon, chocoladekleurige designgympen – Gucci durfde hij te wedden. Diamanten knopjes schitterden bij haar oren. Niet opschepperig, maar groot genoeg om uit te dragen: *iemand zorgt voor mij*.

De zwarte BMW X5 suv waar ze onbeholpen in reed, terwijl ze in haar mobiele telefoon kakelde, maakte het beeld compleet. Alleen de manier waarop ze liep, verschilde van het losbenige, zelfverzekerde Bataljon der Bevoorrechten: Ze hield haar hoofd wat gebogen, liep iets te langzaam, stopte een paar keer plotseling met een lege blik in de ogen, voordat ze de onvermijdelijke gang naar Starbucks voortzette.

Doorsnee voor de onoplettende toeschouwer, maar Aaron keek vanaf een heel ander niveau.

Hij was Gemma Dement al meer dan twee uur gevolgd op het moment dat ze het koffieheiligdom binnentrad. Vond voor zichzelf een plekje op het terras van een o-zo-grappig veganistisch cafeetje, net aan de overkant van het smalle steegje met aan weerszijden o-zo-grappige boetiekjes.

Zijn lunch zou bestaan uit noedels met nepgarnaal. Dankzij zijn vaardigheid met het eten met stokjes viel hij niet uit de toon.

Starbucks was afgeladen. Een kwartier later was ze er nog steeds binnen.

Niets aan de hand, hij was klaarwakker, op jacht. Eindelijk. Hij was de hele ochtend in Malibu geweest, nadat hij zich door zijn wekker om halfzes 's ochtends wakker had laten maken en het gevoel had gehad alsof iemand een emmer stront in zijn mond had geleegd. Hij had zichzelf gedwongen extra zijn best te doen op zijn fitness en daarna zijn lichaam aangevallen met een koude douche.

Had geprobeerd zichzelf met een schok alert te maken, zodat hij vroeg weer bij Leo Carillo kon zijn. Had geprobeerd niet te denken aan de verkeersboetes van gisteravond, die stomme dienstklopper.

De idioot had hem drie afzonderlijke overtredingen aan de broek willen smeren. Opgeteld bij de boete voor te hard rijden van een paar maanden eerder, zou hem dat zomaar zijn rijbewijs kunnen kosten. In het geheel niet onder de indruk van Aarons papieren als privédetective of de kopie van het aardige getuigschrift dat zijn hoofd destijds voor hem had geschreven toen hij opstapte bij het bureau, was het enige wat de rotzak wilde doen: van drie boetes twee boetes maken.

Hier tekenen, meneer. Ik wens u nog een prettige avond, meneer. Rijd voorzichtig, meneer.

Rijdend als een demente bejaarde bereikte hij het State Park niettemin om zeven uur. Aan de kant van de oceaan knabbelde het water kalmpjes aan het strand. Geen surfers. Het enige voertuig in zicht was een grote camper, die langs de kant van de weg stond, zodat de toeristen die erin zaten foto's konden maken van water en lucht met hun mobiele telefoons.

De gele toegangshekken waren open. Het hokje van de parkwachten, bij het parkeerterrein aan de landkant, was leeg. Aaron speurde de grond af van de plek waar de pick-up had geparkeerd, tot het begin van het spoor het park in, in de hoop iets te vinden wat interessant kon zijn, een peuk, een plastic zak, of wat dan ook. Hij had het asfalt al gedaan en stond op het punt het struikgewas aan weerszijden onder de loep te nemen, toen er een jeep met open zijkanten van het parkbeheer naast zijn Porsche stopte.

De jeep werd bestuurd door een jonge vrouw met kort geknipt donkerblond haar die het uniform van een parkwacht droeg. Kleine vrouw, atletisch gebouwd. Ze nam Aaron op met scherpe kleine waakzame ogen en stapte uit.

Hij had zich met zorg onopvallend gekleed voor het strand. Een witzijden alohashirt met een motief van kleine grijsblauwe palmboompjes van een ontwerper met een boetiek in Bologna, crèmekleurige linnen pantalon, Italiaanse sandalen van zacht handschoenenleer, geen sokken. Het horloge was vandaag een TAG Heuer met een uitstraling *ik pronk niet*. Hij had wat eau de cologne *for men* van Givigny achter zijn oren gespetterd die nog niet was uitgewerkt.

De vrouwelijke parkwacht zei: 'Goedemorgen, meneer. Zoekt u iets?'

'Jazeker, maar ik betwijfel of ik het zal vinden.' Hij draaide het horloge om zijn pols. 'Ik ben zondag mijn andere horloge kwijtgeraakt toen ik hier was. Wandelen met de kinderen. Pas toen ik helemaal terug was in Beverly Hills ontdekte ik het.' Hij maakt een grimas. 'Het bandje moet zijn gebroken.'

Bij het horen van de naam Beverly Hills schoten de wenkbrauwen van de parkwacht omhoog.

Is die kerel echt? Een beroemdheid of zo? Te klein voor basketball... acteur?

Ze keek naar de TAG. 'Gelukkig hebt u er nog een.'

'Het horloge dat ik heb verloren was een goedkoop dingetje. Maar dat had ik van mijn kinderen voor vaderdag, dus u weet wel, gevoelswaarde en zo.'

'Vervelend,' zei ze. 'U denkt dat u hem hier hebt verloren?'

'Ik begin hier met zoeken. Ik denk dat we misschien nog geen kilometer hadden gelopen toen de kinderen al geen puf meer hadden. Doet het park ook iets met gevonden voorwerpen?'

'Ja, maar we hebben geen horloges. T-shirts, handdoeken, petten. Als u een herinnering wilt aan de tour van Better Than Ezra, kan ik u helpen.'

Aaron grinnikte. 'Hebt u toevallig een T-shirt van Smokey Robinson?'

De parkwacht grinnikte terug. 'Nee, jammer genoeg niet. Kent u hem?'

'Smokey? Nee, ik vind zijn muziek gewoon mooi.'

'Oh.' Duidelijke teleurstelling. Ze wees naar het pad dat het park invoerde. 'U kunt maar het beste hetzelfde stuk nog een keer lopen. Succes. Moge de Grote Geest met u zijn vandaag.'

'Amen.'

Misschien hield de godheid van aantrekkelijke vrouwen, want het kostte Aaron maar een paar minuten om de plek te vinden.

Twee sporen met voetafdrukken verlieten het pad, een bosje eucalyptusbomen en lager struikgewas in, nog ruim voor de kampeerplaatsen. Een aantal gebroken takken had hem de weg gewezen. Toen hij de bomen eenmaal voorbij was, kwam hij op vlak terrein waar hij de peuken niet kon missen. Twee kleine bruine dingetjes, die je zomaar over het hoofd zou zien, als je er niet naar zocht.

Aaron bukte zich, raakte niets aan, en keek om zich heen. Een kleine open plek, tegen stekelige, dicht opeenstaande bomen, een wirwar van doornige planten.

Schoenen met gladde zolen hadden diepe voetafdrukken achtergelaten. Een zwaar persoon. Aan de vorm van de hak te zien, was het misschien een soort laars.

Langere, meer oppervlakkige afdrukken met een profiel. Doorsnee Tijuana Huarache-sandalen. Misschien hield Mason Book zich niet bezig met schoenenmode. Of misschien was hij zo rijk dat het hem niets kon schelen.

Geen enkel teken dat erop wees dat er iemand begraven was. Maar er waren vijftien maanden voorbijgegaan sinds Caitlin was verdwenen, dus dat betekende helemaal niets.

Wel erg dichtbij het pad om iets te begraven. Al was hij bereid te geloven dat een paar arrogante moordenaars zo roekeloos zouden kunnen zijn.

Hij trok handschoenen aan, raapte de beide peukjes op en liet ze in een plastic *ziplock*-zakje vallen. Hij zag iets bij een rotsblok: vijf afgestoken papieren lucifers. Een halve meter daarvandaan een vierkant plastic zakje van een paar centimeter. Het was leeg, maar hij kon nog een paar minuscule korreltjes in een hoekje zien. Bruinig, misschien Mexicaans teer. Hij snoof. Soms rook H vreemd – een soort mix van azijn en kattenpis. Dit rook naar niets. Misschien gewoon goede H.

Hij stopte het zakje in een zakje en keek rond of er nog meer interessants te zien was. Links, een meter of tien verderop, ritselde het in het gebladerte en protesteerde een donkere vorm tegen zijn aanwezigheid met een schelle kreet. Iets raketvormigs schoot omhoog door het bladerdek. Aaron herkende de brede vleugels van de havik toen die uit het zicht verdween.

Hij moest denken aan meneer Dmitri. Klein vogeltje, inderdaad.

Hij onderbrak zijn terugreis bij de Hows-supermarkt van Trancas, kocht een bagel en een kartonnetje melk en at en dronk achter het stuur op de parkeerplaats, terwijl hij wegwerkers in vrachtwagens zag komen en gaan. Een paar vrouwen, aan de kleding te zien huishoudelijk personeel uit de grote huizen langs Broad Beach, kwamen te voet.

Een paar van de jongens met helmen kwamen een kijkje nemen bij de c4s. Aaron kauwde, onzichtbaar achter het getinte glas, verder aan zijn ontbijt en vroeg zich af waarom Ax Dement en Mason Book het hele eind naar Malibu West waren gereden om een joint te roken.

Dat moest iets met die speciale plek te maken hebben.

Zonder bevoegdheid kon hij er moeilijk nog een keer naartoe, met een shovel.

Zelfs Moe zou er alleen heen kunnen op basis van gerede gronden.

Park van de staat, Coastal Commission, hij zag het al voor zich. Dat werd waarschijnlijk net zoiets als die tv-toestand van een paar jaar geleden, toen de een of andere gastheer van een talkshow de grafkelder van Al Capone wilde openen, de spanning wekenlang opliep, en die stomme kelder uiteindelijk leeg bleek te zijn.

Een man met een bierbuik en een gereedschapsriem kwam op de Porsche af en probeerde aan de passgierskant naar binnen te gluren.

Aaron liet het raampje opengaan en de man viel bijna achterover.

'Morgen.'

'Hé, ja, mooi karretje. x-17 upgrade?'

'Neu,' zei Aaron. 'Ik heb vijftienduizend minder betaald en hem opgevoerd naar 415.'

'Adembenemend... Veel plezier nog vandaag, man.'

'Jij ook.'

Aaron had vandaag zijn eigen wagen genomen omdat een zwarte man er aan het strand zo rijk mogelijk moest uitzien. Bovendien miste hij het fantastische rijgedrag van de Porsche. Om nog maar te zwijgen van het algehele gevoel van welbehagen dat over hem kwam als hij achter het stuur plaatsnam. Met de kap dicht, dat wel, want zijn dagje naar het strand was uiteindelijk gewoon een werkdag.

Terwijl hij het voedsel tot zich nam, belde hij mensen die hem nog iets verschuldigd waren.

Met het afnemende patroon van telefoongesprekken tussen Mason Book en CAA in gedachten belde hij eerst een agent die een concurrent van CAA vertegenwoordigde. Aaron had de scheiding van de man een heel eind op weg geholpen met wat hij te weten was gekomen over de jongere, maar niet zo liefhebbende echtgenote van de man.

De man zei: 'Ik heb over vijf minuten een afspraak. Waarom vraag je naar Mason Book?' Hij liet de naam vallen op een manier die duidelijk maakte dat hij op dat niveau opereerde. Ook al was het beste wat de man ooit had vertegenwoordigd niet boven het niveau van invallers voor een soap uitgekomen.

Aaron zei: 'Niks sappigs en dit moet absoluut vertrouwelijk blijven, want we weten allemaal wat er gebeurt als de dingen niet vertrouwelijk blijven.'

Ervan overtuigd dat de man zich nog kon herinneren dat zijn ex het heerlijk vond zich te laten onderschijten door Japanse zakenlui. Minder alimentatie betalen en volledige voogdij over de *lhasa apso* viel niet te versmaden, maar voor lul gezet worden waar iedereen bij stond, was minder.

'Natuurlijk.' Pompeus, alsof er nooit ook maar enige twijfel had kunnen zijn over discretie. 'Wat wil je weten?'

'Is Mason nog steeds hot?'

'Hot?'

'Gevraagd.'

'Misschien niet meer zo als hij ooit is geweest, maar verdomd veel mensen zouden graag met hem werken. Zodra duidelijk is dat hij oké is.'

'Oké in de zin van...'

'Jij bent privédetective. Wou je zeggen dat jij het niet weet?'

'Ik heb details nodig, Ken.'

'Het gerucht gaat dat er geen drug is waar Mason geen afspraakje mee heeft gehad.'

'Zo zwaar, hè?'

'Zijn laatste opnamen duurden veel langer dan gebruikelijk. Vanwege de "laaaange" dutjes. Dat krijg je niet van coke en wiet. Snap je waar ik heen wil?'

'Heroïne.'

'Ze zeggen dat dat een dergelijk effect heeft.'

'Spuiten of roken?'

'Hoe moet ik dat weten? Roken, zou je zeggen: hij kan zich niet permitteren dat je ziet waar hij spuit.'

Aaron zei: 'Maar ze hebben de film wel afgemaakt?'

'*Loose Change for Danny*? O ja, die heeft nog aardig wat opgeleverd. Misschien.'

'Misschien?'

De agent lachte. 'Hangt ervan af welke accountant je hoort. Ik heb ooit een project gedaan met Pam DeMoyne – *Shadows of Our Days*? Ze was geweldig. Dan bedoel ik van het niveau van Streep en Mirren. Maar de jongens in pak hebben het meteen naar de videotheken verbannen – ik zal je een dvd sturen. Hij is echt goed, een historische film over Shakespeares geheime leven als homo. Pam was Anne Hathaway, ze was...'

'De accountants,' drong Aaron aan.

'Juist,' zei Ken. 'De accountants. Ik had voor Pam vijfentwintig procent van de netto-opbrengst geregeld, wat geweldig is, zelfs als het netto is, zou je op dat niveau op een uitbetaling moeten kunnen rekenen. Nooit een cent aan royalty's gezien. We laten de boeken controleren, blijkt er een "distributiehonorarium" te zijn van driehonderdduizend. Ik zeg: "Wat is dat?" Zij aarzelen en om de hete brij heen draaien en dan vertellen dat dat de kosten waren van het transport van de film van het productiekantoor in Westwood naar de regisseur in Burbank.'

'Dure taxi. Noteer mij maar voor die klus.'

'Zeker. Dus: heeft de laatste film van Mason Book iets opgeleverd? Waarschijnlijk omdat hij een naam heeft, durven ze misschien dat soort geintjes niet uit te halen.'

'Misschien een naam die afbladdert?'

'Hij heeft al anderhalf, twee, drie jaar niet meer gewerkt? Ben jij aan het rondsnuffelen omdat er iets vervelends gaat gebeuren, Aaron? Omdat hij bijvoorbeeld over het randje is gekukeld en de studio hem nu voor de rechter wil hebben wegens contractbreuk?'

'Helemaal niets van dat alles, Ken. Vertel nu eens wat je weet van Ax Dement.'

'Wie?'

'De oudste zoon van Lem. Ik heb gehoord dat hij optrekt met Book.'

'Dat is nieuw voor mij,' zei Ken. 'Ik kan me niet permitteren me bezig te houden met vriendjes en vriendinnetjes.'

'Zou jij met Lem werken?'

'Je bedoelt, omdat hij een fascistische en een racistische en een fundamentalistische hypocriet is? Nou niet bepaald mijn idee van integriteit, Aaron.'

'En als ze nu eens goede accountants hadden?'

Ken lachte. 'Dan natuurlijk wel. Maar vertel het maar niet aan mijn moeder.'

Aarons tweede telefoontje gold Liana Parlat.

'Wat zou je zeggen van nog een keertje naar Riptide? Zelfde honorarium.'

'Natuurlijk,' zei ze. 'Misschien kom ik dr. Rau wel weer tegen. Maar mag het over een paar dagen?'

'Druk?'

'Auditie voor een tekenfilm. Ik moet klinken als een stierlijk vervelend twaalfjarig kind.'

'Hoef je weinig voor te doen,' zei Aaron.

Liana lachte en jammerde nasaal: 'Bedankt, pappie.'

'Je hebt Rau niet meer gebeld, hè?'

'Niet omdat ik bang ben, Aaron, maar omdat ik heb gewerkt.'

'Ook zo'n stemmetje van een verwend nest?'

'Zo'n chique animatie waar een van de provocerende omroepen over nadenkt. Weerzinwekkend gezin met een nog weerzinwekkender hond die winden laat.'

'Je doet ook winden?'

'In feite gaat het om de rol van Sinead, de twaalf jaar oude dochter.' Met een hoog schril stemmetje: 'O jeetje, vader, toen je zei dat dit een *tripje* was, wist ik niet dat je bedoelde dat we echt de hei op zouden gaan om te luisteren naar het geruft en gereutel van Gyro's darmen.'

'Op naar de Oscar.'

'Beter dan eerlijk werk, meneer Fox. Net zo goed als klusjes voor u. Nog instructies voor mijn tweede bezoek?'

'Gewoon ernaartoe, sfeer proeven. Als het onderwerp toevallig ter sprake komt, mag je de naam Ax Dement laten vallen.'

'De zoon, maar niet Lem zelf?' zei ze. 'Heb je iets concreets?'

'Ik ben niet eens in de buurt, Lee. De zaak is nog ijskoud, maar ik probeer te zeven waar ik maar kan.' Glimlachte om zijn eigen beeldspraak, hij dacht nog steeds aan de open plek bij Carillo.

Ze zei: 'Het zou zeker heel aangenaam zijn om wat regelrechte smerigheid op te graven die te maken heeft met die klootzak.' En toen weer met het meisjesstemmetje: 'Jeetje, zeker, meneer Foxmeneer. Dat zou een echt *tripje* worden.'

Tegen tien uur 's morgens was Aaron voor de vierde keer op en neer gereden over de slecht geplaveide weg met aan weerszijden bomen, die kronkelend langs de landerijen van Lem Dement liep in Solar Canyon, vijftien kilometer boven de Pacific Coast Highway.

Elke keer werd het risico dat iemand hem zou betrappen groter. Hij probeerde die dreiging wat tegen te gaan door langere tussenpozen in te bouwen en meer dan twintig kilometer door te rijden, voorbij de zone die hij in de gaten hield, voordat hij omkeerde.

Als er niet snel iets zou gebeuren, werd het terug naar de stad met de plastic zakken en vraagtekens.

Iets meer dan vijfhonderd meter voorbij de opstallen lag de grens tussen het land van Dement en publiek toegankelijk terrein: onontwikkeld natuurgebied in eigendom van de staat aan een weg die steeds meer overging in een karrenspoor. Hellingen van graniet aan de ene kant, ondiepe kloven aan de andere kant. Aaron stuurde de Porsche door de bochten en genoot van de manier waarop de vierwielaandrijving zich vastbeet in het asfalt.

Kleine vogels fladderden boven het struikgewas, zich niet bewust van haviken of er niet bang voor – Jezus, er was heel wat gevogelte hier zo – deden zich te goed aan insecten en maakten fraaie duikvluchten.

Met Google Earth waren de meer dan vijfentwintig hectare van Lem Dement vanuit de lucht mooi in beeld gebracht. Slechts één toegang, een landweg van het hek bij de weg naar een plateau van een paar honderd vierkante meter. De grote rechthoek rechts van het midden moest het huis zijn. Verder naar achteren, meer naar links, schoot een groepje bijgebouwen uit de grond omhoog als nieuwe knoppen. Geen enkel spoor van een kerk in aanbouw, maar misschien was de foto al wat ouder.

Solar Canyon nummer twintig, een makkie om op te zoeken.

Een gazen hek, met de hand bediend, vrijwel tegen de weg aan. Links en rechts ervan strekte zich vijfhonderd meter prikkeldraad uit, op palen geslagen.

Geen brievenbus, geen huisnummer, geen namaakcowboyversiering boven het hek, zoals hij wel bij een paar andere huizen had gezien onderweg hiernaartoe.

Maar aan de andere kant: ook geen grauwende honden, geen bordjes VERBODEN TOEGANG en andere afschrikwekkende bedenksels.

Toen hij er voor de derde keer langsreed, waagde hij het erop te stoppen en te zoeken naar een goed verborgen camera, maar hij zag niets. Dus de hightech ontwikkelingen hadden hem ingehaald, of Dement deed geen moeite de poort te bewaken.

Omdat hij dacht dat een camera teveel zou opvallen?

De man had tonnen geld, maar koos ervoor om ver weg van het rumoer van De Industrie in Beverly Hills, Brentwood, The Colony en Broad Beach, zijn tenten op te slaan.

Een plek met opzet gekozen om te worden *genegeerd*.

Toen hij aan zijn vijfde heen en weer begon en al op het punt stond het maar op te geven, kwam een zwarte x5 boven aan de landweg in zicht, die ongelijkmatig naar beneden kwam rijden.

Hij zoemde voorbij, parkeerde hachelijk op de smalle weg, net buiten het zicht van de suv, rende terug naar een plek waar hij kon zien, maar niet gezien kon worden.

De motor van de x5 draaide stationair, het portier aan de bestuurderskant stond open. Een slanke vrouw met blond haar deed het hek van slot met een sleutel. Toen ze het zware metalen frame opzij had geduwd, keerde ze terug naar de suv, reed hem een paar meter buiten het hek, stapte opnieuw uit en sloot het hek weer.

Aaron maakte opnamen van de hele vermoeiende procedure met zijn telelens. Misschien wilde Lem Dement niet dat mensen al te gemakkelijk konden komen en gaan. Tegen de tijd dat de x5 was vertrokken, bekeek Aaron de digitale opnamen, inclusief een aardige close-up van het gezicht van de vrouw. Hij hoefde niet te gokken wie het was. Hij had alle gezichten op het familieportret van de Dements in de krant uit Malibu in zijn geheugen geprent.

Gemma Dement was geen sikkepit veranderd.

27

De ogen van mevrouw Gemma Dement gingen schuil achter een zonnebril van Fendi van zevenhonderd dollar. Haar gezicht vertoonde geen enkele uitdrukking.

Ze kwam recht op hem af, was hij het dan helemaal verleerd?

Aaron attaqueerde een namaakgarnaal met zijn stokjes en zette zich schrap voor een confrontatie, deed alsof hij van het eten genoot. Toen ze dichterbij kwam, sloeg hij het boek open dat hij als dekking had meegebracht. Biografie van George Washington Carver in paperback. Het kon nooit kwaad jezelf te presenteren als intellectueel, al helemaal niet als zwarte intellectueel.

Gemma Dement bleef op hem af lopen. Zelfs ondanks haar zonnebril voelde hij dat ze naar hem keek.

Foute boel, waar had hij het verknald? Die boetiek met die designjeans? De macrobiologische markt? De bikinishop? Twee uur stalken terwijl de vrouw overal keek, maar nergens iets kocht. Ze had afwezig geleken, maar het was nu duidelijk dat ze hem in de smiezen had gekregen.

Oké, plan B: als ze hem lastig zou vallen, zou hij verrast reageren, zich allercharmantst gedragen, in de hoop dat ze zich opgelaten zou gaan voelen en weg zou lopen.

Als ze volhield – vervelend of domweg paranoïde zou gaan doen – zou hij het erop aansturen dat hij haar aantrekkelijk vond, maar geen enge viezerik was.

Wat was per slot van rekening het ergste wat ze kon doen? Eén van die debiele beveiligingstypes erbij roepen die de vrede in het winkelcentrum moesten bewaken? Tegen de tijd dat die was gearriveerd, zou hij allang vertrokken zijn.

Hoe zag hij eruit, mevrouw?

Ze zien er allemaal hetzelfde uit.

Ze was nu nog drie meter weg.

Ze stond stil, met dat afwezige van haar, bleef midden op dat smalle straatje stilstaan. Er reden geen auto's voorbij, maar toch, ze konden je op die manier maar al te gemakkelijk platrijden.

Vrouw die er goed uitzag. Het kostte geen moeite haar aantrekkelijk te vinden. Bij de bikinishop had hij voorgewend dat hij geïnteresseerd was in het winkeltje met surfkleding ernaast en was de afstand klein genoeg geweest om details te onthullen.

Ze had een paar badpakken gepast, voortdurend fronsend, steeds ontevreden. Maar niet omdat ze er niet slank genoeg in uitzag. Onder haar kleren ging een strak figuur schuil.

Rimpels in haar gezicht, nou en?

In de vijftig, maar veilig? Ondanks wat Liana beweerde over Lem die haar regelmatig zou slaan?

Aaron had geen blauwe plekken of andere tekenen gezien, maar het grootste deel van haar huid was dan ook afgedekt met katoen en fluweel.

Ze begon weer te lopen, langs de kortste weg naar zijn tafeltje. Shit.

Hij dook met zijn neus diep in het boek en deed alsof hij zich concentreerde. Gemma Dement kwam zo dichtbij dat hij haar parfum kon ruiken.

Iets lichts, grasachtigs.

Aaron zette zich schrap.

Ze schoof voorbij en ging de veganistische tent binnen.

Hij veegde het zweet van zijn voorhoofd, gaf zich weer over aan zijn eten. Waagde een blik over zijn schouder het restaurant in.

Er stonden geen andere klanten bij de balie. Vrij magere vrouw, maar een fraai achterste, net dat beetje extra bil dat het mooier maakte. Zag er natuurlijk uit, misschien zonder liposuctie.

Vijf minuten later kwam ze weer naar buiten met een bord waar iets op lag wat groen en beige was.

Naast het tafeltje van Aaron stonden nog twee lege tafeltjes. Ze koos het eerste van de twee. Ze ging zitten op de stoel het dichtst bij Aaron.

Ze frummelde wat aan haar haar en rechtte haar rug en ging zitten als iemand die is geslaagd voor de toverschool, rechte schouders, platina-kontje dat amper het kussen raakt. Inspecteerde haar paddenstoel, spruiten, tofoe of wat het dan ook mocht zijn, en pakte haar stokjes uit.

Staarde naar Aaron tot hij zich gedwongen voelde op te kijken.

Glimlachte.

Zei: 'Hmmm.'

Hij las een paar bladzijden over pindatechnologie, ging naar binnen en bestelde ijsthee. Het enige wat geserveerd werd, was heet en groen, maar hij troggelde de student achter de balie een beker ijs af en gooide er suiker in omdat het brouwsel smaakte naar een aftreksel van gemaaid gras.

Toen hij terugkwam bij zijn tafeltje zat Gemma Dement er nog steeds, misschien nog wel iets dichterbij. Ze at met kleine hapjes en las in haar eigen boek. Iets van Anna Quindlen.

Schreef Quindlen niet over mishandelde vrouwen en zo?

Dit keer was het Aaron die probeerde oogcontact tot stand te brengen.

Ze hapte niet. Begon te neuriën, sloeg haar boek dicht, liet het in haar tas vallen, pakte haar bord en zette het op Aarons tafeltje.

Schoof met haar voet haar tas naar een stoel recht tegenover Aaron en ging zitten.

'Goedemiddag.' Hese stem, misschien rookte ze. Maar geen nicotinegeur, alleen dat frisse, schone.

Aaron hoefde niet te doen alsof hij verrast was. 'Goedemiddag.'

Ze knikte, alsof hij iets voorspelbaars had gezegd. Ze had zeeblauwe ogen, dezelfde kleur die de zee vanochtend had gehad.

Gemma Dement zei: 'Natuurlijk had het ook "goedemorgen" kunnen zijn.'

'Pardon?'

'Goede pasvorm is zo'n gedoe. Maar dat weet je ondertussen.'

Aaron staarde.

Ze glimlachte scheef, merkwaardig meisjesachtig. 'We hebben elkaar een uur geleden niet gegroet. Toen ik mezelf kwelde met bikini's en jij toekeek.'

Aaron zei niets.

Gemma Dement sloeg haar handen in elkaar als om te bidden en boog voorover. 'Vertel me alsjeblieft niet dat ik me heb ingebeeld dat je keek. Je hebt mijn dag goed gemaakt.'

'O ja?' zei Aaron, verbaasd over het feit dat hij was veranderd in een zelfverzekerde slangenbezweerder. *Jeetje, Mrs. Robinson!*

'Zeker, meneer... de lezer.' Ze reikte over het tafeltje en raakte zijn boek aan. Kortgeknipte nagels zonder nagellak. Schone handen. Was het verbeelding geweest of had hij ze heel even zien trillen?

Hij zei: 'Makkelijk leesvoer.' Hij voelde een aangename golf warmte in zich opstijgen toen haar vingers weer even trilden. Haar zwakte voedde zijn sterkte. Tijd om aan de vrouw te *werken*.

Ze zei: 'Zo makkelijk lijkt het me nu ook weer niet.'

'Wel, vergeleken met waar ik normaal mee te maken heb.'

Weer dat scheve glimlachje, deze keer moeilijker te duiden. Aaron meende een donkere vlek net boven de rand van haar T-shirt te zien, weggewerkt met een korrelig laagje poeder.

De structuur deed het hem, de kleur was perfect en smolt samen met haar goudkleurige huid.

Jarenlange ervaring met het wegwerken van blauwe plekken?

Ze zei: 'Nu moet ik eigenlijk vragen waar je normaal mee te maken hebt.'

'Alleen als je dat wilt weten.'

Ze lachte. 'Vast iets heel saais – hoogleraar?'

Aaron zei: 'Advocaat. Juridische stukken.'

'Ah,' zei ze, 'zo een.'

Aaron spreidde zijn armen en zei: 'Nu komen de grappen over advocaten.'

'Ik ken geen grappen over advocaten. Ik hou niet zo van grappen.' Ze werd serieus, alsof ze haar bewering kracht wilde bijzetten. 'Zeg eens, Meneer de Advocaat Die ook een Lezer Is in zijn Vrije Tijd, waarom heb je me het afgelopen uur in de gaten gehouden?'

Ze had in ieder geval maar de helft van zijn surveillance opgemerkt.

'Omdat je geweldig bent,' zei hij.

Haar gezicht verstrakte. Ze kreeg dezelfde glazige blik in de ogen als wanneer ze plotseling stilstond en niet meer van deze wereld was.

Aaron zei: 'Je viel op.'

Waren haar ogen nu net vochtig geworden? Ze had er zo snel met de rug van haar hand langs gewreven dat Aaron er niet zeker van was.

'Neem me niet kwalijk als ik je angst heb aangejaagd. Ik dacht erover om je aan te spreken, maar toen zag ik je ring. Hij keek naar de vierkaraats diamant aan haar vinger.

Ze zei: 'O, dat.' Ze draaide de diamant weg. Haar andere hand kwam omhoog. Ze streek haar haar glad.

Aaron haalde zijn kaarthouder van alligatorleer tevoorschijn en schoof er het voorste rechthoekje uit, dat al iets naar buiten kwam steken als het kaartje van een goochelaar.

Papier van hoge kwaliteit, bleekblauw, marineblauwe belettering in reliëf die hem bombardeerden tot *Arthur A. Volpe, meester in de rechten*. Het adres in Kansas City was niet meer dan een postadres, het telefoonnummer was dat van het trieste vrijgezellenbed van Arthur A. Wimmer, een verre neef van mammie. Arthur had een alcoholprobleem, beweerde dat hij scheikundige was, maar werd uit iedere baan ontslagen. Aaron betaalde hem een jaarlijkse toelage waarvoor hij niets anders hoefde te doen dan met een zakelijke stem de telefoon op te nemen en de juiste dingen te zeggen. Mooi geld voor alles bij elkaar misschien een uurtje werk in een heel jaar.

Gemma Dement bekeek het kaartje snel en gaf hem terug. 'Advocaat op vakantie.'

'Een vakantie die al veel te lang op zich heeft laten wachten.' Ze tuitte haar lippen. 'Helemaal eenzaam en alleen?'

'Heel juist samengevat,' zei hij. 'L.A. valt niet mee als je er niemand kent.'

'Volpe,' zei ze. 'Is dat Italiaans?'

Aaron speurde haar gezicht af op ironie. Zag alleen maar bloedserieuze nieuwsgierigheid.

'Mijn moeders kant komt uit Milaan.' Hij koos die stad gewoonlijk als iemand hem ondervroeg, vanwege de reputatie als centrum van de mode.

'Net als die figuur in die serie, *Homicide*.'

'Inspecteur Giardello,' zei Aaron. 'Half Siciliaans, dat is in het zuiden. Milaan is in het noorden.'

'Oké,' zei ze. 'Het spijt me dat ik niet bekend ben met de kaart van Italië. Ik houd wel van die serie. Veel schuld en boete. Vind je ook niet dat dat automatisch tot goede verhalen leidt?'

'Absoluut,' zei Aaron. 'Niets motiveert zo sterk als schuldgevoelens.' Hij liet het er zonder nadruk uitkomen.

Er trok een waas voor Gemma Dements blauwe ogen. Ze prikte met haar stokjes in haar eten, maar at niets. 'Volpe. Wat betekent dat?'

'Het is Italiaans voor "vos".'

'Gaat u er vaak heen? Het Land van Oorsprong, bedoel ik.'

'Nog nooit geweest. Mijn Italiaanse neven proberen me steeds maar over te halen te komen. Uiteindelijk zal het wel een keer gebeuren.'

'Te veel werk als advocaat.'

'Veel te veel. Ik doe onroerend goed bij de rechtbank en daar is altijd genoeg van.'

Ondertussen kom je naar Malibu en gluur je naar veel oudere vrouwen die worstelen met bikini's.'

'Iets oudere vrouwen.'

'Leugenaar,' zei ze vrolijk.

'Mag ik vragen hoe je heet?'

Eén keer knipperen met de ogen. 'Gloria. Net als in het liedje... Goed, meneer Volpe, de eenzame, drukke advocaat. Je hebt mijn dag goed gemaakt. Door me te zien.'

'Gloria,' zei Aaron, 'het is bijzonder makkelijk om jou te zien.'

Het kostte hem geen enkele moeite om dat volstrekt eerlijk te laten klinken, want hij meende het. Van dichtbij maakte het strakke, slanke nog meer indruk, het hele pakket geaccentueerd door genereuze borsten, te zacht en te bewegelijk om niet echt te zijn. Die heerlijke kleine bultjes van ongeharnaste tepels. Hij fantaseerde dat ze zich snel maar geroutineerd aankleedde op een landgoed, groene gazons zichtbaar door kristallen vensters. Geen andere beslommeringen dan hele dagen bikini's passen.

Ogen in de kleur van de oceaan die door de zon wordt gekust. De donkere vlek net achter de rand van haar shirt, op een vreemde manier uitnodigend. Aaron wilde haar helpen. Wist dat dat niet kon, ze was niet meer dan... een potentiële databank.

Rijke, aantrekkelijke vrouw die voor haar gigantische diamant en de rest van haar lifestyle betaalde met pijn.

Schuld en boete.

Ze had hem iets aangereikt waar hij aan kon werken.

Hij zei: 'Terugkomend op dat schuldgedoe. Ik denk dat het verschil tussen goede en slechte mensen de mate is waarin ze boete doen.'

Ze zei: 'Nu je er toch over begint.'

'Pardon?'

'Je zou boete kunnen doen voor je zonde.'

'Over welke zonde hebben we het?'

'Daar staan en naar me kijken terwijl ik al die bikini's pas.

Wat denk je als ik nu eens *wel* het type was dat zich hele-
maal de stuipen op het lijf liet jagen?'
'Het spijt me echt. Het was alleen...'
'Alleen wat?'
'Wat ik al zei. Je bent een bijzonder...'
Ze legde een vinger op zijn lippen om hem tot zwijgen te
brengen. Haar huid voelde warm, iets klam, misschien zelfs
iets vettig. Alsof ze nog niet al te lang geleden lotion had ge-
bruikt. Of vocht uitscheidde.
Aaron voelde kleine zweetdruppeltjes in zijn haar. Gemma
Dement schoof dichterbij. Ze liet haar hand zakken boven
op zijn hand. Ze wreef het vel tussen zijn duim en wijsvin-
ger. Nogal schaamteloos, zo in het openbaar.
Mensen liepen voorbij. Niemand leek iets op te vallen.
Niemand herkende haar. Een verwaarloosde vrouw.
Aarons lippen waren droog. Hij moest moeite doen om ze
niet te likken.
Gemma Dements oogleden zakten half dicht. Lange krul-
lende wimpers. Nog een flits van oceaanblauw. Een ver-
woestende golf parfum.
'Je zonde,' zei ze, 'was, wel kijken, maar verder niets.'

Hij reed in zijn Porsche achter haar aan toen zij met haar x5
van de parkeerplaats van Cross Creek draaide, rechts afsloeg
bij het stoplicht en op de Pacific Coast Highway naar het
noorden reed.
Ze reed sneller en beter dan op de heenweg. Zonder afwezig te slingeren, zonder te telefoneren.
Aaron hield zich aan de maximum snelheid. Hij kon zich
niets anders veroorloven.
Alsof ze dat aanvoelde minderde Gemma Dement vaart, zodat hij haar kon blijven volgen.
Als een dans.
Als een vrouw die zich aan jouw ritme aanpast. Je weer in
de maat hielp als je uitschoot.
Waar nam ze hem mee naartoe? Terug naar de ranch? Lem
de stad uit voor opnamen, de kinderen naar school, en personeel dat er was, heel discreet?

Een vrouw zo schaamteloos, hij begon te begrijpen waarom ze zo werd geslagen.

Nee, schrap dat maar door, er was nooit een geldig excuus. Maar toch...

Waar was hij aan begonnen?

Even ten zuiden van Point Dume, ruim voor Solar Canyon, stak ze een arm uit het raam en prikte drie keer naar links. Aaron schoof achter haar aan naar het midden van de weg, in de hoop dat er niet toevallig een patrouillewagen van de Highway Patrol langs zou komen. De x5 wachtte tot tegemoetkomend verkeer was gepasseerd en draaide toen een steile, met asfalt geplaveide oprit op.

Boven, aan het einde van de oprit, stond een reeks witte houten bungalows. Op een bord aan een paal stond: SURF 'N SEA BEACH HOTEL.

Dag- en weektarieven, kabel-tv, een schild van de AAA als aanbeveling.

Hotel? Kom nou, standaard jaren vijftig motel.

Het was niet voor het eerst dat zijn werk hem naar zo'n drive-in rendez-vous had gebracht. Dit keer zou hij echter meer zijn dan de man met de camera.

De beproevingen van het werk. Kleine Moe had er geen idee van.

Toen de weg vrij was, draaide hij de oprit op.

Vijf meter verderop had ze stilgehouden, half verscholen achter bougainville. Haar arm schoot opnieuw uit het raam. Aaron moest een bocht naar rechts maken. Toen hij dat deed, kwam hij op een parkeerplaats met meerdere lege vakken terecht, in de schaduw van een gigantische koraalboom. Een vuil ding, de Porsche zou smerig worden, maar hij snapte waarom ze deze plek had gekozen.

Buiten het zicht van de meest noordelijke bungalow die dienst deed als kantoor voor het motel. Toen hij parkeerde, reed Gemma Dement achter hem langs. Vijf minuten later kwam ze op hem af lopen, ernstig, koperkleurig licht schitterde hem tegemoet van de glazen van haar Fendi. Aan de oppervlakte een en al zakelijkheid, maar haar lichaamstaal bestreed dat. Ze slingerde een sleutel aan een dolfijnachtige sleutelhanger met speelse gebaren rond. Als een meisje dat klaar is voor een avontuur.

Eenmaal binnen in de kleine, schemerige, muffe kamer trok ze de gordijnen dicht. Ze haalde ze nog wat extra naar elkaar toe om ervoor te zorgen dat er geen spoortje daglicht meer door het raam naar binnen viel.

Het was net niet volstrekt donker. Aarons pupillen verwijdden zich terwijl hij probeerde haar bewegingen te volgen. Ze bewoog zich gemakkelijk, bekend met de indeling.

Waar ben ik in vredesnaam aan begonnen?

Terwijl hij daar stond, begon ze opnieuw te neuriën. Zette de 12-inch flatscreen aan die op een scheef bureau stond. Drukte een code in zonder in de gids te kijken.

Thuis buiten de deur.

De zender die ze had gekozen, zond muziek uit. Wat ze smooth jazz noemen, met veel herhaling en weinig fantasie. Veel percussie met brushes. Veel luie saxofoon.

Mijn God, een soundtrack voor porno.

Hij was nog geen duimbreed geweken van zijn plek bij de deur toen ze naar het bed marcheerde, een hoek van het dekbed omvouwde en hem opdroeg: 'Kleed je maar uit en maak het je gemakkelijk. Ik ben zo terug.'

Ze nam haar tasje mee naar de badkamer. Aaron luisterde of hij veelbetekenende geluiden hoorde, ook maar iets wat vreemd was. Hoorde niets.

Oké, dit was het keuzemoment: de benen nemen en misschien een belangrijk spoor missen, of meegaan met het tij.

Luttele seconden later lag hij onder het dekbed, zijn kleren netjes opgevouwen op een stoel, horloge, portefeuille en mobiele telefoon veilig onderop.

Hij keek naar de veranderende cijfers op een goedkoop digitaal klokje naast de tv.

Zo terug duurde vier minuten. Gedurende die tijd fantaseerde hij over afgrijselijke dingen.

Ze heeft een wapen.

Een.

Ik ben een idioot.

De deur van de badkamer ging open en ze stond naast het bed, slank en naakt, het bruine vachtje in haar kruis slechts centimeters van zijn neus verwijderd, helemaal klaar voor inspectie.

Ze had niet het lichaam van een jonge vrouw, maar het was prachtig. De bouw met lange heupen waar hij van hield, aantrekkelijk lange benen. Die heerlijke ronding van de buik die vrouwen krijgen als ze zich niet helemaal te buiten gaan aan uithongering. Het bekken dat kinderen gedragen heeft, afgetekend door hoekige botten. Ruimhartige borsten, geen valse reclame onder dat T-shirt. Hingen een beetje, maar om de een of andere reden was ook dat aantrekkelijk. Ze had haar haar in een paardenstaart bij elkaar gebonden. De ring met de diamant was in geen velden of wegen te zien. Dat, en haar achterste, bezorgden hem in een oogwenk een erectie. Toen ze zich vooroverboog, over hem heen, rook hij haar adem, de bittere geur van alcohol. Gin, de jeneverbessen stonden in bloei. Ze had zich moed ingedronken met een borrel in de badkamer.

Hij raakte haar aan. Combineerde zaken en plezier en zocht naar blauwe plekken.

Die waren er niet, met uitzondering van die enkele gecamoufleerde plek. Er viel geen zinnig woord te zeggen over interne verwondingen.

Gemma Dement kwam in bed en zijn neus vulde zich met de geur van alcohol en parfum. Ze legde een hand op zijn hoofd en stuurde hem naar haar linkertepel.

'Hard zuigen, maar niet bijten. Houd je ogen dicht. Ik ben echt een stuk ouder.'

Aaron vroeg zich af hoe hij dit kon verantwoorden op zijn volgende werkbriefje voor meneer Dmitri.

Hij had maniakale seks verwacht, gevolgd door tranen, wroeging, theatraal gedrag.

Een snikkend gevoerd gesprek over schuld en boete.

Ze bewerkte hem als een prof, atletisch, stil, zelfs zonder ook maar zwaarder te ademen. Nam steeds andere posities in, alsof ze een rol speelde voor een onzichtbare camera.

Toen ze in de badkamer was, had hij in alle hoeken en gaten van de kamer gezocht om zeker te weten dat er geen camera was.

Ze lagen in een omklemming tot ze zich weer van hem losmaakte en iets met haar benen deed dat er onwaarschijnlijk uitzag en leidde hem naar binnen.

'Lekker?'

'Oh... ja.'

Dienstbaar, zorgzaam, zakelijk. Meegaand in alles wat hij wilde en dan zonder waarschuwing het script wijzigend als ze een nieuwe positie innam.

Dit was choreografie en zij was de choreografe.

Dat had hem moeten irriteren. Maar hij genoot, toch, en moest zijn best doen het uit te stellen, de opwinding zo lang mogelijk vast te houden.

Ze wist dat hij zover was, voordat hij het zelf door had.

'Kom in mijn poesje, het is veilig. Of ergens anders, wat je maar wilt.'

De afstandelijkheid in haar stem deed hem even twijfelen aan zichzelf, één moment van verminderde bloedtoevoer.

Ze deed iets met haar hand en haar mond en zijn erectie herstelde zich.

'Wanneer je maar wilt, kerel,' zei ze. 'Je hebt *mijn* leven al op de kop gezet.'

Later zei ze: 'Blijf in bed,' en verdween in de badkamer om zich aan te kleden. Toen ze weer tevoorschijn kwam, hing haar haar los over haar schouders en oogde ze alsof ze zojuist een aangename wandeling in de natuur had gemaakt.

Toen ze naar de deur liep, zei Aaron: 'Je gaat *weg?*'

'Jij bent hier op vakantie. De groeten in Kansas City.'

Er zijn gekkere vrouwen in Malibu.

Aaron sprong uit bed en haastte zich naar haar toe. 'Blijf. Je bent prachtig.'

Ze keek omlaag en lachte. Pakte hem vast en trok er speels

aan. 'Je bent een gezonde jongen, advocaatje. Het spijt me, tot ziens.'

'Je laat me hier helemaal alleen boete doen.'

Haar gezicht verstrakte. Ze stapte bij hem weg, vol afkeer.

Aaron zei: 'Heb ik iets verkeerds gezegd?'

De woede spatte van haar gezicht. Toen trok ze weer bij. Ze spoog de woorden bijna uit: 'Boete doen is iets voor kloot-zakken die zonden begaan. Laat me eruit.'

28

Moe zocht op Liz' computer naar foto's van Adella Villareal met Ax Dement of Mason Book. Book was alom aanwezig, slank en blond en knap en met zware oogleden.

Dement junior was een paar keer te zien, altijd als een twee-derangs bloedzuiger, vrijwel steeds zonder dat hij met name werd genoemd.

Adella was er niet.

Als je werd gewurgd en je kind verdween spoorloos, was je geen aandacht waard, tenzij er een film over je werd gemaakt. Hij dacht aan Caitlin, die op het kind had gepast voor Adel-la. Georganiseerd door Rory? Of was Adella in Riptide ge-weest en had ze gepraat met die aardige studente? Waarom zou Caitlin, terwijl ze studeerde en al een baantje had, een extra klus aannemen helemaal in Hollywood?

Misschien had Adella haar overgehaald. Of misschien was Caitlin wel aan Adella voorgesteld door iemand met meer status dan Rory, bijvoorbeeld Mason Book.

Hij kon het langs twee wegen benaderen: Rory of Raymond Wohr. De jongen zou kunnen weigeren met hem te praten, met zo'n moeder, een voor de hand liggende reactie. Het laat-ste waar Moe op zat te wachten, was de route langs advo-caten. Misschien stuitte hij op zo'n superadvocaat, ingehuurd door Mason Book. Wohr leek absoluut een betere kandi-daat. Hij moest hem op de een of andere manier klemzetten.

Liz werd wakker en riep hem naar de slaapkamer. Achteraf douchten ze samen. Zij vertrok naar het laboratorium en Moe bereidde zich voor op zijn werk, blij dat ze niet zag waaruit die voorbereiding bestond.

Op weg naar Hollywood belde hij Petra Connor om haar te melden dat hij op haar terrein aan het werk ging.
Ze zei: 'Veel plezier. Wij zijn bij Zeden geweest. Om te kijken of we iets gemist hadden. Niemand kan bevestigen dat Adella haar lichaam verkocht. Wohr en Eiger opereren langs de zelfkant en hebben geen connecties met de showbusiness waar iemand iets van weet.'
Moe zei: 'Wohr deugt niet.' Hij deed verslag van zijn gesprek met de eerwaarde Arnold.
Petra zei: 'Zijn eigen nichtje. Wat een zak vuil.'
'Waar ik steeds maar aan moet denken is dat hij geen enkele genegenheid toonde voor het kind, het in principe negeerde.'
'En wie raakt er nu niet vertederd door baby's?'
'Precies. Ik ga hem steeds enger vinden.'
'Dat klinkt logisch,' zei ze. 'Ga je vandaag achter hem aan?'
'Zodra ik bij zijn hol ben. Ik bevind me nu op het kruispunt van La Brea en Santa Monica.'
'Welkom in het knotsgekke Hollywood.'

Hij parkeerde zes straten van de flat aan Taft en stelde zich geestelijk in op een trage schuifel met een lege blik in de ogen. De voorbereiding op zijn werkdag had bestaan uit het overslaan van een scheerbeurt, het diep over de ogen trekken van een bivakmuts, het aantrekken van een t-shirt, helemaal onder uit de wasmand opgediept, zijn meest smerige spijkerbroek en meest afgetrapte gymschoenen. Over zijn t-shirt ging een tweedehands, zurig stinkend, groen sweatshirt met capuchon, dat hij zojuist voor negen dollar had gekocht van een straatventer op de hoek van Hollywood en Highland.
Hij had het sweatshirt nauwkeurig bekeken, maar kon zich niet losmaken van de gedachte dat er microscopisch kleine beestjes huisden in het polyester.

De straat had zijn prijs.

Als het tenminste ergens op leek.

Niemand besteedde aandacht aan hem toen hij over Hollywood Boulevard schuifelde, dus misschien leek het wel echt. Met afhangende schouders, naar binnen gezogen wangen en één hand diep in de zak van zijn spijkerbroek begraven, alsof hij daar een waardevolle schat moest beschermen, strompelde hij op weg naar het appartement van Raymond Wohr en Alicia Eiger.

Hij passeerde het ene appartementencomplex na het andere, sommige min of meer fatsoenlijk. Niet dat van hen. Gebarsten pleisterwerk, verzakte goten, een verdord gazon. Verder, voorbij Franklin, lag een wat betere buurt. Die kon hij maar beter mijden om geen nerveuze burgers de stuipen op het lijf te jagen. Hij sloeg af Franklin in, liep een paar straten verder en keerde om, stak een sigaret aan die zijn lippen daarna niet meer raakte. Herhaalde het hele rondje nog een paar keer.

De doelloze routine van een eenzame, warhoofdige loser.

Veel auto's, weinig mensen op straat. Het motto van L.A.

Bij zijn vierde rondje kwam hij een potige jonge vrouw tegen, met een heleboel piercings en stekeltjeshaar, die vijfendertig kilo niet-aangelijnde witte pitbull uitliet.

Een monster met grote tanden. De hond kreeg hem in de gaten en waggelde op hem af. Moe had zijn wapen op zijn rug achter zijn broeksband gestoken. Hij hoopte vurig dat hij het niet nodig zou hebben.

De hond ging voor hem staan, Rook aan zijn schoenen. Likte zijn hand.

Moe haalde diep adem en klopte op een nek waaromheen een gietijzeren band lag.

De vrouw zei: 'Iggy mag je wel, man. Je bent cool.'

De straat. Geloofwaardig.

De zevende keer dat hij door Taft liep, zag hij Ramone W en Alicia Eiger ruzie maken op het trottoir. Het was te ver weg om te horen wat ze zeiden, maar hun lichaamstaal sprak boekdelen.

Beiden droegen een sweatshirt en spijkerbroek, zij zonder make-up, haar haar even erg in de war als zijn gordijntjes. Ze had een bril op met een hoornen montuur die misschien ooit mode was geweest. Zo met zijn tweeën konden ze doorgaan voor een doorsnee aan lager wal geraakt paar daklozen.

Zij was het meest aan het woord, Ramone stond er vooral heel treurig bij.

Hij liet Eiger mekkeren, staarde over haar hoofd en deed niet eens alsof hij naar haar luisterde. Toen ze eindelijk in de gaten kreeg dat hij haar negeerde porde ze hem tegen zijn borst tot ze oogcontact had. Meer monoloog. Opnieuw verlegde Ramone zijn aandacht.

Eiger porde opnieuw, begon met haar handen te zwaaien en probeerde hem een reactie te ontlokken.

Een jongen met een hanenkam die langsliep, draaide zich om en staarde naar haar. Ze richtte haar woede op hem. De jongen stak zijn handen met de palmen omhoog in een vredesgebaar en haastte zich verder.

Eiger hervatte haar tirade. Dit keer probeerde Ramone haar te sussen met een vinger op zijn lippen.

Ze haalde uit en sloeg hem hard in zijn gezicht. Ramone wankelde achteruit, wreef over de pijnlijke plek.

Moe's hand kroop naar zijn wapen, terwijl hij wachtte op de klap als antwoord, op een vechtpartij zonder reserves.

Als hij tussenbeide zou komen, zou dat een ramp zijn voor de zaak, maar hij kon onmogelijk toestaan dat een psychopaat een vrouw molesteerde.

Alicia Eiger leek zich geen zorgen te maken. Ze zette haar handen in haar zij en daagde Ramone uit te reageren.

Domme vrouw. De begraafplaatsen lagen er vol mee.

Moe schuifelde vooruit om tijd genoeg te hebben om in te grijpen. Voor zover hij kon nagaan, zag geen van beiden hem.

Raymonds schouders verstrakten. Eiger hoonde hem, maakte een wegwerpgebaar. Ramone haalde zijn schouders op, liet zijn schouders hangen, keerde haar de rug toe en liep weg naar het zuiden, naar Hollywood Boulevard.

Ze zei iets. Moe las haar lippen.

Stomme klootzak.

Misschien moest hij maar eens met deze charmante dame praten. Maar terwijl hij zijn mogelijkheden overpeinsde, stampte Eiger terug naar binnen, het appartementencomplex in.

Sorry, mevrouw, LAPD Moordzaken. Waarom vindt u Ramone stom?

Moe schuifelde langs het schamele gebouw. Ramone was uit het zicht verdwenen, verdronk zijn verdriet waarschijnlijk bij Bob's of een vergelijkbare kroeg.

Moe overwoog binnen te gaan kijken. Was hij echt genoeg om naast de man op een kruk te gaan zitten en bier te drinken en de man aan het praten te krijgen?

Hoe groot was de kans dat Ramone zou toegeven dat hij maar een watje was?

Een watje.

Het bijwonen van de confrontatie had Moe's vooroordelen op losse schroeven gezet. Hij had een beeld gehad van Ramone als moordzuchtige crimineel, maar de loser had zich zojuist als een wezel gedragen.

Hij liep terug naar zijn auto, kwam nog een paar mensen tegen die de hond uitlieten, waaronder een oud, gebogen vrouwtje met een kleine, pluizige bastaard die kwaadaardig naar hem gromde toen hij passeerde.

Ze zei: 'Goed zo, kampioen. Dat is een schooier.'

Toen hij terugkeerde bij zijn bureau in West-L.A., zat Aaron op zijn stoel te spelen met een BlackBerry. Toen hij zijn broer zag binnenkomen, sprong hij overeind. 'Misschien heb ik iets voor je.'

'Misschien,' zei Moe.

'Waar kunnen we praten?'

Dat veronderstelde veel. Moe voelde de neiging dat te zeggen. Maar iets in de houding van Aaron weerhield hem: geen arrogante blik in zijn ogen, dat intense *doelgerichte* op zijn gezicht – dezelfde uitstraling die Aaron had gehad als hij een lange bal moest gooien of zijn slagstand moest aanpassen. Met vaker een geslaagde worp dan een mislukte. Geweldige score op binnengeslagen punten.

Moe: 'Kom mee.'

Toen ze in een vensterloos vertrek waren en Aaron had gezocht naar verborgen microfoons, zei hij: 'Ik heb misschien de plek gevonden waar Caitlin is begraven.' Hij was zich nog steeds volstrekt niet bewust van Adella Villareal, Raymond Wohr en Alicia Eiger.

Moe gaf zich een moment over aan zelfgenoegzaamheid en zei: 'Vertel eens,' terwijl hij onderuit zakte.

Aaron beschreef hoe Mason Book en Ax Dement naar Leo Carillo waren gereden en hoe ze op de open plek een joint hadden gerookt en heroïne hadden gesnoven.

'Je weet zeker dat het heroïne was.' Hij deed pietluttig over een detail dat waarschijnlijk volstrekt onbelangrijk was, omdat hij zich behoorlijk onzeker begon te voelen met aan de ene kant deze nieuwe ontwikkeling en aan de andere kant Eiger die van Ramone een lachwekkende figuur maakte.

'Ik heb een testje gedaan, ervan uitgaande dat het heroïne was.' Aarons Ik-Heb-Altijd-Gelijk-Grijns lag weer op zijn gezicht.

'Scheikundesetje, Moses. Ik kan je niet garanderen dat ze daar begraven ligt, er was geen omgewoelde grond. Maar het is een hele tijd geleden en er groeit van alles. En voordat je het vraagt, natuurlijk is het mogelijk dat die twee het gewoon geweldig vinden om stoned te worden bij het strand. Maar het is wel een verdomd eind rijden vanuit de Hollywood Hills. Waarom niet gewoon lekker van de dope genieten achter de gesloten poort aan Swallowsong? Ik denk dat die plek een psychologische betekenis heeft en dat die twee bezig waren met een soort ritueel.'

'Terug naar de plaats delict.'

Aaron sloeg zijn benen over elkaar, streek een revers glad, staarde Moe aan en probeerde te ontdekken of hij werd beetgenomen.

Om de een of andere reden vond Moe zichzelf onuitstaanbaar. 'Dat gebeurt bij misdaden met een psychologisch kantje, niet? Opnieuw de opwinding zoeken.'

Aaron ontspande. 'Dat is zo... Kijk, ik weet ook wel dat dit geen harde bewijzen zijn, Moses, maar ik moest me echt beheersen om er niet zelf weer heen te gaan met een schop.

Ik meende dat echt dat ik zou proberen jou niet voor de voeten te lopen. Met een lijkenhond is de vraag zo beantwoord.'

'Ik hoor nog niet genoeg rechtvaardiging om K-9 erbij te halen. Zeker niet in een openbaar park, in Malibu. De Coastal Commission zou er waarschijnlijk aan te pas moeten komen.'

Moet je mij horen: ik verstop me net zo hard als iedereen achter de regeltjes.

'Oké,' zei Aaron. 'Ik wil alleen maar dat je alles weet wat ik ontdek.'

Het verbaasde Moe hoe teleurgesteld Aaron ineens keek. Twijfel aan zichzelf had toch nooit tot het repertoire van zijn broer behoort.

'Ik zeg niet dat het niet interessant is, Aaron. Vooral omdat Malibu steeds maar weer opduikt. Alles wat met Caitlin te maken heeft, lijkt aan de kust te gebeuren.'

Alles behalve het babysitten in Hollywood.

Aaron leefde op. 'Precies wat ik ook dacht. Caitlin en Rory studeren aan Pepperdine, werken in Santa Monica en Lem Dements ranch is in Solar Canyon. En nu heb ik Mason Book al twee keer een ritje zien maken op de Pacific Coast Highway.'

'Slechte slaper,' zei Moe.

'Dat kan zo gebeuren bij wroeging. Al lijkt het er niet op dat de wroeging van meneer Book leidt tot automutilatie.'

'Wat bedoel je?'

'Net voordat jij kwam, wiste ik een sms.' Hij tikte op de BlackBerry. 'Eén van mijn bronnen had een gerucht gehoord dat er geen snijwonden waren op Books armen, of waar dan ook maar op zijn lichaam, tijdens zijn zogenaamde zelfmoordverblijf in Cedars. Geen enkel spoor, punt uit, dat hij zijn eigen leven in gevaar had gebracht.'

'Wie is die bron?'

'Sorry,' zei Aaron. 'En gezien alle herrie op de universiteit over medische geheimhoudingsplicht, wil je dat niet eens weten.'

Daar had hij een punt. Moe zei: 'Betrouwbare bron.'

'Heel erg.'

'Iemand die in Cedars werkt?'

Aaron glimlachte. 'Iemand die een band heeft met iemand die iemand kent die bij Cedars werkt. Maar voordat je het negeert, wil ik je wel vertellen dat we het hebben over iemand die De Industrie verbitterd de rug toekeert na te zijn weggewerkt uit een baan richting vergetelheid.' Hij citeerde Merry Ginzburg letterlijk. 'Dat is een krachtige motivatie om mee te helpen de zaak op te lossen.'

'Waarom?'

'Ik heb haar een primeur beloofd wanneer het stof weer is neergedwarreld.'

'Wanneer, niet indien,' zei Moe. 'Er gaat niets boven een beetje optimisme.'

'Zo ben ik nu eenmaal, bro, ik kan niet anders.'

Aaron verschikte zijn jasje. Vandaag een exemplaar van gladde zijde met de kleur van pure chocolade, een tint die zwarte mannen beter stond dan wie ook. Moe prees zichzelf gelukkig dat hij onderweg zijn locker had aangedaan en zijn zwerverskleren had uitgetrokken. Het groene sweatshirt in een afvalbak had gegooid, omdat hij zich niet kon losmaken van het idee dat het ding *leefde*.

Hij zei: 'Als Book niet heeft geprobeerd zichzelf van kant te maken, waarom was hij dan opgenomen? En waarom werd er dan gezegd dat het om zelfmoord ging?'

'Goede vragen, Moses.'

'Oververmoeidheid,' zei Moe. 'Noemen ze dat niet zo bij beroemdheden als ze gaan afkicken?'

'Niets met afkicken,' zei Aaron. 'Had niets met drugs hoe dan ook te maken, dat is wat de bron van mijn bron aan het denken zette. Het leek wel of de man er zijn intrek had genomen als in een hotel.'

Moe zei: 'Misschien geen drugs op recept, maar had hij vrienden die op bezoek kwamen met vrijetijdschemicaliën. Misschien was zelfmoord een dekmantel voor iets wat veel schadelijker zou zijn voor zijn carrière. Een complete instorting, bijvoorbeeld. Als Book volledig de draad was kwijtgeraakt, zouden zijn pr-mensen dat niet aan de grote klok willen hangen. Dan maar beter afdekken met een halve waarheid.'

Aarons ogen gingen wijd open. 'Dat vind ik mooi. Helemaal doordraaien, als een kwijlende idioot... Mensen willen niets te maken hebben met gekken, maar depressies, zelfmoord, weer uit de put klauteren na tegenspoed, dat doet het goed op de omslag van een glossy. Dan is Oprah Winfrey je allerbeste nieuwe vriendin. Jazeker, dat klinkt zinnig, Moses.'

Moe zei: 'En het feit dat Book nooit op de omslag van een glossy terechtgekomen is en niet bij Winfrey op de bank heeft gezeten, kan betekenen dat hij nog steeds helemaal kierewiet is, dat het probleem nog niet voorbij is. Het past ook bij het feit dat hij al drie jaar in geen enkele film meer heeft gespeeld. Als je dingen hoort of als je kleine groene mannetjes ziet, wordt het lastig het script te volgen. Er is alleen één ding dat me dwarszit. Ze behandelen psychoses met drugs, toch? Weet de bron van jouw bron heel zeker dat er geen medicijnen aan te pas kwamen?'

'Dat zeggen ze,' zei Aaron. Hij deed heel erg zijn best om niet te laten merken dat Merry Ginzburg een vrouw was.

'Dan hebben we het misschien wel niet bij het juiste eind.'

'Of misschien heeft Book ergens een psychiater opgeduikeld die zonder medicijnen werkt. Ik mag dat idee dat hij helemaal is doorgedraaid wel, want dat betekent dat hij tot de vreselijkste dingen in staat moet zijn. Bijvoorbeeld een door sterrendom verblind meisje als Caitlin oppikken bij Riptide, haar meenemen naar huis om een beetje feest te vieren... en op het moment dat bij haar het licht uit gaat, breekt bij hem de Hannibal Lecter door.'

'Doet zijn ding met haar in de Hollywood Hills,' zei Moe, 'en begraaft haar voor de zekerheid zestig kilometer verderop.'

'Geholpen door Ax Dement, want Ax is Books eerste huurvriendje, en misschien was hij zelfs wel bij de moord betrokken. Dat zeg ik, omdat Malibu erop wijst dat Ax er ook mee te maken had. Hij is daar opgegroeid. Shit, misschien heeft hij die plek wel uitgezocht om haar te begraven, omdat hij de omgeving kent, lekker dicht bij de ranch van papa.'

Moe zei: 'En Book, nog steeds zo gek als een deur, gaat naar de plek des onheils terug om high te worden en het allemaal nog eens in zijn herinnering op te roepen. Met Ax aan het stuur van de wagen. Misschien dat hij er ook wel een kick van krijgt.'

Aaron zei: 'Rory Stoltz zat de eerste keer aan het stuur naar Malibu. Ook al verloor Book toen de moed en keerden ze bij The Colony om, dat betekent nog niet dat Rory niet ook in het complot zit. De ontmoeting van die drie in die kroeg.'

Moe zei: 'Book is gek, maar niet te gek voor wroeging. Daarom heeft hij zich een week nadat Caitlin werd vermist, laten opnemen in Cedars. Hij werd helemaal gek van wat hij had gedaan.'

Aaron boog voorover, klopte hem op zijn schouder. 'Dit voelt goed, Moses. Ik weet dat het allemaal speculaties zijn, maar het *voelt* goed.'

Moe verzonk in stilzwijgen en ging zijn mogelijkheden bij langs. De kaarten op tafel leggen voor zijn broer? Of Aaron laten doormodderen zonder hem in te lichten?

Aaron was slim en zou er uiteindelijk achter komen hoe de vork in de steel stak.

Aaron kon zijn hersens beter gebruiken als hij de juiste informatie had.

'Wat is er, Moses?'

'Er is nog meer.'

29

Moe ontdekte iets nieuws in Aaron. Zijn broer kon uitstekend luisteren. Aaron verroerde geen vin bij het hele verhaal. Adella Villareal, de baby Gabriel, het rendez-vous in het Eagle Motel van Ax Dement met Raymond Wohr en Alicia Eiger. Wohr die zijn eigen nichtje begluurde. Caitlin Frostig die op het kind van Adella paste.

Het enige wat hij Aaron niet vertelde, was hoe passief Wohr

de verbale aanslag door Eiger had ondergaan, wat Moe's idee van de man als psychopaat en moordenaar aan het wankelen had gebracht. Want hij probeerde nog steeds te ontdekken wat dat betekende.

Toen hij uitverteld was, zei Aaron: 'Pfff.' Hij stond werkelijk versteld van wat Moe allemaal te weten was gekomen. Geen spoor van: *En dat vertel je me nu allemaal?* 'Dus nu hebben we een connectie tussen twee dode vrouwen... Oh, man... Oké, mijn persoon is naar Riptide. Wat vind je ervan om mij aan een jpg van Adella te helpen?'

'Dat kan riskant zijn.'

'Mijn persoon is heel subtiel.'

Moe wist dat zijn broer ook zonder zijn hulp wel aan foto's van Adella kon komen. Hij zei: 'Laten we maar teruggaan naar mijn bureau. Dan krijg je een scan van me.'

'Bedankt. Nu is het mijn beurt voor een beetje extra. Niet iets dat ik achterhield, maar ik was er nog niet aan toegekomen toen we begonnen te brainstormen over Mason Book. Ik heb vanochtend een tijdje doorgebracht met Gemma Dement, de mama van Ax.' Hij hield zijn stem vlak, maar schoof ongemakkelijk op zijn stoel.

Het was niet gebruikelijk dat zijn broer zo onrustig was. Moe glimlachte. 'Aantrekkelijke vrouw.'

'Voor haar leeftijd.'

'Hebben jullie over politiek gepraat?'

'We hebben het over pinda's gehad. Vergeet dat allemaal maar, de vrouw is echt abnormaal. Geobsedeerd door schuld en boete. Citaat, einde citaat. Normaal gesproken zou ik zoiets toeschrijven aan een religieuze overtuiging. Zij en Lem Dement die samen God hebben gevonden.' *Al heeft ze weinig ontzag voor het zevende gebod.* 'Maar als zoontjelief Ax betrokken was bij de moord, zou kennis daarvan voor haar een kwelling kunnen zijn.'

Moe zei: 'Leven met een groot, duister geheim. Kwam ze over als iemand die zelf ergens schuldig aan is, of praatte ze er alleen filosofisch over?'

Aaron schudde zijn hoofd. 'Het ging gepaard met emotie, maar het is moeilijk te zeggen welke precies.'

'Hoe bedoel je?'

'Ik bedoel dat ze niet gebukt ging onder schuld of verdriet of zoiets, maar ze begon over wroeging zonder enige aanleiding. Schuld en boete. De laatste keer dat het ter sprake kwam, werd ze kwaad. Ongeremd kwaad.'

'Maar niets over moord.'

Aaron aarzelde. 'Zo'n soort gesprek was het niet.'

'Het klinkt anders wel alsof je haar aardig hebt leren kennen.'

'Goed genoeg om vast te kunnen stellen dat die dame behoorlijk in de war is, Moses. En dat ze nog steeds door Lem wordt geslagen. Ik heb een blauwe plek gezien.'

Dat geloof ik graag.

Moe zei: 'Van klappen krijgen kun je behoorlijk in de war raken.'

'Volgens mij was dit meer. Ik ben geen psychiater, maar ze straalde het uit. Iets duisters en dieps en problematisch.'

'Dat is al de tweede keer dat je het daarover hebt.'

'Waarover?'

'Aangezien ik geen psychiater ben,' zei Moe, 'en gezien welke kant dit opgaat, denk ik dat we maar eens met iemand moeten praten die wel psychiater is.'

Aaron liep naar een stille hoek van de recherchezaal en belde wie het dan ook was die hij naar Riptide had gestuurd. Een vrouw, vermoedde Moe, te zien aan de manier waarop Aaron zich ontspande en een betoverende glimlach op zijn gezicht toverde voor een onzichtbaar publiek. Even later stak Aaron zijn duim op, scanden ze Adella Villareals foto in en stuurden die naar het hotmailaccount van lp-vox36.

Moe belde dr. Alex Delaware en werd doorverbonden met de telefoonservice van de psycholoog.

'Is dit een noodgeval, meneer?' vroeg de telefoniste.

'Geen medisch noodgeval, mevrouw. Ik ben een rechercheur van de LAPD.'

'Nieuw?'

Moe verstrakte. 'Pardon?'

'Dr. Delaware wordt altijd gebeld door rechercheur Sturgis.

Gaat het om zoiets? Moord?'
'Jazeker, mevrouw.'
'Blijft u aan de lijn.'
Even later kwam Delaware aan de lijn. Zonder in te gaan op details vroeg Moe of Aaron en hij langs konden komen om een zaak te bespreken. Zonder te weten welke financiële regeling Delaware had getroffen met het bureau. Zonder te weten wat hij moest zeggen als Delaware daarover zou beginnen.
'Ik ben niet op mijn kantoor, Moe, rechtszaak in Beverly Hills. Maar zelfs als ze me oproepen te getuigen, zou ik om vier uur vrij moeten zijn, dus laten we het houden op kwart voor vijf. Bij mij. Ik moet op tijd naar de hond.'

Aaron reed over het verbrede ruiterpad dat boven Beverly Glen slingerde, en dacht, toen hij eindelijk de strakke, witte contouren van het huis van Delaware hoog tegen de helling ontwaarde, te midden van pijnbomen, *redwoods* en *sycamores*: dit is het eindpunt van de droom, voorbij wow, kijk toch eens, doodstil als je ergens over moet nadenken, en groen, en die lucht. Je zou niet zeggen dat dit L.A. is, en het is maar een klein eindje rijden naar Westwood Village, hartje Beverly Hills, de Strip, waar je maar heen wilt eigenlijk. De man ziet waarschijnlijk de hele dag haviken. Ik vraag me af of hij met een open dakje rijdt. Moet haast wel, hoe kun je nu genieten van zoiets met een plaat staal boven je hoofd, en dat huis, ho, het is nog groter dan het op het eerste gezicht leek. Twee volledige verdiepingen, boeiende lijnen, ongetwijfeld onder architectuur gebouwd, aardig neergezet ook, dringt zich niet op, pleegt geen aanslag op de omgeving, eigentijds-cool, zal van binnen wel net zo fris en helder zijn, misschien bamboe op de vloer, gewelfde plafonds, overal ongehinderde inval van natuurlijk licht, waarschijnlijk een thuisbioscoop... Nee, een oude Seville. Aardige vorm anders... Misschien heeft hij een cabrio in de garage... mooie tuin...
Er komt een dag...
Moe dacht: aardig huis.

Dr. Alex Delaware dacht: allebei, zoals ze daar zitten op mijn bank, weinig op hun gemak.

Als patiënten. Als een getrouwd stel dat zijn uiterste best moet doen om beschaafd te blijven.

Hij had met de broers samengewerkt bij het onderzoek naar de moerasmoorden en had toen al aangevoeld dat er een complexe band tussen hen bestond. Je hoefde geen psycholoog te zijn om dat te zien.

Alex was in Beverly Hills bijna een uur lang als getuige gehoord en had zijn best moeten doen weerstand te bieden tegen de weinig subtiele druk van een advocaat die als een aasgier probeerde hem stomme uitspraken te ontlokken. Hij was twintig minuten voordat Reed en Fox arriveerden thuisgekomen en had Blanche in de tuin uitgelaten voor een sanitaire stop, schoon water neergezet en haar de aandacht gegeven waar ze om bedelde. Robin was de hele dag weg om hout te kopen in Ojai en zou rond een uur of acht weer thuis zijn. Hij had geen tijd gehad zich om te kleden en droeg nog steeds het pak dat hij voor de rechtbank reserveerde, zwart met een krijtstreepje, lichtgeel overhemd, kastanjebruine stropdas, maar hij had zijn colbert uitgetrokken, de mouwen van zijn overhemd opgerold tot de ellebogen en zich met behulp van koffie weer wat energie ingedronken tegen de tijd dat de bel ging.

Nu zat de kleine Franse buldog met zijn lichtbruine vacht bij hem op schoot en glimlachte en wierp al haar vrouwelijke charme in de strijd om beide rechercheurs in te palmen.

Aaron Fox glimlachte terug.

Moe Reed, een en al zakelijkheid, zei: 'Fijn dat u ons zo snel te woord wilde staan.'

'Geen probleem. Wat is er aan de hand?'

'Het is behoorlijk ingewikkeld.'

'Tegen de tijd dat ik erbij betrokken raak, is het dat meestal.'

Reed voerde voornamelijk het woord en dat leek Fox niet te deren, al bespeurde Alex wel dat hij zich een paar keer moest inhouden om zijn broer niet in de rede te vallen. Elke keer ging de oudste van de twee weer achteruit zitten met een berustende blik in de ogen en trommelde hij met zijn vingers op zijn knie. Geboorterecht was een krachtige speler in de relatie tussen broers.

Toen Moe zijn verhaal had afgerond, zei Alex: 'Ik begrijp wat je bedoelt. Wat kan ik voor je doen?'

Moe Reed zei: 'Om te beginnen, wat kunt u ons vertellen over de staat waarin Mason Book geestelijk verkeert?'

Delaware schudde zijn hoofd, trok zijn stropdas los en wreef de hond achter zijn vleermuizenoren. 'Diagnose op afstand is een verloren wedstrijd, jongens. Als je bedoelt te vragen of Mason Book psychotisch is, maar is behandeld zonder medicijnen toen hij opgenomen was, is het antwoord dat dat theoretisch mogelijk is.'

'Maar niet waarschijnlijk?'

'Eerstelijns behandeling bij schizofrenie bestaat uit medicijnen. Dat werkt heel goed bij veel patiënten, maar niet bij allemaal. Als Book er in het verleden slecht op heeft gereageerd, of als hij nog steeds een verslavingsprobleem heeft, kan ik me voorstellen dat een voorzichtige psychiater een stapje achteruit doet en de zaak eerst eens observeert. Enig idee wie hem behandelde?'

Twee hoofden die nee schudden.

'Laat het me weten als je het te weten komt.'

Aaron Fox tikte op zijn BlackBerry.

Reed zei: 'Wat bedoel je met "een stapje achteruit"? Ze leggen hem in een bed en kijken wat er gebeurt?'

'Opgenomen voor observatie,' zei Alex. 'Kan geen kwaad als je twijfelt.'

'Op de afdeling voor vips?'

'Des te beter.'

Fox zei: 'Hij is nog steeds aan de drugs. Zoals ik al zei, heb ik wiet en Mexicaans bruin gevonden bij Carillo.'

'Hij is aan de drugs,' zei Alex. 'Of zijn maatje.'

'Book en Ax Dement zijn daar samen heen gereden. Denk je dat een junkie er gezellig bij zou komen zitten als zijn maatje high wordt zonder zelf ook te willen scoren?'

'Ik geef het toe, dat is onwaarschijnlijk. Laten we dus maar even uitgaan van die drugs. Misschien is Book opgenomen om af te kicken.'

'Eén week?'

'Een week zou niet genoeg zijn, maar misschien is hij van gedachten veranderd en heeft hij de benen genomen? Hij was niet gedwongen opgenomen. Hij zat zelfs niet eens op de afdeling voor psychische gezondheid. Dat betekent iets.'

Reed zei: 'Hadden ze hem opgenomen op de afdeling Psychische Gezondheid als hij gek was geweest?'

Alex dacht na. 'Waarschijnlijk wel, maar bij beroemdheden worden de regels wat ruimer geïnterpreteerd.'

Reed zei: 'Waar zo iemand maar wil slapen, wordt het meteen een vijfsterrenhotel. Als Book weg wil uit Cedars, wie houdt hem dan tegen?'

Alex zei: 'Weet je zeker dat hij de hele tijd dat hij daar was, geen medicijnen heeft gehad?'

Reed keek naar Fox. Fox zei: 'We weten niets zeker, onze informatie is afkomstig van een indirecte bron.'

'Meer een indirecte indirecte,' zei zijn broer.

Fox bestreed het niet.

Alex zei: 'Iemand heeft het iemand anders verteld die het weer iemand anders heeft verteld.' Hij leunde achterover in zijn afgeleefde leren bureaustoel. Zijn bureaublad was leeg.

Het hele kantoor zag eruit als om door een ringetje te halen. Dat beviel Aaron. Hij zei: 'De bron is gewoonlijk betrouwbaar, maar natuurlijk hebben we liever foto's en filmpjes op YouTube.'

We. Hij liet het klinken alsof ze een team vormden, maar hun lichaamstaal had Alex niet overtuigd.

Hij haalde een hand door zijn donkere krullen en keek naar rechts naar een litho met boksers van George Bellows die gewoonlijk zijn denken stimuleerde. Zijn ogen waren waterig-grijs, helder, doordringend, actief, bijna angstaanjagend intens.

De kleine buldog gaapte met klapperende hanglippen, sloot haar ogen en viel in slaap. 'Sorry dat ik niet preciezer kan zijn, jongens. Misschien heeft Book last van een psychose, of een fobie, van drugs, is hij klinisch depressief, kies maar een diagnose uit. Maar misschien hebben ze hem ook wel opgenomen voor iets wat helemaal niet met zijn geestelijke gezondheid te maken had.'

'Iets lichamelijks?' zei Reed. 'Maar waarom zouden ze het dan verkopen als een zelfmoordpoging?'

Fox zei: 'Precies.'

'Of,' zei Alex, 'misschien is het wel een mix van allebei. Als de foto's kloppen die ik heb gezien, is hij broodmager.'

De broers staarden hem aan.

Reed zei: 'Een of andere eetstoornis?'

'Dat is een beroepsrisico van Books beroep. En niet alleen bij vrouwen. Al denken de mensen dat wel. Als een acteur het etiket krijgt opgeplakt van anorexia of boulimie, kan dat kwalijker zijn voor zijn carrière dan een zelfmoordpoging. Eenvoudig denkende mensen zouden eens kunnen gaan denken dat zichzelf uithongeren te vrouwelijk is voor een echte man.'

Fox zei: 'Zelfmoord, daarentegen, kan doorgaan voor chic.'

'Helaas kleeft er in sommige kringen iets romantisch aan. Het grote publiek is dol op het idee van een getormenteerde ziel, vooral als het om kunst gaat. De slotscène van Romeo en Julia gaat niet over twee tieners die verhongeren of om de haverklap hun vinger achter in de keel steken.'

Reed zei: 'De man krijgt ergens last van, laat zich opnemen voor een infuus en een dieet en vertrekt weer als het gevaar geweken is. Dat zou verklaren waarom er geen medicijnen aan te pas zijn gekomen.'

'Zeker, maar het is een gok,' zei Alex. 'En ik vraag me af hoe belangrijk de geestelijke gezondheid van Book is voor jullie zaak.'

'Dat hele gedoe met schuldgevoel is niet belangrijk?' zei Moe Reed. 'Opname net een week nadat Caitlin Frostig verdwijnt?'

'Maar ook een *paar maanden* na de dood van Adella Villareal. Als je probeert de twee zaken te koppelen is het moeilijk daar een patroon in te herkennen.'

'Jij denkt dat ze niet met elkaar te maken hebben?'

'Het is mogelijk als beide vrouwen dezelfde crimineel zijn tegengekomen. Ik vind het niet zo overtuigend dat Caitlin zou zijn vermoord omdat ze op het kind van Adella paste. Er zit te veel tijd tussen beide verdwijningen.'

Fox zei: 'We hebben ook nog een verdwenen baby. En niemand die weet wie de vader is.'

Reed zei: 'Als Mason Book de vader is, zijn er allerlei motieven voor het laten verdwijnen van Adella en het kind. Dat zou ook die lange tussentijd kunnen verklaren. Veronderstel eens dat Adella te veel druk uitoefende op Book en dat Book Ax Dement het probleem liet oplossen, misschien wel met behulp van zijn favoriete stuk tuig Ramone W, die waarschijnlijk om te beginnen Adella aan Book had voorgesteld omdat hij haar pooier was. Toen Rory Stoltz later loopjongetje werd voor Book, ving hij iets op en babbelde daarover met Caitlin. Zij was rechtdoorzee, had Adella gekend, op haar baby gepast, en ging door het lint en dreigde naar de politie te lopen. Dus ruimden ze haar ook op. Of Rory daar nu wel of niet direct bij betrokken was, hoe dan ook, hij kwam erachter wat er met zijn vriendin gebeurd was, maar kon niets zeggen. Veel te bang dat hem hetzelfde zou overkomen. Dat zou verklaren waarom zijn moeder zo beschermend is.'

'Of,' zei Fox, 'Rory is ook een psychopaat en daarom heeft Book hem ingehuurd, en het interesseert hem gewoon niet. Hoe het ook zij, geen baby, geen vaderschapstest.'

De broers leken dichter naast elkaar te zitten op de bank, vormden meer een eenheid. Beiden keken Alex aan.

Hij concentreerde zich op de lijnen en vlakken die samen de uitbundigheid van George Bellows boksring vormden.

'Mogelijk. En als je ooit de hand kunt leggen op Book, en als hij werkelijk de draad kwijt is, breekt hij misschien gemakkelijk. Voorlopig vind ik hem een onwaarschijnlijk beginpunt en heeft het volgens mij niet zo veel zin om te gissen naar waarom hij is opgenomen. Je hebt helemaal niets wat hem in verband brengt met je slachtoffers en hij leidt een leven als een prinsesje met de zoon van Dement in een huis van Lem Dement. Van wie je *wel* weet dat hij iets te maken heeft met Ramone W.'

Fox zei: 'Je zegt dat we ons moeten concentreren op Ax.'

'Wat jij vertelde, Aaron, hoe hij het verkeer hinderde en er vervolgens vandoor ging en zijn vinger opstak naar de mensen, geeft een aardig beeld. Zorgeloos, roekeloos en vijandig.'

'IJskoude sociopaat,' zei Reed.

'Als je hem kunt vastpinnen op wreedheden, wil ik dat wel geloven. En opgroeien met een vader die je moeder slaat, leidt heel gemakkelijk naar seksueel geweld.'

'Vanuit de gedachte dat dat de manier is waarop een echte man met een vrouw omgaat.'

'Precies.'

Fox zei: 'Mammie wordt geslagen, maar blijft en praat graag over schuld en boete, misschien wel omdat ze een echt foute zoon heeft grootgebracht.'

Alex zei: 'Wat was de emotionele temperatuur van dat gesprek?'

'Wat bedoel je?'

'Hoe kwam ze over? Berouwvol? Kwaad? Of droeg ze voor uit een script?'

Fox dacht na. 'Misschien wel alle drie. Het gevoel dat ik eraan overhield, was dat van een behoorlijk verknipte persoon.'

Reed keek naar zijn broer, alsof hij nog meer verwachtte.

Fox haalde zijn schouders op. 'Dat is het.'

Reed zei: 'Wat heeft dat religieuze ermee te maken? De pa van Ax zwemt in het geld na een bloederige film die is vermomd als een lofzang, en nu bouwt hij een kerk op het landgoed van de familie.' Voordat Alex antwoord kon geven, richtte hij zich tot zijn broer. 'Misschien hebben ze daar een of andere sekte opgericht en hebben ze Book bekeerd. Acteurs zijn daar toch rijp voor, voor dat soort dingen? Altijd bezig met de volgende hype?'

Fox knikte.

Reed zei: 'De man heeft anorexia, is een verslaafde zombie zonder karakter. Jezus, misschien hebben ze hem wel geprogrammeerd daar in het ziekenhuis en hebben ze hem daarvoor opgenomen. Of misschien werd hij wel juist *gedeprogrammeerd*. Weet ik veel. Kun je erachter komen wie hem behandeld heeft?'

Fox glimlachte. 'Langs alternatieve kanalen? Dat ga ik proberen, vergeet maar dat ik dat heb gezegd.' En tegen Delaware: 'Is dit een vertrouwelijke sessie, dok?'

Delaware lachte. 'Daar zal ik over na moeten denken.'

Reed zei: 'Wat denk je van dat religieuze aspect, dokter?'

'Moe, een wijs man heeft ooit gezegd: "Religie heeft een goede invloed op goede mensen en een slechte invloed op slechte mensen."'

'Kortom, alles is mogelijk met deze club mensen. Oké, dan concentreren we ons op Ax.'

'Niet per se,' zei Alex. 'Het is net als met Book, je hebt niet genoeg bewijs en het geld van zijn ouwe heer maakt hem tot een grote vis. Rory Stoltz is een klein visje, maar die beschermende moeder en de theoretisch lijn naar Book en de juridische krachten achter Dement maken hem tot een goed beginpunt. Bovendien is hij misschien wel volstrekt onschuldig.'

'Waarom theoretisch?'

'Grote vissen eten kleine vissen op. Ze zouden hem zonder meer opofferen als dat goed in hun kraam te pas kwam. Aan de andere kant is er ook nog iemand die ze kunnen manipuleren, omdat de kans groot is dat hij in de problemen komt en omdat hij een niet al te best ontwikkeld oordeelsvermogen heeft.'

'Ramone W,' zei Reed.

'Een loser die zijn impulsen niet onder controle heeft,' zei Fox.

Alex zei: 'En geen poort waar hij zich achter kan verschuilen.'

'Ik ben hem gaan volgen,' zei Moe Reed. 'En Petra Connor heeft een groentje in burgerkleding aangewezen om over te nemen als ik er niet ben. Het probleem is dat wat ik vandaag heb gezien me enorm heeft verbaasd.' Hij beschreef de confrontatie met Alicia Eiger op het trottoir. 'Ze sloeg hem voor zijn hersens en hij bleef daar gewoon staan zonder iets terug te doen. En ik sta daar te kijken naar iemand waarvan ik denk dat hij tot de meest wrede dingen in staat is.'

Fox zei: 'Misschien was hij te stoned om te reageren.'

'Maar dan nog,' zei Reed. 'Welke stoere macho laat zich in het openbaar een klap in zijn gezicht verkopen door een vrouw? Dat riekt niet naar een huurmoordenaar.'

Alex zei: 'Ramone werd betrapt toen hij zijn nichtje begluurde, maar het is waarschijnlijk dat dat niet de enige keer is geweest dat hij zoiets heeft geprobeerd. Hoe oud is hij?'

'Zevenendertig.'

'Boeiend. Voyeurs beginnen meestal op jonge leeftijd en sommigen komen uiteindelijk bij seksueel geweld uit. Het feit dat hij nog steeds gluurt, duidt op passiviteit.'

Reed zei: 'Wat betekent dat voor de vraag of hij kan omslaan in een bloederig en moordlustig monster?'

'Misschien wel niets,' zei Alex. 'Oorlogen worden gepland door generaals, maar uitgevochten door soldaten.'

'Bevel is bevel,' zei Fox. 'Natuurlijk, waarom ook niet, denk maar aan de Mansons, denk maar aan alle lijpe sektes. Shit, dat past gewoon helemaal bij bizarre *culto's*. We hebben honden nodig bij Carillo, Moses.'

Reed leek dat niet te hebben gehoord. 'Goed, ik blijf achter Wohr aan zitten. Nog meer, dok?'

Delaware zei: 'Het klinkt alsof jullie alles doen wat je moet doen.'

Fox zei: 'En *dat* klinkt als therapie.'

30

Liana Parlat verschikte het washandje dat over Steve Rau's rechter tepel was gedrapeerd.

Badstof was heel wat aangenamer voor haar wang dan het borsthaar van staalwol van Steve Rau.

Hij zei: 'Alles goed?'

'Hmm.' Ze strengelde een arm om het tongewelf van zijn borst.

'Anders kan ik me wel scheren.'

'En dan genieten van de stoppels?' Liana volgde de lijn van

zijn kaak met een vingertop. Ze voelde dat er iets gebeurde onder het dekbed, zag dat daar iets gebeurde.

'O, jeetje, Steven.'

'Het is lang geleden, Laura. Ik ben waarschijnlijk zelfs dingen vergeten die ik nooit heb geweten.'

Dat hij haar valse naam gebruikte, stoorde haar. Voor het eerst. Ze zei: 'Vissen naar complimentjes? Oké: je bent een dekhengst.'

Dat hing de vlag halfstok. 'O nee,' giechelde ze. 'Sorry.'

Een gevoelig typetje. Maar zo lief. Hij was Riptide binnen komen lopen toen zij een halfuur aan de bar zat. Tevergeefs, want er was bijna niemand. Voor de paar zatlappen die er te zien waren, was het aftellen richting coma al begonnen. Achter de bar stond iemand anders dan de barman van de vorige keer, Gus. De vrouw was gespannen, sprak met een zuidelijk accent en vertoonde alle tekenen van een tijdelijke werkkracht die het allemaal niets kon schelen. Ze had moeite de limoensap te vinden. Toen Liana haar vroeg hoe lang ze er al werkte, trok ze een gezicht alsof ze moeite had met rekenen.

'Uh, vier dagen. Vandaag voor het laatst.'

'Bevalt het je niet?'

'Morsdood. Geen fooien.' Ze keerde haar rug naar Liana, keek op het schermpje van haar mobiele telefoon en liet een gebruikt bierglas met een laag aanslag op de bar staan.

Een Diet Coke en twee slokjes van een *gimlet* later voelde ze zich terneergeslagen. Ze baalde ervan dat ze Aaron een leeg bordje zou moeten presenteren.

Toen ze de foto van Adella Villareal had ontvangen, had dat alles naar een persoonlijk niveau getild.

Een gelukkige, mooie vrouw. Baby in een blauw dekentje.

Dat deed Liana onmiddellijk terugdenken aan haar laatste jaar *high school*, in oktober.

Een foutje op de achterbank met gevolgen. Grotere ophef thuis dan wanneer ze dood zou zijn gegaan, ma die als een bange anemoon dichtsloeg, pa nog veel erger, die deed alsof ze niet meer bestond, tijdens de hele zwangerschap. Hun verhouding was nooit meer geworden wat het was. Hij gedroeg zich alsof zij hem had verraden, zij begon hem te haten omdat hij nooit de moeite nam dat te ontkennen.

Haar broer en haar zuster hadden haar behandeld alsof ze een enge ziekte had.

Het was vooral moeilijk geworden toen ze haar van school hadden gestuurd, omdat meisjes zoals zij volgens de regels beschouwd werden als een Slechte Invloed op anderen.

Zwangerschapsmisselijkheid en depressies sloopten haar lichamelijk en geestelijk. Na een zwangerschap van vier maanden en twee dagen werd ze overvallen door weeën. Ze had het gevoel dat haar ingewanden door langzaam ronddraaiende messen aan stukken werden gesneden. Vijf uur nadat de pijn was begonnen, raakte ze een bloederige massa kwijt op een toilet van een chauffeurscafé.

Ze was opgelucht.

Vermorzeld door schuldgevoelens, ondanks dat ze niets had gedaan om de miskraam op te wekken. Of toch? Alle gebeden, wensen, kwade gedachten. Misschien had ze iets verkeerds gegeten. Was ze uitgedroogd? Of misschien was de stress waar haar familie haar mee had opgezadeld, dat wat in haar groeide te veel geworden.

Ze haalde certificaten op highschoolniveau, vertrok uit huis en vond een baantje als serveerster. Drie jaar later, toen ze eenentwintig was, liet ze haar eileiders afbinden. Ze wist zelf niet precies waarom.

Adella Villareal had leven *voortgebracht*. Maar daarna was het haar weer afgenomen. Iemand zou daarvoor boeten.

Ze bedacht wraakscenario's, haar knokkels wit weggetrokken om het glas gimlet, toen Steve de kroeg binnenkwam. Ze deed net alsof ze niets doorhad toen hij naar haar keek. Ging daarmee door toen hij een glas bier bestelde en haar kant op kwam, dit keer in vrijetijdskleding. Een donkergroene polo en een denim broek, een aardige combinatie met zijn blonde haar. Maar nog steeds met de klossende bruine wingtips aan zijn voeten die bij een pak hoorden. De jongen had hulp nodig.

Brede glimlach. Hij zwaaide als een toerist. Ze keek zijn kant op.

'Laura.' Hij pakte de kruk naast haar en knoeide ondertussen met zijn bier. 'Oeps.'

Zonder moeilijk te doen. Op de een of andere manier vond ze dat vertederend.

'Hoi, Steve.'

'En... hoe gaat het met je?'

'Goed, en met jou?'

'Gewoon geweldig, aan het werk, mag ik?'

'Mag ik wat?'

'Hier gaan zitten?'

'Ik vind het best.' Dat klonk kil en het leek even of hij terugdeinsde. Impulsief toverde Liana een aardige, warme glimlach op haar gezicht. Ze ging rechter op zitten en zorgde ervoor dat de roze satijnen blouse strak stond daar waar het nodig was. Zacht, maar sterk roze ging goed samen met haar zwarte kokerrok. Haar door en door geborstelde haar glansde. Juwelen van Michal Negrin glinsterden daar waar het moest en ze wist dat ze lekker rook.

Steve rook een beetje muskusachtig, een beetje Geïnteresseerde Man. Waarschijnlijk had hij niets met deodorant gedaan toen hij was thuisgekomen van zijn werk. Gek genoeg irriteerde dat haar niet.

'Wat hebt u allemaal gedaan de afgelopen dagen, dr. Rau?'

'Niets bijzonders,' zei hij, maar haar open gezicht en haar wijd open ogen en het feit dat hij een man was, zorgden ervoor dat hij begon aan een vijf minuten durend betoog over Zuid-Amerikaanse economietrajecten met betrekking tot de toekomst van olie. En toen nog eens vijf minuten psychoanalyse van Hugo Chávez.

Liana deed alsof ze geïnteresseerd was, terwijl ze dacht aan de opgevouwen kleurenfoto in haar tas. Ze had haar best gedaan hem zo op te vouwen dat er geen vouwen over het gezicht van Adella Villareal liepen. Of over de baby Gabriel in zijn blauwe dekentje.

Aaron had niet gezegd hoe het kind heette, was perplex geweest toen ze hem een uur later had gebeld om ernaar te vragen.

Ze zei: 'Doe me een lol.'

'Oké, Lee. Gabriel.'
'Klein engeltje.'

Ze liepen naar het noorden langs Ocean naar Ivy At the Shore en Steve belde het restaurant om te vragen of er nog een tafel vrij was. 'Soms is het er propvol, met al die filmfiguren,' zei hij, terwijl hij wachtte. Alsof zij er nog nooit was geweest.
Ze had haar arm ingehaakt achter de zijne. De man was solide gebouwd. Hij zweette ondanks dat de avondlucht fris was.
'Jep,' zei hij. 'Ik ben er nog steeds, Oké, heel erg bedankt. Tot zo.'
Ze kregen een tafeltje binnen, naast een groepje luidruchtige rijkeluiskinderen, een plekje dat thuishoorde in categorie D, zo wist Liana. Steve had geen idee, vond het al prachtig dat hij er binnen was gekomen.
Ze bestelden beiden een Saphire Martini en Liana koesterde haar drankje zoals ze gewoon was te doen. Steve ook. Hij legde uit: 'Ik ben geen superdrinker.'
Zij bestelde de zachte krab die altijd op het speciale menu stond. Hij koos een steak.
Terwijl ze aten, praatten ze nog wat over koetjes en kalfjes, terwijl Liana zich het hoofd pijnigde over de vraag hoe ze Adella Villareal ter sprake kon brengen.
Lastig, want het betekende dat ze zelf een bekentenis moest afleggen.
Het juiste moment kwam nooit. Ze deelden een stuk limoenroomtaart. Dronken cafeïnevrije koffie. Steve liet een gulle fooi achter op het tafeltje en ze stapten een heldere nacht in.
Het meeste publiek dat overdag etalages keek in de omgeving van Colorado Boulevard, was nu weg. Langs Ocean Front peddelden nog een paar fietsers. Een aantal van de psychotische daklozen die Santa Monica een warm welkom bood, zwierven over de trottoirs.
Steve sloeg zijn arm om haar schouder toen ze terugliepen naar Riptide, waar ze allebei hadden geparkeerd. Instinctief beschermend, geen lafhartige poging zich aan haar te verlekkeren.

Om de een of andere reden voelde dit als het laatste school-
jaar dat haar nooit was gegund.

Ze liepen zwijgend. Steve had iets verends in zijn gang, maar
niet dat triomfantelijke van iemand die zojuist zijn slag heeft
geslagen. Gewoon naast haar lopen maakte hem gelukkig en
ze wist dat ze er eigenlijk een einde aan moest maken, naar
de kroeg moest terugkeren om te proberen *iets* voor Aaron
te doen.

Ze bood Steve haar wang voor een zoen, bedacht zich op het
allerlaatste moment en zocht met haar lippen zijn lippen.
Opende haar mond en bood hem haar tong.

Naar adem happend maakte hij zich los. 'Wow.' Zacht glanzende ogen. Dat kon je niet simuleren.

Liana zei: 'Kom op, laten we wat gaan doen.' Ze deed haar
best het gezicht van Adella Villareal uit haar gedachten te
bannen.

De baby.

Haar baby.

Het gepolijste, bijna te knappe gezicht van Aaron Fox. *Dat*
was nog eens iemand die kon simuleren.

Toen Steve zei: 'Pardon?' zei ze: 'Gewoon, nog een beetje
rondhangen. Tenzij je moe bent.'

'Nee, nee, uh, met het gevaar dat ik, uh... Ik woon hier niet
ver vandaan. Je zou achter me aan kunnen rijden. Als je dat
geen raar idee vindt, ik bedoel... of ja, we kunnen natuurlijk ook nog op zoek naar een plek waar ze live muziek hebben...'

Liana zei: 'Wat is jouw auto?'

Hij wees. 'Die vw.' Een witte Passat.

Ze zei: 'Ik rijd wel achter je aan.'

'Niet ver hier vandaan' bleek een torenflat te zijn aan de zuidkant van Wilshire Corridor, een paar straten voorbij Westwood.

Het duurste stukje wolkenkrabbers van L.A. Aardig optrek-
je voor een academicus die van subsidies moest rondkomen.

Het was waar, de toren waar Steve zijn appartement had,
was redelijk onopgesmukt, vergeleken met wat er aan weers-

zijden naast stond, bescheiden, beige, weinig tuinarchitec-
tuur. Een van de wat oudere gebouwen, waaraan je de leeftijd zo langzamerhand begon af te zien. Maar toch, nog steeds
behoorlijk prijzig.
Inclusief alles, ook een portier in uniform.
De man zei: 'Goedenavond, meneer Rau.'
'Hoi Enrico. Dit is mijn vriendin Laura.'
'Mevrouw.' Enrico tikte tegen zijn pet en haastte zich om de
deur open te doen. 'Mevrouw.'
Terwijl ze een kleine, met spiegels aangeklede lobby bin-
nenliepen, vroeg Liana zich af of ze Laura zou blijven heten.
Twaalf verdiepingen. De lift was aangekleed met verguld
spiegelglas dat uit de tijd was en een stoffen behang. Het
rook een beetje naar oude mensen.
Steve's tweekamerappartement bevond zich vier verdiepingen onder het penthouse, met een aardig uitzicht op het flonkerende lichtspel van de stad. De aankleding, ook geriatrisch:
banken met grands foulards met drukke bloemmotieven in
kleuren die geen mode waren, met allerlei soorten knopen,
meubels van hout van de pecannotenboom, hoogpolige bruine vloerbedekking en een tint groen op de muren die Liana
niet meer had gezien sinds de jaren zeventig.
Avocadogroene keukenapparatuur.
Een kronkel in de tijd, tijd van *voor* Steve. Een erfenis of zo?
Maar dan nog, waarom geen facelift?
Misschien was gemakzucht, of vrekkigheid, wel de oorzaak
geweest voor het vertrek van de ex. Maar nee, want hij had
een fooi van dertig procent gegeven.
Hij zei: 'Dit is het... tetteretet... wil je water? Ik heb dorst.'
'Nee, dank je.'
'Nog een kopje decaf? Iets anders?'
'Ik hoef niets.'
Hij vulde een glas water bij de kraan. 'O, sorry, ga zitten,
maak het jezelf gemakkelijk.'
Liana ging op het randje van een bank zitten. Met een zit-
ting zo stevig gevuld als een surfer in zijn wetsuit.
Waarom ben ik hier? Hij komt toevallig opdagen in die
kroeg? Oké, hij is een stamgast, hij heeft me niet gestalkt.

Maar dat is misschien nog wel veel enger. Een stamgast van een kroeg waar twee vrouwen verdwenen zijn, en hoe weet ik nu dat ik niet met open ogen...

Aaron overstemde haar: *Stom, Lee, daar betaal ik je niet voor. Ga er als de gesmeerde bliksem...*

Steve Rau spoelde zijn glas om, liep naar haar toe en bleef op twee meter afstand staan. 'Superchic interieur, niet?'

'Eh, gezellig en huiselijk.'

Hij lachte. 'Volledige openheid: het is van mijn ouders. Vijf jaar geleden zijn ze naar een dorp voor pensionado's buiten Las Vegas vertrokken en wat begonnen is als een tijdje op het huis passen, heeft zich ontwikkeld tot min of meer permanente bewoning. Ik zeg "min of meer", want ze blijven dreigen dat ze terugkomen.'

Liana zei: 'De boemeranggeneratie.'

'Die is goed. Ik denk dat ik die jat als ik weer iets moet schrijven.'

'Ga je gang.'

'Hoe dan ook, ik mag niets veranderen, voor het geval dat. Behalve de boeken, ze hebben al hun paperbacks meegenomen en de medische spullen van pa, dus ik heb in ieder geval dat.'

Hij wees naar een kast vol saaie studieboeken. Economie, politieke wetenschappen, bedrijfskunde, wiskunde, informatica, ergonomie.

Precies wat je zou verwachten bij het soort man dat hij beweerde te zijn. En hij had zijn echte naam gebruikt. Dat bewees de begroeting door de portier: Doctor Rau.

En Gus, de barman, had dat van die ex bevestigd.

Tot zover verliep het allemaal boven de tafel. In tegenstelling tot een andere bekende.

Liana zei: 'Als mijn ouders me ook maar iets zouden nalaten, zou ik dolblij zijn.' Ze danste naar een groot raam dat bestond uit één plaat glas. 'Kijk dat uitzicht eens.'

'Ik vind het prachtig, maar ik wil nog steeds iets van mezelf.'

Zijn stem was laag, schor, warm tegen haar oor. Hij was geruisloos achter haar komen staan.

Ze keerde zich om en keek hem aan.

Hij zei: 'Oh, man, je bent zo verschrikkelijk mooi.'
Oh, man?
Gek genoeg kuste ze hem.
Hij was als was.

De eerste keer was op één van de met bloemen beklede banken van zijn ouders. Krasserig polyester kriebelde haar vreselijk, maar ze hield de anderhalve minuut dat het duurde, vol. De tweede keer was in zijn bed. Heel wat beter, in alle opzichten.

Hij gleed weg in de REM-slaap, zijn ogen schoten heen en weer achter de oogleden, heen en weer als ruitenwissers.
Liana maakt zich van hem los, ging zitten, wachtte om zeker te weten dat hij ver weg was.
Zijn mond zakte open. Hij begon te snurken. Ze trok haar slip aan, liep de slaapkamer uit om de woonkamer te verkennen.
Diepvriesmaaltijden in de vriezer, drie flesjes Heineken in de koelkast, samen met een overgebleven stuk pizza en een sinaasappel met een kweek van penicilline. De avocado-oven leek zelden gebruikt, als hij al ooit was gebruikt. De magnetron op het aanrecht rook naar oregano, tomatensaus en muffe kaas.
Ze bekeek een paar van de studieboeken. In de meeste had hij keurig netjes aantekeningen gemaakt.
Houdt dit verband met Equador?
Corr, oorz, beide? Orthogonaal? Reg analyse moeite waard?
Waarsch niet.
Hedge fund manip van onreg brandst fondsen relev voor kort term/vat? Saoedi p.f?
Zijn studeerkamer bestond uit een klein bureautje in een hoek van de kamer. In de laden zaten bankafschriften en rekeningen van creditcardbetalingen die bevestigden dat hij was wie hij zei te zijn en dat hij zuinig met zijn geld omsprong. En dat het het hem niet slecht verging: honderdnegenduizend dollar op een betaalrekening. Hij betaalde zijn creditcardafrekeningen op tijd.

In de onderste lade lagen notitieblokjes, volgeschreven met dezelfde academische aantekeningen. Ook een brief van zijn baas, een zekere dr. Hauer, die Steve's presentatie bij de vergadering van de 'World Affairs Council' prees.

Niets onechts, niets engs, niets wat ook maar in de verste verte op iets kwaadwillends wees.

Ze liep terug naar de slaapkamer.

Steve kwam haar tegemoet bij de deur, een blauwe badjas aan, een slaperig hoofd. *Grote* kerel.

'Alles goed?'

'Een beetje rusteloos,' zei ze.

'Ik wil je wel een rondleiding geven, maar er valt niets te zien.'

'Ik genoot van het uitzicht.'

'Laten we er nog even wat meer van genieten.'

'Ik moet weer eens weg.'

Hij kreeg een treurige blik in de ogen. 'Echt?'

Ze knikte.

'Oké. Ik hoopte dat je... Ik begrijp het, het is aan jou. Maar dat moet je niet opvatten als onverschilligheid, Laura. Ik... dit was... Ik ben hartstikke blij dat we elkaar weer zijn tegengekomen.'

Hij pakte haar kin, duwde het haar van haar gezicht weg en kuste haar oogleden. Afgezien van haar slip was ze naakt, maar zijn handen gingen niet op onderzoek uit.

Ze liet haar hoofd tegen zijn borst zakken. Dit keer deerde de vacht haar niet. Zijn hart bonkte.

'Daar ben ik ook blij om, Steve. Maar ik moet nu echt naar huis.'

'Waar is huis?'

Liana aarzelde. Hij lachte. 'Als je het over misplaatste vragen hebt... Ik weet je achternaam nog niet eens.'

En wat...

Haar zwijgen moest langer hebben geduurd dan het aanvoelde, want Steve zuchtte. Zijn schouderophalen straalde een en al verslagenheid uit. Je hebt vast een heel goede reden om je privacy niet bloot te geven... Kunnen we dit op de een of andere manier nog eens doen? Niet hiernaartoe,

bedoel ik. Maar gewoon wat rondhangen, zoals je zei?'
Liana's gedachten tuimelden over elkaar heen.

Zijn gezicht verloor alle uitdrukking. Hij liep terug de slaapkamer in en zocht op de vloer naar zijn kleren. Herinnerde
zich dat ze in de woonkamer lagen en liep langs Liana en
pakte ze. 'Wat jouw gevoelens ook zijn, Laura, voor mij was
het... Sorry. Ik breng je naar beneden, naar je auto.'

Liana bleef roerloos staan.

Hij kleedde zich snel en onhandig aan. Keerde zich om, alsof hij plots door schaamte werd overvallen. 'Laura, als ik
iets heb gezegd wat je vervelend vindt... Mijn ex zei dat ik
altijd dingen zei die haar van haar stuk brachten, beweerde
dat ik op haar knoppen drukte. Maar Joost mag het weten,
ik heb dat nooit bewust gedaan en ik begrijp het nog steeds
niet.'

Liana keek van hem weg, de slaapkamer in. Verfrommelde
lakens. Er hing nog een vage geur van seks. Het washandje
dat hij had gepakt om haar te beschermen tegen 'mijn staalwol', was op de grond gevallen. Zijn idee. Hij wilde haar
geen pijn doen.

'Laura...'

Bij het horen van die valse naam voelde ze zich goedkoop.
Ze zei: 'Laten we gaan zitten.'

31

Delaware's aanbeveling klonk Aaron zinnig in de oren: houd
Raymond Wohr scherp in de gaten en gebruik de pooier om
het onderzoek naar een hoger niveau te tillen. Maar daarmee kreeg Moe al het werk te doen en moest hij werkloos
toekijken, en toen meneer Dmitri belde om te vragen hoe het
ging, moest hij doen alsof.

De Rus liet zich niet voor de gek houden. 'Als er ooit iets gebeurt, moet je het zeggen. Maitland ziet er ongelukkig uit.'
Klik.

Aaron reed naar de Duitser, haalde de Opel op, belde Merry Ginzburg voor de derde keer, wilde haar zwaarder onder druk zetten voor meer informatie over Mason Books opname in het ziekenhuis. Ze nam nog steeds niet op.

Volgende agendapunt: iemand die zeker mee zou werken.

Manuel Lujons vader en grootvader waren vaardige tuinlieden die een paar van de fraaiste landgoederen in San Marino hadden onderhouden. Manuels drie oudere broers hadden de familietraditie voortgezet en Lujon Hoveniers verplaatst naar de Westside, waar ze in Holmby Hills en Beverly Park tuinen onderhielden die een rol speelden op de scorekaart van zelfgenoegzaamheid van de eigenaren.

Manuel was vijfentwintig, slim, had niets met mulchen, en had een BA als tekstschrijver gehaald aan de universiteit, waarmee hij op geen stukken na in de buurt van De Industrie terecht was gekomen. Overdag werkte hij in een tweedehandsboekwinkel aan Pico, in de buurt van Overland. Aaron deed een beroep op hem als hij een bepaald soort camouflage nodig had.

Hij vroeg Manuel om gewoon te *zijn* wat hij was, niet te doen alsof. De jongen was te eerlijk om toneel te spelen. In tegenstelling tot Liana, voor wie bedrog een tweede natuur was.

Zij had hem ook nog niet teruggebeld, had waarschijnlijk niets opgestoken bij haar tweede bezoek aan Riptide.

Kennelijk was het zijn dag niet om contact te onderhouden met de vrouwen. Hij kon mam altijd nog bellen.

Hij moest er hardop om lachen, maar het klonk niet spontaan.

Alsof ik toneelspeel.

En de volgende tekst, met Moe's stem: *Niet* dan?

Toen Aaron arriveerde bij Once Again Books, verkocht Manuel een stapel geschonden Elmore Leonards aan een stevige, bebaarde man die een alohahemd droeg, die zijn eigen plastic hoezen had meegenomen en rustig de tijd nam om ze daarin te stoppen. Daarna hielp Manuel een jochie dat met verfrommelde biljetten en rolletjes munten een uitgave van Robert Crumb kocht.

Geen andere klanten. Aaron slenterde naar voren van de wankele multiplex schappen. Manuel legde een bladwijzer in zijn eigen leesmateriaal. *Gravity's Rainbow* van Pynchon.

Manuel zei: '*Amigo*! Voorzichtig! Ren naar de grens!'

'Hoeveel voor het huren van een van de pick-ups van je broers?'

'Je maakt een grapje.'

'Helemaal niet.'

'Hoe moet ik dat weten? Eerlijk gezegd ben ik bovendien gekwetst. Meestal heb je behoefte aan mijn dramaturgische kwaliteiten, niet aan spullen.'

Als je eens wist.

Aaron zei: 'Ik heb beide nodig.'

'Mij in een pick-up?'

'Precies.'

'Ah,' zei Manuel. 'Waar moet de azalea geplant, meneer de baas? Onder de wilg of achter...'

'Zou je nu kunnen bellen en het vragen?' zei Aaron. 'Ik betaal goed.' Hij keek de lege winkel door. 'Hoe snel kun je weg uit dit centrum van bedrijvigheid?'

'Om waarheen te gaan?'

'Hollywood Hills.'

'Om wat te doen?'

'Een beetje niks doen en er Mexicaans uitzien.'

Manuel lachte. 'Kerel, je probeert niet eens politiek correct te doen.'

'De rest van de wereld ook niet,' zei Aaron. 'Daarom heb ik jou nodig.' Hij raakte zijn eigen gezicht aan.

'Er komt ook wel zwart volk in de Hills, Aaron.'

'Als ik daar te lang rondhang, weer eentje minder.'

'Geldt ook voor mij,' zei Manuel.

'Met die pick-up krijg je tijd. Zorg maar voor een heleboel gereedschap achterin.'

'Zoden omploegen,' zei Manuel. 'Nog een onzichtbare man erbij. Moeten we er ook nog een paar zakken mest bij doen, zodat het authentiek lijkt? Aan de andere kant, wie heeft zulke stront nodig?'

Toen ze waren uitgelachen, zei Manuel: 'Vertel eens iets over de salarisschaal.'

'Zoals gebruikelijk.'

'Vijfendertig per uur.'

'Gebruikelijk is vijfentwintig.'

'Misschien moet het gebruik veranderen, *amigo*.'

'Dertig,' zei Aaron, terwijl hij op het boek van Pynchon tikte. 'Maar dat moet je niet meenemen.'

'Houd jij niet van literatuur?'

'Vandaag houd *jij* niet van literatuur.'

'Gewoon een domme halfbloed die zich laat uitbuiten om vuil werk te doen.'

Een van de pick-ups was bezig met een klus die zo ongeveer klaar was, op Hillcrest Drive in Beverly Hills. Voor nog eens honderd dollar extra gaf oudste broer Albert Lujon zijn mannen opdracht de sleutels aan Manuel over te dragen en met de bus terug naar huis te gaan.

Duidelijke hiërarchie in de familie, dacht Aaron. Dat moet een genot zijn...

Hij inspecteerde zijn telefoon. Het enige wat hij had ontvangen, waren opgenomen reclameberichten voor goedkope telefoondiensten en internetaansluitingen. Wanneer deze zaak voorbij was, moest hij maar weer aan een ander telefoonnummer.

Wanneer.

Indien ooit.

Tegen drie uur bevond Manuel zich, opgetuigd in groezelige werkkleren, met zwarte nagels van het krabben in de grond, op een perfecte plek om te surveilleren. Een plek die Aaron had ontdekt toen hij de buurt doorkruiste. Een bouwterrein iets voorbij Swallowsong, waar die dag niemand aan het werk was.

Het project betrof een hoekig eigentijds huis in aanbouw, waar het eigenlijk nog wel maanden kon duren voordat er een hovenier aan de slag kon. Het gazon en de oprit hadden zich ontwikkeld tot een overwoekerd weiland. Toen Manuel begon met maaien, liep er een vrouw langs die mompelde: 'Eindelijk.'

Het was niet gericht aan de man die de maaimachine duwde, ze zei het zomaar voor zich uit.

Toen ze voorbij was, belde Manuel Aaron. 'Ik zou echt eigenlijk vijfendertig moeten krijgen.'

'Waarom?'

'Omdat ik hier wel een allergie kan oplopen.'

'Voor gras?'

'Voor niet bestaan.'

Aaron reed rond door Hollywood Hills. Hij passeerde de pick-up van Manuel keer op keer en genoot van de truc die hij had bedacht, in de wetenschap dat het bij zonsondergang zou ophouden. Manuel harkte het gras bij elkaar in keurige bultjes. Misschien verdiende hij vijfendertig.

Om vier uur stopte Aaron voor een kop koffie met een sandwich bij Mel's Diner aan Sunset, waar hij een leeg tafeltje vond, geflankeerd door achterlijke epigonen van rocksterren die een gesprek voerden dat vooral bestond uit boeren en grommen.

Om de een of andere reden gespannen, liet hij het grootste deel van het eten staan en was hij op weg terug naar de Opel toen zijn telefoon overging. Moe.

'Hoi.'

'Hoe is het daar? Gebeurt er nog iets?'

'Hier is niet zoveel, Moses.'

'Improviseer je niet?'

'Doe eens een suggestie, Moses.'

Stilte.

Moe zei: 'Bel me als je iets te weten komt,' en verbrak de verbinding.

Verwacht hij dat ik iets te weten kom? Als dat zo was, was het het eerste compliment dat hij ooit van zijn broer gekregen had.

Hij keerde terug naar de heuvels, om nog maar eens een rondje te doen. Misschien zou hij het dit keer wagen om echt langs het huis met dat fraaie hek te rijden.

Voordat hij in de buurt was, belde Manuel. 'Ik heb misschien iets wat je interesseert. Jaguar JX, verlengde wielbasis, legergrijs, vrouw aan het stuur. Ze reed Swallowsong in en om de een of andere reden trok ze mijn aandacht, dus ik ben erachteraan gegaan, en wat denk je waar ze heen ging? Ik heb talent, je moet misschien gaan denken aan veertig per uur...'

'Je hebt je post verlaten?'

'Als je wilt mopperen, toe maar, maar het heeft wel iets opgeleverd. Ik heb een hark en een bladblazer meegenomen en ik zag haar nog net door die rare hekken rijden. Niemand heeft de vreemdelingenpolitie gebeld, oké? Ze is daar naar binnen gegaan en er weer uitgekomen. Precies achtentwintig minuten binnen geweest. Vrouw zag er aardig uit.'

'Blond, donkerblond?'

'Grijs,' zei Manuel. 'Maar aardig, alsof ze er met opzet niets aan deed om het te verdoezelen. Toen ze weer naar buiten kwam, keek ze bars. Alsof wat er in die achtentwintig minuten was gebeurd, geen lolletje was geweest.'

'Heb je het kenteken?'

'Je krijgt twee dollar korting, ik ga akkoord met achtendertig als ik de rechten krijg voor alle vuile details voor een filmscript. Het spul waar ik aan heb gewerkt, doet het niet. Te veel Pynchon en DeLillo, niet genoeg *Histoire d'O*.'

'Kenteken,' zei Aaron.

'Dat is dus afgesproken? Uitstekend. Heb je een pen bij de hand?'

Aaron maakte gebruik van een prepaid om zijn bron bij de dienst voor wegverkeer te bellen.

Kassa! Meneer Dmitri.

Het kenteken hoorde bij een Jaguar van een jaar oud die was geregistreerd op naam van Arlene Frieda Solomon, eenenveertig jaar oud, bruin haar en groene ogen, één meter vijfenvijftig, vijfenvijftig kilo. Woonachtig aan McCarty Drive in Beverly Hills.

Aardige buurt, net ten zuiden van Wilshire, aantrekkelijke,

goed onderhouden huizen met een verdieping die drie miljoen of meer deden.

Arlene Solomon had haar haar rustig grijs laten worden nadat ze twee jaar daarvoor haar rijbewijs had verlengd. Op de foto van de dienst voor wegverkeer stond een brunette met een smal gezicht en grote ogen.

Serieuze blik. Bijna somber. Dat had je soms met foto's van de dienst voor wegverkeer, maar deze zag er toch wel echt heel somber uit.

Aaron maakte met zijn BlackBerry contact met internet. *Arlene Frieda Solomon* leverde meer dan honderd hits op.

Psychiater Arlene Solomon haalde de toename van eetstoornissen bij steeds jongere kinderen aan als argument voor de stelling dat de druk...

Arlene Solomon, m.d., psychiater in Beverly Hills die is gespecialiseerd in boulimie en anorexia, zegt...

Een panel van experts in het Oak Center in Beverly Hills, voorgezeten door dr. Arlene Solomon, expert in...

Hij meldde zich af en belde dr. Alex Delaware.

De psycholoog zei: 'Ik ken haar van naam, maar niet persoonlijk.'

'Wat weet je van haar?'

'Slim, goed opgeleid, kennis van zaken. Ze was hoofd van de kliniek voor eetstoornissen aan de universiteit. Misschien nog wel.'

'Toegewijd ook,' zei Aaron. 'Aardige praktijk aan Bedford Drive, maar ze doet ook huisbezoeken.'

'Het soort patiënten dat zij heeft, heeft dat soms nodig, Aaron.'

'En patiënten als Mason Book hebben allerlei privileges.'

'Moeilijk te zeggen, zolang je niet weet hoe ze met anderen omgaat.'

Doktoren nemen elkaar altijd in bescherming.

Aaron zei: 'Je gok was een schot in de roos, dok.'

Misschien ben ik nu nog een gokje waard?

Delaware zei: 'Soms heb je mazzel.'

'Is er nog iets wat je me kunt vertellen?'

Even bleef het stil. 'Er schiet me niets te binnen.'

Aaron zei: 'Goed, we weten nu in ieder geval waarvoor Book was opgenomen.'

'Waarschijnlijk.'

'Hoe bedoel je?' zei Aaron.

'Een eetstoornis sluit allerlei andere mogelijke problemen niet uit. Misschien gaat het wel goed met zijn voedingsgewoonten, maar bezocht hij het ziekenhuis voor depressies, rusteloosheid, of zelfs zelfmoordneigingen.'

'Een gerucht gebaseerd op de waarheid... Ik neem aan dat jezelf uithongeren kan worden beschouwd als een langzame vorm van zelfmoord, niet?'

Delaware zei: 'Mogelijk. En misschien komen jullie toch uiteindelijk weer uit bij waar je begonnen bent.'

'En dat is?'

'Schuldgevoelens.'

Aaron belde de praktijk van dr. Arlene Solomon en werd te woord gestaan door een man met een ijzige stem. De onvriendelijke poortwachter had de zaken geen kwaad gedaan. De psychiater zat helemaal vol en nam geen nieuwe patiënten aan.

Aaron noemde zich Clarence Howard, een van zijn pseudoniemen, liet een paar strategische haperingen in zijn stem doorklinken en construeerde een tragisch verhaal van een dochter in de puberteit die zich niet meer liet corrigeren en afstuurde op een ontijdig verscheiden.

De receptionist zei: 'Het is niet aan mij, meneer.'

'Mijn dochter is echt ziek en iedereen zegt dat dr. Solomon de allerbeste is.'

'Ik zal uw boodschap aan dr. Solomon doorgeven, meneer.'

Klik.

Aaron leunde achterover op de bestuurdersstoel van de Opel en keek naar de donkerder wordende lucht boven kloven en pieken, de buitenissige dakpartijen van landhuizen in de verte in een stad zonder grenzen. Manuel was net weggereden in de pick-up van het hoveniersbedrijf. Behalve dr. Solomon was er niemand bij het huis aan Swallowsong gearriveerd en had evenmin iemand het huis verlaten. Hij had de Opel op het hoogste punt van een van de hoogste straten in de buurt geparkeerd, voor nog zo'n bouwterrein. De helft van alle onroerend goed hier bevond zich in een of ander stadium van sloop of herbouw. Dure, stoffige zandbak. Waren er wel mensen in L.A. die gewoon van het leven konden *genieten*?

Om zelf een tijdje te genieten, van de rust, zette hij de trilfunctie van zijn telefoon aan. Hij had net een blikje Red Bull opengetrokken, toen de telefoon begon te springen op de passagiersstoel. Merry Ginzburg. Eindelijk.

'Lang geleden, mevrouw G.'

'Als jij blijft bellen, schat, ga ik me straks nog weer populair voelen.'

'Drukke dag vandaag?'

'Overleg,' zei ze. 'En daarna overleg over overleg. Een niet met name genoemd lokaal station zou me misschien willen voor het verslaan van vuiligheid uit De Industrie in het late nieuwsbulletin. Nou niet bepaald Carbon Beach en Bentleys, maar lieverkoekjes worden blah, blah, blah. Hoe dan ook, ik heb in ieder geval uitgevonden waarom je weet wel naar je weet wel ging.'

'Dit is een beveiligde lijn,' zei Aaron.

'Nou, goed dan: de bron van mijn bron heeft met een andere bron gepraat die een bron had, dus dit zou wel eens zo'n verjaardagsspelletje kunnen worden, maar zoals ik al zei, lieverkoekjes. Waar het op neerkomt is, dat meneer Book niet meer eet.'

'Je meent het,' zei Aaron.

'Anorexia is niet langer iets voor meisjes, Denzel. Vooral in De Industrie, al die druk om erbij te lopen met ingevallen wangen. Maar omdat we het hebben over iemand met de status van meneer Book die lijdt aan cachexie, hebben we het over Vuiligheid van de Bovenste Plank.'

'Ca... wat?'

'Terminale ondervoeding, schat. Het is een medische term. Ik ben er even ingedoken nadat ik het trieste verhaal hoorde van die arme Mason. Ik heb geen koppeling gevonden tussen hem en calorieloze diëten, maar ik heb mijn vocabulaire wel uitgebreid. *Cachexie*. Fraai toch? Allemaal scherpe kantjes, zo'n anomato-weet-ik-veel. In ieder geval is Mason ongetwijfeld opgenomen in Cedars voor intraveneuze sushi en *kobe*. Dat verklaart ook de afwezigheid van medicijnen, toch? Misschien kunnen mensen met cachexie niet tegen medicijnen. Ik heb een paar telefoontjes gepleegd om erachter te komen wie hem behandelt. Zodra ik dat weet, zal ik proberen me daar...'

'Niet doen,' zei Aaron. 'Alsjeblieft.'

'Wat, niet doen?'

'Niet verder gaan, Mer.'

Een lang stilzwijgen.

'Meneer Fox, meneer Fox. Waarom krijg ik het gevoel dat je dit allemaal al weet en dat je me om de een of andere godvergeten reden maar hebt laten doorprutelen als een aan speed verslaafd soapsterretje dat haar uiterste best doet de neuzen van de laarzen van Spielberg te kussen?'

'Dat is niet zo,' loog Aaron gladjes. 'Het is heel belangrijke informatie, die ik meer waardeer dan je je kunt voorstellen. Maar dat is ook precies de reden waarom je er verder niets over mag zeggen.'

'Dat Book niet eet heeft met *moord* te maken?'

'Ik kan verder niets zeggen, Merry. Trek alsjeblieft geen voorbarige conclusies.'

'Zonder info, liefje, is dat precies wat de creatieve geest van Merry op allerlei manieren doet.'

'Ik begrijp het, maar in dit stadium kan dieper porren het hele onderzoek in gevaar brengen.'

Merry barstte uit in een schorre, bulderende lach die pijn deed aan Aarons oor en hem zijn telefoon een eind van zijn hoofd deed houden. Het was dezelfde, bijna mannelijke lach die hij had gehoord toen ze hadden gevreeën. Postorgastische euforie, alsof hij net had geneukt met een dokwerker. Ze was goed in bed, technisch, maar die lach was *fout*.

Hij zei: 'Wat is er zo grappig, Mer?'

'De manier waarop je net formeel deed, liefje. "Het onderzoek in gevaar brengen," rechtstreeks uit een B-film.'

'Maar toch is het waar. Je moet dit geheim houden.'

'Gaan we dit kleine mysterie oplossen voor de zesde onderbreking voor reclame, Denz? Want zo niet, dan zie ik niet in waarom ik een sappig stukje vuil moet opgeven, dat ik aan diverse tabloids zo kwijt kan voor behoorlijk veel meer geld dan ik in maanden kan verdienen bij een lullig lokaal stationnetje...'

'Alsjeblieft, laat nu,' zei Aaron. 'Als de tijd rijp is, krijg je het hele verhaal. Genoeg vuil voor een hele show.'

'Zeg jij.'

'Heb ik je ooit teleurgesteld?'

'Natuurlijk heb je dat, liefje.'

'Wanneer?'

'Jij bent een man,' zei ze. 'Je hoeft helemaal niets te doen om me teleur te stellen, daarvoor hoef je alleen maar te *bestaan*. Goed, ik zal Books problemen onder de radar houden. Maar niet voor eeuwig.'

'Bedankt, Mer, misschien kunnen we ergens samen gaan eten als dit voorbij is. Geen zaken, alleen plezier.'

Stilte.

Ze zei: 'Jij, mijn lief, bent een ongelooflijke klootzak.'

Het ontbrak Aaron aan energie, en feiten, om dat te bestrijden.

32

Petra zei: 'We hebben een probleem. In plaats van alleen maar te surveilleren, heeft het groentje dat ik achter Wohr aan had gestuurd, hem gisteravond opgepakt en niet lang genoeg getreuzeld met het papierwerk om hem bij ons in de cel te houden. Hij is met de eerste bus naar de districtsgevangenis vertrokken.'

Moe zei: 'Ik ga er wel heen.'

'Dat heb ik al gedaan. Ze kunnen hem niet vinden.'

'Per ongeluk vrijgelaten?'

'Ik betwijfel het,' zei ze. 'Je hebt vast wel met het systeem daar te maken gehad. Of het gebrek aan systeem. Het is daar zo overbevolkt, dat hij overal kan zitten, dat het hun dagen kost om hem te vinden. Het spijt me, Moe.'

Moe had nog nooit te maken gehad met de districtsgevangenis. Petra was niet zoveel ouder dan hij, maar niettemin een veteraan.

Hij zei: 'We zien wel. Waarvoor heeft hij Wohr opgepakt?'

'Benaderen van een prostituee. *Minderjarige* prostituee, dus hij kwam er niet vanaf met alleen maar een boete. Ramone gaat de bak in met een etiketje als pedo. Als hij niet wordt afgezonderd, weet je wel wat er kan gebeuren.'

'Oh shit.'

'Ik weet het, ik weet het. Ik baal als een stekker als dit jouw zaak verknalt. Maar helaas wordt het daar niet anders van.'

'Hé, het is gebeurd.' Hij verborg zijn echte gevoelens. *Dit zou niet gebeurd zijn als West-L.A. op de zaak had gezeten, Sturgis en ik.*

Geen enkele logica in dat chauvinisme. Ook geen troost.

Petra zei: 'Maar het pleit voor groentje dat ik vermoed dat een meer ervaren politieman hetzelfde zou hebben gedaan. Het hoertje bleek zeventien te zijn, maar ik heb haar foto gezien en daarop lijkt ze eerder twaalf.'

'Klein meisje spelen,' zei Moe. 'Waar was dat?'

'Niet zo ver van waar Ramone zijn hol heeft, een steegje vanaf Western, in de buurt van een fastfoodtent voor kip, die bekendstaat als hangplek voor perverse viezeriken. Groentje zegt dat Ramone gisteren de hele dag niet naar huis is geweest. De heldhaftige houding van Eiger heeft hem waarschijnlijk bang gemaakt.'

'Maar niet bang genoeg om van jong bloed af te blijven.'

'Of zo vernederd dat hij iemand zocht om de baas over te spelen,' zei ze. 'Ze doken die steeg in en tegen de tijd dat groentje daar aankwam, bevond het hoofd van de hoer zich daarzo, je weet wel. Een handeling in het openbaar dus, moeilijk te negeren.'

'Het meisje is opgepakt?'

'Nee, ze rende weg. Maar Ramone vertelde direct wie ze was.

Hij is een vaste klant, maar hij beweert dat ze geen illegaal is. Delena Guzman, op straat Delishus. Salvadoraanse, maar voorlopig nog geen band naar M-13, of een van de andere bendes. Toch zou ik nu niet willen ruilen met Ramone.'

Moe zei: 'Eerst zijn nicht en nu dit. Delaware had gelijk toen hij zei dat de man getikt is.'

'Is Delaware hierbij betrokken?'

'We hebben hem net geconsulteerd. Al die psychische kantjes aan de zaak, ik dacht: waarom niet?'

'De man is slim,' zei Petra. 'Iets bijzonders?'

'Hij denkt dat Mason Book misschien anorexia heeft.'

'Goh,' zei Petra. 'Ja, Book is vel over been... En waar leidt dat toe?'

'Misschien verklaart het waarom Book is opgenomen in het ziekenhuis en ze beweerden dat het was om een poging tot zelfmoord.'

'Tragische held in plaats van meelijwekkende zielenpoot.'

Ze pikte de psychische kant van de zaak in één keer op. 'Ik zal de districtsgevangenis blijven lastigvallen om Ramone te zoeken. Ik heb al een commandant van de gevangenis aan de lijn gehad en gevraagd of ze hem in afzondering kunnen zetten, of anders op de afdeling voor gevangenen met een psychische stoornis. De man zei dat hij het zou proberen, maar dat hun computersysteem haperde en dat ze al moeite genoeg hebben om groepsverkrachters in de gaten te houden.'

'Hoe heet die commandant?'

'Rojas. Prima, doe maar mee met de petitie.'

Moe zei: 'Burgercomité voor de veiligheid van Ramone W.'

Petra zei: 'Zolang als we hem nodig hebben. Daarna mogen de haaien hem aan stukken rijten.'

Commandant Rojas klonk glad, uiterlijk coöperatief, meer een politicus dan een politieman. Moe vroeg zich af of hij aan het lijntje werd gehouden.

Hij verbrak de verbinding, sloot zich af voor de herrie in de recherchezaal en overpeinsde de mogelijkheden.

Op dit moment waren dat er niet al te veel.

Geen enkele manier om nu in de buurt te komen van een van

de centrale figuren in de zaak en nu was zelfs Ramone W uit beeld verdwenen. Het advies van Delaware resoneerde: zoek een zwakke plek en begin daar maar te wrikken. Ramone W was opgesloten en niet beschikbaar, maar de vrouw die hem in het openbaar een oplawaai had verkocht, liep vrij en aanspreekbaar op straat.

Dit keer parkeerde hij dicht in de buurt van het appartementencomplex aan Taft. Dit keer weer met zijn jasje aan en zijn denim broek, zijn witte overhemd en een stropdas. Deed zich niet anders voor dan wat hij was terwijl hij naar de voordeur marcheerde.

Niet op slot, geen enkele voorzorgsmaatregel tegen wat dan ook.

Dat paste bij de naar urine stinkende hal met op de vloer kreukelig grijs vilt, de vuile muren volgekladderd met graffiti, de slecht sluitende multiplex deuren, waarvan sommige een paar centimeter boven de vloer ophielden, ten teken dat er ooit dikkere vloerbedekking had gelegen. Kunstmatige avond door ontbrekende gloeilampen aan het plafond. De scheefhangende trapleuning zag eruit alsof een duwtje voldoende zou zijn. Maar het had wel één groot voordeel: het was er doodstil. Misschien dat alle nachtbrakers verloren slaap inhaalden.

Witte metalen brievenbussen net binnen de ingang hingen scheef, alsof ze hadden moeten lijden onder woedeaanvallen. Gedeukt, ook. Duidelijk kwesties van woedemanagement.

Acht appartementen op elk van de twee verdiepingen. Op de helft van de brievenbussen stond geen naam, de andere waren op elke denkbare manier van namen voorzien: met potlood, balpen, plastic tape, plakletters.

Bij gleuf nummer 7 was A. EIGER gekrabbeld met wat misschien wel bruine oogschaduw was. Wat betekende dat zij de huur betaalde, niet Ramone W.

Haar lijf wordt verkocht in goedkope motels, ze moet de receptionist een gratis beurt geven voor korting en ze krijgt de rekeningen toegestuurd. Ondertussen zit Ramone achter jong bloed aan. Misschien was ze daarom wel kwaad.

Appartement zeven lag op de begane grond aan de achterkant, rechts van een niet-afgesloten achterdeur die uitkwam op een stinkende steeg vol vuilnisbakken, waar allerlei onkruid groeide.

Moe stapte naar buiten en keek rond – niemand die zich daar verdacht ophield. Hij liep weer naar binnen en klopte op Alicia Eigers deur, helemaal klaar om een met een door drugs doortrokken stem geproduceerd *Ja* te beantwoorden met *Politie*. Joost mocht weten wat dat teweeg zou brengen onder de bewoners van dit krot.

Geen reactie, niet gemompeld en ook niet anderszins. Hij probeerde het nog een keer. Legde zijn oor tegen de deur. Hoorde niets. Toen een laag zoemen, een of ander elektrisch apparaat?

Een plotseling kietelend gevoel in zijn oor deed hem achteruitdeinzen met dezelfde afkeer waarmee hij het tweedehands sweatshirt dat wemelde van het denkbeeldige ongedierte, had weggegooid.

Dit keer waren de beestjes echt. Kleine zwarte vliegen, die rondcirkelden en duikvluchten maakten en jankerige, zoemende geluiden produceerden. *Veel* vliegen. Een stroom van vliegen kwam door de kier tussen de deur en de vloerbedekking.

Moe had dezelfde soort vliegen wel in zwermen zien hangen bij de glazen deuren die toegang boden tot de kantoren van de districtslijkschouwer. Al het natte werk van de verkeersdienst werd uitgevoerd aan de overkant van een klein schoon minipleintje, maar dat weerhield de vleesvliegen er niet van uiting te geven aan hun levenslust waar dat maar mogelijk was.

Eén van de kleine strontkoppen schoot plotseling omhoog en zoemde tegen Moe's kin. Hij sloeg hem weg en deinsde nog iets achteruit. Haalde zijn wapen uit de holster, staarde naar de deurkruk.

Milo Sturgis had altijd een paar latex handschoenen in de zak van zijn jack. Moe had besloten zijn voorbeeld te volgen, maar was vergeten om de daad bij het woord te voegen.

Er lagen ook geen handschoenen in de auto. Daar was geen enkele reden voor geweest. Dit had alleen maar een gesprek moeten zijn. Ervan uitgaande dat Alicia Eiger thuis was geweest. En Moe durfde er wat onder te verwedden dat ze thuis was.

Met een punt van zijn jasje pakte hij de deurkruk. Draaide. De deur zwaaide makkelijk open. Alsof hij verwacht werd. Wat een onthaal. Er was geen enkele poging gedaan iets te verbergen.

Integendeel: het was een reclameplaatje voor de dood.

Alicia Eiger lag uitgespreid op de vloer van een vieze kitchenette, met haar gezicht naar de vloer, een oversized T-shirt, ooit geel, nu met een soort *tie-dye*-techniek roodgekleurd, boven haar middel gesleurd.

Dikke, gedrongen benen vormden gespreid een niet mis te verstaan schouwspel. Geen onderbroek. Geen overduidelijke zaadvlekken. Maar wel meer dan genoeg lichaamssappen: een hele stroom had de niet meer functionerende blaas en darmen van de vrouw verlaten.

Spataderen op haar kuiten. Een beetje blauw bij het rood. Ooit een levendige vrouw, gereduceerd tot dit.

Moe werkte hand in hand met de dood, maar zoveel volledige lijken had hij nog niet gezien. Dit lijk deed hem kokhalzen. Hij ademde langzaam om tot rust te komen en nam de scène in zich op, realiseerde zich dat hij de deur naar de hal wijd open had laten staan, liep achteruit, liet zijn mouw over zijn hand glijden en sloot de deur.

Alleen zij en ik.

Hij bleef op een veilige afstand en gebruikte zijn ogen als camera's met groothoeklenzen. Geen spoor van braak. Geen enkele verstoring in het rommelige, amper gemeubileerde appartement. Alles met elkaar was het vrij klein. Een badkamertje aan de zijkant en de armzalige woonkamer met keukenhoek vormden het home, sweet home van Eiger en Wohr.

Er bestond weinig twijfel over de doodsoorzaak: een mes met een houten heft stak links in haar rug. Moe telde zo nog tien steekwonden door het T-shirt, maar het was niet onmogelijk dat al het bloed meer steekwonden verborg. Hij zou de voorkant van het lijk pas te zien krijgen als het team van de lijkschouwer was gearriveerd.

Oh ja, iemand moest hen natuurlijk wel waarschuwen, anders zouden ze nooit arriveren.

Toen hij daarmee klaar was, belde hij Petra op het bureau. Ze zei: 'Heb je hem gevonden?'

Hij zei: 'Mijn beurt als boodschapper van slecht nieuws.'

De lijkschouwer, die Maidie Johansen heette, zei: 'Hardlopers zijn doodlopers, jongens. Helaas ben ik zo iemand die het stap voor stap doet.'

Petra zei: 'Oh, kom op, Maidie, iets voorlopigs.'

Johansen was een jaar of zestig, een stevige vrouw met een bleke huid, krullend grijs haar en grote bruine ogen achter een bril met een dun montuur. Ze deed Moe denken aan een juf in groep 7 van wie hij zich de naam niet kon herinneren. Een vrouw die hem niet had gemogen. Ondanks dat had hij zijn best gedaan, het hele jaar lang, en goede cijfers gehaald.

De hoornen bril van Alicia Eiger was zichtbaar geworden toen het lichaam was omgedraaid. Het montuur was verbogen onder haar gewicht, maar beide glazen waren nog heel. Geen steekwonden in de borst of buik. De hele voorkant van het lijk was ongeschonden, een schril contrast met het hakblok waarin de rug was veranderd. Een mes lang genoeg om vitale organen te doorboren, maar niet zo lang dat het aan de voorkant weer uit het lichaam kwam.

Vijftien wonden, volgens de telling van Maidie Johansen. Ze zei: 'Er is één ding waar ik mijn hand voor in het vuur durf te steken: ze zijn niet zuinig geweest met geweld.'

Ze wees naar het verbogen lemmet van het mes, in zijn plastic zak met etiket. Het leek een doorsneekeukenmes, waarvan het houten heft nu een onplezierige koperkleurige glans had. Verrassenderwijs had Eiger zelf in haar kitchenette een goedkope set keukenmessen met een wit heft gehad. Het moordwapen was dus toevallig haar enige keukenmes geweest dat niet bij de rest paste, of de moordenaar was bij zijn bezoek voorbereid geweest op een slachtpartij.

Een moordenaar die Alicia Eiger zonder argwaan haar rug had toegekeerd.

Maidie Johansen zei: 'Iemand mocht die arme meid niet zo heel erg.' Ze zuchtte. 'We hoeven in ieder geval geen zakken leeg te halen.'

Petra zei: 'Tijdstip van overlijden?'

'Geen idee.'

'Jezus, Maidie, je doet dit zo langzamerhand lang genoeg om een redelijke gok te kunnen wagen.'

Johansen rechtte haar rug. 'Kindje, wou je beweren dat ik een oud wijf ben?'

'Ik vraag alleen maar om een inschatting, officieus. Met al dat vlees dat bij jullie ligt opgestapeld, mag Joost weten hoe lang het duurt voordat ze een voorlopige lijkschouwing krijgt, laat staan een definitieve.'

'Jij bent echt een van mijn favorieten, rechercheur Connor, maar helaas.'

Moe zei: 'Ik heb haar gistermiddag nog gezien, dus dat beperkt de mogelijkheden.'

'Dan is dat mijn inschatting: niet voor gistermiddag.'

Petra zei: 'Die vliegen...'

'Ruiken een lijk binnen tien seconden,' zei Johansen. 'Omdat het binnen is, vertraagt dat de zaak iets, maar er is een deur in de buurt naar een brandgang vol met troep en een kier onder de voordeur. Binnen de kortste keren doet in de vliegengemeenschap het bericht de ronde om op te schieten en maden te produceren.'

'Ik zie nog geen maden.'

'Die hebben tijd nodig om uit te komen, Petra. Misschien zitten er eitjes in haar neus, oren, vagina, anus. Of misschien kruipen ze binnenin al rond. Daar gaat het om. Het is niet zo gemakkelijk vast te stellen. En ga me niet vragen naar algor, rigor en livor mortis en dat soort fraaie dingen. Dr. Srinivasan heeft daar niet zo lang geleden een lezing over gehouden, en wat denk je? Al die berekeningen die uitgaan van een lichaamstemperatuur van precies zevenendertig graden Celsius deugen niet, omdat de lichaamstemperatuur waarschijnlijk dichter in de buurt ligt van zesendertig graden en alle oude thermometers onnauwkeurig waren. En ga me ook niet vertellen dat een lijk anderhalve graad per uur afkoelt. Dr. Srinivasan hield *vorige week* een lezing die bol stond van de feiten waarmee die berekening onderuit kan worden gehaald.' Ze telde ze af op haar vingers. 'Onderhuids vet, omgevingstemperatuur, vochtigheidsgraad, seizoensvariaties in de relatie tussen temperatuur en vochtigheidsgraad, hoe diep in de lever je de temperatuur meet.'

Moe zei: 'Ze is niet vet, de temperatuur is gematigd, er waait geen droge woestijnwind en het heeft in weken niet geregend. En ik wil wedden dat je met behoorlijk vaste hand de thermometer in de lever kunt steken.'

'Alleen sukkels zwichten voor vleierij,' zei Johansen. Ze maakte een grimas en rekte zich uit. Dat deed Moe denken aan Sturgis. Deze zware, norse vrouw paste bij Sturgis als een hamer bij een spijker.

Petra zei: 'Daar heeft het slachtoffer iets aan.'

Johansen zei: 'Nu praat je me schuldgevoelens aan.'

'Schuld is een geweldige drijfveer, Maidie.'

Moe vroeg zich af of Petra aan Mason Book dacht. Hijzelf in ieder geval wel.

Johansen zei: 'Jezelf indekken tegen voorbarige conclusies is ook een geweldige drijfveer, Petra.' Ze staarde naar het lichaam. 'Als jullie absozeker iets moeten weten om aan de slag te kunnen, zou ik zeggen: minder dan acht uur geleden, of daaromtrent. En als je gaat beweren dat ik dat gezegd heb, beroep ik me op Alzheimer.'

Voor honderd procent binnen de tijd dat Wohr onder surveillance was. Shit.

Petra zei: 'Hoeveel kan dat nog schelen?'

Johansen schudde haar hoofd. 'Die jeugd van tegenwoordig.' Ze verschikte haar bril. 'Als je iets wilt waar je je op kunt beroepen, schatjes, ga je maar naar iemand die gespecialiseerd is. Kunnen we haar nu meenemen?'

33

Het groentje heette Jennifer Kennedy. Petra had op geen enkel moment laten doorschemeren dat het een vrouw was. Waarom ook?

Kennedy zag eruit als een blozende, lang niet onaantrekkelijke, boerendochter met een rond gezicht, met ogen als de kleur van korenbloemen en bleekblond kortgeknipt haar, dat ze op haar hoofd naar het midden toe had gekamd. Drie gaatjes in het ene oor, twee in het andere. Het zou Moe niet verbazen als er onder haar uniform een paar tattoos schuilgingen.

Ze zat op een plastic stoel in een verhoorkamer op bureau Hollywood en deed haar best om niet te laten zien dat ze zenuwachtig was.

Wat haar niet lukte. Haar blauwe ogen verraadden het. Ondanks het feit dat Moe en Petra kalm aan deden.

Zoals Petra had gezegd voordat ze de verhoorkamer in gingen: het had geen zin om dat kind nog meer de stuipen op het lijf te jagen.

Dat kind. Volgens de papieren was ze vier jaar ouder dan Moe. Ze had acht jaar als secretaresse voor een medisch verzekeringsbedrijf gewerkt, voordat ze anderhalfjaar geleden naar de politieschool was gegaan.

De organisatorische vaardigheden die ze als secretaresse had ontwikkeld, had ze ook tentoongespreid bij het surveilleren van Raymond Wohr, met een tot op de minuut bijgehouden rapport.

Het was ondenkbaar dat Wohr in zijn appartement was geweest tussen zes uur 's avonds, toen Kennedy met surveilleren was begonnen, en drie uur 's nachts, toen ze hem had opgepakt.

De enige periode waarin hij Alicia Eiger had kunnen doodsteken, waren de twee uur die er waren verstreken tussen het moment waarop Moe zijn surveillance had beëindigd en Kennedy met die van haar was begonnen.

Ramone zou tijd genoeg hebben gehad om terug te keren

naar zijn hol, Eiger aan te spreken op de klap die ze hem had verkocht, wraak te nemen, zich schoon te poetsen en weer de straat op te gaan om te drinken en op zoek te gaan naar een minderjarig hoertje. De vuile kleren ergens te dumpen. Maar de afwezigheid van geweld in Ramone's verleden, de passiviteit waarmee hij het geweld van Eiger had ondergaan, gecombineerd met de inschatting van Maidie Johansen over het tijdstip waarop de dood was ingetreden, deden Moe aarzelen.

Hij zei: 'Vertel eens hoe het ging bij de arrestatie.'

Kennedy zei: 'Heb ik dat verknald?'

'Wohr is een smeerlap die seks had met een minderjarig meisje, dus je hebt gedaan wat je moest doen.'

Alsof Moe er niet in was geslaagd haar gerust te stellen, keerde ze zich naar Petra.

'Je had geen keuze, Jennifer. Het is prima dat Wohr achter de tralies zit. We zoeken hem wel op.'

En hopen dat we hem op tijd vinden.

'Oké,' zei Kennedy. 'Ik was hem dus aan het volgen en er gebeurde niets. Hij dronk, liep rond op zoek naar een andere kroeg en liep nog maar eens een rondje.'

Moe zei: 'Heeft hij nog iemand gebeld?'

'Misschien in een van die kroegen, maar niet buiten op straat. Uiteindelijk liep hij naar het Western waar een aantal meisjes tippelt. Eerst vroeg ik me af of het wel meisjes waren.'

Petra zei: 'Soms niet.'

'Dat meisje waar hij naartoe liep,' zei Kennedy, 'het was duidelijk dat ze al langer een relatie hadden. Of hoe je het maar wilt noemen. Zo snel als dat ging, geen enkele discussie; ze doken gewoon die steeg in. Tegen de tijd dat ik ze te zien kreeg, stond hij met zijn rug tegen een muur en zat zij op haar knieën. Ze leek wel elf. Hoe kon ik dat nou weten?'

'Ze was minderjarig, Jennifer.'

Kennedy fronste haar wenkbrauwen. 'Zeventien jaar en acht maanden. Toen ik hem arresteerde, ging hij mee zonder problemen te maken, geen verzet. Reageerde niet toen ik die wiet vond die ik heb gerapporteerd. Zij ging ervandoor, maar ik besloot me op hem te concentreren. Zij zag er zo jong uit. Ik wilde dat het *ophield*.'

Ze lieten Kennedy gaan, maar bleven in de verhoorkamer.
Moe zei: 'Politie in burger in haar eentje commandeert hem zijn handen in de lucht te steken en hij biedt geen verzet.'
Petra zei: 'Inderdaad. En ook nog een vrouw in haar eentje.' Ze grinnikte. 'Dat mag ik zeggen. Ja, hij is verdomd passief, maar zelfs bij passieve kerels slaan de stoppen wel eens door.'
'Het voelt niet zo,' zei Moe. 'Die moord was wreed en iemand heeft de moeite genomen haar in een houding te manoeuvreren die met seks te maken heeft. Misschien om ons op een dwaalspoor te zetten.'
'Dat lijkt wel zo, Moe. Je vroeg of hij nog iemand had gebeld. Denk je dat hij iemand voor Eiger heeft geregeld die pervers genoeg is om haar te vermoorden?'
'Ik ga in ieder geval uitzoeken of hij een mobiel telefoonnummer heeft. En zo niet, dan gaan we uitzoeken of er in een van die kroegen een munttelefoon is.'
Petra knikte. 'Passief heeft misschien ook een voordeel: als we hem in een verhoorkamertje hebben, is hij misschien wel kneedbaar.'
'Daar kijk ik naar uit.' Hij bedankte haar, verliet bureau Hollywood en reed naar West-L.A. En dacht: ik begin een instinct te ontwikkelen.

Twee uur later zat hij nog steeds aan zijn bureau en nam hij het dossier van Caitlin Frostig voor de honderdste keer door. Raymond Wohr had bij geen enkel telecombedrijf een telefoonnummer. Het nazoeken van munttelefoons in kroegen zou uren duren, maar hij had geen andere keus.
Petra had hem zojuist gebeld. Zij worstelde nog steeds met de bureaucratie bij de districtsgevangenis. Niemand in die getraliede kolos had enig idee waar Ramone W zich bevond. Misschien, dacht Moe, hebben ze hem allang op zijn etiketje van perverse pedofiel afgerekend en hebben ze hem in kleine stukjes gesneden en achter een boiler in de gevangenis gesmeerd.

Dat Eiger zo bruut was vermoord na haar tirade deed Moe zich afvragen of ze misschien niet uit wraak, maar om heel andere motieven was vermoord. Misschien wist ze iets wat belangrijk was en wilde iemand haar de mond snoeren.

Over twee dode jonge vrouwen bijvoorbeeld. En een baby.

Toen ze zo tekeerging, had het wel geleken of ze Ramone opjutte. Alsof ze hem zover probeerde te krijgen dat hij iets zou doen. Waarna ze het opgaf en hem voor *stomme klootzak* uitschold, voordat ze hem een klap verkocht. Wist zij dat hij over explosieve kennis beschikte, raakte zij gefrustreerd omdat hij daar niets mee wilde doen?

Explosief als in het vaderschap van baby Gabriel? Iets wat Caitlin te weten was gekomen omdat ze zo dicht bij Adella was komen te staan dat ze op de baby paste?

Rijke-jongen-vaderschap, zoiets als Mason Book?

Als Ramone W dat wist of het zelfs maar had vermoed, had hij er zeker niet van geprofiteerd. Wonen in zo'n krot, Eiger uitventen aan Ax Dement en die jongen van het motel.

Te passief om iemand uit te buiten? Eiger niet, maar als zij hem uit de tent probeert te lokken, geeft hij niet thuis, omdat hij te stom is, of omdat hij te schijtensbenauwd is om te bedenken hoe?

Eiger heeft er genoeg van te worden gebruikt als een stuk gereedschap en verliest haar geduld en klampt Ramone op straat aan en geeft hem een klap.

Nu is ze dood.

Als er een band was, kon dat op twee manieren, bedacht Moe.

Optie A: Ramone geeft eindelijk toe, belt op om te chanteren, verknalt het en spreekt zo een doodsvonnis over Eiger uit. Ontloopt haar lot op het nippertje. Is zelf nog in levensgevaar.

Optie B: hij is woedend op Eiger omdat ze hem heeft vernederd, maar hij is een onderkruiper, geen man van daden, en hij belt iemand op om aan te geven dat zij gevaarlijk is. Spreekt zo een doodsvonnis over Eiger uit. Is zelf *nog steeds* in levensgevaar.

En, o ja, een derde optie, C: geen van beide.

Moe balde zijn vuisten. Zijn kaak deed pijn. Hij had zonder dat hij het door had, met zijn tanden zitten knarsen.

Stomme gevangenis… Ze moesten de smeerlap uiteindelijk tevoorschijn halen. Moe was ervan overtuigd dat het hem geen enkele moeite zou kosten de idioot aan de praat te krijgen. Wanneer, niet indien. Je moest ergens in blijven geloven.

In het donker, in zijn Opel, geparkeerd voorbij Swallowsong, nam Aaron zijn onkostenstaat door.

Hij kende die uit zijn hoofd, maar hij had verder niets te doen nu hij zijn sandwich op had en al een paar keer een sanitaire stop in de bosjes had gemaakt.

De glamour van de wereld van een privédetective. Mensen als meneer Dmitri hadden geen idee.

Aaron vrolijkte zichzelf op door uit het hoofd uit te rekenen hoeveel hij de Rus uiteindelijk in rekening zou brengen. Misschien was dit wel de laatste keer dat hij iets in rekening kon brengen bij de Rus, als hij geen resultaten kon tonen.

Liana had nog steeds niet gebeld. Waar *was* ze in vredesnaam? De mogelijkheid dat ze gevaar liep, baarde hem persoonlijk en professioneel zorgen. Hij had nog nooit iemand gehad die het werk zo goed deed als Liana, en ergens – hij kon niet precies zeggen waar – koesterde hij diepe gevoelens voor haar.

Er was niets wat hij nu kon doen, dus hij schoof zijn zorgen in een laatje ver weg in zijn achterhoofd.

De sleutel tot succes was alles goed van elkaar gescheiden te houden.

Waar ben je, Lee? Hij verzekerde zichzelf nogmaals dat zij slim was. Hij had haar voorbereid op deze klus. Had er bij haar op *aangedrongen* voorzichtig te zijn.

Het was even na één uur 's nachts. In de afgelopen vijf uur waren vijf wagens Swallowsong ingereden: drie met buren die naar huis kwamen, en één daarvan, een oude Mercedes diesel, kwam een halfuur later weer terug met een oudere man aan het stuur en een vrouw uit een vergelijkbaar bouwjaar, die naast hem zat te babbelen.

Smoking, japon, een feestje ergens, iedereen in een goede stemming. Waarschijnlijk zo'n perfect paar, al veertig jaar samen. Dat moest fijn zijn...

Om dertien minuten over tien had Rory Stoltz Mason Book thuisgebracht in zijn Hyundai. Hij was niet langer dan een magere twaalf minuten bij de acteur gebleven en weer de heuvel afgereden. Waarschijnlijk niet voor een boodschap. Hij was niet meer teruggekomen.

Even na elven negeerde Ax Dement, alleen in zijn pick-up, zoals gebruikelijk het stopbord en reed omhoog de heuvel op. Hij bleef ook maar kort. Vierentwintig minuten. Net lang genoeg om even bij te roken of te snuiven of te drinken en te genieten van de roes.

Aaron ving een glimp op van het vierkante bebaarde gezicht van Dement junior toen de pick-up weer langskwam bij zijn vertrek. Ax zag er niet uit alsof hij high was, in tegendeel. Hij was diep in gedachten verzonken.

Kwart over één. Ervan overtuigd dat Mason Book geen bezoek meer zou krijgen, stapte Aaron uit de Opel en begon aan zijn geruisloze klim langs Swallowsong.

Aan zijn gemakkelijke tred was niet af te zien hoe gespannen, hoe gefrustreerd hij zich voelde tot in elke vezel van zijn lichaam. Hij voelde zijn hart kloppen en nam even de tijd diep adem te halen en zijn hart tot kalmte te dwingen. Achteraf, toen hij erop terugkeek, stond hij versteld van zijn eigen roekeloosheid. Of stomheid, het was maar hoe je ertegenaan keek.

Maar nu, vlak voor het barokke hek van het huis dat Mason Book huurde van Lemuel Dement, was hij het zat dat hij geen goede indruk kon krijgen van het terrein met de bochtige oprijlaan en de Italiaanse cipressen die het zicht belemmerden, en viel het hem op hoeveel houvast het krullerige ijzerwerk bood, en zei hij: 'Oh, shit, waarom ook niet.'

Fluisterend eigenlijk. Met lippen die bewogen, maar geen geluid produceerden dat hoorbaar was boven het geruis van het verkeer ver weg op de Strip. Bladeren die ritselden in de warme, zachte wind die over Hollywood Hills blies.

Hij controleerde of zijn Glock stevig opgeborgen was in de nylon holster en ging met een pluisborstel over zijn zwarte nylon jack om een enkele verdwaalde haar te verwijderen. Hij trok handschoenen aan en keek om zich heen. Haalde diep adem, pakte met twee handen boven zijn hoofd het ijzer van het hek beet, wrikte de neus van een schoen in een ijzeren krul, ademde uit en trok zich omhoog.

34

Dat hij op privéterrein van Lem Dement stond, een zwarte man in het zwart gekleed, met handschoenen aan en een wapen bij zich, ontketende een storm van 'en-wat-als...' in zijn gedachten.

Misschien waren er bewegingsmelders. Een waakhond.

Een hele *meute* waakhonden.

Misschien zelfs een lijfwacht of iemand van een beveiligingsbedrijf. Of twee. Al had hij gedurende al die tijd dat hij nu het huis observeerde, nog nooit spierballen zien komen of gaan.

Zolang je Ax Dement niet meerekende.

Maar minder bedreigende werknemers konden net zo'n groot probleem opleveren. Keukenmeiden, butlers, huisknechten, noem maar op. Dat hij die niet had gezien, was niet zo raar als het ging om inwonend personeel dat het terrein bijna nooit afkwam.

Als het terrein groot genoeg was, zo ongeveer je eigen kleine stadje, was er geen enkele reden om erbuiten iets te zoeken. Zeker niet als je al zo'n loopjongen als Stoltz van buiten had.

Een zwarte man in de Hills.

Maar goed, niets waar Aaron niet over had nagedacht voordat hij het hek tackelde. Hij had deze actie al honderd keer van alle kanten bekeken.

Risico's die hij nu verkoos te negeren omdat er twee vrouwen dood waren, en een baby, en hij er genoeg van had dat hij door regels en voorschriften en allerhande onzin nog meer in zijn handelen werd beperkt. Door die natte-lap-stem in zijn hoofd die zich presenteerde als gezond verstand.

Hij haatte gezond verstand, hij was verdomme geen *ambtenaar*.

Groepsdenken, die dunne soep, had hij tien jaar lang opgelepeld, maar uitgespuugd in ruil voor een brouwsel voor fijnproevers dat was gekruid met Persoonlijk Initiatief en Vrij Ondernemerschap.

Laat Moe en mensen zoals Moe maar hun best doen met vermissingen, arrestatiebevelen, opdrachten van bovenaf, en zich indekken met wie-niets-doet-doet-ook-niets-fout. De hordenloop van een hersendood systeem.

Aaron had niets meer van zijn broer vernomen sinds het gesprek met Delaware.

Nog eentje die niet terugbelde.

Daar gaan we: onverschrokken Masaikrijger kijkt in de afgrond.

Hij glimlachte om de manier waarop hij zichzelf ophemelde. Maar er zat wel enige waarheid in. Er waren twee vrouwen dood. Een baby, Jezus Christus, en hij had nog niets bereikt en meneer Dmitri wilde resultaten zien. Met regels en voorschriften kreeg je dit *niet* voor elkaar.

Hij was uit het systeem gestapt omdat hij het zat was altijd maar als een tamme pony in een weitje opgesloten rondjes te draven.

Massieve zwarte hengst staat zonder angst te midden van de sleperspaarden. Snuift en steigert en draaft de vrijheid tegemoet.

Voorlopig nog geen waakhond.

Niet zo slim, detective Fox.

Beter een levende idioot dan een dood radertje. Zijn leven, het leven dat hij voor zichzelf had uitgestippeld, bestond uit het nemen van moeilijke beslissingen en daarvan de gevolgen dragen.

Die gevolgen waren aangenaam: driehonderd *k* per jaar, een Porsche, zijn privéonderneming in herenmode, de vrouwen.

Hij had het gevoel dat hij wel een vakantie had verdiend als deze zaak was afgerond.

Als, niet indien ooit.

Zwarte man in de Hills.

Misschien maar een enkele tel verwijderd van de grootste ramp in zijn leven.

Hij bleef lange tijd doodstil staan, iets rechts van de wegdraaiende oprijlaan, in de schaduwkolommen van de cipressen. Deed een stap vooruit. En wachtte opnieuw.

Geen aanstormende rottweilers, geen verborgen sensoren voor zover hij kon zien. Maar die klotedingen waren gemakkelijk te verbergen. Hij had er zelf heel wat geïnstalleerd.

Twintig stappen verder had hij nog geen glimp van het huis opgevangen, was er alleen het ruwe, kronkelende beton van de oprijlaan onder zijn voeten. Na vijftig stappen nog steeds. En ook na honderd. Boom na boom die samen met de andere een blinde, zwarte muur vormde. Het terrein was immens.

En nog steeds geen grommende hondachtige. Geen alarm, geen ingeblikte en geen live waarschuwingen. Geen gedempte voetstappen van ingehuurde bewaking.

Aaron liep door, met zijn hand op zijn Glock. Stomme oprijlaan, was misschien wel een kilometer lang.

Die Italiaanse cipressen deden vermoeden dat er uiteindelijk wel zo'n Toscaanse villa zou opduiken, misschien wel slopen-en-herbouwen voor een bedrag met zeven nullen, met Lem Dement en al het geld dat binnenstroomde van dat bijbelse bloedbad op celluloid.

Maar misschien lag daar verderop ook wel een van die oude originele villa's in Italiaanse stijl waarover Aaron had gelezen, die in de Gouden Eeuw van Hollywood verspreid over de Hills hadden gelegen.

Dat idee stond hem aan. Hij concentreerde zich voor negentig procent op de klus, maar stond zichzelf toe met tien procent te fantaseren over dat verleden.

Verchroomde monsters met een lange neus, Duesenbergs en Packards en Rolls Phantoms, die door een warme nacht als vannacht over deze zelfde oprijlaan zoefden. Chauffeurs in livrei, lachende passagiers. Bierpullen en champagnekoelers in de kofferbak, de kattenbak. Glanzend koetswerk dat geruisloos omhooggleed, waaruit op het bordes van een villa als een slagroomtaart met vijftig kamers, het evenbeeld stapte van Harlow en Gable en Cooper en Hedy Lamarr. Het hele paleis verlicht en gevuld met geestige conversatie. Slanke, stijlvolle mensen in avondjurk en smoking, die praten met een afgemeten, zelfgenoegzaam bijna Brits accent en whiskyglazen sierlijk vasthielden met gemanicuurde handen.

Een leven waarin de ene cocktailparty aansloot op de andere, in de grote hal van de villa een vleugel waarop Gershwin hoogstpersoonlijk de toetsen beroerde. Biljarttafels, cognac, sigaren voor de heren. Tsjirpend gegiechel en schuimende meisjesdrankjes voor de dames.

Iedereen verliefd op het leven...

Terwijl hij verderliep, nog steeds beducht op gevaar, stelde Aaron zich het interieur van de villa voor. Hoog oprijzende vensters die uitzicht boden op adembenemende panorama's. De stad aan haar voeten als een rustende vrouw.

Vandaar naar Mason Book en Ax Dement in Hyundais en pick-ups en seks kopen in het Eagle Motel. Wiet roken en H snuiven in een staatspark.

Schuld en boete. Die knettergekke vrouw...

Aaron stond stil en luisterde. Niets dan het geroezemoes van het verkeer, iets luider hier.

Geen feestjes vannacht.

Niet van het soort waar iedereen van genoot.

Het duurde nog veertig meter voordat de oprijlaan eindelijk recht werd en de cipressen ophielden en hij een breed onopgesmukt voorplein te zien kreeg van hetzelfde lelijke beton. Geen voertuig te zien. Niets wat ook maar in de verte iets Toscaans had. Niets wat deed denken aan de *Gouden Eeuw*. Het huis had geen verdieping, een vrije vorm, was een lang, laag mes van stalen balken en glas. Glas tegen glas, geen zichtbare naden. Als een wig, een ruimteschip op de rand van een rotswand, de puntige neus ver eroverheen. Gereed voor de lancering.

Onder schuine stalen kolommen waarmee de structuur aan

de rotsen verankerd was, zeeën van licht. Een vrije val naar vergetelheid. Ernaar kijken maakte duizelig en hij keek weg om de gedachte uit zijn hoofd te bannen.

Nergens ook maar een spoor van groen rondom het huis. Een koude, doelbewuste structuur. Niets om dekking te zoeken als hij eenmaal het voorplein op zou lopen.

Al dat glas. Licht aan in het ene na het andere transparante vertrek. Witte ruime vertrekken met het lage, zwarte leren meubilair waar Aaron van hield.

Zo koud. Misschien werd het tijd om eens naar zijn eigen interieur te kijken. Leeg.

En toen niet meer.

Mason Book kwam achter een witte muur vandaan, gekleed in een te ruime zwarte badjas, het gezicht uitgeteerd, het gele haar verward. Hij liep, of eigenlijk meer, strompelde naar de voorkant van het huis, naar de wig die boven de lege afgrond zweefde.

Daar bleef de acteur staan, voor zich uit starend.

Beschermd door het duister rende Aaron naar het huis en bleef op een afstand van drie meter staan, met zicht op de wig. Hij tuurde onder het huis door. Net genoeg achtertuin voor een helderblauwe *infinity pool*.

Nog steeds geen honden, geen alarm. Mason Book baadde in al dat licht dat uit het hele huis stroomde, als een performancekunstenaar. Hij had geen flauw benul dat iemand hem gadesloeg. Vals zelfvertrouwen. Te lang afgeschermd geweest van de werkelijkheid.

Hij struikelde en kon zich nog net staande houden. Zijn badjas viel open.

Mager was hij, vel over been. Het deed de acteur duidelijk zichtbaar pijn te gaan zitten. Hij bleef staren naar wat niets anders dan een groot zwart niets kon zijn.

Als een jochie dat op het punt staat te springen.

Aaron sloop dichterbij.

Een triest jochie dat zat te huilen.

35

Moe reed naar huis en had Liz aan de telefoon, toen er een tweede gespreksoproep tussendoor kwam.

Hij zei: 'Blijf je even aan de lijn, schat?'

Liz lachte. 'Iets doet me vermoeden dat je zo meteen toch niet langskomt.'

Als het een aanwijzing is, hoop ik dat God je verhoort.

Hij zei: 'Neu, het is waarschijnlijk gewoon iets doms.'

Maar dat was het niet.

Raymond 'Ramone W' Wohr zat in het gele tenue van de gevangenen op de afdeling voor Psychisch Gestoorden in een van de therapieruimten die de psychiaters van de gevangenis gebruikten.

Het was er iets aangenamer dan in de gemiddelde verhoorkamer in de districtsgevangenis, maar niet veel.

Moe en Petra lieten Wohr plaatsnemen op de beklede stoel die in een hoek was gepropt, trokken er zelf twee kale plastic stoelen bij en gingen tegenover hun prooi zitten.

Wohr was zo'n type met lange benen dat ineens veel kleiner leek als hij zat. Op zijn kale schedel was eczeem uitgebroken. De gordijntjes haar hingen vettig en lusteloos omlaag. In minder dan een dag had zich een gevangenisbleekheid van hem meester gemaakt. Moe vroeg zich af of het misschien een angstreactie was, in plaats van een gebrek aan zonlicht. Of misschien was het tl-licht niet bepaald flatteus voor Ramones doorgroefde, verzakte junkiekop met zijn waterige ogen en half tandeloze mond. De gigantische snor zag er aangevreten uit, was meer grijs dan bruin. Zijn handen trilden.

Een grijsblauwe tattoo kroop langs zijn hals omhoog. Een grove ketting met ringen, vierkanten en x-tekens als schakels. Als een stropdas waarmee iets fout was gegaan.

Het was iets na één uur en Petra's tiende telefoontje van die avond had het gevangenispersoneel zo geërgerd dat ze eindelijk een keer geconcentreerd door hun papieren waren gegaan. Ramone was bijna vierentwintig uur eerder geregistreerd en zonder pardon tussen het reguliere volk geschoven. Het nieuws dat hij als pedo was opgepakt, had de gevangenis eerder bereikt dan hijzelf, en hoewel Wohrs celmaten geen gewelddadige types waren, had een stortvloed van in nietbedekte termen geuite bedreigingen door een stelletje supergespierde groepsverkrachters in de cel ernaast hem doen jammeren, smeken en kreunen. Het was het stuk tuig uiteindelijk gelukt de aandacht te trekken van een cipier die *echt* geen gedonder wenste met nog weer eens een partijtje doodmeppen binnen de muren.

Waar moesten ze met Wohr naartoe? Isoleer en Psychisch waren allebei propvol en de aard van de aanklacht maakte het onmogelijk hem als *trustee* te behandelen. Uiteindelijk hadden ze hem een tijdelijk onderkomen verschaft: een minuscuul leeskamertje ver weg in een hoekje van de gevangenisbibliotheek. Ze gooiden hem een deken toe en zeiden hem te gaan slapen.

Het vertrekje was leeg omdat meubilair gebruikt kon worden als wapen. Cipiers die de ronde deden, maakten hem om de paar uur wakker met het schijnsel van hun zaklantaarns en door hem niet al te hard een schop te geven. Elementaire eenzame opsluiting en Ramone W was dan ook een hologige schim tegen de tijd dat er eindelijk een bed vrijkwam bij Psychisch omdat een geagiteerde manisch depressieve verkrachter helemaal uit zijn dak ging.

De transfer had twaalf uur geleden al plaatsgevonden, maar het verwerken van de papieren kostte tijd.

'We hebben hem in ieder geval,' zei Petra tegen Moe. 'Ik heb ondertussen mensen van Zeden opdracht gegeven om uit te kijken naar Delishus. Waar ben jij?'

'Ik ben aan het keren en op weg naar de *freeway*.' Na urenlang vruchteloos natrekken van munttelefoons in kroegen wilde hij alleen maar slapen. 'Ik ben er over twintig minuten.'

'Ik wacht op je bij de ingang.' Even bleef het stil. 'Deze is voor jou. Ik kom alleen als back-up.'

Hij kon niet goed uitmaken of ze dat nu zei uit beleefdheid of omdat ze blij was dat zij er dan vanaf was.

'Ik begrijp nog steeds niet waarom ik ben opgepakt,' zei Raymond Wohr op een toon waarmee hij zichzelf nog niet eens overtuigde.

Moe zei: 'Heeft niemand je verteld waarvan je wordt beschuldigd?'

'Jawel, maar...'

'Je hebt je aan een minderjarige vergrepen, Ramone.'

Wohr gaf geen antwoord.

'Pedo moet je niet te licht opvatten, Ramone.'

Wohr krabde aan een ooglid.

'Je hebt het ons gemakkelijk gemaakt,' zei Moe. 'Dat was een behoorlijk optreden voor agent Kennedy.'

'Ah, man.' Alsof hij het slachtoffer was.

Moe zei: 'Ah, man, wat?'

'Ze zei dat ze twintig was.'

'Wie zei dat?'

'Deli-weet ik veel hoe ze heet.'

'Jammer dan dat ze eruitziet alsof ze tien is.'

'Vind ik niet,' zei Wohr. 'Dat is maar... hoe je het bekijkt.'

'Heb jij een bril nodig, Ramone?'

'Hè?'

Moe herhaalde de vraag.

'Nee.'

'Voor jou ziet ze eruit als twintig. Voor alle anderen als tien. Ze is minderjarig en jij bent betrapt met je lul in haar mond.'

Wohr zette het krabben voort aan de binnenkant van zijn elleboog. Oude sporen, maar geen verse wondjes. Ze hadden niet alleen de zak wiet gevonden, maar ook korrels van wat ongetwijfeld cocaïne was, onder uit een van zijn broekzakken gekrabd. En een prepaid geconfisqueerd, die Petra al voor onderzoek had afgeleverd.

Moe glimlachte naar Wohr. Wohr zat ingezakt op zijn stoel. Geen spoor van enige emotie, en tot dusverre had hij nog niet eens aanstalten gemaakt naar een advocaat te vragen. Dat kon nu juist problematisch worden bij dit soort idioten: niet zenuwachtig genoeg.

Moe wierp een leugentje in de strijd: 'Delishus zegt dat jullie beiden al een hele tijd een relatie hebben. Al een *hele* tijd, en dat jij donders goed weet hoe oud ze is.'

De klank van zijn verraad deed hem goed. *Instinct.*

Wohr zei: 'Ah, man – meneer. Ik wou niks geks. Ik wou gewoon aan mijn gerief komen.'

'Menselijke basisbehoefte.'

'Precies, meneer.'

'Wij hebben wel begrip voor menselijke behoeften, Ramone. Maar helaas het systeem niet. De rechter heeft absoluut geen medelijden met kinderverkrachters. Ik bedoel, we hebben het echt over jaren.'

'Ik heb niemand verkracht. Ik heb haar betaald.'

'Gewoon een zakelijke transactie.'

'Precies.'

'Met hoeveel anderen die eruitzien alsof ze twintig zijn, doe je zoal zaken?'

Stilte.

'Misschien ga je niet met allemaal even ver,' zei Moe. 'Misschien vind je het soms al lekker om gewoon naar ze te kijken.'

Door één van Wohrs afhangende oogleden ging een zenuwtrek. Hij hield op met krabben, legde zijn handen in zijn schoot.

'Dat zou je kunnen beschouwen als goede manieren, Ramone. Alleen maar door het raam gluren, zelf je eigen zaakje afhandelen. Daar wordt niemand minder van.'

Stilte.

'Bovendien is het gratis. Dus, waarom heb je dan deze keer betaald?'

Wohr sloot zijn ogen en dook in elkaar.

'Slechte dag gehad, Ramone?'

'Nee...'

'Wil je iets drinken, Ramone?'

'Nee...'

'Zeker weten? Je lippen lijken nogal droog.'

'Een Coke?' Alsof het ophalen daarvan een verlossing was.

Petra stond al voordat Moe het haar kon vragen.

Tijdens haar afwezigheid krabbelde Moe nutteloze aantekeningen op zijn schrijfblok. Ramone reageerde door zijn ogen te sluiten en net te doen alsof hij sliep. Achter de oogleden van de man speelde zich een koortsachtige activiteit af.

Net als de vliegen die feest vierden met wat ooit Alicia Eiger was geweest.

Petra kwam terug met een grote papieren beker waarin iets bruins zat. Wohr klokte de inhoud naar binnen, drukte met een vlakke hand onder zijn middenrif, boerde en glimlachte naar Petra. 'Sorry, mevrouw.'

Ze zei: 'Geniet er maar van. Zolang het nog kan.'

Met nadruk op het laatste woord. Moe vatte dat op als een voorzet. Hij zei: 'Geniet maar van *alles* waarvan te genieten valt, want je gaat een hele tijd op reis.'

'Ah, man. Ik heb niets verkeerds gedaan.'

Moe haalde zijn schouders op, schreef nog het een en ander op. 'Wat zal ik daar nu van zeggen, Ramone?'

Petra pikte zijn signaal op en begon te rommelen met haar mobiele telefoon.

In één ruimte verkeren met twee verveelde detectives maakte Ramone W onrustig. 'U bedoelt dat het kan helpen als ik u iets vertel, toch?'

'Ik heb ons niet zoiets horen zeggen, Ramone.'

'U bent hier.'

'Gewoon papierwerk aan het afhandelen, Ramone.'

'Meneer,' zei Wohr.

'Hmm.'

'En wat *als* ik u iets vertel?'

Moe's hart sloeg over. Hij keek op van zijn aantekeningen. 'Zoals?'

'Namen, plaatsen, meneer. Grote zaken in heel Hollywood, meneer. Ik heb een goed geheugen.'

'Drugshandel?'

'Man, ik heb spul gezien. Ik weet wie. Ik weet wat. Ik zou de helft van al jullie zaken in één klap kunnen oplossen.'

Moe keerde zich naar Petra. 'Dat klinkt heel gul.'

Ze zei: 'Zeg dat wel.'

'Doe mij eens pen en papier,' zei Wohr. 'Ik hoop dat u genoeg tijd hebt, want het wordt een heel boek.'

'Klinkt als een bestseller,' zei Moe.

'Het is meer dan we hadden durven hopen,' zei Petra.

Beiden op spottende toon. Wohrs instinct begon te werken.

'Is daar iets mis mee?'

'Wat er mis is, is dat wij hier niet voor drugszaken zijn.'

'Oh nee, gaat niet door, je krijgt niets over seks van mij,' zei Wohr, moeiteloos liegend. 'Daar weet ik niets van, niet mijn ding.'

'Je wilt geen andere pedo's verlinken?'

'Ik ben geen... Ik *weet* niks van dat soort dingen. U zei het zelf al, het is een menselijke behoefte, ik bemoei me alleen met mezelf.'

'Je houdt het vooral bij gluren, hè?'

Hij schudde zijn hoofd. 'Dat zeg ik ook niet. Ik weet gewoon niks van dat soort dingen.'

'Dus, zoals jij ertegenaan kijkt,' zei Moe, 'zijn er geen slacht-offers. Een zakelijke transactie, wie kan het wat schelen hoe een kerel klaarkomt.' Hij sloeg zich tegen het voorhoofd. 'Oh ja, dat is ook zo, rechters en jury's, die kan het *wel* wat schelen. Maar wat denk je? Het interesseert mij niet, en recher-cheur Connor ook niet.'

Moe boog zich voorover en moest vechten om zijn neus-vleugels onder bedwang te houden toen een walm van Wohrs stank zijn kant op kwam. De stank van de gevangenis en angst en slechte persoonlijke hygiëne.

'Wij zijn er ook niet voor sekszaken, Ramone.'

Wohrs ogen schoten van links naar rechts. 'Wat zijn jullie?'

'Wij zijn van Moordzaken.'

Wohrs hoofd schoot omhoog en achterover alsof hij pro-beerde zo ver mogelijk uit de buurt van Moe te komen. Maar door de manier waarop ze zijn stoel in de hoek hadden ge-propt, schoot hij er niet veel mee op.

'Ah, man.'

'Dat zeg je steeds, Ramone. Alsof het een soort schietgebed-je is om je zonden af te kopen.'

Wohr boog voorover, zijn hoofd diep in zijn schoot, sloeg zijn handen in elkaar in zijn nek. 'Nee, nee, dat doe ik *echt* niet.'

Moe wachtte.

Wohr keek op.

'Hoorde je dat, rechercheur Connor?'

Petra liet haar mobiel in haar tas glijden. 'Eh, nee, sorry, wat?'

'Meneer Wohr zegt dat hij *echt* geen moord doet.'

Ramone zei: 'Nee, man – meneer, mevrouw. Als iemand dat heeft gezegd, dan liegen ze.'

'Wie zou ons dat willen vertellen?'

Heen en weer schietende ogen. 'Niemand.'

'Waarom zou iemand ons dat vertellen, Ramone?'

'Nergens om, dat zouden ze niet doen.'

'Ze, je bedoelt...'

'Niemand.' Wohr sloeg broodmagere armen over elkaar voor zijn borst.

Moe keerde zich naar Petra. 'Weet je nog wat ze ons hebben geleerd over kerels die van kleine meisjes houden? Het heeft allemaal met macht te maken. En bij moord is het net zo. Vooral bij zieke moorden.' Toen weer tegen Wohr: 'Geen mooier machtsgevoel dan de baas zijn als het licht uitgaat.'

Ramone's handen schoten naar voren met de palmen vooruit. 'Niks daarvan, nee, nee, nee.'

Moe zuchtte.

Petra glimlachte precies op de goede manier: *geloof jij die kerel?*

Ramone W krabde op zijn hoofd, toen op zijn armen, wiegde heen en weer. 'Ah, man. Geef me pen en papier, dan schrijf ik een heel boek over dope voor u, dat kunt u aan de drugsmensen geven, daar krijgt u ook weer iets voor terug. Iedereen gelukkig.'

Petra zei: 'Je hebt een interessante kijk op politiewerk.'

'Hé, mevrouw, je kan alles verkopen.'

'Dat klopt wel, denk ik,' zei Moe. 'Dat geldt ook voor mensenlevens.'

Toen W niet reageerde, ging hij door: 'Alles heeft een prijs, *iedereen* heeft een prijs. Het ene leven is goedkoop, het andere duur. Goedkope levens worden heel makkelijk verkocht, zodat de dure levens lekker verder kunnen leven. Mensen met ervaring zoals jij weten wel welke levens duur zijn en welke goedkoop.'

'Ah, man, ik weet daar helemaal *niets* van als u *dat* wil dan zijn er allerlei kerels *hier* die u mooie dingen kunnen vertellen ga maar naar ze toe en zeg maar hé vertel *daar* eens over. Ik niet, meneer. O, nee.'

Wat een toespraak. Wohr was buiten adem en hij leunde achteruit en probeerde weer op adem te komen.

Moe zei: 'Goedkope levens, dure levens.' Bleef even stil. 'Dat van Adella Villareal was best wel goedkoop, denk ik.'

Wohr zat roerloos op zijn stoel, bewoog zich niet, knipperde niet met zijn ogen. Niets van de ogenacrobatiek die Moe had verwacht.

Zou ik het bij het verkeerde eind hebben?

'Zegt die naam jou niets, Ramone?'

W liet een lange, schorre zucht ontsnappen. Zijn ogen puilden uit, wipten op en neer als de dobbers van vislijnen. Hij krabde zo hard op zijn armen dat er rode bulten op kwamen. Hij dwong zijn ogen tot rust, maar de starende blik die dat tot gevolg had, de bevroren angst, vertelde het hele verhaal.

Ja!

Moe zei: 'Adella en Gabriel. Klein baby'tje. Kleine leventjes zijn supergoedkoop in jouw wereld?'

W sloeg zijn handen voor zijn gezicht, wiegde heen en weer.

'Goedkope levens,' zei Moe. 'We weten een heleboel.'

W spreidde zijn vingers, zodat zijn waterige ogen zichtbaar werden. 'Dat was ik *niet*, meneer.'

'Dat?'

'Wat er gebeurd is.'

'Wat *er* gebeurd is? Alsof we het over een iets hebben, niet een iemand? Een *iets* in plaats van een *iemand*. We hebben het hier over een mama en een baby, Ramone. Mensen. Ze zijn vermoord en we weten wie het gedaan heeft en we weten dat jij erbij betrokken was.'

Wohrs ogen bolden op en één bizar moment lang leek de oude junk door de panische angst net een klein, onschuldig kind, dat nog kwetsbaar was en onaangenaam kon worden verrast. Maar direct keerden de oude vermoeidheid en achterdocht terug op zijn gezicht en keek hij door spleetjes, eerst naar Moe, en toen naar Petra. Berekende zijn kansen.

Moe zei: 'Help jezelf, Ramone.'

'Hoeveel kan ik mezelf helpen?'

'Wat bedoel je?'

Sluwe glimlach. 'Zakelijke transactie. Wat is de deal?'

'Ik ga niet tegen je liegen, vriend, want dat is tijdverspilling. En je gaat al lang genoeg mee om te weten hoe het werkt. De officier van justitie bepaalt uiteindelijk wat er gebeurt. Maar wij doen moordzaken, de officier van justitie is geneigd naar ons te luisteren.'

'Overtreding,' zei Wohr. 'Zonder opsluiting?'

'Waarvoor?'

'Delishus.'

Wat betekende dat hij zich geen zorgen maakte over zijn betrokkenheid bij moord. Of was de viezerik toch slim?

Moe zei: 'Rechercheur Connor?'

Petra zei: 'Theoretisch zie ik daar geen problemen in, als er twee moorden worden opgelost.'

Moe zei: 'Oplossen van *drie* moorden zou nog beter zijn.'

'Ongetwijfeld,' zei Petra.

'Drie?' zei Ramone. Verwarring tekende zich af op zijn gezicht.

Oh, oh.

Moe waagde de sprong in het diepe. 'Caitlin Frostig.'

'Wie?' Geen spoor van herkenning of ontwijking in zijn toegeknepen ogen. Alleen verwarring.

'Caitlin Frostig,' zei Moe. 'De babysitter van Adella. Knap, blond meisje.'

'O, die,' zei Wohr.

'Je weet wie ik bedoel.'

'Ik heb haar één of twee keer gezien. Is zij ook vermoord?'

'Is dat een echte vraag, Ramone?'

'Ja, meneer, ja, ja, ja, meneer. Ik heb haar één keer gezien. Toen ik Addie kwam ophalen, zoals u zei, als Addie uitging, kwam dat meisje op de baby passen. Eén of twee keer, meer niet. Dat is alles, meneer. Als zij dood is, weet ik daar niets van.'

'Maar je weet het wel van een dode moeder. En een dode baby,' zei Moe, terwijl hem te binnen schoot hoe de eerwaarde Arnold Wohr had verteld over de kille houding van zijn broer tegenover het kind. 'Klein, lief baby'tje met een naam. Gabriel. Net als de engel. Nu *is* hij een klein engeltje, Ramone.'

W reageerde niet.

'Dode baby, dode mama, dode babysitter, Ramone. Nogal een score voor iemand die helemaal niets weet over dat soort dingen.'

Wohrs magere billen schoten omhoog van de stoel en even dacht Moe dat hij de idioot zou moeten overweldigen. Maar Wohr liet zich weer op de stoel vallen, sloeg zijn armen om zijn schouders en schudde zijn hoofd. Trok aan zijn wangen.

'We hebben het over drievoudige moord voor jou, Ramone.'

'O, Jezus Christus.'

'Misschien ben je niet zo slecht,' zei Moe. 'Misschien heb je er echt last van.'

'Ah, man, je moest eens... Hier.' Hij sloeg met vlakke hand tegen zijn voorhoofd. 'Slechte plaatjes, meneer. Zelfs al heb ik nooit echt iets *gezien*.'

'Plaatjes waarvan?'

'U weet wel.'

'Zeg het, Ramone.'

'Dode mensen. Ik heb zo mijn best gedaan om ze uit te zetten.'

'Naar een ander kanaal switchen.'

'Ja, ja.'

'En *betaald* worden, hielp dat om te vergeten, Ramone?'

'Hè?'

'Zo'n transactie van jou,' zei Moe. 'Mond houden zodat je mocht blijven pooieren voor rijke mensen.'

Doodse stilte, maar geen ontkenning.

Moe ging door. 'Je hebt het misschien wel uit je hoofd gebannen, maar de wet kijkt er toch anders tegenaan. Je zit er nog middenin. We hoeven niet eens zo moeilijk te doen om er een zaak voor drie keer van te maken, Ramone, maar zelfs zonder dat, hebben we het over…' hij keek naar Petra, 'zoiets als voor altijd?'

Ze zei: 'Ik denk voor altijd en dan nog eens honderd jaar erbij, zoiets.' Ze ging dichter bij Wohr staan. 'Arme, kleine Gabriel. Zo'n heel kleine skeletje, net speelgoed, eerst denk je nog dat het niet echt is.'

'Hebben jullie hem gevonden?' flapte Wohr eruit.

'Is er een reden waarom we hem niet gevonden zouden hebben?'

'Nee, nee, nee, ik…'

Moe verhardde zijn stem, sloot Wohr op in zijn hoek. Hij kwam zodoende ook dichter bij Petra en rook haar vrouwelijke geur, wat hielp om de stank van Wohr te verdragen. 'Wat, Ramone?'

'Ik heb nooit gehoord dat hij was gevonden.'

'Maar je hebt wel gehoord dat hij vermoord was.'

Stilte.

'Oké, Ramone, dit is het voorstel: sommige mensen houden niet van verrassingen, maar wij wel. Dat helpt goed tegen verveling. We hebben allerlei soorten verrassingen achter de hand over dingen waarvan jij je niet eens een voorstelling kunt maken.'

Wohrs ogen schoten heen en weer van Moe naar Petra en weer terug. Zijn lichaam was verzakt, trilde en wekte medelijden, maar hij had nog steeds de ogen van een sterker, sluwer iemand.

Met al die dope die hij in zijn lijf had gepompt, al die drank die hij erin had gegoten, kon zijn IQ gemakkelijk zijn gezakt naar een getal met minder dan drie cijfers, terwijl hij toch nog steeds een bepaald soort sluwheid overhield.

Hij zei: 'Jullie weten wat jullie weten, maar ik weet niets.'

Moe voelde het aankomen, het omslagpunt, ieder moment kon de viezerik dichtklappen als een oester en naar een advocaat vragen.

Tijd om een volgende gok te wagen. 'Goed dan, Ramone, dan maken we je deelgenoot, zodat iedereen alles weet. Ze hebben jou betaald om je mond te houden over de moorden, maar dat stelde niet zoveel voor. Je hebt nooit geïncasseerd wat er te halen viel.'

Wohrs ogen verstrakten, maar met geen mogelijkheid kon hij de zweetklieren afsluiten die zijn gezicht en zijn hals en nek deden glimmen.

Het parfum van Petra was niet langer bij machte om de stank te maskeren.

Wohrs snor trilde.

Moe zei: 'Misschien heb je niet geïncasseerd omdat je bang was. Misschien ben je in principe een kleine jongen, die tevreden is met kleine beetjes, die al blij is als hij vlees mag verkopen aan rijke mensen. Misschien kun je jezelf wel voor de gek houden dat je eigen leven heel duur is als je maar aardig bent voor rijke mensen, en dat je leven niet goedkoop is zoals dat van Adella en Gabriel en Caitlin.'

Wohr schudde zijn hoofd.

'Weet je, Ramone, dat vlees dat je aan het uitventen was, was dat van Alicia en zij had er genoeg van, zij wilde wel eens flink incasseren. Ze was zat van de feestjes in mottige motels als het Eagle Motel omdat jij te schijterig was om eisen te stellen. Ze raakte gefrustreerd. Stomweg woedend en gefrustreerd. Zo erg dat ze je een hengst verkocht midden op straat, waar de hele buurt het kon zien.'

'Niemand heeft iets gezien,' snauwde Wohr.

Moe glimlachte. 'Denk je?'

Wohr realiseerde zich dat hij een fout had gemaakt en schudde zo hard met zijn hoofd dat de zweetdruppels in het rond vlogen. Er kwamen druppels op Moe's denim broek terecht, en op de zwarte broek van Petra. Geen van beiden deed een poging ze weg te vegen.

Wohr zei: 'Wat ik bedoel is, Alicia zou zoiets niet doen, ze heeft me nooit geslagen.'

'Hoe kan het dan, Ramone, dat wij dat weten? Ik was erbij.' Hij liet dat even doordringen. En beschreef toen de kleren die Eiger en Wohr hadden gedragen, waarna Wohr zo hard begon te trillen dat het leek alsof hij te snel was afgekickt.

Moe zei: 'Ze noemde je een stomme klootzak, liet in het openbaar zien dat ze je niet respecteerde en gaf je toen een hengst.' Moe noemde het adres aan Taft. 'Ik heb het gezien, Ramone, geen liefdevolle tik, echt een harde knal, je kon het een straat verder horen. En wat doe jij? Je loopt weg als een geslagen hond met de staart tussen de benen, bezuipt je bij Bob's, dan koop je drugs bij nog zo'n viezerik in de buurt van Cherokee en je zwerft de rest van de dag door Holly-wood, tot diep in de nacht, lopen en drinken en roken, als de eerste de beste waardeloze zakkenwasser die een pak op zijn donder heeft gehad. En dan, omdat je nog steeds die woede niet kwijt kunt raken dat ze je heeft geslagen en niet weet hoe je Alicia de baas kunt worden, ga je op zoek naar iemand die je wel aan kunt. Omdat Delishus eruitziet alsof ze tien is en je doet denken aan al die kleine meisjes die je begluurt als ze niet doorhebben dat jij bij hun slaapkamer-raam staat.'

'Dat doe ik niet...'

'Je nicht Sarah zegt van wel.'

Ramone's mond zakte open.

Moe glimlachte. 'Het is een dag van verrassingen, vriend. Net zoals je heel verrast was toen agent Kennedy ineens op-dook op het moment dat het hoofd van Delishus zich op een plek bevond waar het niet zou moeten zijn.'

Ah... nee.' Een wanhopige kreun, geen ontkenning.

Moe zette beide handen op Wohrs schouders en oefende druk uit. 'Wij weten alles. En jij bent nog steeds niet slim genoeg om op te houden met proberen een spelletje met ons te spe-len om er voordeel uit te halen.'

Wohr liet zijn kin op zijn borst zakken. Snotterde.

Moe gaf Petra een teken met zijn ogen.

Ze zei: 'Persoonlijk heb ik medelijden met je, Ramone, om-dat jij niet gewelddadig bent. Maar ik heb echt medelijden met Alicia. Die arme meid werd eindelijk verstandig, het eni-ge wat ze wou, was niet langer haar lichaam verkopen. Hoe lang heeft ze het jou al lastig gemaakt om eindelijk eens *echt* geld van die moordenaars los te krijgen?'

Wohr schudde zijn hoofd.

'Hoe lang, Ramone?' zei ze zacht. 'Waarschijnlijk al vanaf het begin, toch? Want Alicia zag een heleboel geld komen, ik bedoel, we hebben het over drievoudige moord, rijkelui, hoef je niet lang over na te denken.'

'Te eng,' mompelde Wohr.

'Om rijkelui onder druk te zetten?'

Een hoofdknik.

'Jammer genoeg dacht Alicia er anders over,' zei Petra. 'Misschien wel omdat je haar nog steeds verkocht aan die moordenaars.'

'Alicia snapt het niet,' zei Wohr.

De tegenwoordige tijd dicteerde de volgende stap.

Moe liet Wohrs schouders los en haalde twee polaroids uit de zak van zijn jasje.

De rug van Alicia Eiger met de steekwonden en een close-up en face van haar grijze, levenloze gezicht.

'Ramone, Alicia gaat nooit meer iets ergens van snappen.'

Wohr staarde. Begon hevig te trillen. 'Oh, Jezus Christus,' Hij schoot vooruit en kokhalsde. Beide rechercheurs vlogen achteruit. Er kwam niets dan stank uit zijn wijd open mond. 'Oh, Jezus Christus, Jezus, Jezus.'

Moe voelde zich euforisch wreed. Hij genoot van het gevoel. 'Oh ja, vier moorden. We zetten ook nog een dooie vriendin op het lijstje. En dat heb jij op je geweten.'

Wohrs benen schoten achteruit, sloegen tegen de poten van zijn stoel. 'Nooit niet, nee, nee, nee…'

Moe en Petra kwamen weer op hem af. Centimeters afstand van het gezicht van de viezerik. Moe hield de polaroids in zijn ene hand en pakte met zijn andere hand Wohrs kin en dwong zijn gezicht in de richting van de foto's.

Hij verwachtte dat Wohr zijn ogen zou sluiten. Maar Wohr strafte zichzelf en keek. Was hij toch nog in staat tot schuldgevoelens?

Moe zei: 'Terugslaan zou niet aardig zijn geweest, Ramone, maar toch nog een stuk aardiger dan dat ene telefoontje.'

Wohr mompelde iets onverstaanbaars. Moe verminderde de druk op de kaken van de man.

Wohr wreef over zijn kin. 'Je hoeft me geen pijn te doen.'

'Je hebt mij niet nodig voor pijn, Ramone. Daar zorg je zelf al heel goed voor. Misschien is het wel waar wat rechercheur Connor zei, dat je geen slecht mens bent, maar je bent wel een ontstellend *zwak* mens. Altijd de weg van de minste weerstand. Het gekke is alleen, dat je daardoor altijd dieper in de shit komt, niet?'

Een vage hoofdknik.

'We hebben je prepaid, Ramone. We weten alles van het telefoontje om Alicia te grazen te nemen.'

Hopen, hopen, hopen.

Wohr likte zijn lippen. Knipperde met zijn ogen.

Beet!

'Dat is medeplichtigheid aan moord met voorbedachten rade, Ramone. We gaan je een kans geven om je huid te redden. Maar je *moet* ophouden met liegen, tegen jezelf. *Wij* weten al wat er gebeurd is.'

Wohr kreunde. Wreef met zijn knokkels in een oog.

'Misschien was het nooit je bedoeling dat Alicia zou worden vermoord. Misschien wou je haar alleen een beetje bang maken. Maar daar trapt de jury niet in.'

'Ze sloeg me,' zei Wohr. 'Weer. Ik was het beu.'

'Kijk,' zei Petra. 'Verzachtende omstandigheden.' Het leek meer op motief en bewijs voor voorbedachten rade. 'Als we een officiële lijst hadden met verzoeken om politionele bijstand in verband met huiselijk geweld, zou dat je helpen. Maar wie gelooft er nu zonder zo'n lijst dat een sterke kerel bang zou zijn voor een klein vrouwtje?'

Wohr zei: 'Je kent Alicia niet. Ze is fel.'

'Was fel,' zei Moe terwijl hij met de polaroids wapperde. 'Zelfs als wij jou geloven, wat dan nog, wie interesseert dat nou? Je hoeft ons niet te overtuigen.'

Wohr gaf geen antwoord.

Moe keek op zijn horloge, stond op en rekte zich uit volgens de Milo-methode. Het zag er niet alleen ontspannen uit, het voelde ook nog goed na al die uren zitten.

Petra stond ook op.

Toen Moe gaapte, was dat echt. Hij stopte de foto's in zijn zak. 'We hebben je de kans gegeven om het er voor jezelf beter uit te laten zien, maar je hebt weer eens de verkeerde keuze gemaakt. Ik hoop dat je het leuk vindt in de bak, Ramone, want dat is het enige wat er voor jou overblijft.'

Petra deed de deur open en riep een cipier.

Raymond Wohr zei: 'Geef me pen en papier. Ik ga een ander boek schrijven.'

Toen de rechercheurs daarmee instemden, begon de idioot te huilen.

36

Dr. Steve Rau zei: 'Privédetective.'

'Ik *werk* voor een privédetective, Steve. Ik heb toneelschool gedaan.'

'Dat is te merken.'

Hij klonk meer verbaasd dan kwaad. Maar niemand vindt het leuk om te worden voorgelogen. Als zijn vrouw hem voor schut had gezet, wist je maar nooit of dit niet zou ontaarden in een hele slechte déjà vu.

Ze had een plekje gezocht in de buurt van de voordeur, voor het geval dat. Na de avond die ze samen hadden doorgebracht, een soort van paard-achter-de-wagen-actie.

Steve zei: 'Liana...' Alsof hij haar echte naam paste voor de maat. 'Dus die eerste keer was een opdracht?'

'Mijn baas en ik doen onderzoek naar Caitlin Frostig, dat meisje dat is verdwenen.' Ze maakte zichzelf iets belangrijker dan ze in het echt was.

De reflexen van een toneelspeelster. Het hele leven was één grote auditie.

'En ik begon over haar voordat jij naar haar vroeg,' zei Steve. 'Dat moet je gek gevonden hebben... Ik heb je ook verteld van dat paar dat was verdwenen. Een regelrechte boodschapper van goed nieuws. Toen ik later die avond thuiskwam, heb ik er nog naar gezocht op de computer. Het blijkt dat die twee op de vlucht waren voor justitie en gepakt zijn.'

Glimlach. 'Maar dat weet je waarschijnlijk al.'

'Ja.'

'Ik voelde me een idioot,' zei hij. 'Ik kom jou tegen en begin over mensen die verdwenen zijn. Geen enkele reden voor jou om me ooit nog te bellen, je vond me waarschijnlijk maar bizar... Dus je was er vanavond weer om te werken?'

'Dat was de bedoeling, Steve. Maar ik raakte min of meer afgeleid.'

'Pardon?'

'Dit,' zei ze. 'Alles wat er vanavond is gebeurd. Dat had niets met werk te maken.'

Maar als je toevallig iets weet wat ik kan gebruiken, zul je mij niet horen klagen.

'Oh,' zei hij. 'Nou, ik was echt *blij* dat ik je zag, Liana.' Haar naam proevend. 'Ik vind dat mooier dan Laura, niet dat Laura geen aardige... Liana is toch wel je echte naam?'

'Wil je een geboortebewijs zien?'

'Sorry.'

'Dat zou ik moeten zeggen, Steve. Je hebt alle recht op de wereld om me niet te vertrouwen.'

'Sinds die eerste keer ben ik vaker in Riptide geweest dan daarvoor, om je opnieuw tegen te komen. Ik had de hoop al zo'n beetje opgegeven. Ik moest ook nog op reis. Was je er al eerder dan vanavond weer geweest?'

'Nee,' zei ze.

'Dus dit is bijna... karma... al zal het wel niet zo opmerkelijk zijn, gewoon een kwestie van waarschijnlijkheid. Ik kom daar regelmatig, dus wanneer jij er maar aan komt waaien, is de kans groot dat we elkaar er treffen.'

Liana glimlachte. 'Dat klinkt als een professioneel rapport.'

Hij liet zijn schouders hangen. 'Gladde prater.'

'Je bent een prima kerel. Hou maar op zo moeilijk tegen jezelf te doen.'

Ze stond op en ging naast hem zitten op de muffe, oude bank van zijn ouders. Hij reikte naar haar hand, aarzelde. Zij reageerde en kneep in zijn vingers.

'Liana, vanavond, dat ik jou weer zag, was... het was net alsof alles eindelijk op zijn pootjes terechtkwam. Als je dat overdonderend vindt, dan moet dat maar. En het kan me ook niet schelen waarom je daar aanvankelijk kwam.'

'Ik vind het niet overdonderend.'

'Echt?'

'Echt.'

'Dus dan kunnen we elkaar blijven ontmoeten? Daar gaat het mij om. Ik zie niet in waarom dat in strijd zou moeten zijn met jouw opdracht – noem je dat zo?'

'Het is gewoon een baantje, Steve.'

'Klinkt als een boeiend baantje.'

'Meestal niet.'

Hij speelde met haar vingers. 'Geheim agent. Uw missie zo u wilt.' Hij begon breed te grijnzen. 'Moet je je dan ook verkleden?'

Wat denk je dat dit is?

Liana zei: 'De waarheid is, Steve, dat ik dit alleen maar doe, omdat ik niet de kans krijg te doen wat ik wil doen.'

Zet de deur maar open.

'Acteren is pittig,' zei hij. 'Ik bewonder je doorzettingsvermogen.'

'Het enige acteerwerk dat ik de laatste jaren heb gedaan, is voice-overs. Voor tekenfilms.'

'Echt waar? Laat eens horen.'

'Een andere keer.' Ze kuste hem. Het had haar opgelucht.

Ze zaten een tijdje naast elkaar en hielden elkaars hand vast. Hij zei: 'Je kunt niet blijven vannacht?'

'Ik heb morgen een auditie.'

'Privédetective of voice-over?'

'Dat laatste,' zei ze. 'Goofy de Eekhoorn.' Ze ratelde een regeltje debiele knaagdierenonzin af.

Hij schoot in de lach. 'Wat vind je hiervan: ik zet de wekker en dan staan we allebei vroeg op.'

'Vanavond niet, Steve.' Ze pakte haar tasje en haalde er haar echte visitekaartje uit. 'Dit is mijn nummer. Ik zweer je dat het echt is.'

Hij bestudeerde het kaartje. 'Je woont in de Valley.'

'Is dat een diskwalificatie?'

'Hé,' zei hij. 'Geboren en getogen in Sherman Oaks totdat

Pa en Ma zich wilden profileren op de sociale ladder. Wanneer zie ik je weer? Zeg me wanneer anders kan ik me niet meer concentreren.'

'Als er geen werk tussen komt, wat dacht je van morgenavond, om bijvoorbeeld acht uur?'

'Ik heb een vergadering tot acht uur. Negen uur ook goed? Dan reserveer ik bij een restaurant, houd je van Italiaans?'

'Wie niet?'

'Prima. Il Travino, niet zo ver bij jou vandaan in Tarzana.'

'Ik kijk er nu al naar uit.'

De volgende kus was zijn idee. Langer en zachter. Hij mocht dan een ingedutte quasinerd zijn, zijn techniek werd er niet minder op. Die tweede keer in bed had hij van alles bij haar losgemaakt, wat ze al lange tijd niet meer had gevoeld. Zelfs die berenvacht was iets waar ze wel aan zou kunnen wennen.

Hij zei: 'Nu voel ik me de koning te rijk. Ik loop met je mee naar beneden.'

'Steve, misschien gedraag ik me nu verschrikkelijk schofterig, maar ik ga nu iets doen wat werk is.' Ze haalde de foto van Adella Villareal en haar baby in blauwe deken tevoorschijn. 'Deze vrouw heeft ook met de zaak te maken. Ze hebben haar in Griffith Park gevonden, gewurgd.'

Steve kromp ineen. Knikte. 'Die heb ik absoluut gezien in Riptide. Meerdere keren. Nooit aan de bar, altijd aan een hoektafeltje, achter in het vip-gedeelte. Jaren geleden toen de beroemdheden nog... Is dit *zo'n* soort zaak?'

'Misschien,' zei Liana.

'Had zij een baby? Dat had ik niet gedacht.'

'Waarom niet?'

'Het leek meer een feestnummer... Waarschijnlijk kan iedereen wel ouder worden. Met het kind alles goed?'

'Niemand heeft het kind gezien sinds de moeder is vermoord.'

'Oh, Jezus. Oké, oké, wat kan ik me nog van haar herinneren... Ik heb haar nooit samen gezien met Caitlin. Ze was altijd in het achterzaaltje. Opgedirkt en vrolijk. Ik herinner me haar nog zo goed, omdat ze bijzonder... Ze was erg aantrekkelijk.'

'Sexy,' zei Liana.

'Heel opzichtig. Overkill... Jij hebt Riptide gezien, het is er heel doorsnee. En ze was er nooit alleen. Dat kan best eens interessant worden voor jou en je baas, Liana. Want ze kwam altijd met dezelfde mensen.'

Hij gaf haar hun namen.

Ze pakte zijn gezicht met twee handen beet en kuste hem hard.

'Waar heb ik dat aan verdiend?'

'Aan het goede nieuws, poppie. Een tien met een griffel en een zoen van de juffrouw. Misschien blijf ik toch wel vannacht. Maar eerst een sms naar mijn baas.'

37

Als Mason Book ervoor had gekozen om zijn gezicht tegen een koude glasplaat van het huis te drukken, had hij misschien een glimp opgevangen van Aaron Fox die hem observeerde.

De acteur was gaan zitten in een vierkante zwarte leren stoel, de badjas opengevallen om zijn uitgemergelde lichaam. Snikkend. Hij zag er stukken ouder uit dan op het witte doek, niet alleen door het ontbreken van make-up en het genadeloze licht. Zijn jukbeenderen staken zover uit dat het niet gezond kon zijn. Verticale plooien doorgroefden zijn gezicht. Zijn haar was al geruime tijd weer toe aan een kleurspoeling, er zaten grijze strepen tussen het blond.

Drieëndertig en hij begint eruit te zien als een verdorde oude man.

Nieuwe fase in de carrière, vriend. Tijd voor karakterrollen. Nu we het er toch over hebben, heb ik wel een stuk voor je, al zul je niet blij zijn met de afloop.

Aaron peinsde over een manier om binnen te komen zonder iets te veroorzaken waarover hij geen controle had. Hij had een hele collectie kleine assistenten bij zich, elk in een eigen zak van zijn zwarte, Zwitserse waterdichte cargobroek: pot-loodcamera zonder flitser, mobiele telefoon als reservecamera, mini-infraroodkijker, even minuscuul opnameapparaat, uitgerust met een van meneer Dmitri's luidsprekers. *Tie-wraps* om polsen te boeien als het ooit zover kwam. Filippino-vechtmes voor noodgevallen.

Eén van de zakken begon te trillen. Zijn mobiele telefoon. Kon hij het riskeren om de telefoon uit zijn zak te halen, met het schijnsel dat het scherm zou produceren?

Hoe ver weg Book ook was, te riskant.

Bovendien, wie het dan ook mocht zijn die hem belde, belangrijker dan wat hier nu gebeurde, kon het niet zijn. Hij had er geen behoefte aan om nog langer te luisteren naar verhalen *over* dingen, het werd tijd om die dingen zelf te laten *gebeuren*.

Hij prentte zich in dat hij zijn aandacht op twee zaken moest richten: Book in de gaten houden en alert zijn op een eventuele terugkeer van Ax Dement of een willekeurige andere bezoeker. Hij schoof zijdelings langs het glas.

Er waren naden, maar zo strak, dat ze zelfs van dichtbij moeilijk te onderscheiden waren. Het hele huis was opgetrokken uit grote glazen panelen. Sommige daarvan moesten deuren zijn. Maar welke?

Hij waagde zich nog een meter dichter bij de zwevende neus van het huis. Hoorde een van zijn rubberen zolen een miniem gepiep maken en bleef stokstijf stilstaan.

Mason Book zat in zijn stoel.

Aaron was nu zo dichtbij dat hij de vlekken en puistjes kon zien die het ooit jeugdige gezicht van de acteur ontsierden. Book had een scherpe, benige neus. Een spiegeling van de hoekige neus van het huis. Alsof de acteur een kneedpop op ware grootte was, gefabriceerd om het huis te completeren. Book zat in zijn stoel en leed.

Sterrendom, jazeker.

Plotseling stond hij op, trillend, zijn badjas wijd open. Hij draaide zich om en keek precies naar de plek waar Aaron in elkaar gedoken zat. Zijn haar stond alle kanten op, zijn ogen waren glazig, je kon zijn ribben tellen, als het karkas van een kalkoen. Hij keek recht naar Aaron, maar *zag* hem niet.

De acteur trok zijn badjas om zich heen, liep naar de achterkant van het huis, door de ene na de andere kamer. Het huis was de natte droom van een voyeur. Ramone W zou het prachtig vinden. Misschien was Ramone W hier wel geweest. Geen idee wat voor perversiteiten hier allemaal hadden plaatsgevonden.

Book hield stil in een grote, helder verlichte keuken. Zwarte kasten, leistenen vloer, twee Wolf-fornuizen, twee koelkasten, allebei Traulsen, een met een stalen front, de ander met een transparant glazen front.

Bij het ontwerpen van zijn eigen interieur had Aaron de prijzen van Traulsen opgezocht en had uiteindelijk toch gekozen voor het opvoeren van zijn Porsche en de aanschaf van vijf kostuums van Antonelli.

Book stond voor de stalen koelkast. Deed lange tijd niets, trok toen de deur open. Hij had er twee pogingen voor nodig met beide spierloze armen. Hij haalde zwaar adem. Aaron zag de badjas om zijn borstkas rijzen en dalen. Hartfalen als gevolg van uithongering?

Book haalde iets uit de koelkast. Een blikje drinken. Nee, zelfde formaat, maar de wikkel was wit, met veel kleine lettertjes. Grotere rode letters. Book hield het blik recht voor zich uit, alsof het gevaarlijk was. Terwijl hij het zo vasthield, sjokte hij terug naar de voorkant van het huis. Hij zakte weer neer in dezelfde vierkante stoel en struikelde daarbij bijna over zijn eigen voeten, liet bijna het blik vallen. Hijgend en met open mond hield hij het blikje tegen zijn wang. Strekte zijn armen weer en bestudeerde de witte cilinder.

Nu kon Aaron de rode letters beter zien. Hij haalde bliksemsnel zijn verrekijker tevoorschijn.

ISO-CAL INTENSIVE
Gebalanceerd eiwit voedingssupplement

Books snoepje op recept, waarschijnlijk geleverd door die anorexiadokter die op huisbezoek kwam.

De acteur zette het blik op de grond en huilde opnieuw. Omdat hij zichzelf niet zover kon krijgen een paar calorieën naar binnen te slaan?

Aaron was niet in de stemming om daar begrip voor op te brengen. Rijkeluisziekte. In Soedan had je geen eetstoornissen.

Book pakte het blik weer beet, deed zijn best om het open te maken en slaagde daar na verloop van tijd in. Hij boog zijn elleboog en bracht het blik dichter bij zijn lippen. Hield in. Ging staan. Hield het blik op de kop en goot de inhoud uit over de vloer. Bleef zo staan tot het blik leeg was, zette het toen voorzichtig midden in de viezigheid die hij had veroorzaakt. Hij liet de badjas van zijn schouders glijden en liep naakt, plotseling heel doelbewust, naar de glazen wand waar Aaron zich verscholen hield.

Liep recht op Aaron af.

Aaron schuifelde achteruit, had zich drie meter verwijderd toen Book met beide handen tegen het glas duwde.

De glazen wand zwaaide open. Mason Book stapte naar buiten, de nacht in, als een geraamte, met kippenvel, gebleekt haar dat gevangen werd door de bries.

Op reis in een ander universum liep de acteur moeizaam naar de snuit van het bouwwerk. Hij maakte pijnlijk langzaam voortgang, zijn lichaam bood weerstand. Na verloop van tijd bereikte hij de snuit en verdween eronder.

Aaron kwam dichterbij. Book zette zijn weg voort naar de rand van de rotswand. De ogen van de acteur verwijdden zich en vulden zich met de hitte en het licht en de kleuren van de stad in de diepte.

Book kneep zijn handen samen. Wiegde voor- en achteruit. Een soort gebedsritueel?

Book boog zijn knieën, stapte naar voren, zodat zijn tenen over de rand van de rotswand krulden. Spreidde zijn armen wijd uit.

Oh, shit!

Aaron transformeerde in een kogel. Een krijsende kogel. Hij hoopte dat zijn stemgeluid de idioot zou doen verstijven.

Precies het tegendeel gebeurde.

Book draaide zich om, zag Aaron. Glimlachte. Boog opnieuw zijn knieën en begon aan een duikvlucht.

38

Dat het niet meer was dan een zak botten, hielp. Maar zelfs een onbenullige zak uitgedroogde pezen van nog geen vijftig kilo kon je armen uit het lid trekken als je op je buik op de grond lag, een en al schaafwond en krassen van je eigen duikvlucht en de strijd om de greep niet te verliezen. De greep op de enkels van de klootzak die boven de vergetelheid hing te bungelen en de zwaartekracht die onvermurwbaar zijn werk deed.

Book stribbelde niet tegen.
Maar hij werkte ook niet mee.
De idioot hing daar maar, zwijgend, slap. Een dood gewicht. Een merkwaardig soort geduld, alsof hij wachtte tot Aaron hem los zou laten, zodat hij zijn ding kon doen.
Zo makkelijk gaat dat niet, smerige zieke moordenaar.
Een tweede paar handen erbij en het probleem zou in een vloek en zucht zijn geklaard. Moe's spierballen...
Aaron zei: 'Hou... vol, maatje.'
Book giechelde.
'Wat is er zo grappig?'
'Hou jij maar vol,' zei Book met die eenvoudig te herkennen, wat schrille, maar charmante stem. 'Ik hang hier alleen maar.'
Bij elke lettergreep ging er een spastische schok door het lichaam van de idioot, die de pijn in Aarons schouders verder aantrok, de scheurende spanning in zijn buik, rug en heupen. God zij dank had de idioot zich uitgehongerd... Aaron voelde hoe zijn greep verslapte, zette zijn tenen schrap in de grond. En trok Book iets omhoog.
Hij kreeg Book iets omhoog, maar Aarons spieren konden de toegenomen druk niet aan en Book viel weer terug. Dit

keer verloor hij door de schok bijna zijn greep. De pijn in zijn schouders was ondraaglijk. Hij zoog lucht in zijn longen, concentreerde zich, bande alles uit zijn gedachten, dacht aan dode mensen, een dode baby, aan hoe deze smeerlap er zo gemakkelijk tussenuit zou knijpen, en zei: 'Druk je handen tegen de berg, maatje. Zodat je daar niet meer alleen maar hangt.'

'Het is geen berg,' zei Book. 'Het is een heuvel.'

'Interesseert me niet.'

Book giechelde opnieuw. Alsof dit gewoon een rol was die hij moest spelen. Klootzak.

'*Doen!* Zet jezelf schrap.'

'Waarom?'

'Omdat...' knarsetandend, 'ik het zeg.'

Book reageerde niet.

'Doen!' Aaron klemde zijn kaken nog stijver op elkaar. Zijn handen voelden alsof ze elk moment van zijn polsen konden breken. Nog een paar seconden en dan... '*Doen!*'

'Oké, oké.' Jankerig, het verwende klotekind.

'Beide handen. Hard... drukken.'

Book gehoorzaamde. Aaron voelde meteen dat het hielp. Hij zoog zijn longen vol zuurstof, spande zijn spieren, haalde nog een keer diep adem en deed een schietgebed en liet met zijn linkerhand los en schoof hem omlaag langs Books magere kuit. Hij kreeg greep op het bot, niet veel meer en groef de nagels van zijn vingers in Books vlees. Dat moest pijn doen. Book mompelde niet eens iets.

Aaron liet met zijn rechterhand los en klemde hem om Books andere kuit.

'Ik tel tot drie. Bij drie hard duwen. Heel hard.'

'Hè?'

'Terug omhoog.'

'Waa...'

Aaron concentreerde zich op zo zuinig mogelijk omspringen met de lucht in zijn longen. Raffelde zijn boodschap af: 'Doen, of ik vertel iedereen van het kind en dan weet de hele wereld dat je niet eervol een eind aan je eigen leven hebt gemaakt.'

Zwijgen.

'*Doen!*'

Geen reactie.

'Baby Gabriel. *People, Us, The Enquirer...*'

'Oké, oké,' zei Book met een hapering in zijn stem.

'Bij drie. Omhoogduwen.' Hij bande de pijn uit zijn gedachten, verzamelde al zijn krachten en voelde hoe zijn eigen benen beefden. Uitgeputte spieren? Nee, het was die verdomde mobiel weer.

U bent verbonden met Fox Investigations. Meneer Fox is op dit moment niet aanwezig en staat hoogstwaarschijnlijk op het punt de zaak gigantisch in het honderd...

'Klaar, Mason?'

'Je weet wie ik ben.'

Imbeciel.

'Natuurlijk. Klaar?'

'Ja, meneer.'

'Bij drie. Hard duwen.'

'Ja, meneer.'

Daar gaat hij: actie. Camera. 'Eén. Twee. *Drie.*'

Het drukken van Book was niet meer dan een slap duwtje en zijn kuiten glipten door Aarons handen, maar het lukte hem Book ver genoeg omhoog te trekken om een graaiende hand onder zijn borst te krijgen en te blijven rukken en werken om de man verder terug over de rand van de afgrond te trekken. Books lichaam spartelde als een vis die de strijd heeft verloren, toen Aaron zijn lange wilde haardos te pakken kreeg en er met geweld aan trok. Hij sleepte het stuk tuig een eind bij de rand vandaan en liet hem harder vallen dan noodzakelijk was, plat op zijn rug. Vocht om lucht in zijn longen.

Mason Book, getooid met een baard van bloed en gruis, keek omhoog naar Aaron met een soort verwondering in de ogen. Aaron stond over hem heen gebogen te hijgen. Het hart bonsde in zijn keel en voelde alsof het elk moment als een bloederige vogel door zijn mond naar buiten kon vliegen. Zijn kleren waren gescheurd, zijn lichaam voelde alsof hij een volledige achturige werkdag had doorgebracht in een beton-

molen. Bloed op zijn handpalmen, knieën, wangen, ellebogen. Misschien wel gemengd met dat van Book. Hij hoopte
maar dat de viezerik niet was geïnfecteerd met het een of andere virus.

Book glimlachte. 'Ik ken jou.'

'Zo.'

'Black Angel.'

39

Pas nadat ook Liana's derde sms aan Aaron onbeantwoord
was gebleven, durfde ze haar telefoon uit te zetten en naar
bed te gaan met Steve.

Als meneer Fox vrij heeft genomen om een feestje te vieren,
dan heb ik geen dienst meer.

Het borsthaar-washandje lag weer op zijn plaats, ze droeg
een T-shirt van Steve, hij had een pyjamabroek aan, en beiden probeerden in slaap te komen.

Het washandje wipte op en neer toen Steve een soort kuchend
geluid produceerde dat als een onderaards gerommel door
zijn borstkas trok.

'Lach jij, jongeman?'

'Hmm.'

'Wat is er zo grappig?'

'Fantasie.'

'Wat?'

'Niet belangrijk.'

'Hé, grote jongen, het draait allemaal om communicatie,
weet je wel?'

'Het is nogal puberaal.'

'Ik vind het altijd leuk contact te leggen met het kind in mij.'
Ze porde hem in zijn ribben.

'Oké, oké.' Hij klonk nu klaarwakker. 'Ik lag te denken aan
detectivewerk. Als er iets is waar ik goed in ben, is het wel
onderzoek. Geef me maar een onderwerp en ik graaf als een

mol. Ik fantaseerde over jou en mij, als een detectiveduo, een soort Nick en Nora Charles. Wat een fantasie, niet?'

Mijn ambities, meneer, liggen meer in de richting van ervoor zorgen dat wat we hier samen aan het doen zijn, wat dat dan ook precies mag zijn, lang genoeg duurt om erachter te komen of je werkelijk zo lief en aardig en begripvol bent als het lijkt. Als dat zo is, wil ik nog wel wat werk steken in het repareren van je zelfvertrouwen, want dat is eigenlijk het enige wat ontbreekt in het plaatje, en wie weet, misschien zou je wel een stuk minder aardig zijn als je wat zelfverzekerder was. Dus ik moet voorzichtig zijn en niet overdrijven, en je niet veranderen in een doorsnee arrogante kerel. Maar ik wil wedden dat ik het precies goed kan doen. Daarna zouden we dit appartement kunnen aanpakken, je ouders ervan overtuigen dat dat werkelijk het beste zou zijn voor iedereen. Geloof me, schatje, ik zou ze wel zover krijgen dat ze me aardig gingen vinden, dat ze zouden denken dat ik precies was wat hun jongen nodig had, kijk eens hoe vaak hij tegenwoordig glimlacht. In tegenstelling met toen die graaiende teef er nog was. Mijn fantasie, Stevie, gaat over jou en mij, dat we hier samenwonen aan Wilshire, onze beide auto's in de garage, de portier die me bij mijn naam noemt als hij groet, mijn pakjes draagt. Dat jij je vaker ontspant, voor je plezier vrij neemt, ik zal je wel laten zien hoe je moet leven. Inclusief van dattum. Heel veel van dattum. Met rand en mijn voice-overs bij elkaar zal het met de pecunia ook wel loslopen. Ik verkoop mijn flatje, stop de poen in de pot, een alomvattende liefdevolle relatie, niet zo eentje waarbij het vrouwtje wordt onderhouden. En je ouders zouden zoveel van me houden, dat ze er wat geld bij zouden leggen om...

Steve fluisterde: 'Slaap je, Liana?'

Ze zei: 'Je hebt gelijk. Dat is nog eens een fantasie.'

40

Raymond Wohrs ondertekende verklaring was minder uitgebreid dan Moe had gehoopt, maar bood in ieder geval genoeg rechtvaardiging voor het wekken van onderofficier van
justitie John Nguyen. Nguyen had de moerasmoorden gedaan en had tijdens dat onderzoek voorzichtig allerlei juridische bezwaren geopperd, waar ook advocaten mee konden
komen.
Dit keer zei hij: 'Dat klinkt goed.'
Moe zei: 'We moeten Wohr weg hebben uit de districtsgevangenis en terug in de cel in Hollywood. Hoe eerder, hoe
beter.'
'Ik ga ermee aan het werk.'
Moe keerde terug naar de verhoorkamer en stak een duim
op naar Petra. Ze glimlachte.
Ramone W dronk koffie en was bezig met zijn derde donut,
poedersuiker als een baard om zijn mond. Hij zei: 'Wat?'
De rechercheurs negeerden de vraag en namen de verklaring
nog een keer met hem door. Geen andere houding of ander
verhaal, terwijl hij bleef ontkennen dat hij een direct aandeel
had gehad in de moord op Adella Villareal of haar baby.
Maar hij gaf wel toe dat hij verantwoordelijk was geweest
voor het organiseren van wat hij 'niet meer dan een doorsnee zakelijke transactie' noemde.
Hij had Adella opgebeld en haar verteld dat hij een fantastische klus voor haar had geregeld, met een heel ander soort
kostgangers dan anders, en dat de man haar meteen wilde.
Ze was op haar hoede geweest: 'Hoe zo?'
'Ik heb hem je foto laten zien.' Een leugen, maar wat zou
dat? Ze zou er toch zelf baat bij hebben, hoe kon hij nu weten dat het anders zou lopen?
Nog een 'relatie' die zijn oorsprong had gevonden in Riptide.
Adella had het gemaakt in Riptide, toen hij, Ramone, haar
en Alicia daar mee naartoe had genomen om haar verjaardag te vieren. Niemand zag Alicia, maar Adella, in haar minuscule zwarte jurkje, was een heel ander verhaal. Op de

avond van de zakelijke transactie had hij gezegd: 'De klant valt op je foto.'

'Je hebt hem mijn foto laten zien,' had ze gezegd. 'Als een soort advertentie op een tweedehands site op internet?'

'Wat maakt dat uit, een monsterklant, Addie.'

'Ja. Het laatste "monster" waar je me mee opgezadeld hebt, was die kwab van honderdtachtig kilo die begon te janken toen ik zei dat ik honderd dollar extra moest hebben.'

'We hebben het niet over honderdjes, Addie. Dit gaat om drieduizend harde pegels.'

Er was geen reactie gekomen.

'Ben je daar nog, Addie?'

'Drieduizend,' had ze gezegd.

'*Minstens*. De klootzak is volgens mij nog veel meer waard.'

'Drieduizend,' had ze nog een keer gezegd. 'Wat moet ik doen voor drieduizend?'

'Niets bijzonders,' zei Ramone.

'Zeg het eens.'

'Gewoon een nummertje, niet anaal.'

'Drieduizend... Shit, ik heb geen oppas.'

'Geen probleem, Alicia en ik zorgen wel voor het kind. Breng het maar mee, dan heb je hem weer bij je op het moment dat je klaar bent.'

'Gabriel bij jou? Jij kunt hem nog geen schone luier omdoen, ook al krijg je er een handleiding bij.'

'*Alicia* en ik. Alicia heeft twee kinderen.'

'Nog nooit gezien.'

'Twee,' had Ramone gezegd.

'Waar zijn ze?'

Joost mag het weten. Ramone had gezegd: 'Volwassen.'

'Ik weet het niet, Ramone. Gabriel is een beetje gammel. Ik denk dat zijn tanden doorkomen, of zo.'

'Geen probleem voor Alicia. Drieduizend, Addie, en wie weet wat voor fooi.'

'Ik ga de tip niet delen.'

'Ah, man...'

'Nee,' had ze gezegd. 'Ik pieker er niet over. We doen het net als in een restaurant: wie bedient, krijgt de fooi.'

'Dat is stom,' had Ramone gezegd. 'Maar oké. Kom naar de Hyatt, die op de Strip. Dit is het kamernummer. Hij laat je erin.'

'Drieduizend,' had ze gezegd. 'Zeker weten niet anaal? Sinds de bevalling heb ik last van scheurtjes.'

'Alleen voordeur, Addie.'

'Drieduizend voor normaal.'

'Een watje, normaal betaalt hij er niet voor, maar ik heb hem je foto laten zien en nou is hij zo geil als boter.'

'Geil. Deugt hij niet?'

'Nee, nee, hij heeft er zin in, meer moet je er niet achter zoeken. Maar als het te lang duurt, verandert hij nog van gedachten. Neem het kind maar mee, dan wacht Alicia op je in de gang bij de kamer. En breng flessen, luiers en weet ik veel, alles mee.'

'Vier?' had ze gezegd.

'Wacht.' Terwijl hij in zijn eentje in Alica's kamer had gestaan, had hij met zijn hand de telefoon afgedekt en met een denkbeeldige klant overlegd. 'Hij zegt drieënhalf, maar dan moet je snel zijn. Doe je mee?'

'Jaah,' had ze gezegd.

'Dan kan ik je nu wel vertellen wie het is.' Hij had een naam gefluisterd.

'Ga weg!' had ze gezegd.

'Jawel. Is Ramone jouw man of is Ramone niet jouw man?'

'Jezus. Oké, oké, ik zal mijn beste ondergoed aantrekken.'

Wohr at het laatste restje van zijn donut op. 'Dat is het. Hetzelfde als wat ik u de eerste keer heb verteld.'

Moe Reed zei: 'Je had er geen idee van wat er zou gaan gebeuren?'

'Nee.'

'Wat heb je met de baby gedaan?'

'Addie had de baby bij zich toen ze naar binnen ging. Ik was er niet.'

'En Alicia ook niet.'

'Nee.'

'Dus de klant had bedacht dat ze de baby mee moest brengen.'

'Het was de bedoeling dat Alicia daar op de gang zou wachten, maar zij moest naar het toilet en toen zijn ze elkaar misgelopen.'
'Natuurlijk,' zei Moe. 'Zo is het gegaan.'
Een diep stilzwijgen.
Petra zei: 'Er waren twee plannen. Het ene dat je haar hebt verteld, en het andere dat jullie hebben uitgevoerd.'
'Ik ben daar niet eens geweest.'
'En Alicia evenmin. Alicia is er zelfs nooit bij geweest.'
Stilzwijgen.
Moe zei: 'Al die flauwekul over Alicia was alleen bedoeld om ervoor te zorgen dat ze de baby meenam.'
Geen reactie.
'Misschien heeft Adela gezegd dat ze een oppas zou bellen en heb jij gezegd: "Laat maar, dat regelen we wel."'
'Uh-uh,' zei Wohr. 'Dat is nooit aan de orde geweest.'
'Misschien heeft Adella gezegd dat ze Caitlin Frostig zou bellen.'
'Nee, ken ik niet.'
'Je hebt haar twee keer ontmoet.'
'Dat is wat anders dan kennen.'
'Caitlin had er niets mee te maken.'
'Ik ken haar niet. Ik heb gebeld, dat is alles.'
'En toen ben je naar het Hyatt gereden.'
'Nee!' gooide Ramone eruit. 'Ik ben er niet naartoe gegaan.'
'Dat is nieuw.'
'Het is waar.'
Moe onderdrukte de neiging om de kerel te wurgen. 'Beledig ons niet, Ramone. We zien lippen flapperen, maar we horen de waarheid niet en de waarheid is het enige wat jou verder kan helpen.'
'Ik heb de waarheid verteld.'
'Je hebt ons een *verhaaltje* verteld. De waarheid is de *baby*. Het *draaide* allemaal om de baby. Anders had je nooit tegen Adella gezegd dat ze de baby moest meebrengen.'
Wohr keek naar de vloer.
Petra zei: 'Een baby naar een klus sturen. Dat is nog eens ziek.'

'Ah, man...'

Moe verhief zijn stem: 'Vertel op over de baby.'

'Ik weet helemaal niks over een baby.'

'Niet zomaar een baby, Ramone. Baby Gabriel. Adella's baby Gabriel, dat schattige lieve baby'tje dat je Adella liet meenemen naar het Hyatt.' Hij wapperde met de getekende verklaring. 'Je eigen verklaring, Ramone.'

Wohr sloeg zijn armen om zichzelf, dook dieper in elkaar.

'Ik heb alleen gebeld, meer niet.'

Moe zette een duim op Wohrs sleutelbeen. Vond een drukpunt. Drukte. Wohr jammerde.

Moe zei: 'Het ging erom dat Adella de baby zou meenemen.'

'Denk ik.'

'Denk je.'

'Ik heb gedaan wat ze zeiden.'

'Voor duizend dollar.'

Stilte.

Moe zei: 'Je hebt je niet afgevraagd waarom iemand je duizend dollar zou geven voor één telefoontje?'

'Addie werkte voor mij.'

'We weten dat je daarover liep op te scheppen. Dat je haar vertegenwoordigde, dat je Meneer Hollywood was. Maar zij behoorde niet tot jouw stal. Want jij *hebt* geen stal, Ramone.'

'Ik heb meer klusjes voor haar versierd. Rockjongens, in de Whiskey bijvoorbeeld.'

'Geweldig,' zei Petra. 'Je bent een zware pooier. Dat brengt toch verantwoordelijkheid met zich mee? Jij belt, je ziet haar nooit weer, en je probeert niet uit te vinden wat er is gebeurd?'

'Ik dacht dat ze terug was gegaan.'

'Terug? Waarheen?'

'Arizona,' zei Wohr. 'Naar haar familie. Dat had ze al eerder gedaan, zonder het mij te vertellen of zo.'

'Jij bezorgt haar een klus met een duur prijskaartje, en zorgt ervoor dat ze de baby meeneemt,' zei Petra. 'Vervolgens verdwijnt zij uit beeld, en je bent helemaal niet nieuwsgierig.'

'Ik heb alleen maar *gebeld*.'

'Telefoontje van duizend dollar,' zei Moe. 'Ga naar het Hyatt op de Strip, dit is het kamernummer, jou valt niets te verwijten. Zij wordt vermoord en in Griffith Park gedumpt en jij weet nergens van?'

Stilte.

'Je denkt dat wij geloven dat jij dacht dat ze op bezoek was bij haar familie, terwijl ondertussen iedereen weet dat ze is vermoord en niemand enig idee heeft waar de baby is?'

Moe drukte nog wat harder. Wohr jammerde.

'Je bent goed in telefoneren, Ramone. Je bent goddomme een *specialist* in telefoneren.'

'Huh?'

'We hebben dat telefoontje een uur geleden gevonden, Ramone.' Geen reden meer om te liegen. 'Waarin je Alicia een loer draaide, omdat ze begon te mekkeren, omdat ze je op de nek zat omdat je niet had geïncasseerd bij het *eerste* telefoontje.'

Wohr liet zijn hoofd hangen.

'Met alle gebrek aan respect van haar kant, kan ik jou moeilijk de schuld geven,' zei Moe.

Petra zei: 'Ik ook niet. Ik kan me niet eens voorstellen dat ik dat bij mijn man zou doen.'

Wohrs hoofd kwam omhoog.

Petra zei: 'Mijn man en ik, daar wordt niet geslagen.'

Moe zei: 'En dan midden op straat. En jij sloeg haar niet terug. Jij bent cool, dat respecteer ik. En rechercheur Connor respecteert dat ook.'

Petra zei: 'Dat is verdomd veel geduld.'

'Je bent weggelopen,' zei Moe. 'Dat was mannelijk. Toen heb je een van je beroemde telefoontjes gepleegd. Dat kan toch geen kwaad? Er zijn dingen gebeurd, die vertel je tegen iemand en wat ze daarmee doen, is jouw zaak niet. Hoe ze dat afhandelen. Het probleem is, dat ze het hebben afgehandeld door flink in haar rug te kerven, Ramone. Ik heb het over shoarma. Wil je die foto's nog een keer zien?'

'Nee!' Wohr sloeg zijn handen om zijn hoofd. Hij bukte diep. 'Ah, man.'

'Afgrijselijke scène,' zei Moe. 'Zelfs voor rechercheurs zoals wij, die dag in, dag uit met moord te maken hebben. Maar dat is niet jouw zaak, de manier waarop zij dat hebben afgehandeld, dat was hun zaak. En dat helpt jou, Ramone. Dat moet jou wel helpen, dat mensen het verschil weten tussen een telefoontje plegen en een moord met vijftien messteken.'

'Ik wist het niet.'

'Wat wist je niet?'

'Niets.'

'Wat er zou gebeuren na dat telefoontje?'

'Jaah.'

'Jij belt, dat doe jij,' zei Petra. 'Jij bent de telefoonkampioen, de koning van de telefoonlijnen.'

Wohr hield zijn gezicht verborgen.

Ze reikte in haar zak, haalde er haar eigen telefoon uit. Moe verwachtte een dramatisch gebaar. In plaats daarvan zei ze geluidloos: *John is er.*

Moe ging weer zitten, zijn knieën twee centimeter van die van Wohr en verdroeg de stinkende adem van de man, de zure wanhoop die uit zijn poriën lekte. 'Heb je wel door, Ramone, dat we je van alles vertellen over Alicia, en geen vragen stellen? Want we hebben je niet nodig.'

Wohr keek opnieuw op. 'Jaah,' zei hij.

'Wat, jaah?'

'Zij *sloeg* mij, toen heb ik gebeld.' Hij raakte zijn wang aan. 'Ze moest weten dat dat niet kon.'

'Prima kerel,' zei Moe. 'Recht door zee helpt jou verder. En nu moet je dat potlood pakken en alle details opschrijven die je de eerste keer bent vergeten.'

Wohr deed wat hem werd gezegd. Toen hij klaar was, trok Moe hem overeind, deed hem zijn handboeien om, las hem de aanklacht voor en citeerde zijn rechten.

Ramone zei: 'Moord? Omdat ik gebeld heb?'

Moe en Petra brachten hem naar de deur. Onderofficier van justitie John Nguyen stond in de gang te praten tegen een cipier, papieren in de hand. Hij keek naar Wohr. 'Dit is hem?' Alsof hij teleurgesteld was.

Petra zei: 'Hier staat de Keizer van de Mobiel.' Ze lachte.

Moe vond dat ze er zeer aantrekkelijk uitzag, fris en vol zelf-vertrouwen en kalm, geen plooitje verkeerd in haar broek-pak.

Zijn eigen hoofd zat vol slechte muziek: een beetje melodie, maar veel te veel ontbrekende noten.

41

Aaron was de herder, Mason Book het schaap.

De acteur stond als een naakt geraamte in de voorkamer van het ruimteschiphuis, toen Aaron hem weer inpakte in de bad-jas die hij op de vloer had laten vallen. Zo mak als een lam-metje. Vettige klodders van het door Book uitgegoten blikje proteïnedrank waren terechtgekomen op de zwarte stoel en de gladde stenen vloer. Aaron vermeed zorgvuldig in het spul te gaan staan toen hij Book naar een bank bracht, maar zich plotseling realiseerde dat die positie een prachtig uitzicht bood over de verlichte stad.

Een panorama dat uitnodigde tot zelfmoord. Het had geen zin Book in herinnering te brengen wat er zojuist mislukt was. Hij pakte hem bij zijn elleboog en leidde hem naar een aangrenzend vertrek, kleiner, stoelen bekleed met rood suè-de, een zwart bureau en een met grijs tweed beklede bu-reaustoel, zwart gelakte boekenkasten, voor het grootste deel leeg, op een aantal dvd's op één plank na. Recente films, al-lemaal rotzooi, waarschijnlijk geschenkexemplaren van de studio's of de Academy. Niet één van Books films.

Hij zette de acteur op de bureaustoel, draaide die naar een rode muur, schoof een hand in de zak van zijn cargobroek en schakelde de minirecorder in. Geruisloos ding, goed ge-reedschap was het halve werk.

'Vertel eens wat er gebeurd is, Mason.'

'Wanneer?'

'Die avond dat Adella Villareal is vermoord.'

Book likte zijn lippen. 'Dat heb ik niet gezien.'

Daar ging de macht van schuldgevoelens. *Eerste ronde van de woordspelletjes.*

'Vertel me eens wat je wel hebt gezien, Mason.' Hij glimlachte bemoedigend naar de acteur, terwijl hij probeerde de pijn te negeren die door zijn lichaam bleef gaan. Tartende vlaagjes vermoeidheid braken door de adrenalinestroom.

Hij prentte zich in dat dit zou werken, dat dit moest werken. Book was geschift, die kon je aan het praten krijgen. Als er maar niemand op het verkeerde moment kwam opduiken.

Book zat op de bureaustoel. Aaron liet zijn hand over de nylon holster van zijn wapen glijden. 'Mason, het is tijd om jezelf recht in de ogen te kijken.'

Book zei: 'Ik heb alles gezien, maar dat niet.'

'Wat niet?'

'Dat ze werd vermoord.'

'Dus je weet dat ze is vermoord.'

Het uitgemergelde gezicht van Book kwam omhoog. Bleekblond haar ruiste toen Book zijn armen spreidde in een gebaar dat wilde zeggen: *Wie, ik?* Verrassend jongensachtig, ondanks het verwoestende leven dat hij had geleid.

Met genoeg make-up en de juiste camerastand zou de man er misschien nog wel in slagen om een van zijn charmante rollen te spelen.

'Ik ben je engel, Mason. Je moet mij alles vertellen.'

Book snoof en liet zijn tranen lopen.

Zelfmedelijden, de klootzak. Aaron had zin om hem een oplawaai te verkopen.

Book keerde zich af en kokhalsde. De ribbenkast van de acteur zette uit als een blaasbalg. Troebel, geelbruin vocht kwam uit zijn mond, gleed over zijn kin en druppelde op de vloer.

Totale ineenstorting nabij. Verdomme, waar is Delaware als je hem nodig hebt?

Aaron zei: 'Vertel me wat je weet, Mason. Dat zal je opluchten.'

Book kokhalsde opnieuw. Ademde luidruchtig en schor, raakte de controle kwijt en verzeilde in een hoestbui. Aaron sloeg hem op zijn rug tot de aanval voorbij was. Book zocht troost als een gewond jong hondje, drukte zijn hoofd tegen Aarons dijbeen. Greep Aarons mouw met een hand met vuile nagels.

Zat hij zo in elkaar?

Aaron klopte Book bemoedigend op zijn hand.

Book drukte zich dichter tegen Aaron aan. 'Je bent hier voor mij.'

'Natuurlijk, Mason. Maar ik moet wel alles weten.'

Hij pelde Books hand van zijn arm, trok een rode stoel bij en ging tegenover de acteur zitten. Schoof met de stoel naar voren tot zijn knieën niet meer dan een centimeter van de knobbelige botten van de acteur verwijderd waren. Herinneringen van deprimerende verhoorkamers op politiebureaus. Hier zag het er mooi uit, maar de sfeer was niet minder drukkend.

'Toe maar, Mason.'

'Hij zei dat het alleen maar een afspraakje was.'

'En "hij" is...?'

'Een vriend. Ik kende haar niet eens.'

'Hoe heet die vriend, Mason?'

'Zijn echte naam is Ahab.'

'Maar iedereen zegt Ax.'

'Ax. Ja, ken je hem?'

Jackpot! Het leek wel of zijn recorder begon te spinnen van plezier.

'Wij, engelen, weten allerlei dingen.'

'Hij is niet beroemd,' zei Book. 'Dat wil hij wel zijn, maar hij is het niet.'

'Zo eentje,' zei Aaron. 'Ik wil wedden dat je er daar veel van tegenkomt.'

'O, jaah...' zei Book. 'Ik dacht dat hij me zou beschermen. Hij is zo'n beresterke vetzak. Eet wat hij wil.'

'Mazzelbink... Dus Ax zei dat hij een afspraakje had met Adella?'

'Hij zei een meisje uit die tent.'

'Welke tent?'

'Die tent waar we wel heen gingen.'

'Een club?'

'Meer een kroeg,' zei Book.

'Een kroeg waar Ax en jij naartoe gingen om bier te drinken?'

Books ogen richtten zich op Aaron. 'Jij lijkt op Denzel.'

'Dat zeggen ze wel vaker.'

'Denzel zou heel goed een engel kunnen spelen,' zei Book. 'Hij heeft veel talent.'

'Zeker,' zei Aaron. 'Die tent waar Ax en jij naartoe gingen, die heeft een naam.'

'Riptide.'

'Adella kwam daar ook vaak.'

'Ik weet niet hoe ze heette,' zei Book. 'Ik ben er nooit met haar geweest.'

'Ax wel.'

'Dat heb ik nooit gezien.'

'Maar dat heeft hij jou verteld.'

'Ja.'

'Die avond toen het gebeurd is, Mason, wat voor soort afspraakje was het volgens Ax?'

'Je weet wel.'

'Alleen als jij het me vertelt, Mason.'

'Een feestje. Met zijn allen.'

Aaron zei: 'Ax en jij zouden een triootje gaan doen met Adella.'

'Ik weet niet hoe ze heette. Hij had het over een geweldig stuk dat hij kende uit Riptide. Ze was wild.'

'Perfect voor een triootje.'

'Het is nooit gebeurd,' zei Book. Alsof hij het nog steeds betreurde.

'Wat is er wel gebeurd, Mason?'

'We zijn naar een hotel gegaan.'

'Welk hotel?'

'Het Hyatt.'

'Welk Hyatt?' vroeg Aaron, al was hij ervan overtuigd dat hij het antwoord wist.

Book zei: 'Op Sunset.'

Vijf minuten rijden van Swallowsong. 'Naast de Comedy Store.'

'Jaah.'

'Het feestje was in het hotel.'

'Toen we daar aankwamen, zei Ax: "Nee, we doen het anders, in de buitenlucht."'

'Een feestje buiten.'

'Klonk wel goed, vond ik,' zei Book. 'Ax ging naar binnen en kwam met haar weer naar buiten.' Book rilde. 'Je weet het over de baby, toch?'

In Aarons hoofd tingelden vrolijke belletjes. Hij hield zijn gezicht strak. 'Zoals ik al zei, Mason, ik weet van alles. Dus Adella kwam het hotel uit met Ax en de baby.'

Een hoofdknik.

'Waar was jij?'

'In de pick-up.'

'Waar was de pick-up?'

'Op het parkeerterrein van het hotel.'

'Ax durfde iemand die zo beroemd is als jij zomaar achter te laten in een pick-up op het parkeerterrein van een hotel?'

'Hij zei dat ik op de achterbank moest gaan liggen. Dat doen we vaker.'

'Wanneer?'

'Als we niet gezien willen worden.'

En dan gehoorzaam jij als een imbeciel met hersenletsel.

Book zei: 'Het zat helemaal ingepakt. Blauwe deken. Ik denk dat het een jongetje was.'

'Ze gaat naar een feestje en neemt de baby mee.'

'Nogal maf,' stemde Book in. 'Ze stapte achterin. Ik ging rechtop zitten en ze was heel blij.'

'Waarom?'

'Omdat ze zag dat ik het was.'

Niet snoevend, gewoon de feiten.

'Ze was daar vanwege jou.'

'Jep.'

'Ze dacht dat ze alleen een afspraakje met jou had.'

'Daar houdt Ax van,' zei Book. 'Als ik meisjes ontmoet, ontmoet hij ze ook.'

'Meisjes waar Ax niet mee in contact komt op eigen kracht.'

Book glimlachte. 'Hij is een beetje dik.'

'Dus hij gebruikt jou als lokaas.'

'Jep.'

'Dat heeft hij met Adella gedaan.'

Book zei: 'Omdat hij haar wilde vermoorden.'

Aarons keel werd dichtgesnoerd. Hij dwong zichzelf rustig te ademen. 'Dat zei hij.'

'Dat heb ik ontdekt. Toen ze niet meer naar de pick-up kwam.'

'Ik dacht dat ze met Ax meekwam uit het hotel.'

'Dat wel,' zei Book, 'maar ze kwam niet mee terug uit het park.'

'Het park?' zei Aaron. 'Even een stukje terug, Mason. Jullie hebben Adella opgepikt bij het Hyatt, waar jij dacht dat het afspraakje zou zijn. Maar Ax wilde een feestje in de buiten-lucht, dus jullie reden naar een park.'

'Jep.'

Vermoord waar ze haar hadden gedumpt. Moe had gezegd van niet. 'Griffith Park.'

'Niet dat park,' zei Book. 'Eentje bij het strand. Zij vond het te ver. Toen heb ik haar wat geld betaald en toen was het goed. Zelfs met de baby voorin, die een beetje huilde.'

De baby was voor in de pick-up?'

'In een babyzitje,' zei Book.

'Ax had een babyzitje meegenomen.'

'Hij zei: "Maak je geen zorgen, want we hebben een baby-zitje." Zei dat hij zelf vader was. Hij had ook andere spul-len.'

'Zoals?'

'Luiers, flessen.'

'Vond je dat niet gek?'

Book knipperde met de ogen. 'Eigenlijk niet. Ik was niet be-zig met baby's.'

'*Is* Ax vader?'

'Nee,' zei Book. 'Hij heeft haar vermoord, dus ik denk dat liegen niet belangrijk was.'

Het was de eerste keer dat de idioot iets van bevattingsver-mogen liet zien. Misschien werd het helderder in zijn hoofd. Aaron zag hem liever stoned en babbelend, en besloot om zo veel mogelijk dreiging uit zijn vragen te houden. 'Ik geloof dat ik het wel voor me zie, Mason. Jij en Adella zitten op de achterbank van de pick-up, de baby is voorin, in een babyzitje, en iedereen is chill.'

'Zij niet,' zei Book. 'Zij was een beetje... zeg maar zenuwachtig. Ik heb haar nog meer geld gegeven.'

'Hoeveel?'

'Ik weet het niet... Vijfduizend of zo?'

'Vijfduizend dollar?'

'Misschien twee. Drie, zes, weet ik veel, een pakje met honderdjes. Die krijg ik in stapeltjes als zakgeld.'

'Ze komen je geld brengen.'

'Myron,' zei Book. 'Hij is mijn manager. Soms gaat Ax naar de pinautomaat.'

'Ax kent jouw pin.'

'Ik houd er niet van de deur uit te gaan.'

'Oké,' zei Aaron. 'Terug naar die avond. Welk park bij welk strand?' Hij wist het antwoord al.

'Een heel eind weg,' zei Book. 'Nog voorbij waar zijn vader woont, zijn vader heeft ergens een groot huis.'

'Ben je daar geweest? Bij zijn vader thuis?'

'Nee, dat is aan de andere kant van de weg, binnenland. Ik houd van het strand.'

'Dat strand een heel eind weg...'

'Leo Carrillo,' zei Book. 'Hij was acteur.'

'Wie?'

'Leo Carrillo.'

'Zo.'

'Jep.' Er klonk een spoor van zelfvoldaanheid door in de stem van de acteur. De man was een bibberend wrak, maar hij had het nog steeds in zich om anderen de loef af te steken. 'Hij speelde de rol van Mexicaan in cowboyfilms. Ze hebben een strand naar hem genoemd.'

Aaron zei: 'Ik ken Carrillo. Het is daar mooi.'

'Heel mooi,' zei Book. 'Het park is aan de landkant, maar het water is net aan de andere kant van de weg, je kunt het horen. Ik houd van dat geluid. Misschien ga ik wel verhuizen naar The Colony of zo, zodat ik kan slapen.'

'Dacht Adella dat ze naar het huis van Ax' vader zou gaan?'
Book geeuwde. 'Jij weet echt dingen.'
Aaron glimlachte. 'En toen Ax de afslag naar het huis van
zijn vader voorbijreed...'
'Zei ze: "Hé, waar gaan we heen?"'
'En Ax zei...'
'Niets. Hij reed gewoon door. Het was niet zoveel verder.'
'En toen, Mason?'
Book likte zijn lippen, draaide rondjes met zijn hoofd, alsof
het een soort yogaoefening was. Het kraakte hoorbaar.
'Ax stopt voor een hek, stapt uit de pick-up. Zij zegt: "Kut,
wat is dit?" Hij doet het portier open en trekt haar naar bui-
ten. Heel hard.'
Book sloot zijn ogen. 'Ik haat wapens.'
'Ax had een wapen.'
'Als hij het meeneemt, zeg ik altijd dat hij het moet weg-
stoppen.'
'En wat gebeurde er toen?'
'De baby begon te huilen. Ax zette het wapen tegen haar rug
en zei haar dat ze moest gaan lopen.'
'Het park in.'
'Jep. Ze zei "Val dood!" en begon hem uit te schelden. Ax
verdraaide haar arm heel erg en heel snel en ze begon te gil-
len. De baby krijste. Ik heb mijn handen over mijn oren ge-
daan.'
Hij deed het voor.
Zachtjes duwde Aaron Books handen weer omlaag. 'En wat
deed Ax toen?'
'Hij sloeg haar met zijn wapen op haar achterhoofd en toen
zij viel kneep hij zijn handen om haar hals.' Hij likte op-
nieuw zijn lippen. 'Er reden auto's voorbij over de snelweg.
Het was vreemd.'
'Voor die mensen te donker om te zien, maar jij kon het wel
zien.'
'Ik heb niet gekeken. De baby huilde. Toen Ax klaar met haar
was, gooide hij haar in de pick-up. Naast mij. Het stonk.'
'Wat stonk?'
'Ze had in haar broek gescheten. De baby jankte *echt*.'

'Dat moet eng zijn geweest voor jou, omdat je eigenlijk alleen maar een triootje had verwacht.'

Book zweeg.

'Jouw emoties zijn belangrijk, Mason, voor mij.'

'Ik was... Het was alsof... Ik was high.'

'Van wat?'

'Een beetje roken, een beetje ice. Als upper.'

'Upper waarvoor?'

'Xanax. Restoril, valium, Ambien... dat soort spullen.'

Onwillig om het snuiven van heroïne te noemen. Aaron had dat eerder meegemaakt. Junkies uit de betere kringen die alles toegeven *behalve* h.

Book zei: 'We hebben ook nog wat xtc gedaan. Maar daar werd ik niet gelukkig van.'

'Omdat je net had gezien dat Ax Adella had vermoord.'

'Mijn hoofd was helemaal... Ik was verbaasd.'

'Door wat er gebeurd was.'

'Ze was zo mooi,' zei Book. 'Ik was verbaasd dat zo vreselijk kon gaan ruiken. Daarna...'

'Daarna wat, Mason?'

'Nou... kwam er lawaai in mijn hoofd. Ik kon niet meer slapen. Ik kon ook niet meer eten.'

'Omdat je je schuldig voelde om wat er was gebeurd.'

'Toen ben ik in het ziekenhuis geweest,' zei Book. 'Ik was niet ziek, maar mijn dokter zei dat het moest.'

'Omdat je niet meer kon slapen en eten.'

'Ze wilden me door mijn aderen eten geven,' zei Book. 'Ik zei: "Nee, zover ben ik niet."'

'Je was er nog niet aan toe om te worden gevoed.'

Books armen schoten naar voren in een smeekbede aangeraakt te worden.

Aaron bleef stil zitten. 'Schuldgevoel is iets van *goede* mensen, Mason.'

'Ze wilde *mij* ontmoeten. Ze wilde *beroemd* zijn.'

'Wat is er gebeurd nadat Ax Adella weer in de pick-up had gelegd?'

Books armen vielen weer slap neer. 'Hij zei: "We moeten haar ergens dumpen."'

'En toen zijn jullie naar Griffith Park gegaan.'

'Een heel eind rijden,' zei Book. 'Het stonk en de baby krijste. Ax schreeuwde tegen het kind dat het verdomme zijn kop moest houden, maar dat hielp niet, dus zette hij Pink Floyd heel hard.'

'Wat gebeurde er in Griffith Park?'

'We hebben haar naar een plek gedragen waar het stikdonker was en daar hebben we haar neergelegd.'

'Ax en jij.'

'Hij wilde haar niet alleen dragen, omdat hij niet onder de viezigheid wilde komen, dus pakte hij haar bij de voeten en ik bij de handen. Ze slingerde een beetje.' Book staarde Aaron aan. 'Hij spreidde haar benen en zei dat het dan op Ted Bundy leek. Dat was slecht, hè. Dat ik hem heb geholpen.'

'Je doet nu wat je moet doen, Mason: je praat. Wat is er met de baby gebeurd?'

'Ax heeft mij naar huis gebracht.'

Aaron herhaalde de vraag.

'De baby was in de pick-up.'

'Ax heeft hem ergens heen gebracht.'

Geen antwoord.

'Wat heeft Ax met de baby gedaan, Mason?'

'Daar hebben we het niet over gehad.'

Aaron beloonde de idioot met de aanraking van een engel. Hij stond op en legde zijn handen op Books fragiele schouders. 'Het gaat heel goed, Mason, maar we moeten door tot aan het einde. Wat heeft Ax met de baby gedaan?'

'Dat weet ik niet. Daar praten we niet over.'

'Om in het reine te komen, Mason, is schuldgevoel niet genoeg. Je moet ook boete doen.'

'Schuld en boete,' zei Book. 'Klinkt als een film.'

'Dat klinkt goed, Mason. Met jou in de hoofdrol.'

Books lach klonk nasaal. Angstaanjagend. Hij kronkelde onder Aarons handen uit en pakte tussen de nagels van duim en wijsvinger het vel van zijn hals beet, trok een losse flap naar voren. 'Geen hoofdrol. Zover ben ik nog niet.'

'Hoever?'

Books ogen klapten dicht. Hij hield nog steeds zijn vel tussen duim en wijsvinger vast, en kromde zich.

Aaron wrikte de vingers los. Books hals bleef bleek. Het lichaam van de man was zo uitgeteerd, dat zijn bloed niet eens reageerde op knijpen.

'Mason, er is nog een vrouw. Caitlin.'

'Wie?' zei Book.

'Blond, twintig, werkte in Riptide.'

Book fronste zijn wenkbrauwen. Twintig seconden lang leek hij serieus na te denken.

Hij schudde zijn hoofd.

'Caitlin Frostig,' zei Aaron. 'Rory's vriendin.'

'Rory. Dat is mijn assistent.'

'Doet boodschappen voor je.'

'Jaah.'

'Weet hij je pincode ook?'

'Nee, hij krijgt kleingeld contant.'

'Waarvoor?'

'Om te kopen wat ik nodig heb.'

'Ook je smook en ice en spul?'

Book fronste opnieuw zijn wenkbrauwen. 'Hij mag niet in de problemen komen.'

'Waarom niet?'

'Het is een goede assistent.'

'Hij is er als je hem nodig hebt.'

'Jep.'

'Caitlin Frostig was zijn vriendin.'

Geen antwoord.

Aaron zei: 'Lang, blond haar, twintig, ging samen met Rory naar college...'

Book zei: 'Serveerde in de kroeg.'

'Je kent haar.'

'Lief,' zei Book. 'Ik houd van lange blonde vrouwen.'

'Ooit feestjes met haar gevierd?'

'Dat zou ze niet willen.'

'Hoe weet je dat?'

'Ze was dol op Rory. Rory zei dat ze erg veel van elkaar hielden.'

'Ik wil wedden dat je met heel veel vrouwen feest hebt ge-
vierd die een vriend hebben.'
'Jaah,' zei Book, 'maar je weet welke vrouwen niet meedoen.'
'Heeft Rory wel eens over Caitlin gepraat?'
'Alleen wat ik net zei.'
'Prima assistent, hè?'
'Hij droomt ervan agent te worden. Ik heb gezegd dat ik hem
zou helpen als hij zover is.'
'En wanneer is dat?'
'Als hij klaar is met zijn studie. Die wil hij eerst afmaken.'
Aaron ging weer zitten. 'Mason, is er iets wat je me wilt ver-
tellen over Caitlin Frostig?'
'Zoals wat?' De man was acteur, maar Aaron was ervan over-
tuigd dat hij niet toneelspeelde. Beelden van meneer Dmitri's
misprijzende gezicht spookten door zijn gedachten.
'Wat dan ook, Mason.'
'Nou,' zei Mason. 'Ze paste zo in dat nummer van David
Lee Roth, "California Girls". Maar ze was niet rijp voor
feestjes.'
'Waarom niet?'
'Dat zie je.'
'Ik wil wedden dat jij dat kunt zien, Mason. Oké, ik moet je
hier vandaan zien te krijgen. Voor het geval Ax terugkomt.'
'Die is bij zijn vader. Daar heb ik hem naartoe gestuurd. Ik
heb iedereen weggestuurd.'
'Wie is iedereen?'
'Rory. Kimora.'
'Wie is Kimora?'
'Die maakt het huis schoon.'
Hij had alleen willen zijn voor zijn zwanenzang.
Aaron zei: 'Ik wil je hier toch weg hebben. Laten we je maar
eerst aankleden.'

In de gigantische, slonzige kleedkamer van een gigantische,
slonzige slaapkamer, onder een gewelfde lichtkoepel, vond
Aaron zijden boxershorts uit een winkel aan Savile Row,
Rock & Republic jeans, maat 29, een zwart sweatshirt van
Gucci, en krokodillenleren instappers van duizend dollar.

Book liet zijn badjas zonder enige schroom vallen en bleef roerloos staan wachten met rubberen ledematen tot Aaron hem in zijn kleren hees. De jeans was hem te wijd. Aaron snoerde een riem van pythonleer om het middel van de acteur.

'Je ziet er scherp uit, Mason.'

Book lachte.

'Wat is de code van het hek?'

'Weet ik niet... Dat doet Kimora.'

'Waar kan ik hem vinden?'

'In de keuken.'

'Laat eens zien.'

Op een kaart naast de telefoon in de keuken stond een rij codes voor het hek, samen met een paar servicenummers. Aaron koos een code waardoor het hek zou blijven openstaan. Als iemand ernaar vroeg, zou hij zeggen dat hij het hek zo had aangetroffen, om een beschuldiging van onbevoegd betreden van andermans terrein te voorkomen.

Daarmee kon hij nog niet verklaren waarom hij de oprijlaan was opgelopen en toevallig net op het moment dat Book zijn dood tegemoet wilde duiken, ter plekke was. Maar het ging hier om moord, en hij had een leven gered – hij ging ervan uit dat het wel los zou lopen.

'Oké dan. Voorwaarts, mars!'

Book verroerde geen vin. De idioot staarde naar de verchroomde Traulsen waaruit hij zijn blik voedingssupplement had gepakt.

Toen begon het Aaron te dagen: een poging tot een galgenmaal. Book had zichzelf gezien als gevangene. Had zichzelf toch niet zover kunnen krijgen dat hij er een einde aan ging maken met een volle maag.

'Wil je nog iets, voordat we gaan, Mason? Iets lekkers? Iets te drinken misschien?'

Book stapte achteruit bij de koelkast vandaan, terwijl hij traag zijn hoofd schudde.

'Je engel vindt dat je iets zou moeten eten, Mason.'

'Uh-uh,' zei Book. 'Zover ben ik nog niet.'

'*Waar* ben je niet, Mason?'

De acteur pakte weer, als met een pincet, het vel van zijn hals beet. 'Te vet.'

42

Over foto's gesproken die geld waard zijn. Aaron lijstte in gedachten de foto in die in de prijzen viel, terwijl hij het meemaakte: Mason Book die langs Swallowsong naar beneden schuifelt, arm in arm met een niet-geïdentificeerde metgezel. Geen paparazzo te bekennen.
Hoeveel zou je bij de tabloids voor zoiets krijgen?
Book struikelde.
'Kalm aan, Mason.'
Niet-geïdentificeerde *zwarte* metgezel. Ze zouden er zonder twijfel van uitgaan dat hij een lijfwacht was, misschien wel met een duistere achtergrond. Daar had Aaron geen moeite mee.
Book klaagde niet toen Aaron hem op de passagiersstoel van de Opel zette.
Hij mompelde: 'Grappig karretje. Rijden ze hierin in de hemel?' en viel prompt in slaap.
Aaron porde hem in zijn zij om zeker te weten dat hij niet net deed alsof en deed hem toen de gordel om. Hij viste de tie-wraps uit een van zijn zakken en gebruikte er drie: hij bond Books handen bij elkaar en zette de tie-wrap om Books rechterpols vast aan de gordel die over zijn schoot liep. Het was niet zo moeilijk de gordel los te maken, maar in de huidige lichamelijke en geestelijke staat van de acteur was deze voorziening even solide als een stalen kooi.
En nu, waarnaartoe?
Hij stak de contactsleutel in het slot, herinnerde zich de drie telefoontjes die hij niet had beantwoord en pakte zijn telefoon.
Een drietal sms'jes van Liana. Dezelfde tekst, drie keer herhaald. *Btrwbr brn: riptide adlla mt dmnts nooit trg.*

Nu wist hij waar hij zijn nieuw vriend naartoe moest brengen.

Moe nam het telefoontje aan toen hij en Petra bijna klaar waren met hun koffie. Ze aten gebakken eieren bij een Denny's in de buurt van bureau Hollywood. Raymond Wohr was opgeborgen in een isoleercel nadat hij een maal bestaande uit donuts, Hershey bars en frisdrank achterover had geslagen.

Aaron zei: 'Nog laat aan het werk, Moses. Ik had verwacht dat ik je voicemail zou krijgen.'

'Druk vannacht.'

'Het gaat nog drukker worden. Ik heb iemand die jij graag wilt zien.'

'Wie?'

Aaron vertelde het hem.

Moe zei: 'Heb je iets illegaals gedaan waardoor het voor ons naar de kloten is?'

'Ik? Ik heb me als een engeltje gedragen.'

Moe en Petra arriveerden vijfendertig minuten later bij Aarons kantoor. Mason Book verkeerde nog steeds volledig in andere sferen. Hij lag vredig te slapen onder een donzen dekbed van Frette, in een logeerkamer waar zelden iets te beleven viel. Hij was nog steeds geboeid met tie-wraps, waarvan de rechter nu ook om een stevige bronzen beddenpoot liep.

De acteur was overal doorheen geslapen, had zelfs geen sjoege gegeven toen Aaron hem over zijn schouder had geslingerd en de trap op had gesleept. Book was zo roerloos blijven liggen dat Aaron een paar keer zijn ademhaling had gecontroleerd. Kalme, rustige, krachtige pols. De tweede keer had Aaron hem een por gegeven. Books ogen waren opengegaan, hij had geglimlacht als een gelukkig kind en was weer onder zeil gegaan.

Een deel daarvan was ongetwijfeld ontspanning na de adrenalinestoot, maar Aaron vermoedde dat een bloedtest allerlei interessante biochemische reacties aan het licht zou brengen. Zonder twijfel zou een advocaat daarop hameren en het

willen gebruiken om de opname ongeldig te laten verklaren.
De opname die nu was overgebracht naar Aarons computer
en op schijf was opgeborgen in zijn zakelijke kluis.

Hij moest Book in de boeien houden tot zijn lichaamssappen weer volstrekt helder waren. Aaron had contact met een
medicus waarop hij kon vertrouwen; een internist die hij had
geholpen bij een moeilijke scheiding. De man bood hem maar
steeds gratis controlebeurten aan, maar Aaron vond dat je
doktoren links moest laten liggen tot je ziek was. Of totdat
je ze nodig had voor wat werk buiten kantooruren.

Ondertussen moest Book *hier* blijven.

En dat was ook precies wat hij Moe en Petra vertelde toen
ze begonnen te kleppen over het arresteren van Book.

Tot zijn verbazing zei Moe: 'Ik begrijp waar het je om gaat.
Maar tenzij wij hem registreren en insluiten, lijkt het heel
veel op kidnappen.'

'Waarom? Hij is mijn gast,' zei Aaron. 'Jullie wisten niet eens
dat ik hem had.'

'Een gast die met handboeien vastligt aan het bed?'

'Dat hebben jullie nooit gezien.'

Geen van beide rechercheurs zei iets.

Aaron zei: 'Jongens, ik heb zijn leven gered. Het is alleen
maar logisch dat hij aanhankelijk is naar mij en dat zal handig zijn voor jullie.'

Petra zei: 'Haal er nog een vrouw bij en bouw een feestje.'

'Kijk.'

Moe keek nors. 'Een feestje is wat ze Adella beloofden. Jij
denkt dat Book niet in de gaten had dat hij erin werd ge-
luisd?'

'Dat denk ik.'

'En die bewering van Book dat hij niet weet wat er met de
baby is gebeurd?'

Ergens weet hij wel dat Ax het kind heeft vermoord. Daar
komt die zelfverachting voor een deel uit voort. Maar op het
moment kan hij dat niet toegeven, of wil hij het niet toegeven. Daarom wil ik hem hier geboeid houden. Hem gaar laten stoven in zijn eigen lichaamssappen, nog wat tegen hem
aan praten, tot hij nog meer gaat vertellen.'

'Of precies het tegendeel,' zei Moe. 'Wat doe je als hij helder wordt en zijn mond dichtklapt? Of nog erger, als hij in een of andere medische crisissituatie verzeild raakt?'

'Dan laat ik hem nakijken door een dokter.'

Moe piekerde. 'Ik weet het niet...'

Aaron zei: 'Je hebt de opname gehoord. Zonder mij zou Book nu als aardbeienjam onder aan die rotswand liggen. Ik heb je zojuist een goudader op een presenteerblaadje aangeboden.'

De rechercheurs wisselden blikken uit.

'Heb ik iets gemist?'

Moe zei: 'Wij hebben onze eigen goudader.'

Aaron luisterde naar het relaas van Raymond Wohrs bekentenis hoe hij Adella de das om had gedaan met de sereniteit van een zenmeester. En naar het nieuws over de moord op Alicia Eiger en het mobiele telefoongesprek dat Wohr met Ax Dement had gevoerd drie uur voor de steekpartij. Toen zei hij: 'Dat sluit naadloos aan op mijn informatie: Adella kende Ax uit Riptide, maar Book niet. Ze was het probleem van Ax, omdat Ax de vader was van de baby. Daarmee bedoel ik dat Book inderdaad alleen maar lokaas was. Zo past het allemaal in elkaar, een ooggetuige tegen Ax wat Adella betreft, en de logica dat hij de meest voor de hand liggende verdachte is voor de moord op Alicia.'

Petra zei: 'Als je kijkt naar hoe die smeerlap vrouwen aan de kant schuift, vraag je je af wat hij allemaal nog meer op zijn kerfstok heeft. Book beweert dat hij op dit moment bij papa thuis zit?'

'Je vraagt je af wat daar allemaal nog meer te halen valt,' zei Aaron. 'Babybotjes en zo.'

'Die gedachte kwam ineens bij me op.'

Moe wreef over zijn massieve biceps.

De spieren in Aarons armen klopten nog steeds. *Waar was je toen ik je nodig had, bro?* Hij zei: 'Zelfde ouwe liedje: meisje raakt zwanger van de verkeerde kerel, probeert er een slaatje uit te slaan, en gaat te ver. Wat betreft het begraven van de baby, zou ook Leo Carrillo kunnen zijn, waar Ax en Book naartoe reden om high te worden. Een soort bedevaartsoord.'

Moe zei: 'Waarom een bedevaartsoord voor Book, als hij schoon is?'

'Weet ik niet. Misschien weet Book meer over de baby. Hoe dan ook, ik zou er een hondenteam naartoe sturen.'

'Een dagje naar het strand,' zei Petra. Tegen Moe: 'Of Ax nou bij papa zit of niet, we hebben gerede gronden om een inval te doen.'

Moe knikte.

Aaron zei: 'Nog één ding: wat zegt Wohr over Caitlin?'

'Hij heeft haar een keer of twee gezien.'

'Klopt dat?'

'Wij denken van wel.'

'Dus dan is Caitlin een heel ander verhaal.' *Waar ben ik in hemelsnaam mee bezig geweest? Goedemorgen meneer Dmitri...*

Petra zei: 'Dat hoeft niet per se. Ax kan Caitlin ook vermoord hebben, omdat hij dat nu eenmaal doet. Daar had hij Book niet voor nodig, dus heeft hij het hem ook niet verteld.'

Aaron zei: 'Omdat hij niet wilde dat Book dat wist, omdat Book tussen de oren weinig stabiel is. Ja, dat klinkt goed.'

Moe zei: 'Wie weet, zit Ax wel te wachten op het juiste moment om zich van Book te ontdoen. Een slappe junk met zelfmoordneigingen die zichzelf uithongert? Wie wordt er achterdochtig als die inderdaad de overstap maakt naar aardbeienjam?'

Aaron zei: 'De man weegt niets. Ik had hem zelf wel over het randje kunnen gooien.'

Moe zei: 'Het motief bij Caitlin zou iets te maken kunnen hebben met lust, of misschien wel hetzelfde als bij Adella. Dat ze teveel wist. Omdat ze optrok met Adella. Of Rory Stoltz is loslippig geweest en heeft haar in vertrouwen genomen. Zij is bang en dreigt naar de politie te gaan. In plaats van haar te beschermen, vertelt Rory het aan Book. Of rechtstreeks aan Ax om hem te waarschuwen.'

'Zijn vriendin vogelvrij verklaren?' zei Petra. 'Koud.'

Aaron zei: 'Ik weet zeker dat Rory dope scoort voor Book, dus hij is toch niet bepaald de All-American Kid waar zijn moeder hem voor houdt. Het kleine ettertje probeert zijn baan als persoonlijk assistent te gebruiken als opstapje naar een echte baan in De Industrie. Dan moet je prioriteiten stellen.'

Petra zei: 'Corruptie tot in de kern, de beste leerschool voor De Industrie.'

Aaron zei: 'Je bedoelt dat de botten van Caitlin misschien wel op die ranch begraven liggen. Des temeer reden een inval te doen.'

Moe zei: 'Books gezondheid zit me nog steeds niet lekker.'

'Als je hem hebben wilt, neem je hem maar mee. Maar dan roep je wel publiciteit, advocaten en van alles over je af, wat je niet meer onder controle hebt. Als je hem hier laat, zorg ik voor een dokter en iemand die honderd procent betrouwbaar is om hem te bewaken.'

Hij stelde zich voor hoe Liana zou kijken als hij haar haar nieuwste opdracht zou geven. Vrouwelijk en niet te versmaden: de acteur zou zich meteen thuisvoelen. Shit, Liana zou zelfs een blonde pruik op kunnen zetten. 'Tegen de tijd dat wij hier terugkomen, zit Book gel in zijn haar te smeren en eet hij biefstuk.'

'Terugkomen waarvandaan?' zei Moe.

'Ons kleine feestje.'

'Ons?'

'Wat zal ik zeggen, Moses? Ik heb een zwak opgevat voor majesteitsmeervoud.' Aaron dacht dat hij Petra zag glimlachen. Maar ze keek neutraal en hij kon niets van haar gezicht aflezen. 'Moses, ik vraag je niet om een expliciete dankbetuiging, maar ik bied je puur goud op een presenteerblaadje. Waarom zou je mij willen buitensluiten?'

Nu zag hij Petra duidelijk glimlachen. Ze bewoog wat om het te verbergen achter een slanke, witte hand.

Moe's wenkbrauwen gingen omhoog. Hij zei: 'Wat vind jij, partner?'

Ze zei: 'Ik vind het best, maar jij bent de baas.'

Moe haalde een vinger langs de binnenkant van de boord van zijn overhemd. Hij bewerkte zijn arm opnieuw, alsof hij een pijnlijke spier wilde masseren, en keek Aaron aan. 'Bedankt, bro.'

43

Het feestje begon om vier uur in de ochtend.

Breng uw eigen kevlarvest mee; rsvp niet nodig.

Het open karakter van het terrein om de ranch van Dement betekende dat ze onder dekking van het duister moesten opereren. Eerder een donkergrijze nacht dan een zwarte, dankzij een karige sterrenhemel en een maan die net door de hoge bewolking heen scheen.

De LAPD-rechercheurs Moses Reed, Petra Connor en Raul Biro reden in ongemarkeerde personenauto's. Onderofficier van justitie John Nguyen zat achter in de auto van Petra, de voormalige LAPD-rechercheur Aaron Fox zat naast zijn broer. Voor hen rammelden zes van de twaalf agenten van het arrestatieteam, experts in de kunst van het verrassen, in een omgebouwde militaire Humvee. Achteraan, vijftien *deputy*'s van de sheriff, twee luitenants en één kapitein. Al die kakiuniformen omdat Malibu nu eenmaal het terrein van de sheriff was.

Al die kaki-bobo's omdat niemand zich de kans op de schijnwerpers wilde laten ontzeggen nu de kans daar was en het om beroemdheden ging.

Die beroemdheden hadden bijna roet in het eten gegooid. De bobo's op het bureau van de sheriff hadden gepleit voor een 'brede interdepartementale planning', om 'strategisch uitstel' en behoedzaam opereren omdat het hier om 'burgers met een hoge publiciteitswaarde' ging. Dat zou leiden tot een voorbereiding met een slakkengang waarbij mensen zich zouden indekken tegen mislukking, en uitstel van de inval tot na het aanbreken van de dag, en het bellen vanaf het hek om Dement of iemand van zijn personeel de gelegenheid te geven in de auto te stappen, naar het hek te rijden en het hangslot open te maken.

John Nguyen zei: 'Prachtig, en dan vragen we O.J. Simpson of hij de huiszoeking wil leiden.'

Nguyens baas belde en herstelde de verhoudingen. Om de man de kans te geven zijn gezicht te redden, mocht de kapitein van de sheriff, iemand die Carl Neihrold heette, het slot doorknippen.

Dat duurde even, want het was een zwaar slot en Neihrold deed al jaren niets anders dan aan zijn bureau zitten. Hij had geen betonschaar in zijn handen gehad sinds hij als groentje had meegedaan aan drugsinvallen.

Heel wat kreunen verder gaf het staal het op en zwaaide het hek open.

'Vooruit,' zei de chef van het arrestatieteam, die Juan Silva heette. 'Licht uit, tien k per uur.'

Eén brok zelfvertrouwen, maar niemand wist wat hun te wachten stond.

De toegangsweg was een landweg van bijna een kilometer die door hoog gras kronkelde. Hier en daar stond een uitgeschoten bosje rozemarijn, een veld klaprozen, door de wind gegeselde dwerg-*sycamores* en Californische eiken die de voorkeur gaven aan droge streken.

Geen enkel teken van waakhonden, geen alarmbellen.

Met nog vijftig meter te gaan voordat de landweg uitwaaierde tot een breed plateau, zag Aaron kleine knipperende lichtjes in de takken van een grote eik. Heel even, toen waren ze weer weg. Als vallende sterren.

Een paar seconden later waren er nog meer, dit keer vanuit een onopvallende struik salie.

'Zie je dat, Moses?'

'Wat?'

'Infraroodcamera's, ze zitten overal.'

Moe zocht contact met Juan Silva via de radio.

Silva zei: 'We hebben het ook gezien. We zouden net contact met jullie opnemen. Wij zetten een helm op. Zeg tegen iedereen dat we er rekening mee moeten houden dat ze serieus op een en ander zijn voorbereid. En we draaien de snelheid terug. Vijf k per uur. Geen actie zonder mijn goedkeuring.'

De Hummer kwam tot stilstand waar het plateau begon, liet nog net zo veel ruimte vrij dat Moe er zijn Crown Vic naast kon wurmen.

Achter een houten boog lag een leeg zilvergrijs terrein.
Volgens de gegevens van het kadaster was het terrein van
Lem Dement iets meer dan vijfentwintig hectare groot, maar
voor zover Moe kon zien, waren daarvan maar een paar hectare vlak, de rest vormde een zich herhalend patroon van
heuvels dat in het duister verdween.
Links van de toegang tot het plateau, een meter of twintig
verder, lag een kraal. Deels ingestort en duidelijk *niet-func-
tioneel*. Het stonk er evenmin naar paardenstront.
Moe liet zijn raampje nog wat verder zakken. Het rook helemaal nergens naar.
De Humvee stond nog steeds stil. Moe verlegde zijn aandacht
naar rechts, verder weg dan de kraal.
Het dichtstbijzijnde bouwwerk was een groot huis, de rechthoek op de luchtfoto die Aaron op Google Earth had bekeken. Erachter en nog verder weg stonden diverse bijgebouwen, schuren en hutten, verspreid aan de voet van de heuvels.
Moe telde er vier, maar in het duister konden het er best meer
zijn. Tussen het huis en de bijgebouwen lag een erf zo groot
als een honkbalveld. Drie eiken stonden op willekeurige plaatsen op het veld. De knoestige takken en het droge blad afgetekend tegen de donkere achtergrond als een collage.
Geen spoor te zien van een kerk, geen bouwmaterieel. Maar
de contouren van de bouwput die op de luchtfoto te zien waren geweest, waren er wel heel duidelijk: helemaal rechts, een
meter of vijfentwintig van het huis.
Een groot stuk grond was afgezet met strak draad, gespannen langs piketpaaltjes. Duidelijk de eerste aanzet tot een of
ander project, maar nog geen grondwerkzaamheden. Daarmee was nog niets gezegd over ander handmatig graafwerk.
Terwijl de motor van de Hummer neutraal bleef grommen,
vroeg Moe zich af wat het effect zou zijn van het motorla-
waai. In het huis, noch in de bijgebouwen was licht aangegaan. Dat kon van *alles* betekenen.
Rare plek om een gezin groot te brengen. Zo geïsoleerd. En
niets van de glamour van Hollywood. Lem Dement had een
fortuin overgehouden aan die zogenaamde diepgelovige film,
maar als je zag hoe hij woonde, zou je dat niet zeggen.

Het hoofdgebouw was groot, maar bepaald niet mooi. Laag, ruwhouten gevels, een glooiend dak met een satellietschotel die steil omhooggericht stond en een over de volle lengte overdekte veranda met een paar vouwstoelen. Het was ooit een zomerkamp geweest. Dan was dit waarschijnlijk zoiets als de eetzaal geweest en de administratie. *Honderd flesjes bier...* Vandaag geen geintjes.

Er stonden een paar auto's voor het gebouw, maar de Hummer benam Moe het uitzicht.

Aaron fluisterde: 'Wel wat anders dan Hearst Castle. Lijkt meer op de jachthut van de eerste de beste cowboy.'

Plaatjes doemden op in Moe's gedachten. Hertenkoppen boven schoorsteenmantels. Jachttrofeeën waar geen normaal mens naar zou moeten willen kijken. Hij hield zich stil.

Er ging een halve minuut voorbij, voordat Juan over de radio zei: 'Wij zetten de wagen daar bij die kraal, blijven jullie hier.' Terwijl hij sprak, rolde de Humvee naar een van de gehavende hekwerken, stopte, waarna het geluid van de motor wegstierf.

Moe kon nu de hele voorkant van het huis zien, en helemaal in het midden ervoor stond een hoofdprijs: de zwarte Ram pick-up van Ahab 'Ax' Dement, ongetwijfeld een schatkist vol forensisch materiaal.

Er stonden nog acht wagens, keurig naast elkaar. Alsof iemand precisie belangrijk vond. Aaron herkende de zwarte x5 van Gemma Dement. De anderen kwamen overeen met de registratie-informatie die Moe had ingewonnen. De Mercedes coupé van Lem Dement met het kenteken LEMDEM, de Escalade pick-up van de regisseur met LDTOO op de platen, drie baby-Benz Mercedessen waar zoon nummer twee, Japhet, het evenbeeld van Ax, en de pubers Mary Giles en Paul Miki in mochten rijden. En tot slot, maar het was niet de minste van het stel, een oude Jensen Interceptor op vier lekke banden. Een paar zware deuken sprongen in het oog door de schitterende glans.

De tijd kroop voorbij terwijl de jongens van het arrestatieteam in hun gepantserde voertuig zaten te overleggen. Overal waren donkere ramen, nog steeds geen kiertje licht. Werden die infrarode camera's ergens anders gelezen? Liet de beveiliging van Dement, wat die ook te betekenen mocht hebben, te wensen over?

Lag de hele familie Dement zoete dromen te dromen die op het punt stonden om te slaan in een verschrikkelijke nachtmerrie?

Juan Silva zei over de radio: 'Ik ga poolshoogte nemen.'

Moe zag de lange gehelmde figuur geruisloos naar de achterkant van het houten huis glijden. Een paar tellen later verscheen hij weer en klom hij weer in de Humvee.

'Aan de andere kant is ook een veranda, met twee achterdeuren, niet erg solide, sloten van het jaar nul. Aan de achterkant zag ik kinderen slapen, dat maakt het ingewikkeld. Enig idee wat of wie zich in die hutten bevindt?'

Moe zei: 'Nee.'

'Oké, ik heb drie kinderen gezien in één kamer met stapelbedden, en twee in eenpersoons kamers. Dan blijven er nog twee over, en de ouders. Van voor naar achter zijn er meerdere kamers, dus ze kunnen overal zijn. Dat betekent dat we maximale mankracht nodig hebben om de zaak snel onder controle te krijgen. Wij zessen gaan voorop en de rest in uniform volgt als back-up. Oké, kapitein Neihrold?'

Neihrold zei: 'Zeker.'

Silva zei: 'Ik weet dat we niets hebben gevonden wat erop wees dat er inwonend personeel is, maar het is alleen maar logisch dat dat er wel is met zo'n groot huis. Misschien staan ze niet geregistreerd, misschien zitten zij in die hutten. Op deze afstand beschouwen we ze als een minimaal risico, dat we aan jullie, de rechercheurs, overlaten. Alleen bewaken. Dat zou saai moeten worden, tenzij iemand daar lange-afstandsraketten heeft.'

Moe zei: 'Ik zie geen raketwerpers.'

'Wat je niet ziet, komt het hardste aan, rechercheur.'

'Grapjas,' lispelde Aaron.

Silva zei: 'Gebruik die bomen als dekking, houd je ogen open en je radio aan. We hopen dat het gladjes verloopt, maar op het moment dat we de knop omdraaien, kon het best eens interessant worden.

Eén voor één reden de wagens van de expeditie het plateau op. Ze parkeerden bij de kraal en de inzittenden klommen eruit. Buiten de wagens volgde nog een kort gefluisterd overleg tussen Silva, Neihrold en Moe.

Om zeventien minuten over vier stak Silva zijn duim op en leidde hij zijn team naar het grote huis. Gehelmde figuren verspreidden zich en omsingelden het gebouw. Moe, Petra en Raul haastten zich naar het drietal eiken. John Nguyen bleef in Petra's auto zitten, en vond dat prima, want hij had geen rechten gestudeerd om voor commando te spelen. Aaron stapte uit de Crown Vic en voegde zich bij zijn broer achter een boom.

Moe keek hem aan. Schudde zijn hoofd.

Legde zich erbij neer, zonder discussie.

Het aanvalssein werd gegeven. De voordeur en de beide achterdeuren werden op hetzelfde moment ingeramd. Splinterend hout, krakend glas en de gebruikelijke gebrulde waarschuwingen. Licht aan in het voorhuis.

Geen reactie uit de hutten achter het huis. Moe's aandacht ging als vanzelf naar het huis waar het allemaal gebeurde.

De eerste vruchten van de inval verschenen al binnen enkele seconden op de veranda: Ax Dement, paardenstaartje, blote borst, pyjamabroek met een koordje dichtgeknoopt onder een geweldige, schommelende pens, werd naar buiten geduwd door de twee grootste agenten van het arrestatieteam. Handen geboeid op de rug, hoofd gebogen, ogen amper open, en schuifelend tussen de beide mannen die hem voorttrokken.

Daarna broer Japhet, in boxershort en t-shirt met het opschrift OCCIDENTAL COLLEGE. Hij was geboeid en van de wijs en struikelde meerdere keren tussen de deputy's van de sheriff die hem naar een patrouillewagen leidden. Hij was niet langer het evenbeeld van zijn broer. Hij was vijftien kilo afgevallen, had zijn baard afgeschoren en zijn haar laten knippen in een keurig, kort model.

Hij zag er helemaal niet onaardig uit, leek meer op Gemma dan op Lem, dacht Aaron. Hij verwachtte haar ieder mo-

ment te zien verschijnen en had medelijden met haar. Jarenlang was ze geslagen en ze had een moordende psychopaat
als kind.

Wat zou ze zeggen als ze Aaron zag? Hij vleide zich met de
gedachte dat het haar iets kon schelen.

De deputy's brachten nog drie mensen naar buiten: de drie
jongste kinderen van het gezin. Een van hen stortte in en begon te huilen. Het kind werd door een kaki uniform opge-
tild en verder gedragen.

Daarna de beide pubers, Mary Giles in een roze badjas. Lang,
slank, lang donkerblond haar en de vierkante trekken van
haar moeder. Niet geboeid, maar met twee handen die lichtjes op haar armen rustten. Plotseling vocht zij zich vrij.

'*Waarom doen jullie dit, verdomme! Waarom doen jullie dit,
verdomme!*'

Ze krijste zo hard dat het voor wie zich ook maar in die hutten kon bevinden, te horen was.

Er kwam geen enkele reactie uit de hutten. De bijgebouwen
stonden leeg, of ze herbergden illegaal personeel, dat zelfs te
bang was om zijn gezicht maar te laten zien. Hoe dan ook,
geen probleem. Het verliep allemaal op rolletjes.

Terwijl zijn zuster werd weggeleid, verscheen de zeventien
jaar oude Paul Miki, de laatste telg uit het geslacht Dement,
tussen twee andere deputy's. Oversized T-shirt, oversized
boxershort. Surfer-outfit, gezicht onder de pukkels, de mo-
toriek van een reiger. Stomverbaasd en lamgeslagen.

Met uitzondering van Ax Dement, die in de kooi achter in
de Hummer zat te wachten tot hij verhoord zou worden,
werden de kinderen Dement haastig afgevoerd. Juan Silva
kwam naar buiten, zocht Moe en kwam op een drafje naar
hem toe. 'We hebben wat wiet en een paar wapens. Drie re-
volvers en twee geweren. Ook een verzameling messen, allemaal in de kamer van Ax. Dat was tenminste zo met het blote oog te zien, maar ga gerust je gang en zoek maar wat je
wilt. Waar moet de verdachte heen?'

'Houd hem voorlopig nog maar hier,' zei Moe. 'Hoe zit het
met de ouders?'

'De slaapkamer was leeg, het bed opgemaakt. Ik vroeg de

dochter waar ze waren, maar ze begon te schelden. Hebben ze nog een ander huis?'

'Niet dat wij weten,' zei Moe. 'Vroeger woonden ze in de Hollywood Hills, maar dat huis hebben ze verhuurd.'

Silva's ogen dwaalden rond over het erf, verveeld nu de klus was geklaard. 'Misschien zijn ze met vakantie.' Hij keek naar de Hummer. 'Kunnen we dat varken in jouw wagen zetten?'

Raul Biro zei: 'Wil je die van mij gebruiken? Die heeft een kooi.'

Moe zei: 'Klinkt goed... Ik denk dat we die maar beter kunnen uitkammen.' Hij wees naar de hutten. Daarna bel ik de jongens van de lijkschouwer en het hondenteam.'

Silva zei: 'Dat klinkt als een plan.' Hij zette zijn helm af en haalde een hand door zijn korte, zwarte haar. Een en al zelfvertrouwen en evenwichtigheid, een zoveelste missie volbracht. Dat sloeg in een oogwenk om toen er schoten kraakten.

44

Drie keer het krakende geluid van vuurwerk.

Daarna seconden lang doodse stilte.

Opnieuw drie schoten.

Tegen de tijd dat Juan Silva, de drie rechercheurs Moordzaken en nog vier man van het arrestatieteam nieuwe posities hadden ingenomen, dichter bij de hutten, was er licht aangegaan achter twee ramen van het meest centrale van de bijgebouwen. Wat iedereen hetzelfde deed denken: *Vreemd. Waarom laten zien waar je zit?*

Niets dan geel lamplicht achter vitrage.

Klik, klik, klik, pistolen en geweren werden op de ramen gericht.

Aaron Fox bleef een paar meter achter de anderen, wel zo dichtbij dat hij alles kon zien en horen, maar ook ver genoeg uit de buurt van zenuwachtige vingers aan trekkers.

Het bijgebouw had een glooiend dak en houten wanden en

een overdekte veranda over de hele lengte langs de voorkant. Een kopie van het grote huis.

Silva gaf zijn geweer aan een van zijn mannen en zette zijn handen om zijn mond. *'Politie, kom naar buiten! Achterstevoren lopen met je handen op je hoofd! Je bent omsingeld! Kom naar buiten!'*

Er gebeurde niets.

Silva herhaalde de waarschuwing en gebaarde toen twee van zijn mannen om een omweg te maken naar de achterkant van de hut.

Voordat ze ook maar een stap hadden gezet, zei een vrouwenstem: 'Ik ben veilig... Dank u. Komt u maar binnen. Alstublieft.'

'Komt u maar naar buiten, mevrouw.'

'Ik... kan me niet bewegen... Te bang. Alstublieft.'

Juan Silva overlegde met zijn mannen. 'Ga er maar omheen en kijk of je zonder gevaar naar binnen kunt. Als alles koosjer is, kom je door de voordeur weer naar buiten.'

Gemma Dement zat op een perzikkleurige schommelstoel naast een in de vorm van een raceauto gegoten plastic bed. Ze droeg een zwaar, oversized geruit katoenen hemd en een roze joggingbroek. Het bed had realistisch uitziende plastic wielen, koplampen en bumpers. Hetzelfde motief kwam terug in een dik dekbed waarop in schreeuwerige kleuren Lamborghini's en Ferrari's, en andere auto's met brede platte neuzen, waren gedrukt. Bijpassende kussens, een heleboel. Het dekbad bolde zover op dat er waarschijnlijk nog wel ander beddengoed onder lag. Veel koude nachten in de heuvels van Malibu. Er was geen verwarming in de hut.

Gemma's bleke haar hing los, kroezend als gevolg van de oceaan niet al te ver weg. De perzikkleur van de stoel vulde haar gelaatskleur goed aan. Ze had Silva gesmeekt, gevleid met glimlachjes en knipperende oogleden, beweerde dat ze in haar broek had geplast, dat ze nog steeds te bang was om in beweging te komen. Haar joggingbroek vertoonde geen enkel teken van blaasproblemen, maar niemand vroeg haar om te gaan staan.

Petra zei: 'Raul, ga eens een camera halen.'

Biro liep naar buiten.

Gemma Dement pruilde. 'Ik was zo bang,' herhaalde ze star. 'Hij wilde me slaan. Weer.'

Rechts naast haar lag een klein, vierkant, verchroomd handwapen, waarvan Moses Reed het magazijn onder zijn hoede had genomen.

Links naast haar lag Lem Dement. Plat op zijn rug, één vlezig been gebogen, het andere recht. Een monumentale heuvel van een buik lag naar het plafond gericht. Een geleiachtig gelaat met een grauwwitte stoppelbaard verdween zonder duidelijke overgang naar de hals achter de boord van een t-shirt. Dements mond was opengezakt. Een prothese, een brug in zijn bovengebit, bungelde aan slappe lippen. Zijn handen waren dik, behaard, uitgestrekt. In de linker handpalm zat een gat met een robijnrode rand.

Het hemd was een *Van Saulus tot Paulus*-souvenir, ooit wit geweest, nu meer scharlakenrood. Het bloed kreeg een diepere tint op het absorberende bruine velours van Dements joggingbroek. De blauw dooraderde voeten van de regisseur staken nog steeds in zwarte suède slippers met kleine gouden wolfjes op de tenen.

Een halve meter van Dements hoofd lag een grijze pet, groezelig, gehavend, volgeprikt met vishaken.

Aaron dacht: geen water in de buurt, wie heeft hij geprobeerd voor de gek te houden?

Om geen enkele reden in het bijzonder begon hij de kogelgaten te tellen.

Behalve het kogelgat in de afwerende hand van Dement zag hij er nog twee in diens rechter dijbeen, twee in zijn borst, waarvan er een waarschijnlijk keurig door het hart was gegaan.

Een smerig schot in het kruis. Viezigheid lekte op de vloer van grenenhout.

Drie patroonhulzen waren direct te zien, de andere waren waarschijnlijk onder meubilair gerold of hadden zich in de wand geboord. Achter het bed zag hij er een, anderhalve meter boven het dekbed.

Zes schoten. Zes keer raak.

Aaron zag geen kruitsporen om de wonden, maar er was te veel bloed om de afwezigheid ervan met zekerheid te kunnen vaststellen.

Gemma Dement zei: 'Ik begin weer te ademen.' Ze demonstreerde het.

Van onder het raceautodekbed klonk een gesmoord geluid. Iets zette een Ferrari in beweging. Het dekbed rolde.

Gemma snauwde: 'Zwijg, jij!'

Petra en Juan Silva grepen haar bij haar armen, trokken haar overeind en leidden haar weg van het bed.

Moe Reed trok het dekbed weg. Een kind, een jongetje, een peuter met een plat neusje, mollige wangetjes en roodbruin met zwart haar, lag met klapperende tanden in elkaar gedoken op een met urine doorweekt laken. Hij droeg een blauwe pyjama met aangenaaide voeten. De achterflap puilde uit door luiers. Moe schatte hem twee jaar oud.

De ogen van Gemma Dement straalden uit dat het kind voor haar niet meer was dan een zak stront op een satijnen kussen. Aaron dacht: zij heeft meer tijd met dit kind doorgebracht dan de moeder, maar ze haat het. Hij voelde hoe zijn buikspieren zich spanden, maar stapte naar voren zodat Gemma hem kon zien.

Haar mond vormde het woord *oh*, maar ze zei niets. Haar trekken werden zachter. Ze glimlachte mechanisch, vreemd.

Aaron zei: 'Schuld en boete.'

Hij verwachtte een explosieve reactie.

Gemma Dement knipoogde. Niets seksueels. Sluw en berekenend. Zelfvoldaan. Ze genoot van een privégrapje dat Aaron niet wilde begrijpen.

Hij zag Moe het kind optillen. Het klampte zich aan Moe vast als een weesaapje in een dierentuin dat zich hecht aan alles wat warmte biedt. Zijn broer leek zich geen raad te weten met die aanhankelijkheid en Aaron onderdrukte een glimlach. Nu glimlachen, te midden van al dat bloed en al die dood en ellende, zou hem brandmerken als een klootzak.

Alsof er iets was overgesprongen van het lichaampje van het jongetje naar Moe, drukte Moe het plotseling liefdevol tegen

357

zich aan. Hij streek met een hand door diens haar. 'Gabriel?'
Gemma Dement begon te lachen.
Petra zei: 'Gebeurt er iets grappigs, mevrouw?'
'Niet *Gabriel*, maar *Adriel*.' Opnieuw een knipoog, als een kwinkslag en dus des te enger.
'Adriel wie, mevrouw?'
'O, alsjeblieft,' zei Gemma Dement, alsof de vraag te absurd was om aandacht aan te besteden. 'Bestudeer de Schrift. Bestudeer de *Joodse* Schrift, want de Joden *weten* het.'
De jongen begroef zijn gezicht dieper in Moe's kleren, trok zich niets aan van de ruwe kevlar.
Hij heeft meer tijd met haar doorgebracht dan met zijn moeder, maar hij weet...
Gemma Dements schouders verstijfden toen Petra en de agent van het arrestatieteam hun greep verstevigden.
Moe zei: 'Mevrouw Dement...'
'Ik hoef me nergens zorgen over te maken, maar *jij* wel.' Ze knikte naar het kind. 'Je raakt hem aan, de boodschapper van onheil.'
Het kind kon haar niet zien, maar misschien voelde het de verachting. Het begon zacht te jammeren en het fragiele lijfje drukte zich tegen Moe's brede borst.
Moe klopte het op de rug. 'Alles oké, maatje. Breng haar weg.'
Petra en de agent van het arrestatieteam voerden Gemma met zachte drang naar de deur. Gemma stribbelde niet tegen, maar deed haar uiterste best om haar ogen op het kleine lichaampje gericht te houden. Ze toonde in het geheel geen belangstelling voor dat andere lichaam. Bloed vloeide uit, langzaam, gestaag. Agenten moesten een stapje opzij doen om niet in de steeds groter wordende plas bloed terecht te komen.
Aaron dacht: ze is geobsedeerd door het kind. Alles draait om het kind...
De jongen begon te huilen.
'Zwijg, jij!' De flonkerende witte tanden verzachtten niets aan Gemma Dements snauw.
Plotseling worstelde ze om zich los te rukken, maar ze slaag-

de er niet in. Speeksel vloog in het rond en kwam ook op het kogelvrije vest van de agent van het arrestatieteam terecht. De man bleef onbewogen.

Het jongetje snikte, hapte naar adem. Moe probeerde hem te troosten.

Terwijl Gemma Dement door de deuropening werd gesleept, riep ze: 'Vervloekt, jij Adriel.' Ze gilde niet. Meer een bezwering, de intonatie van een bezwering. Een vlakke, afwezige stem, een ritme dat een parodie was op muziek. Even ijskoud als het staal van het wapen op de vloer.

'Vervloekt jij Adriel, vervloekt, vervloekt, Adriel. Gezegende verdoemde, gezegende verdoemde engel des doods.'

45

Goed nieuws, slecht nieuws. Hoe je ertegenaan keek, was een kwestie van perspectief.

Het goede nieuws voor Gemma Dement, en dus slecht nieuws voor het Openbaar Ministerie, was, dat ze het geld had om Maureen Wolkowicz in te huren, zonder twijfel de effectiefste, gewetenlooste, amoreelste strafpleiter ten westen van de Mississippi.

Wolkowicz was er als de kippen bij om haar cliënt het zwijgen op te leggen. Ze organiseerde direct een heel leger aan huurpsychiaters, en op een ander front een goed bezochte persconferentie waarin ze verklaarde dat de dood van Lem Dement het resultaat was van 'het duidelijkste geval van zelfverdediging dat ik ooit heb gezien bij chronisch, wreed en herhaald huiselijk geweld'. Wat dat te maken had met de moord op Adella Villareal en de ontvoering, gevolgd door anderhalf jaar emotionele mishandeling van de baby Gabriel Villareal, vertelde ze er niet bij.

John Nguyen verklaarde dat hij de nadruk zou leggen op wat het kind was aangedaan. Als hij tenminste niet van de zaak zou worden gehaald.

Vier dagen lang had hij moeten wachten om te horen of zijn baas het van hem zou overnemen. Dat zou betekenen dat Nguyen nog steeds al het werk deed, maar dat zijn baas de aria's zou zingen in de rechtszaal en zou gaan strijken met de eer.

John was een veel betere officier van justitie dan zijn baas, een praatjesmaker die via verkiezingen op zijn post terecht was gekomen, maar die, zo heette het in de wandelgangen bij de rechtszaal, nog niet eens iemand veroordeeld kon krijgen die een scheet had gelaten na het leegeten van een blik bonen.

Het was allemaal een kwestie van kansberekening.

Als we een goede kans hebben om te winnen, doe ik het.

Als het weer eens zo'n O.J. Simpson, Robert Blake of Phil Specter is, mag jij het doen.

Het slechte nieuws voor Gemma Dement, en dus goed nieuws voor de publieke zaak was, dat, zonder dat zij of Maureen Wolkowicz dat wisten, Ahab 'Ax' Dement zijn moeder meer verachtte dan je voor mogelijk zou houden, dat hij in feite zijn beide ouders haatte, en bereid was zelfs zijn kleinste zonden op te biechten, nog voordat de inkt van een deal waarbij de eis tot doodstraf werd uitgesloten, droog was.

Verrassende man, die Ax. Ondanks zijn vettige haar, het afgestompte gezicht en de onverzorgde baard, dat imago van achterlijk inteeltproduct van het platteland dat hij jaren had gecultiveerd, bleek hij een intelligente, welbespraakte jongeman die cum laude was afgestudeerd in Engels en chemie aan Harvard-Westlake, en die een jaar buitenlandse betrekkingen had gestudeerd aan Stanford, voordat hij er de brui aan gaf en aan een carrière in de muziek was begonnen, die nooit van de grond was gekomen.

'In plaats van te genieten van de roem, genoot hij van de bijverschijnselen,' zei Aaron, die achter glas toekeek hoe Moe en John Nguyen en Ax en diens advocaat, een slimmerik die heel toepasselijk Charles Toothy heette, een dansje opvoerden waarvan de bewegingen werden gedicteerd door de kleine lettertjes in het Wetboek van Strafrecht.

Dr. Alex Delaware knikte. De psycholoog was aanwezig op

verzoek van Moe om zijn kijk te geven op de verdachte van dubbele moord. Delaware had bovendien toegezegd Gabriel Villareal te zullen onderzoeken en toezicht te houden op de psychosociale ontwikkeling van het kind, als dat naar Arizona was gebracht om te worden opgevoed door de grootouders van moeders kant. Hij was net in het Western Pediatric Hospital geweest, waar Gabriel was opgenomen voor observatie. Had Aarons vraag beantwoord met 'zo goed als je maar mag verwachten onder de omstandigheden'.

Aaron concentreerde zich weer op het verhoor.

Charles Toothy, die een abominabel pak combineerde met een goed overhemd en een goede stropdas, zei: 'Dat is dan afgesproken.'

'Indien,' zei John Nguyen.

'*Indien* wordt *wanneer*,' zei Toothy. 'Om de zaken scherp en nauwkeurig te houden, in plaats van alle details mondeling te moeten doorspitten, waarbij misschien dingen over het hoofd worden gezien, heeft mijn cliënt een verklaring opgesteld die hij nu voor de verslaglegging wil voorlezen.' Hij haalde papieren uit zijn aktetas. De verklaring was het product van een goed gerepeteerde samenwerking tussen cliënt en pleiter.

Moe zei: 'Hij mag voorlezen wat hij wil, maar hij zal ook antwoord moeten geven op de vragen die we hem willen stellen.'

'Al die vragen,' zei Toothy, 'waar ik geen bezwaar tegen heb.'

Nguyen zei: 'Als je te veel bezwaren hebt, gaat de deal niet door.'

Toothy streek over zijn Hermès-stropdas. 'Ik weet zeker dat we eruit zullen komen.'

'We zullen zien.'

Ax Dement schraapte zijn keel. 'Kan ik beginnen? Ik wil hier zo snel mogelijk mee klaar zijn.'

Mijn naam is Ahab Petrarch Dement. Mijn vrienden noemen me Ax. Ik ben musicus, in het bijzonder gitarist en bassist op elektrische gitaar in de rockmuziek. Ik ben woonachtig in Solar Canyon, nummer 20, Malibu, Californië 90265.

Ongeveer drie jaar geleden ben ik in contact gekomen met een vrouw genaamd Adella Villareal, via een gemeenschappelijke kennis, Raymond Wohr. Meneer Wohr was werkzaam als barkeeper en mevrouw Villareal had "kennelijk" als serveerster gewerkt in een pokerclub in Gardena, Californië. Ik zeg kennelijk omdat ik omtrent die feiten geen kennis heb uit de eerste hand, en afhankelijk ben van wat de heer Wohr mij heeft verteld.

Ik heb meneer Wohr leren kennen in het kader van mijn interesse in verboden verdovende middelen, in het bijzonder amfetamine, cocaïne, marihuana, hasjiesj, en op recept verkrijgbare kalmerende middelen, die alle op gezette tijden door de heer Wohr werden verkocht. Ik geloof dat ik de heer Wohr voor het eerst heb ontmoet buiten bij een club in East-Hollywood, die nu gesloten is, genaamd Bang Hole. Ik weet dat echter niet zeker, omdat veel van mijn herinneringen aan die tijd zijn gewist door overmatig gebruik van verdovende middelen.

Op zeker moment vertelde de heer Wohr me dat hij ook contacten onderhield met professionele prostituees. Hij was graag bereid afspraken te regelen tussen mij en professionele prostituees. Ik maakte niet regelmatig gebruik van de diensten van prostituees, maar slechts zo nu en dan, en ik stemde in.

In vervolg daarop heeft de heer Wohr mij in contact gebracht met meerdere prostituees, waaronder ook een vrouw met wie hij samenwoonde. Ze heette Alicia Eiger. Ik kan mij niet herinneren hoe vaak de heer Wohr voor mij afspraken heeft gemaakt met haar of met andere vrouwen, maar er zijn meerdere afspraken geweest. Toen ik al geruime tijd een relatie onderhield met de heer Wohr, informeerde hij mij dat hij nu 'kwaliteitsproducten' had, maar dat ik daarvoor wel een 'zak geld moest meebrengen'. Ik gaf blijk van mijn interesse, en een paar dagen later stelde de heer Wohr mij voor aan Adella Villareal, die zichtbaar jonger, aantrekkelijker en volgens de heer Wohr nog 'kakelvers' was.

In een periode van ongeveer een maand had ik drie afspraakjes met mevrouw Villareal. Ik voelde mij zeer tot haar aangetrokken. Om die reden wilde ik mijn contact met haar niet beperken tot haar appartement, waar één van de afspraakjes plaatsvond, en evenmin tot het Millenium Biltmore Hotel, waar beide andere afspraakjes plaatsvonden. Ik ontmoette haar op haar verjaardag in een bar aan Ocean Avenue in Santa Monica, waar ik in het verleden regelmatig kwam. De naam van die uitspanning is Riptide.

Bij het tweede bezoek aan Riptide ontmoette mevrouw Villareal, die daar met mij was, een andere man en raakte in hem geïnteresseerd. Die man was mijn vader, Lemuel Dement, filmregisseur. Dit verbaasde mij en maakte mij boos, omdat ik mij zo aangetrokken voelde tot mevrouw Villareal. Aangezien echter de man die mijn plaats innam, mijn vader was, raakte ik in verwarring en wist ik niet precies hoe ik me moest opstellen. Lemuel Dement maakte misbruik van mijn verwarring. Hij bood me tienduizend dollar, zodat ik me 'zou kunnen verzoenen' met de situatie, op voorwaarde dat ik hem, noch Adella Villareal, iets kwalijk zou nemen. Ik moest me 'gewoon neerleggen bij de gang van zaken'.

Ik accepteerde het geld, al had ik innerlijk geen vrede met de regeling. Soms had ik in feite het gevoel dat ik gek werd. Ik begon meer verdovende middelen te gebruiken.

Mijn gevoelens van onbehagen werden versterkt toen Adella Villareal vrij kort nadat ze een relatie was aangegaan met Lem Dement, van hem zwanger raakte. Mevrouw Villareal noch Lem Dement leek onder die ontwikkeling te lijden. In feite leken beiden opgetogen, Mijn vader liet, vooral als hij onder invloed van drank was, bij tijd en wijle vallen dat het misschien tijd werd 'voor wat verandering in het leven', wat ik opvatte als plannen om te scheiden van mijn moeder, Gemma Dement, en te trouwen met Adella Villareal.

Dat heeft mij emotioneel veel pijn gedaan en ondergedompeld in een moeras van gewelddadige en agressieve gedachten en gevoelens. Mijn misbruik van verboden verdovende middelen nam nog meer toe, en ik zocht vaker mijn toevlucht bij professionele prostituees. Vaak combineerde ik die activiteiten en waren Raymond Wohr en Alicia Eiger deelgenoten.

Ongeveer twee jaar geleden schonk Adella Villareal het leven aan een zoon die zij en Lem Dement Gabriel noemden. Ik ben van mening dat het in feite Lem Dement was die de naam koos, omdat hij mij, onder invloed, in vertrouwen nam en zei: 'Het kind is mijn kleine engel, ziet eruit als een engel, doet als een engel, en verdient de naam van een engel.' Ik meende dat hij daarmee de zachte aard van het kind tegenover mijn karakter en mijn gedrag wilde stellen, die beide niet bepaald engelachtig kunnen worden genoemd. Ik voelde me emotioneel gekwetst door de vergelijking en ik was kwaad.

Ondanks Lem Dements uitspraken over een nieuw leven verliet hij mijn moeder niet om te trouwen met mevrouw Villareal. Hij stuurde mevrouw Villareal echter wel geld voor het onderhoud van het kind, een bedrag van drieduizend dollar per maand. Die betalingen werden contant gedaan en Lem Dement bood mij duizend dollar per maand voor het overhandigen van dat geld aan Adella Villareal in diverse restaurants en bars in Hollywood. Achteraf denk ik dat het motief voor deze handelwijze moet worden gezocht in wreedheid van de zijde van mijn vader, maar wie deel uitmaakt van de stroom der dingen, is niet altijd in staat tot in detail te overzien wat een en ander voor hemzelf betekent.

In die fase van mijn leven was ik ernstig depressief, boos, verward en anderszins losgeslagen en bereid alles te doen wat maar van mij werd gevraagd, alleen om mijn vaders goedkeuring te verdienen. Bovendien kwam het geld dat mijn vader me betaalde, goed van pas bij het kopen van de verboden verdovende middelen, waarvan ik een regelmatige gebruiker was.

Ik heb vier keer drieduizend dollar aan Adella Villareal overhandigd, geld dat zij zonder verder commentaar accepteerde. Toen ik haar voor de vijfde keer het geld bracht, was haar manier van doen anders. Bij die gelegenheid uitte zij haar frustratie. Ze zei dat ze de betaling onvoldoende vond. Mijn vader reageerde kennelijk niet meer op haar telefoontjes. Ik zeg 'kennelijk', omdat mijn vader en ik, nadat mevrouw Villareal de voorkeur had gegeven aan mijn vader boven mij, niet praatten over de details van zijn relatie met haar, anders dan dat zij 'heet in bed' was. Die avond waarop ik de vijfde betaling bracht, dreigde mevrouw Villareal dat ze 'aan de grote klok zou hangen' dat Lem Dement de vader was van haar kind, en dat ze 'die hypocriete bijbelse taal spuiende sekte die jullie een gezin noemen' aan de kaak zou stellen. De citaten zijn misschien niet helemaal juist, maar ze heeft het in dergelijke bewoordingen gezegd.

Ik heb niet gereageerd op de tirade van mevrouw Villareal, en ik heb het evenmin gerapporteerd aan mijn vader. Ik heb het echter wel aan mijn moeder Gemma Dement verteld, een vrouw met een verleden van psychiatrische stoornissen en alcoholmisbruik, misschien veroorzaakt door het huiselijk geweld waarmee mijn vader haar tijdens hun huwelijk heeft overladen. Mijn moeder heeft ook aangegeven dat zij eerder door meerdere mannen zou zijn mishandeld, voordat zij mijn vader trouwde. Ik zeg 'zou', omdat mijn kennis van die gebeurtenissen beperkt is gebleven tot wat mijn moeder mij heeft verteld in tijden dat zij onder invloed van drank verkeerde.

Mijn moeder reageerde kalm op mijn relaas over de bedreigingen door Adella Villareal. Ik was verbaasd, zelfs geschokt door haar rust. Ze zei dat zij op de hoogte was van de situatie, dat ze het al maanden wist, en dat ze nadacht 'over wat er moet gebeuren'. Ze besloot met: 'Nu weet ik het.'

De volgende dag lunchten mijn moeder en ik in het Mesa Rock Café in Agoura Hills, Californië. Ze legde mij haar plan voor. Ik zou Adella Villareal en haar baby moeten ontvoeren en mee moeten nemen naar ons huis in Solar Canyon, Malibu. Die ontvoering zou moeten plaatsvinden op een tijdstip dat mijn vader op reis zou zijn voor zaken. Ik moest 'doen wat noodzakelijk is' om mevrouw Villareal en haar baby onder bedwang te krijgen, zonder geweld of knevelen uit te sluiten. 'Gebruik maar verdovingspijltjes als dat nodig is,' zei ze. Als mijn moeder eenmaal mevrouw Villareal in haar macht zou hebben, zou ze worden vastgebonden en verstoken blijven van eten, drinken en slaap en, zo noemde mijn moeder dat, 'worden onderworpen aan een heropvoeding', totdat ze zou instemmen met het afstaan van haar baby aan mijn moeder, en de Dements verder met rust zou laten. Mijn moeder zou mevrouw Villareal tienduizend dollar bieden 'voor de moeite', nadat ze was verhuisd naar een andere staat dan Californië.

Ik gaf mijn moeder mijn mening: tienduizend dollar zou onvoldoende zijn.

Mijn moeder glimlachte en zei: 'Nou, dan heeft ze haar eigen graf gegraven.' Ik vatte dat op als een teken dat mijn moeder de dood van mevrouw Villareal niet erg zou betreuren. Ik was gemotiveerd om mijn moeder gelukkig te maken, iets wat ik jarenlang niet had gedaan. Bovendien bood mijn moeder me een bedrag van vijftigduizend dollar voor uitvoering van haar plan, en een eigen huis in Oregon, een staat waarvan ik al heel lang zeg dat ik er zou willen wonen, omdat ik van de natuur houd en me wil terugtrekken uit het stadsleven.

Dat waren de omstandigheden waaronder ik de instructies van mijn moeder opvolgde, waarbij ik Raymond Wohr zogenaamd een afspraakje liet maken tussen mevrouw Villareal en een beroemde persoon wiens naam aantrekkingskracht zou uitoefenen op mevrouw Villareal. De beroemdheid die ik uitkoos, was de heer Mason Book, de bekende acteur, omdat de heer Book een huis huurt van mijn vader, iets wat voortgekomen was uit mijn omgang met de heer Book gedurende een aantal jaren.

De heer Book wist van tevoren niets van mijn plan. Hij heeft bovendien part noch deel gehad in enige criminele activiteit. Hij heeft evenmin eerder contact gehad met Adella Villareal.

Ik ontmoette Adella Villareal in een gehuurde kamer in het Hyatt Hotel aan Sunset Boulevard in Hollywood, en vertelde haar dat Mason Book van gedachten was veranderd, maar dat mijn vader haar die avond wilde spreken, omdat hij had besloten mijn moeder te verlaten en met haar te trouwen. Hij had mij opgedragen haar te begeleiden naar mijn vader in ons huis in Solar Canyon. Mevrouw Villareal had al meerdere keren te kennen gegeven dat ze dat graag een keer wilde zien, maar het was er tot dan toe niet van gekomen. Ik loog tegen haar en zei dat mijn moeder en mijn broers en zusters op vakantie waren en dat ze er alleen met mijn vader zou zijn. Ik zei haar ook haar baby mee te nemen, omdat mijn vader de baby wilde echten. Er zou een advocaat aanwezig zijn om de papieren daarvoor te tekenen. Mevrouw Villareal was aanvankelijk achterdochtig en verrast dat ze mij zag. Maar omdat ik in het verleden een rol had gespeeld bij de contante betalingen door mijn vader, geloofde ze me uiteindelijk en vergezelde ze me naar mijn pick-up.

Ik heb mevrouw Villareal en haar baby naar Malibu gereden, maar in plaats van naar Solar Canyon te rijden, ben ik een paar kilometer verder gereden naar Leo Carrillo State Beach, waar ik als kind en als puber graag naartoe ging om onder de bomen te wandelen als ik me depressief voelde, of om me te verbergen tussen de bomen als ik verboden verdovende middelen gebruikte.

Het was mijn bedoeling om mevrouw Villareal fysiek gedwee te maken voordat ze mijn moeder zou spreken, zodat mijn moeder haar onder controle kon krijgen zoals ze dat graag wilde. Om die reden had ik een .38-kaliber pistool bij me en plastic handboeien die ik via internet had gekocht bij een bedrijf dat Submission.net heet.

Ik parkeerde de pick-up even buiten het hek van het parkeerterrein van Leo Carrillo State Beach, een tamelijk open terrein dat mij geschikt leek voor wat ik zou gaan doen, omdat ik dacht dat het maar even zou duren. Maar dat was niet zo.

Mevrouw Villareal raakte buiten zichzelf van woede toen ik haar zei uit te stappen en met mij mee te lopen naar een donkere afgelegen plek. Mijn bedoeling was op dat moment om haar af te zonderen, zodat ik haar handen kon boeien. Toen ze zich verzette, heb ik haar mijn pistool laten zien. Ik was verbaasd dat ze zich zo weinig aantrok van mijn wapen en probeerde me fysiek aan te vallen.

Toen raakte ik in paniek. Ik sloeg haar met het wapen op het achterhoofd en legde mijn handen om haar hals. Ik wilde haar alleen kalmeren, maar op de een of andere manier heb ik haar gewurgd. Zij hield op met ademhalen.

Ik was verbijsterd, maar heb haar weer in de pick-up gelegd en haar van Malibu naar Griffith Park gereden. Ik koos Griffith Park uit omdat dat ook een prettige herinnering uit mijn kinderjaren is, uit de tijd dat mijn ouders met mij en mijn broers en zusters uitstapjes maakten naar de dierentuin en de draaimolen en naar het Gene Autry Museum, waar allerlei souvenirs uit de wereld van het entertainment en de musicals worden tentoongesteld.

Ik liet het lichaam van mevrouw Villareal achter in Fern Dell in Griffith Park en bracht de baby naar mijn moeder, die tien kilometer voorbij ons huis op mij wachtte. Mijn moeder was blij dat ze mij zag en zei dat ik het goed had gedaan. Ze zei dat ze het kind vanaf nu Adriel zou noemen, kennelijk een van de namen die door de engels des doods wordt gebruikt. Ik zeg 'kennelijk', want ik ben niet gelovig en ben in feite religie gaan haten doordat ik heb gezien hoe mijn ouders en anderen religie misbruiken om zichzelf en anderen te corrumperen.

Hoewel mijn moeder Adriel slecht noemt en beschrijft als een bron van kwaad, heeft zij vanaf dat moment voor hem gezorgd en hem onder andere een bed gegeven in de vorm van een raceauto waar mijn jongste broer was uitgegroeid. Ik ben echter bezorgd over wat ze hem uiteindelijk zou kunnen aandoen, en die ongerustheid heeft mijn geestelijk evenwicht verder verstoord en ertoe bijgedragen dat ik meer verboden verdovende middelen ben gaan gebruiken.

Ongeveer anderhalfjaar lang is de moord op Adella Villareal onopgelost gebleven en ik begon erin te geloven dat ik ermee weg zou komen. Ik deed mijn uiterste best te vergeten wat er was gebeurd. Een paar maanden nadat het gebeurde, werd ik gebeld door Raymond Wohr, die me vroeg waarom hij al een tijdje niets van me had gehoord. Ik antwoordde dat ik het druk had gehad. Toen zei hij: 'Toch niet te druk om voor Adella en het kind te zorgen, hè?' Toen realiseerde ik me dat ik een probleem had en ik ging ermee naar mijn moeder. Nadat zij de feiten op een rijtje had gezet, zei mijn moeder dat de heer Wohr niet meer van mij wist dan dat ik mevrouw Villareal had opgepikt bij het hotel. Over mevrouw Villareal zei ze bovendien: 'Het is maar een vuile stinkhoer, die worden om de haverklap vermoord.' En ze zei: 'Die Wohr is een smerige pooier. Probeer maar of je hem af kunt kopen, en als dat niet werkt, zoeken we wel een oplossing.'

Ik regelde dat meneer Wohr in één keer een bedrag van vijfduizend dollar zou krijgen als hij zijn mond zou houden. Ik stemde er ook mee in weer gebruik te maken van de diensten van de professionele prostituees die hij vertegenwoordigde, in de meeste gevallen Alicia Eiger, waar ik de dubbele prijs voor zou betalen.

Die regeling leek te werken – tot drie dagen geleden, toen Raymond Wohr me opbelde en zei dat Alicia Eiger gefrustreerd was dat ze niet meer geld van me kreeg. Ze dreigde haar vermoedens omtrent de moord op Adella Villareal openbaar te maken. De heer Wohr zei bovendien dat het doden van baby's zou worden beschouwd als een vreselijke misdaad. Ook al interesseerden 'die kleine schijtluizen' hem 'geen zier'.

Ik zei tegen meneer Wohr dat hij Alicia Eiger moest kalmeren. Hij zei dat hem dat niet lukte, dat zij 'helemaal gek, compleet doorgedraaid' was en zo erg dat ze tegen hem krijste en hem in zijn gezicht sloeg, midden op de dag, buiten, in de straat waar ze wonen, Taft Avenue.

Toen heb ik Alicia Eiger gebeld en gezegd dat Raymond Wohr me had verteld van haar frustratie. Ik wilde het allemaal in orde maken door langs te komen met nog eens tweeduizend dollar.

Ze zei dat twee niet genoeg was, ze wilde tien. We onderhandelden en kwamen uit op zeveneneenhalf-duizend. Ik maakte een afspraak om het die dag af te geven en onderweg ging ik bij Bed, Bath & Beyond langs in het Beverly Center om een keukenmes te kopen van normale grootte, zodat ik het in een zak van mijn jas kon verbergen.

Ik reed naar Hollywood en parkeerde een paar straten van het appartement van Alicia Eiger aan Taft. Alicia Eiger liet mij binnen in haar appartement. Ze zag er zelfverzekerd uit. We praatten een tijdje over koetjes en kalfjes, toen eiste ze het geld. Ik zei: 'Goed,' stak mijn hand in mijn zak, rukte haar met haar rug naar me toe en stak haar meerdere malen. Ik heb haar in haar rug gestoken, omdat ik haar gezicht niet wilde zien toen ik een einde aan haar leven maakte. In tegenstelling tot wat anderen zullen denken, ben ik geen monster, en evenmin een sadist die graag andere mensen ziet lijden of sterven.

Ik ben het slachtoffer van jarenlange emotionele en lichamelijke verwaarlozing en mishandeling, maar ik weet dat ik mensen het leven heb benomen en dat ik daarvoor moet boeten. Ik hoop dat ik een adequate behandeling zal krijgen, zodat kan helen wat er aan mij schort en ik kan leren een productief lid van de maatschappij te worden.

Hoogachtend,
Ahab P. Dement

Ax schraapte zijn keel en legde de papieren neer.
Charles Toothy zei: 'Dat is zo'n beetje alles. Ik kan me niet voorstellen dat er nog veel vragen zijn.'
Moe zei: 'Hoe reageerde je vader op het feit dat de baby er was, toen hij weer thuiskwam?'
Ax zei: 'Ik kan dat niet beantwoorden vanuit wat ik zelf heb gezien, want ik woonde toen elders. Mijn moeder heeft me verteld dat hij geschokt was. Haar precieze woorden waren zo ongeveer: "Papa scheet zo'n beetje bakstenen van goud." Ze vloekt als ze dronken is en meestal is ze dronken als ze mij belt.'
'Ze heeft jou gebeld om te vertellen dat je vader weer thuis-gekomen was?'
'Ja, meneer.'
'Hij was geschokt.'
'Hij wilde per se weten hoe de baby daar was gekomen. Mijn moeder vertelde dat ze er niet meteen mee voor de draad was gekomen en het had verteld, maar dat ze had laten door-schemeren dat we Adella nooit weer zouden zien en dat als mijn vader moeilijk zou gaan doen, iedereen in de gevange-nis zou belanden. Of nog erger, in de hel.'
'En...'
'En niets.'
'Je vader accepteerde het gewoon allemaal.'
'Ja.'
'Hij probeerde niet haar een pak slaag te geven?'
'Dat was vroeger,' zei Ax. 'Voordat ze een wapen kocht. De

laatste keer nadat hij haar in elkaar heeft geslagen, heeft mijn moeder een wapen gekocht, en toen hield het op.'

'Hij hield helemaal op met slaan.'

'Ja, meneer.'

'Hoe lang al?'

'Hmm... ongeveer een jaar. Maar...'

'Maar wat?

'Ze knijpt zichzelf in haar arm, meneer. Om de blauwe plekken. Ik weet niet waarom, het is gewoon iets wat ze doet.'

'Ik begrijp het,' zei Moe.

'Ik *niet*,' zei Ax. 'Waar jullie me heen sturen, misschien ga ik het daar een beetje begrijpen.'

'Ik zou ook nog wel wat willen begrijpen over Caitlin Frostig.'

'Wie?'

Moe herhaalde de naam.

Ax Dement zei: 'Nee, nooit van gehoord. Was het maar waar.'

'Waarom?'

'Ik wil veranderen. Behulpzaam zijn hoort daarbij.'

46

Op een prachtige, zonnige maandag reden Moe Reed en Aaron Fox naar het noorden over de Pacific Coast Highway. Aaron zat aan het stuur van zijn Porsche. Beide broers hadden een zonnebril op en droegen een hemd met korte mouwen, dat van Aaron een witte Malo van driehonderd dollar, dat van Moe een merkloze marineblauwe polo. Op het eerste gezicht een stel aantrekkelijke jonge mannen, een dagje op stap.

De Porsche had een klein, amper bruikbaar achterbankje voor het geval het nodig was. Ze zetten de auto op een parkeerplaats voor bezoekers bij Pepperdine University, lieten een opsporingsbevel zien aan de campusautoriteiten en gingen op zoek naar Rory Stoltz.

Ze spraken hem aan na afloop van een college bedrijfskunde en leidden hem weg van zijn medestudenten naar het uitgestrekte smetteloos groene gazon dat de campus scheidde van de Highway.

Rory had gel in zijn haar gedaan en het met een keurige zijscheiding gekamd. Het zat niet langer zorgvuldig in de war, zoals toen hij voor Mason Book aan het werk was. Hij droeg een onberispelijk bleekgroen buttondown overhemd, met verstand van zaken gestreken door zijn moeder. Hetzelfde gold voor de denim broek met rechte pijpen. Lang, slank, gebruind.

Aaron dacht: Ralph Lauren-reclame in levenden lijve. Afgezien van zijn gezicht, dat op instorten stond.

'Jullie kunnen...'

'Dat hebben we zojuist gedaan,' zei Moe.

Rory kreeg een stomme, weerbarstige trek op zijn gezicht: een obstinaat kind dat zich ingraaft. Hij begon te plukken aan grassprietjes.

'Dit is wat we weten,' zei Moe. 'Jij functioneert regelmatig als drugskoerier voor Mason Book en Ax Dement.'

Zorgvuldig gemanicuurde vingers wreven gras tot pulp, kleurden groen aan de vingertoppen. *Gemanicuurd*, nota bene.

Mijn manicure is beter, dacht Aaron.

Moe zei: 'Je bent ook geobserveerd terwijl je net deed alsof.'

De jongen liet zijn hoofd hangen. Zijn handen trilden.

Moe zei: 'Niet alleen haal je drugs voor Book en Ax, je zet ze ook nog af als ze om spul op recept vragen. Je zorgt van tevoren voor een voorraad tegen discountprijzen en noemt hun een hogere prijs. Ze geven je geld en sturen je op pad om te scoren. Jij rijdt een tijdje rond, doet niets, gaat terug, geeft hun het spul en zegt dat er moeilijk aan te komen was. De winst stop je in je eigen zak. Soms krijg je een fooi van Mason Book omdat je je zo hebt ingespannen.'

Aaron zei: 'Zo'n slimme zakenman, wat moet jij nog bij een college bedrijfskunde? Hoelang had je gedacht dit te kunnen volhouden voordat iemand erachter zou komen?'

'Wij hadden het *zo* door,' zei Moe. 'Met observeren. En wat denk je? We hebben net je slaapkamer onder handen genomen en al die Xanax en ritalin en valium gevonden die je daar had opgeslagen. Volgens ons koop je gewoon op grote schaal in bij je medestudenten.'

Rory schudde zijn hoofd.

'Pepperdine zal je dankbaar zijn voor een schandaal van deze orde. Zeg maar dag met je handje tegen een academische titel, we hebben genoeg om je jarenlang op te bergen.'

De jongen keek op.

'Jaren,' zei Moe.

'Ik heb nooit iets gekocht, ik kreeg extra en dat heb ik bewaard.'

'Je beledigt onze intelligentie, Rory.'

Een diep stilzwijgen.

'Het punt is,' ging Moe door, 'dat we dat allemaal misschien wel helemaal niet belangrijk vinden.'

'Uh, pardon?'

'Je maatje Ax is gearresteerd voor moord. Hij doet wanhopig zijn best om het vege lijf te redden en weet niet hoe snel hij iedereen moet verlinken. Dat betekent dat wie ook maar in de verste verte iets met hem te maken heeft gehad, wordt meegezogen in iets wat groot en smerig is. We gaan ervan uit dat jij niet tot die mensen wilt behoren.'

'Moord? Ik... Ik, ik heb...'

Moe legde zijn hand op Rory's schouder, voelde hoe de jongen onder de aanraking in elkaar kromp. Een handig gebaar, dat zou hij opslaan in zijn repertoire.

'Rory, je moet ons alles over Caitlin vertellen. Zelfs als jij haar hebt vermoord. Want wij komen erachter en dan wordt het alleen maar erger voor jou.'

'Haar vermoorden... Nee, nee, nee, zeker niet!' Naar adem happend. 'Nee, dat heb ik niet gedaan. Ik zweer het, zeker niet...'

De onvermijdelijke tranen.

'Wat is er dan met haar gebeurd, Rory.'

Schudden met het hoofd.

'Tijd om je eigen hachje te redden, Rory.' Moe glimlachte. 'Wie weet? Misschien word je ooit nog wel eens een hele grote agent in De Industrie.' Tegen Aaron: 'Dat heeft hij wel in zich, vind je niet?'

Aaron zei: 'In moreel opzicht heeft hij alles al wat hij nodig heeft.'

Op Rory's gebruinde gezicht waren roze plekken verschenen. Over zijn blauwe ogen lag een waas van traanvocht en shock. 'O, God...'

Moe drong aan. 'Wat is er met Caitlin gebeurd, Rory?'

Een tel. Twee tellen. Drie.

'Ik heb het beloofd.'

'En nu breek je je belofte.'

Rory keek langs hen heen, of door hen heen, naar de Highway. Een oneindig blauw lint.

Al die glanzende lak en al dat chroom dat voorbijsnelde naar aangename oorden. De oceaan een zachte blauwgrijze deken, oppervlakkige onrust veroorzaakt door een onzichtbare hand.

'Jullie mogen me niet citeren.'

Arrogante kleine etter.

Moe zei: 'Wij kunnen doen waar wij godverdomme zin in hebben. Ga praten of ik smijt je achter tralies.'

'Oké, oké,' zei Rory. 'Maar je moet begrijpen dat ik mijn best heb gedaan. Wat je ook zegt.'

47

Het klooster van Santa Barbara is een honderdvijftig jaar oud meesterwerk van neobarok en neo-Moorse bouwkunst, verweerde bakstenen muren met bogen en pijlers en binnenhoven met weelderige tuinen. Het is al sinds jaar en dag een nationaal erfgoed en leent zich door zijn uitstraling uitstekend als heilige vrijplaats.

Het convent van de Zusters van Gethsemane vindt zijn onderdak in een huis aan de oostkant van Santa Barbara, in een onopvallende, slecht geplaveide straat in een van de kwetsbare arbeidersbuurten van de stad. Niet meer dan het zoveelste doorsneevoorbeeld van revolutiebouw, haastig in elkaar getimmerd om terugkerende veteranen van de Tweede Wereldoorlog te huisvesten.

De zeven nonnen die in Gethsemane wonen zijn immigranten uit Midden-Amerika en als ze niet bezig zijn zieke kinderen te verzorgen, of Alzheimerpatiënten, of daklozen, getuigen ze van hun trouw aan een generaal superieur in El Salvador die hen negeert. De oudste non, zuster Lourdes Echevarria, heeft de helft van haar vijfentachtig jaren in het convent doorgebracht.

Het kleine stukje grond waarop de bungalow staat, is een van de talloze onroerende goederen die de rooms-katholieke kerk door de jaren heen heeft verzameld. De waarde ervan is sinds de aankoop in 1938 ettelijke malen over de kop gegaan. Zes maanden geleden heeft de bisschop van Santa Barbara, behaaglijk vanuit zijn prachtige villa in een iets aantrekkelijker deel van de stad, de nonnen opgedragen het pand te verlaten. Het huis moest verkocht worden om een bijdrage te leveren aan de overeenkomst met de slachtoffers van priesters die zich schuldig hadden gemaakt aan seksueel misbruik, met schadeloosstellingen tot een bedrag van bijna een miljard. De orde zou ontbonden worden en de nonnen 'geherhuisvest' naar goeddunken van het aartsbisdom.

Onder elkaar bespraken de nonnen de onrechtvaardigheid dat zij hun thuis moesten opgeven om te boeten voor de ernstige zonden van de priesters. Publiekelijk hielden zij zich aan hun gelofte van gehoorzaamheid en wachtten ze af. Velen van hen huilden als niemand luisterde.

Maar iemand luisterde wel. Die persoon nam het initiatief een verslaggever te bellen van *Santa Barbara News-Press*. Het resulterende artikel op de voorpagina voedde een in eerste instantie lokale, en later in de hele staat gevoelde woedeuitbarsting tegen het aartsbisdom. De ontruimingsplannen werden opgeschort, voorlopig.

De zusters van Gethsemane deden hun goede werken en probeerden niet aan de toekomst te denken.

De nonnen dragen een witte blouse en een donkere rok en

witte platte schoenen of tennisschoenen. De drie oudste binden een blauwe sjaal om het hoofd. De bungalow heeft een oppervlak van nog geen honderdvijftig vierkante meter, verdeeld in kleine kamertjes. De nonnen hebben geen eigen bezittingen en zeven van hen slagen erin om comfortabel te slapen in stapelbedden in twee slaapkamers. Een derde slaapkamer achterin wordt gereedgehouden voor gasten die de nonnen 'voorbijgangers' noemen.

De afgelopen zestien maanden is een jonge vrouw met kortgeknipt donker haar, een zachte stem en willige handen inwonende voorbijganger geweest. Ze laat zich Catherine noemen en de nonnen hebben er nooit aan getwijfeld of dat haar werkelijke naam is.

Catherine klopte aan op de deur van het convent en vroeg of ze een paar dagen mocht blijven. Ze stond erop dat ze bijsprong bij huishoudelijke klusjes, deed meer dan haar deel, werkte voor drie, naar de schatting van zuster Lourdes. De dagen werden weken, en de weken werden maanden. Catherine vroeg of ze ook buitenshuis kon helpen en vergezelde zuster Maria-Guadalupe en zuster Maria-Anastasia op hun ronde langs een gezinsvervangend tehuis voor geestelijk zwaar gehandicapte volwassenen.

Catherine houdt van het schoonmaakwerk en het helpen met eten en zingen voor de patiënten. Ze verschoont hun luiers zonder te klagen.

De nonnen houden van Catherine. Ze verdenken haar er allemaal van dat zij degene is geweest die de verslaggever heeft gebeld. Het onderwerp wordt nooit ter sprake gebracht, want verdenkingen, beschuldigingen en verdachtmakingen hebben geen plek in hun wereld.

De laatste tijd heeft Catherine haar jonge-meisjes-jeans en topjes links laten liggen en heeft ze de witte blouse en de donkere rok gedragen waar de nonnen zich mee kleden. Alleen in haar slaapkamer, na een lange dag, kijkt ze soms naar buiten, naar de moestuin die zich uitstrekt over het grootste deel van de achtertuin van het convent en verwondert ze zich over de tomaten, aubergines, artisjokken en de druivenranken. Dan huilt ze. Maar meestal heeft ze vrede met haar bestaan.

Aaron en Moe keken toe hoe ze de vuilnis buiten zette. Ze rolde de derde van drie plastic containers naar de stoeprand en bleef even omhoog staan kijken naar de lucht.

Ander haar, zelfde gezicht.

Ze wilden haar niet laten schrikken en liepen met een glimlach op hun gezicht op haar af.

Ze zei: 'U bent er.'

Geen enkel teken van verrassing.

Ze hadden Rory op het hart gedrukt hun komst niet aan te kondigen. Het jong had hun instructie in de wind geslagen. Gouden sterren voor loyaliteit. Liefde. Had 'integer gehandeld', eens temeer.

Moe stelde zich voor en Caitlin deed alsof ze luisterde. Hij durfde te wedden dat Rory toen hij belde, hun namen had genoemd en er een gedetailleerde beschrijving van hun uiterlijk bij had gedaan. Ondanks dat had ze niet de benen genomen.

'Aangenaam kennis met u te maken, rechercheur Reed.' Ze keerde zich naar Aaron.

Hij zei: 'Aaron Fox, Caitlin.'

'Ook aangenaam kennis met u te maken, meneer Fox.'

Aardig meisje, heldere ogen, appelwangetjes. Zelfde leeftijd als Rory, maar ze leek volwassener.

Moe zei: 'We zijn niet gekomen om je met problemen op te zadelen. We weten wat je vader je heeft aangedaan.' Het persoonlijk voornaamwoord in het meervoud kwam gemakkelijk uit zijn mond.

'Dat is verleden tijd,' zei Caitlin Frostig.

'Dat is zo, maar het is nog steeds een misdaad.'

'Ik weet het, rechercheur Reed.'

'Als je een aanklacht wilt indienen...'

'Dat wil ik niet.'

'Dat weet je zeker?'

'Ja, rechercheur Reed. Ik heb er veel over nagedacht en ik wil geen aanklacht indienen.'

'Dat respecteren we, Caitlin. We weten ook hoe zwaar het zou zijn. Maar als jouw aanklacht nu eens zou kunnen voorkomen dat een ander meisje hetzelfde overkomt...?'

'Dat zou hij nooit doen.'

'Hoe kun je daar zo zeker van zijn?'

'Omdat ik het weet.' Ze volgde een patroon op een van de vuilcontainers. Ze keek nog een tijdje naar de lucht. Bestudeerde het gescheurde pleisterwerk van de bungalow. Tomatenplanten stonden op een rij langs de voorgevel, als aankleding. Cherrytomaten. Caitlin Frostig liep weg en Moe wist zeker dat hij haar kwijt was.

Ze plukte een handjevol tomaatjes en liep terug naar de beide broers. 'Trek?'

Moe onderdrukte een instinctmatig negatief antwoord en aanvaardde de vier rode balletjes die ze hem aanbood. Stopte er een in zijn mond. 'Heerlijk.'

'Meneer Fox?'

'Dank je... Heel lekker, Caitlin.'

Ze zei: 'Als u het over andere meisjes hebt en over wat er gebeurd is met mijn vader en mij... dat had een situationeel bepaalde dynamiek, zoals de psychologen dat noemen. Mijn moeder is overleden toen ik nog klein was. Mijn vader had verder niemand en ik werd haar plaatsvervanger. Ik praat het niet goed. Maar het zal niemand anders overkomen.'

Uitgesproken met luciditeit. Klinische afstandelijkheid. Ze had ermee afgerekend en was klaar om aan de rest van haar leven te beginnen. Of ze was nog niet eens begonnen met de verwerking.

Moe zei: 'Het spijt me heel erg wat je allemaal hebt moeten meemaken.'

'Dank u... Zal het noodzakelijk zijn hem te vertellen waar ik ben?'

'Niet als jij niet wilt dat hij het weet.'

'Dat wil ik inderdaad niet.'

'Dat verzegelt onze lippen.'

'Dank u.' Ze deed een stap vooruit, alsof ze van plan was Moe een kus op zijn wang te geven, maar hield zich in. 'Wilt u nog meer tomaten? Dit is een heel goed jaar. Ik zal een plastic zak pakken, dan kunt u wat meenemen voor onderweg.'

Een aardige manier om te zeggen: *Wilt u nu vertrekken?*
Moe zei: 'Dat zou heel fijn zijn.'

48

Tijdens de rit terug naar L.A. aten de broers tomaten. Ze luisterden naar muziek en spraken niet veel. Ruim voordat ze de 405 naar het zuiden zouden opdraaien, zei Moe: 'Als je het niet erg vindt, wil je dan op de 101 blijven en dan Laurel Canyon?'
Aaron zei: 'Een omweg langs Swallowsong?'
'Kun je me afzetten bij Liz. Zij woont aan Fuller in de buurt van Melrose.'
'Geen probleem.'
Halverwege de Canyon: 'Moses, we hebben het niet slecht gedaan.'
'Het is op zijn pootjes terecht gekomen.'
'Dit was meer dan *whodunit*,' zei Aaron.
Moe zei: 'Behoorlijk... Mammie belde gisteravond. Ik neem aan dat ze jou ook heeft gebeld?'
'O... jaah.'
Moe stond zichzelf toe te glimlachen. 'Koosjere worstjes zijn verleden tijd. Een hartelijk welkom voor de biologische, met gras gevoerde, bison. Heb je dat wel eens gehad?'
'Neu, ze heeft er een halve van gekocht.'
'Bufalomammie.'
Aaron zei: 'Een barbecuegrill van achtduizend dollar. Niet te geloven!'
Moe dacht: eigenlijk klinkt dat als iets wat jij prachtig zou moeten vinden. O, ja, dat is ook zo, jij kookt nooit. 'Zie je haar al met zo'n schort voor lopen? In al die rook?'
Aaron lachte. 'Niet echt... Ik was wel van plan te gaan. Om haar een beetje op haar gemak te stellen.'
Moe zei: 'Heeft geen zin om niet te gaan.'
'Tot dan dan maar.'

'Jaah.'

Aaron wierp een blik op zijn broer. Moe had zich weer verschanst in zijn eigen serieuze ik. Daar kon hij mee leven. Ze leefden met zijn tweeën op een vulkaan. Iets te veel onrust en de zaak barstte uit.

Bij Sunset zei Moe: 'Ik vind het aardig. Dat je een omweg maakt om mij af te zetten.'

'Wie zegt dat ik een omweg maak?'

'Niet dan?'

'Wie weet,' zei Aaron, glimlachend. 'De volgende grote whodunit.'

'Hoe dan ook, bedankt,' zei Moe. 'Bro.'

Even later zag Aaron een prachtige zwarte vrouw het appartementencomplex uitlopen en zijn broer begroeten met de meest warme glimlach die hij ooit had gezien. Kreten van plezier, een stevige omhelzing en een langdurige kus, waarvoor Moe zich zou hebben geschaamd, als Aaron lang genoeg was gebleven om hem helemaal te zien voltrekken.

49

Het was warm, maar Aaron deed het dak van de Porsche dicht toen hij terug omhoogreed door Laurel Canyon. Hij wilde stilte om zich heen terwijl hij Merry Ginzburg belde en haar vertelde wat ze moest weten over Mason Book. Hij wenste kleine hapjes uit te delen, die samen een prachtig schandaal zouden teweegbrengen. Ze hoefde niets te weten van het rauwe vlees.

Als Ax Dement zich loyaal bleef opstellen, zou Books naam niet in de processtukken terechtkomen. Dan zou hij op geen enkele manier in verband worden gebracht met drugsgebruik, zelfmoord, de moord op een vrouw waarvoor hij als lokaas was gebruikt.

Aaron had enige tijd met Book doorgebracht en was tot de overtuiging gekomen dat hij werkelijk van niets wist en dat hij was gebruikt. Was ervan overtuigd dat het uurtarief voor het babysitten bij de acteur niet van invloed was op zijn mening.

Liana was het met hem eens. Book maakte geen indruk op haar. De man in haar leven was de een of andere cijfer neukende doctor die Aaron nog eens onder de loep moest nemen.

Zelfs het kleine beetje informatie dat hij Merry toespeelde, was genoeg om haar carrière nieuw leven in te blazen. Het leverde hem zelf misschien ook nog wel wat op als hij het op de juiste manier speelde.

Ze zei: 'Dus ik had gelijk. Hij hongert zichzelf uit.'

'Bijna de pijp uit, Mer.'

'Bedankt, Denzel.'

'Ik presteer toch immers altijd?'

Zucht. 'Ja.'

'Hapje eten samen?'

'Uit medelijden?' zei ze. 'Heel lief, maar bedankt, nee.'

'Lekker eten,' zei Aaron. 'Geen zaken.'

'Dat lukt niet, schat. Voor geen van beiden.'

'Je weet nooit.'

'Dat is waar,' zei Merry. 'Hoe ouder ik word, des te minder kom ik aan mijn trekken.'

Meneer Dmitri zei: 'Hoeveel ben ik je schuldig?'

'Ik moet het nog bij elkaar optellen.'

Dmitri verdiepte zich weer in zijn Russische krant. De fabriek was een al bedrijvigheid. Op weg naar het kantoor van de baas was Aaron met opzet langs het kantoortje van Maitland Frostig gelopen. Frostig zat niet aan zijn bureau.

Dmitri keek op, alsof hij verbaasd was dat Aaron er nog steeds was. 'Dank u wel, meneer Fox. Ik zal bellen als een volgend probleem zich voordoet.'

'Ik kijk ernaar uit, meneer.' Aaron bleef zitten waar hij zat.

Dmitri legde de krant neer. 'Wat is er, meneer Fox?'

'Meneer, misschien is het aanmatigend, maar ik heb het gevoel dat wat ik heb ontdekt over Caitlin, u niet verrast.'

Dmitri glimlachte.

'Het is me ook opgevallen dat de heer Frostig niet aan zijn bureau zit.'

'Waarschijnlijk is hij even naar het toilet,' zei Dmitri. 'Morgen heb ik een andere verklaring voor zijn afwezigheid.'

'Meneer...'

Dmitri lachte. 'Ik ben de Russische Maffia niet, meneer Fox. Maitlands werk was niet al te best meer. Hij wordt afgestoten.' Een hinnikend lachje. 'Zijn positie bij het bedrijf zal verdwijnen. Wat er met hem gebeurt, is niet langer mijn zorg. Heb ik u ooit verteld wat mijn vrouw doet?'

'Ze is psychiater.'

'Regina is een *uitstekende* psychiater. In Moskou stond ze aan het hoofd van een instituut dat is gespecialiseerd in seksueel afwijkend gedrag. Voordat ze haar opsloten omdat ze geen dissidenten wilde vergiftigen. Ze is een vrouw met een diep inzicht.'

'Ik begrijp het.'

Dmitri speelde met zijn mega-Rubik. 'Ik zie getallen, zij ziet mensen. Ik ben trots op haar.'

'En terecht.'

Dmitri's ogen schitterden. 'Ik dacht zo, meneer Fox, dat ik ook maar trots op u moest zijn.'